萩原朔太郎大全

Comprehensive
HAGIWARA Sakutaro

朔太郎大全実行委員会 編

春陽堂書店

①前橋文学館の向かいにある萩原朔太郎記念館には、かつて前橋市北曲輪町にあった生家の一部が移築されている。移築されたのは朔太郎の使っていた書斎、離れ座敷、土蔵の3つ。開館日には、それぞれ中に入ることもできる

②**書斎**　元は味噌蔵として使われていたものを1913（大正2）年に書斎に改造したもの。内部はセセッション式（西洋の建築・美術・工芸上の一様式）に統一され、当時としては先進的だった。これらは朔太郎自身の考案によって整えられたもので、『月に吠える』や『青猫』中の多くの作品は、この書斎を使用して生まれた

③**離れ座敷**　生家の母屋と接続する渡り廊下で結ばれていた純和室で、8畳の部屋と床の間が配されていた。1892（明治25）年頃に朔太郎の父密蔵によって建てられ、主に来客の接待に使われていた。朔太郎が生家に住んでいた頃、北原白秋、若山牧水、室生犀星などが訪れた際には、この座敷に通されたと言われている

④**土蔵**　1901（明治34）年頃に建てられたもの。1945（昭和20）年8月5日の前橋空襲によって市街地の8割が消失したときも、朔太郎の生家はこの土蔵によって戦火を免れたと言われている。ここに保存されていたノートや原稿、朔太郎宛て書簡といった数多くの資料が今日に伝えられているのも、この建物の功績と言える

⑤左から、書斎、離れ座敷、土蔵と並んでいる。離れ屋敷と土蔵の間には、かつて生家庭にあった池などが、一部再現されている

② ▶

③ ▶

④ ▶

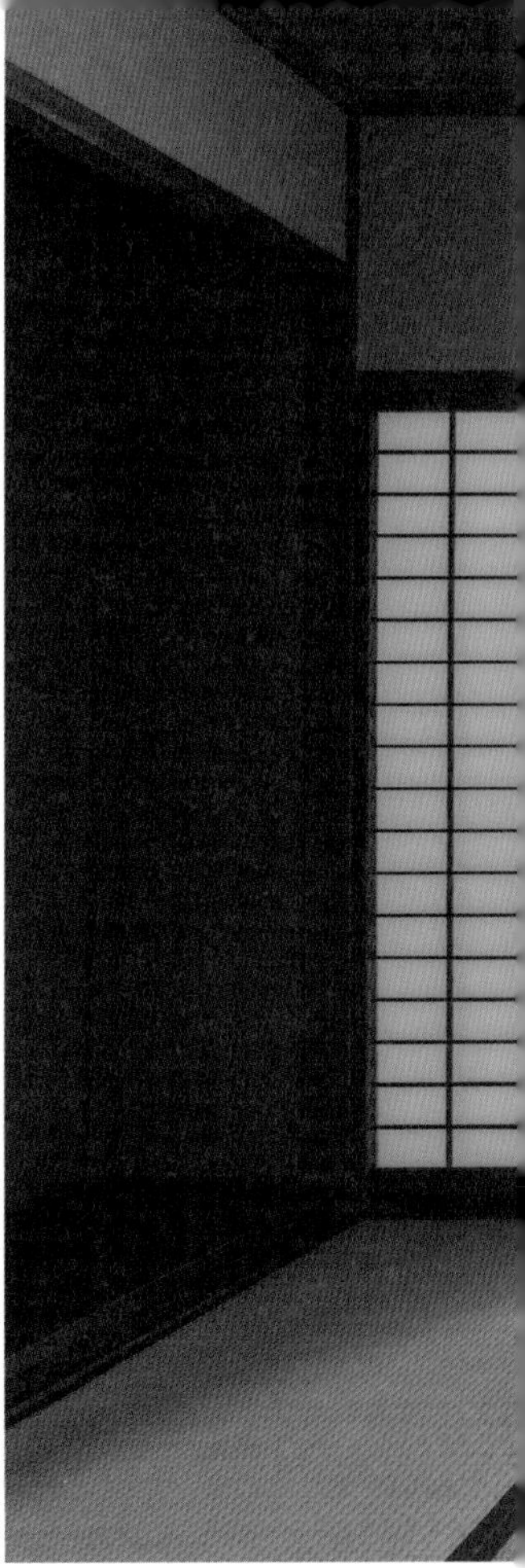

① ▶

▼ ⑤

◀⑥

⑥⑦⑧離れ座敷内と縁側。床の間には丸窓や違い棚もあしらわれている。現在は畳の上に、朔太郎の詩をモチーフにした、林麻依子氏の本と蝶の陶作品が置かれている。離れの前には、『月に吠える』の言葉を全身にまとった同氏の犬の陶作品もある

⑨書斎の屋根にも、林麻衣子氏による猫の陶作品がある

⑩書斎には、朔太郎の趣向が伝わる調度品も展示されている。この部屋は音楽室とも呼ばれ、ここで演奏会や集会も開かれていた。また、室生犀星や北原白秋らもこの部屋を訪れ、語り合ったとも伝えられている

⑪前橋市千代田町 2-1 にある萩原朔太郎生家跡。ここには旧萩原家の門柱が、碑として残されている。碑面に刻まれた文字は詩人伊藤信吉によるもの

⑫生家の屋根につけられていたと思われる「萩」と記された飾り瓦

▼⑦

▲⑨

▲⑧

▲⑩

▲⑫

▲⑪

◀▲萩原医院復元模型
(朔太郎生家)

▲朔太郎自ら設計した世田谷代田の家。設計や家相の本を読み熱心に研究した

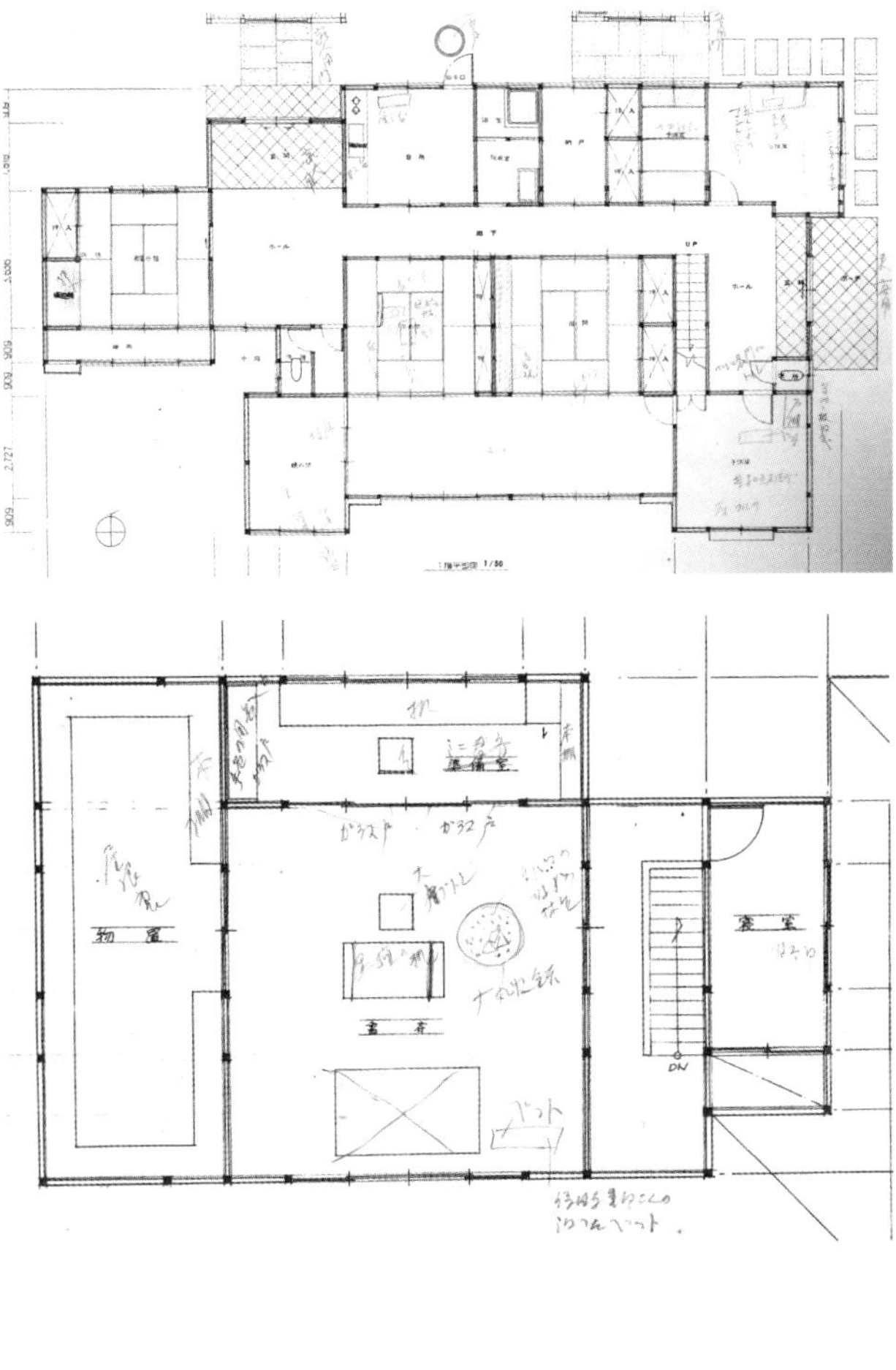

◀代田の家の図面（上／1F、下2F）。代田の家について、1986（昭和61）年、長女葉子が記憶に基づき建設会社に依頼して作成してもらった

朔太郎アルバム

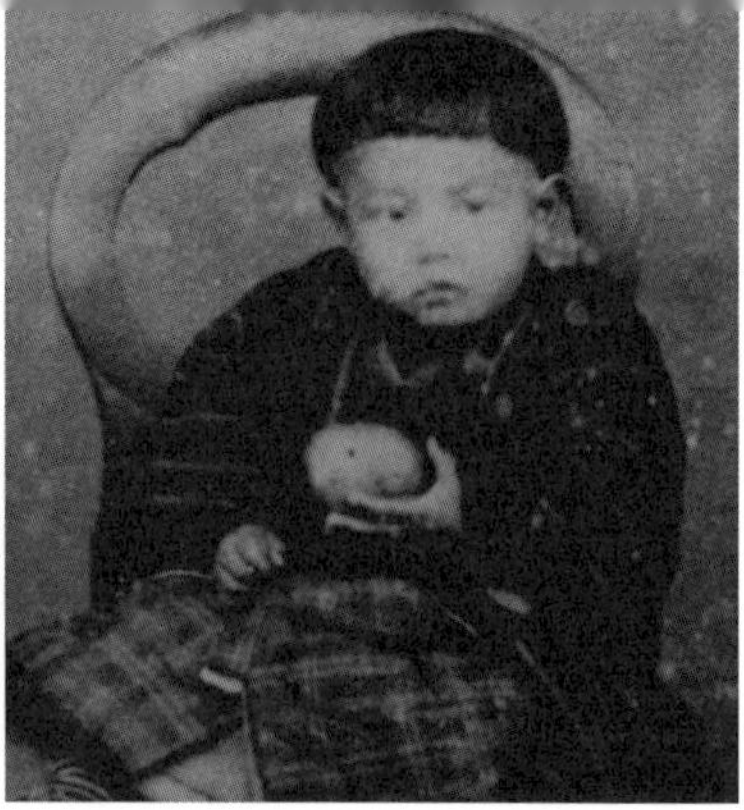

▲ 2歳の頃

▲小学校時代

▲五高（熊本）時代

▲1920年マンドリン演奏会のとき

▲1917年頃

▲マンドリンを持つ姿

▲1937年酒を飲む姿

▲1938年3月大阪のラジオ局「詩の朗読と解説」を放送したとき

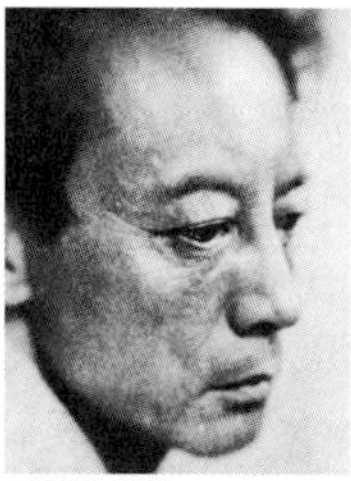

▲50代の頃

▲『純正詩論』初版カバー写真

◀自宅の応接間にて

▲『純正詩論』（2刷）に使用

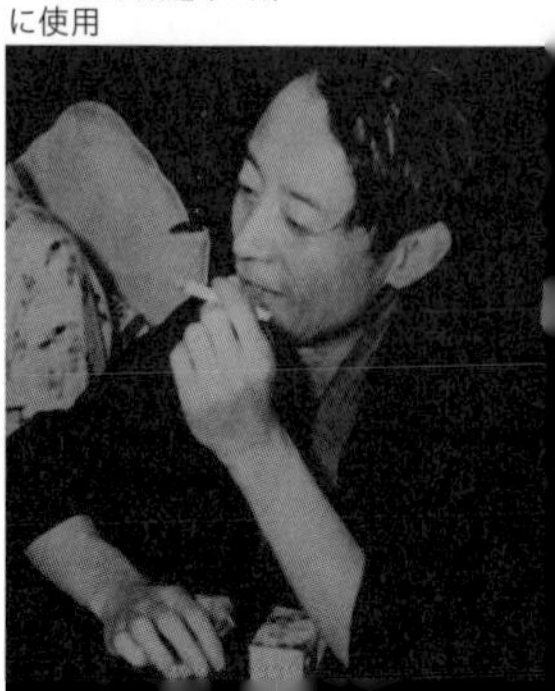

50代、ある座談会にて ▶

▲制服姿で弟·弥六と一緒に

▲1902年頃。左より弟弥六、朔太郎、妹ワカ、ユキ、ミネ

▲妹ワカと並ぶ朔太郎

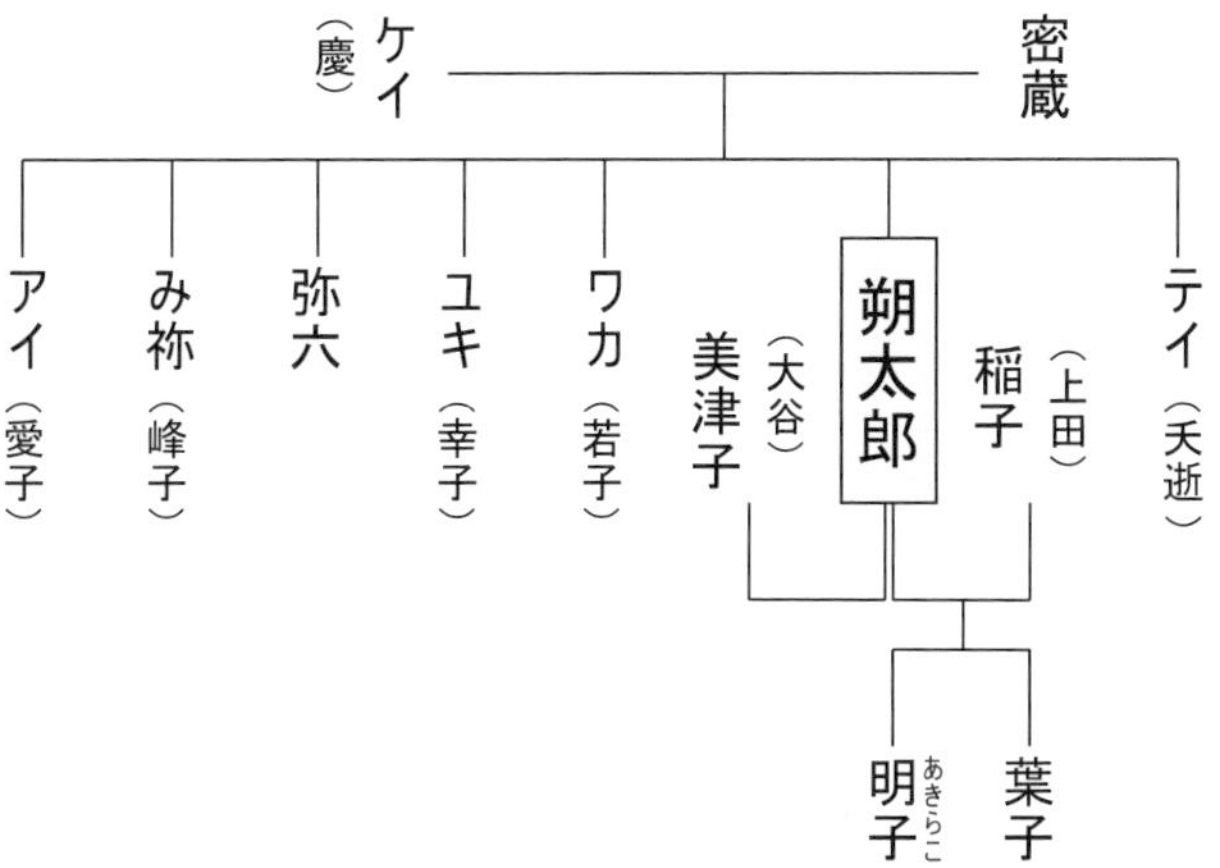

▲1902年頃。前橋萩原家の庭にて記念撮影。前列右よりワカ、ユキ、ケイ、ミネ、密蔵、弥六、朔太郎、栄次

▲左から萩原栄次、近藤良吉、前橋中学校時代の朔太郎（近藤は前橋中学校時代の同級生）

▲文学的影響を与えた従兄弟の萩原栄次

▲1902年11月11日、栄次とともに参加した上毛新声誌友会。前橋柳原堤にて

▲六高（岡山）時代大阪の中村家にて

▲「野守」の同人たちと一緒に。
後列右側が朔太郎

▲友人の簗瀬又三と

▲萩原家の人々（前橋にて）。
左手前が朔太郎

▲五高（熊本）時代。右手前が朔太郎

▲五高（熊本）時代。ポーズを決め、右側に立つ朔太郎

◀1922年、前橋石川町の家。後列右から4番目が朔太郎。その隣が長女葉子を抱く、妻稲子

▲1929年頃。朔太郎が撮影した晩年の父密蔵と妹たち

▲奈良若草山にて。左から従兄弟の栄次、妹ユキ、朔太郎

▲1937年2月16日に新昇ホールにて行われた、上毛新聞社主催の歓迎会。左から２番目が恭次郎で朔太郎は５番目。

◀1939年10月、水戸高校の講へ。上野駅にて犀星と一緒に

▲1936年5月、前橋での密蔵７回忌。前列左からアイ、ミネ、朔太郎、母ケイ、弥六、光一、中列左から佐藤惣之助、フミ、ユキ、工藤千代、八木省三の母、後列左八木省三、津久井惣治郎

家具類

椅子、机、本棚は一九一四(大正三)年、朔太郎が二七歳の時、自宅の味噌蔵を改装して書斎にした際、注文して作らせた。直線的なフォルムが特徴的で、椅子、机、本棚の側面には、朔太郎がデザインした草花模様が配されている。右下は遺品のベビーベッド

▲椅子

▲机

▲本棚

▲ベッド外枠

小物など

朔太郎が使っていたもの。
それぞれにその嗜好がうかがえる

筆立て ▶

▼ 置時計

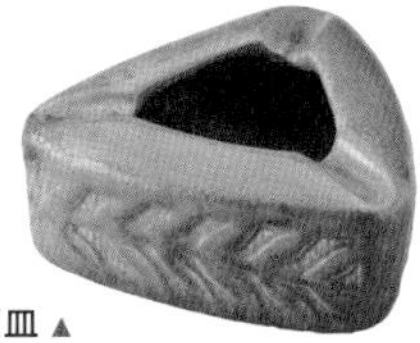

灰皿 ▲

▲ インク瓶

映写機 ▶

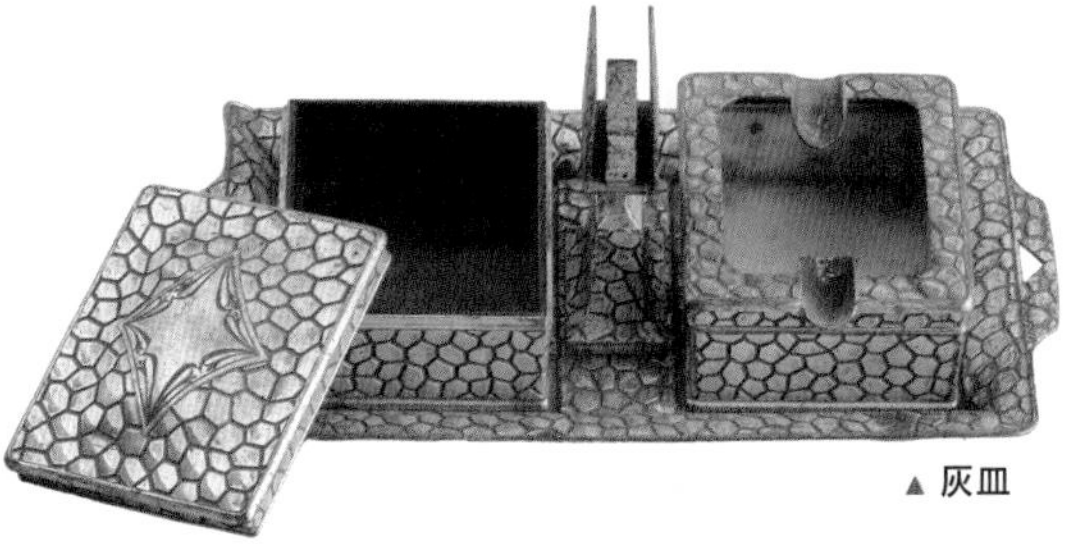

▲ 灰皿

◀ 幻灯機

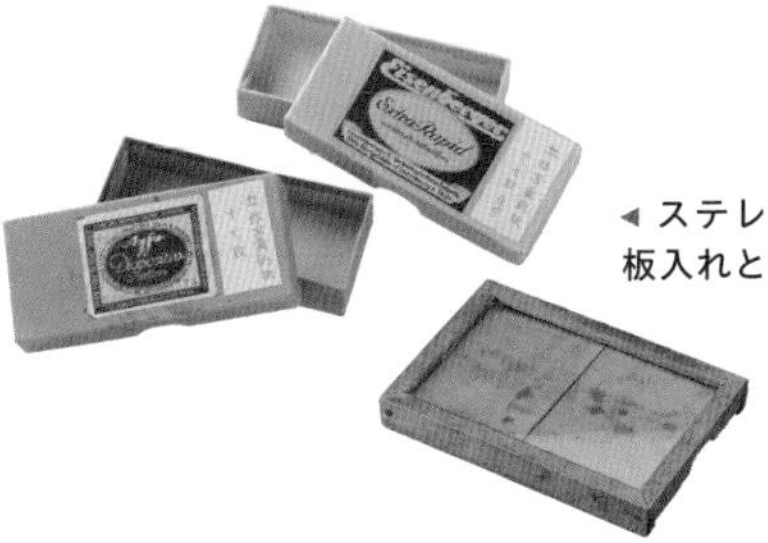

◀ ステレオカメラのガラス乾板入れと青写真焼付器

衣類など

朔太郎のセンスを語る貴重な品々。晩年は着物が多かった

着物（紺）

着物と羽織

羽織の背に手縫いで入れられた萩原家の家紋

鞄

靴

着物（茶）

▼シルクハットの入っていた箱

▼シルクハット

▲ソフト帽

▲携帯時計

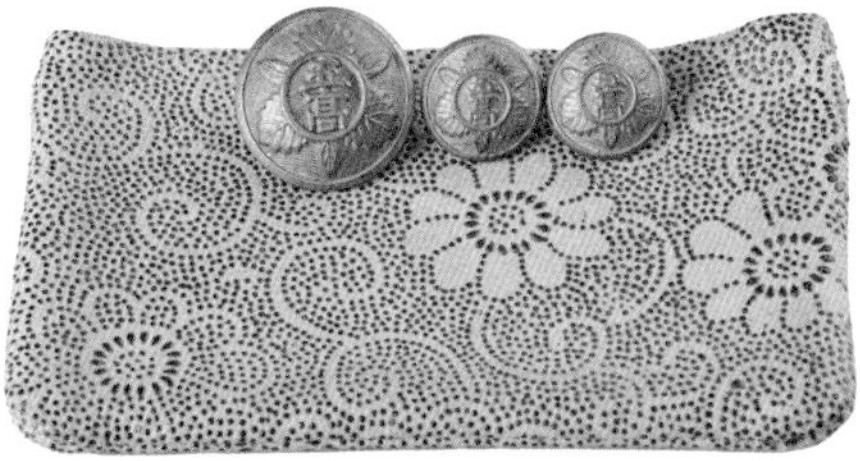

▲旧制五高時代の金ボタン

▲手文庫

▲印鑑２種
丸印には「萩」角印には「萩原朔太郎と彫られている」

▼財布

はじめに　宿命の詩人

松浦 寿輝

さうだ！　宿命からの逃走だ。

（「絶望の逃走」）

萩原朔太郎の宿命とは何だったのか。近代と伝統のはざま、「都会」と「田舎」のはざま、西欧と日本のはざま、無意識と理性のはざま、魂と身体の、聖性と賤性の、美徳と悪徳のはざま、そうしたあまたの二元論のはざまで引き裂かれ、そのどちらの項にも与《くみ》することができないまま、飢餓に耐えかねて自分自身の足を食べずにはいられない蛸のように、それらのディレンマじたいを糧として詩を書きつづけなければならなかったことだ。

みずから選んだ途ではなかった。それは悲運によって、あるいは恩寵によって、わが国の近代史の、そして近代詩歌史の、ある決定的な一点に立つことになった朔太郎が、否応なしに引き受けなければならなかった宿命である。もちろん彼はそこから「逃走」したかった。そんな宿命をやすやすと担いきることのできるような膂力《りょりょく》の持ち主など、誰一人いるはずもないからだ。しかし、この逃走はむろん挫折せざるをえない。

日はすでに暮れようとし
非常線は張られてしまつた
…
ああ逃げ道はどこにもない
おれらは絶望の逃走人だ。

（同前）

宿命を逆らいようのない天命と思い定め、懼《おそ》れも疑いもなく唯々諾々とそれに従おうとする者に、宿命を完遂する力はじつはない。宿命を厭悪《えんお》し恐怖し呪詛し、それから逃れようとする必死の試みに生涯を捧げる者のみが、かえってその宿命の途を果ての果てまで歩き通せる。芸術家の仕事において、宿命はそんな異様な逆説のかたちで立ち現われる。『月に吠える』から『青猫』へ、さらに『氷島』へ、変貌に次ぐ変貌を重ねつづけた朔太郎の詩は、この逆説の、そのつど新しくまためざましい具現の連鎖にほかならない。絶えずよろめきつつ、行き当たりばったりのように遂行された彼の決死の遁走は、後代のわれわれの目に、ただこのひと筋しかなかったとしか思われない、必然的にして宿命的な軌跡を描いていると映る。

朔太郎からこの宿命のバトンを受け取って走り出す、二一世紀の詩人の出現を言祝ぐ日が、遠からず訪れるに違いない。わたしは密かにそう信じている。

一八八六年に生誕し一九四二年に没したこの「宿命の詩人」が青春期の自己形成を行ない、気鋭の新人として第一詩集『月に吠える』（一九一七年）を、さらに第二詩集『青猫』（一九二三年）、第三詩集『蝶を夢む』（同）を刊行していった明治末から大正にかけての一時期は、第一次世界大戦（一九一四―一八年）、ロシアの二月革命・十月革命（一九一七年）、スペイン風邪の世界的流行（一九一八―二〇年）など、血腥《ちなまぐさ》い世界史的大事件が相次いだ時代だった。

詩人であるのみならず当代一流の知識人でもあった朔太郎は、海外情報にも鋭敏なアンテナを張っており、これら戦争・革命・パンデミックに繊細に感応しつつ、一九世紀からは質的にも量的にも隔絶した、二〇世紀的な暴力形態の出現を、自身の文学的感性のうちに貪欲に取りこんでいる。もっとも、先に列挙した諸事件のうち、第一次世界大戦の場合、日本も一応参戦はしているものの主戦場は欧州であったし、ロシア革命は文字通り対岸の火事でしかなかった。

ただし三つ目の、スペイン風邪と俗称されたインフルエンザ・ウイルスの流行に関しては、日本も大きな被害を蒙った。第一波（一九一八年一〇月―一九年三月）、第二波（一九年一二月―二〇年三月）、第三波（二〇年一二月―二一年三月）を総計すると、当時の日本の人口五五〇〇万人に対し、約二三八〇万人が感染し（これは人口比で言うと約四三％にも当たる）、約三九万人が死亡したと言われている。

朔太郎の詩に、ウイルス禍が直接描かれているわけではない。とはいえ、彼の詩に頻出する「病」や「死」の主題に、人々がばたばたと斃《たお》れていった流行り病の蔓延が、何かしら影を落としているのではないかと考えるのは、あながち恣意的な読みでもないだろう。たとえば、森のなかで白い蝶が群がり飛んでいるさまを描いた、「恐ろしく憂鬱なる」という詩がある（『青猫』）。

ああ　これはなんといふ憂鬱な幻だ

このおもたい手足　おもたい心臓
かぎりなくなやましい物質と物質との重なり
ああ　これはなんといふ美しい病気だらう

（「恐ろしく憂鬱なる」中間部）

空気中に充満し犇《ひし》めき合う「なやましい物質」のもたらす窒息感が、性の主題と結びつき、「女たち」の身体の発散するエロスの匂いを惹起《じゃっき》し、それがさらに「私」自身の死という幻想へと転じてゆく。

つかれはてたる神経のなまめかしいたそがれどきに
私はみる　ここに女たちの投げ出したおもたい手足を
つかれはてた股や乳房のなまめかしい重たさを
その鮮血のやうなくちびるはここにかしこに
私の青ざめた屍体のくちびるに
額に　髪に　髪の毛に　股に　胯に　腋の下に　足くびに　足のうらに
みぎの腕にも　ひだりの腕にも　腹のうへにも押しあひて息ぐるしく重なりあふ
むらがりむらがる　物質と物質との淫猥なるかたまり

（同）

奇しくもスペイン風邪からちょうど一世紀を経て、人類はまたしても世界的なパンデミックの災禍に見舞われた。空気中に瀰漫《びまん》する「物質と物質との重なり」――ウイルスは細菌とは異なり、半ば生物、半ば物質であるような特異な存在だ——を厭いつつ、わたしたちはあるいは自宅に引き籠もり、あるいは人と人とのあいだに「ディスタンス」を保つように求められつづけた。

そうした日々の鬱屈のさなか、わたしは朔太郎の「恐ろしく憂鬱なる」というこの言葉が自分の心境をぴたりと言い当てているような気がしてならなかった。「三密」を避けよ——などとしきりに言われたが、この詩で謳われているのもまた、息苦しいほど「密」に詰まったものへの恐怖だからである。

コロナ禍の日本では、美しく咲き誇った桜の下でのどかな花見の宴を愉しむこともままならなかったものだ。ところで、詩集『青猫』で「恐ろしく憂鬱なる」の直後に置かれている詩は「憂鬱なる花見」である。

憂鬱なる桜が遠くからにほひはじめた
桜の枝はいちめんにひろがつてゐる
日光はきらきらとしてはなはだまぶしい
私は密閉した家の内部に住み
日毎に野菜をたべ　魚やあひるの卵をたべる
その卵や肉はくさりはじめた

（「憂鬱なる花見」冒頭部分）

コロナ禍の真っ只中で、わたしたちは病の遍在におののきつつ、朔太郎的な「憂鬱」が、なまなましい感触を伴って、一世紀を経て不意に再帰してきたような感覚を覚えたものだ。朔太郎の詩的感性の透徹した「予見性」に、改めて戦慄せざるをえなかったゆえんである。

▲恩地孝四郎「『氷島』の著者（萩原朔太郎像）」1943（昭和18）年

目次

III 朔太郎を知る

IV テーマで読む朔太郎

V 朔太郎を深く知る

Ⅵ 資料編

凡　例

・本書は、萩原朔太郎没後80年として企画された「萩原朔太郎大全２０２２」の開催記念図書として企画・編集・刊行するものである。

・「萩原朔太郎大全２０２２」（中心期間：二〇二二年一〇月一日～二〇二三年一月一〇日）とは、全国の文学館や美術館、大学等が萩原朔太郎を介した展示、講演、シンポジウム等を同時期に開催するものである。

・掲載図版の所蔵元は各図版の下部に記載した。記載のないものは、萩原朔太郎記念・水と緑と詩のまち 前橋文学館所蔵である。

・萩原朔太郎作品の引用については、『萩原朔太郎全集』（筑摩書房）を底本とし、旧漢字は新字に改め、旧仮名遣いはそのままとした。

・六〇～六五頁、および八二～一〇三頁で紹介した萩原朔太郎の書籍・作品は、出版当時の書影と本文を掲載した。ただし、掲載の都合上、文字の大きさなどを調整した。

・各寄稿者の文章についての表記統一は最低限にとどめた。

I

朔太郎と出会う

朔くんと朔太郎さん　清家雪子

「竹」萩原朔太郎『月に吠える』

「艶めかしい墓場」萩原朔太郎『青猫』

「我れの持たざるものは一切なり」萩原朔太郎『氷島』

ん？
おまえはおれの生み出したものだろ…なら若い頃のまま洋服着てぴりぴりしてりゃいいのに
おれの末期まで投影しなくても…
？
おまえはおれの作品を読んだ読者が受けた印象を結晶化した存在なんだってさ
そうなの
それじゃ仕方ないじゃん
おまえは若い頃から夢に浸りきれない冷めた目を持ってたでしょ
自分の影に怯えながら影に怯えてる自分を鋭く見つめていた
自己分析して詩論なんか書くからこんな仕上がりになっちゃったんだよ
…………
つまらないな

確かに　ニヒルな哲学者
でもあるのが　おれの
日本詩人としては特異で
素晴らしいところだけど
ほんとおれって
自分大好きだよね
じゃあ
おれの夢見る理想の姿
五月の貴公子はどこなら
実在できるんだろう？
この中じゃない？
ああそうだ
おれはいつも
こうして…
若草の上をあるいてゐるとき、
わたしの靴は白い足あとをのこしてゆく、
ほそいすてつきの銀が草でみがかれ、
まるめてぬいだ手ぶくろが宙でをどつて居る、

「五月の貴公子」萩原朔太郎『月に吠える』

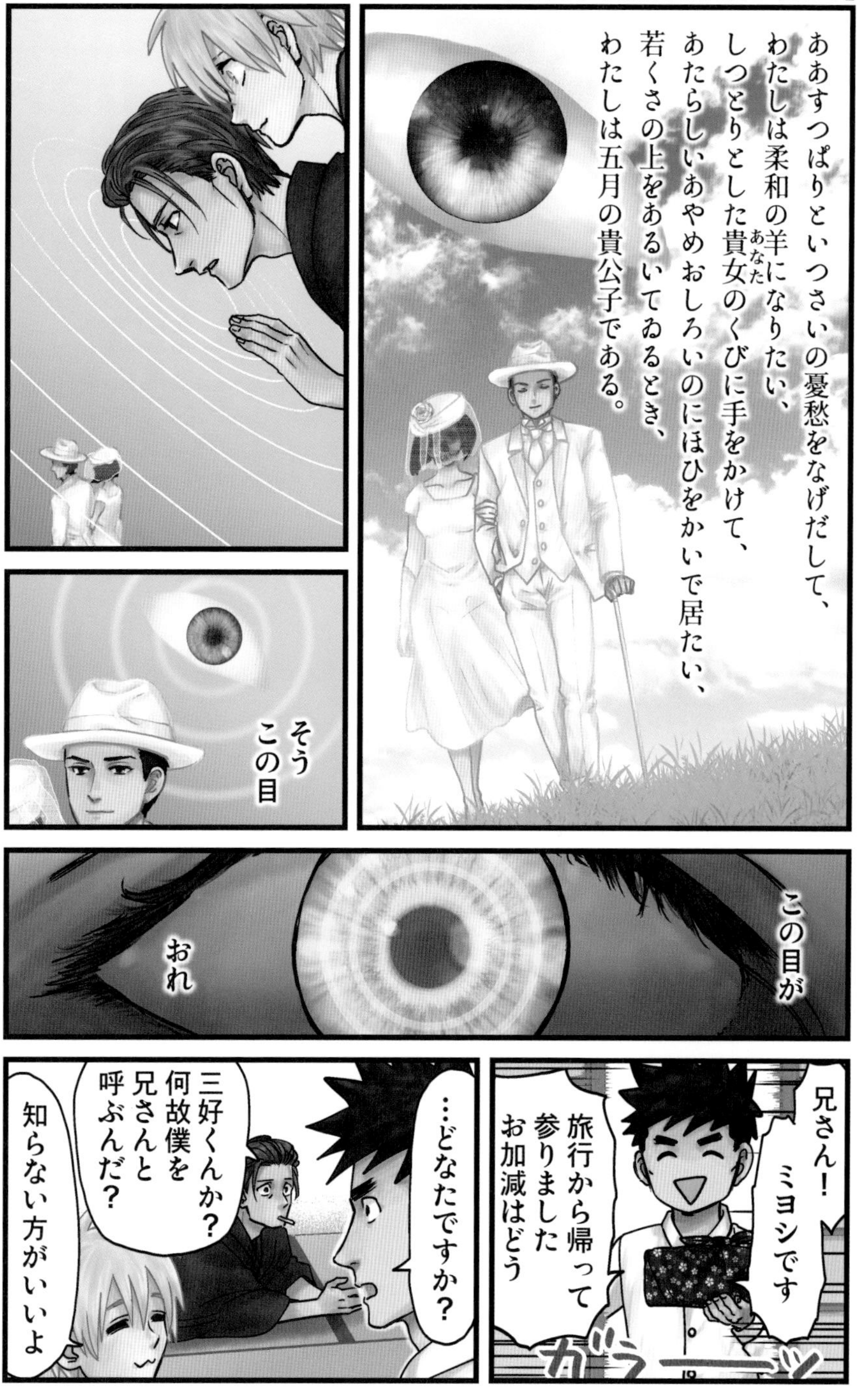

蝶を夢む

n-buna

ヨルシカ

学生の頃、僕の文学への情熱は文学と俳句に向いていた。俳句の中でも特に興味を唆られていたものは尾崎放哉、種田山頭火、萩原《おぎわら》井《せい》泉水《せんすい》など「層雲」系の自由律俳句。季語や五七五の定型に縛られず大半が口語となる自由律という俳句表現は、個人的な解釈としては一行詩に限りなく近く、作者の生活や人となりに直結した詩表現という意識のもとに彼らを楽しんでいた。今思えば、そんな学生時代の自分の興味が近代詩に向くのは必然だったのかもしれない。そうして手始めに触れた詩集たちの中に、朔太郎の『蝶を夢む』があった。詩集は座敷の中で翼を広げる蝶の描写から始まる。

座敷のなかで　大きなあつぼつたい翼《はね》をひろげる
蝶のちひさな　醜い顔とその長い触手と
紙のやうにひろがる　あつぼつたいつばさの重みと。
わたしは白い寝床のなかで眼をさましてゐる。
しづかにわたしは夢の記憶をたどらうとする

（「蝶を夢む」）

「蝶を夢む」というその表題詩は、夢の中で見た景色をそのまま抒情的に描くのかと思いきや、実際の夢の描写は三行に収まり、後は幼子のように泣く自らの涙や不安を書き連ね始めた。それはどこか現実への畏れ、自身への恐れを感じさせるじっとりと湿った感傷の詩だった。詩は翼を広げる蝶を描写して締められる。僕はこれを彼が彼自身に持つ恐怖と、その表現なのだと解釈した。朔太郎の見た夢自体がそのコンプレックスや、周囲を取り巻く環境、未来に対する恐れで、翼を広げる蝶はそこから脱却するための方法としての詩表現。

　当時の僕はこの詩にどうも打ちのめされてしまって、ページを捲る手が数日止まってしまった。大袈裟ではなく、それから詩集を開いた数回は「蝶を夢む」のページを読むだけで、何か満たされてしまって、本を閉じるほどだった。優れた表現には力が宿っている。力強い言葉の息遣いは聞くだけでも消耗する。言葉の表現は記した本人からしか生まれないからこそ、隠しようのない本音が映されてしまうように思う。だからこそ僕は朔太郎の詩にわかりやすく、明解な孤独と不安を嗅ぎとってしまって、勝手に引き込まれてしまったのかもしれない。

『蝶を夢む』には他にも秀逸な詩が多く収録されている。情愛をどこか喜劇的に語る「その手は菓子である」や、規則や日常からの逸脱を脱獄劇になぞらえて荒々しく無鉄砲な衝動を描く「絶望の逃走」。「騒擾」は弱弱しい心臓の所有者が月夜に羽を動かす様子を幻想的に描写する（体の弱かった朔太郎自身を意識しつつ、詩表現を隠喩している？）。

　勿論、私的な感情の吐露だけではなく、貿易商のあり様を讃える「商業」や、室生犀星にあてて旅の風景を吟ずる「眺望」には見たもの一つ一つを美しく口語表現する、優れた詩人としての力も感じられる。

「馬車の中で」は描く草原を吹く風のような穏やかな匂いの詩。グロテスクな息遣いで描写する「くさつた蛤」。そして詩集『月に吠える』へと繋がっていく散文詩「吠える犬」で朔太郎ははっきりと「吠えるところの犬は人である」と書いている。月に吠える序文からも「人」は明らかに朔太郎本人を示していると捉えられる。改めて表現方法としての詩と彼自身の密接な結びつきを感じさせる。

朔太郎にとっての詩の使い方について、感じる要素にも触れたい。私的な考えでは、詩だけではない全ての文学表現の役割の一つは、個人と個人、ひいては社会とを言葉という窓を通して感覚的に結びつけることにある。例えばボードレールが『悪の華』序文で読者を「偽善者」と断罪したような、表現を受け取る側への語りかけ、コミュニケーションとしての詩表現、この要素が朔太郎には少ない。あくまで「翼を広げる蝶」は「朔太郎自身」であり、「月に吠える犬」もまたそうなのだ。朔太郎が自身へのなぐさめとして産み出した言葉を我々が受け取め解釈する構図がそこには存在する。

今、寄稿のためこれまで何度開いたかわからないこの『蝶を夢む』を読み耽りながら、改めてその言葉の鋭利さと豊かさと、そして詩に対する表現の熱に驚かされている。自己憐憫や嫌悪、孤独や憂鬱といった極めて私的な感情を共感を求めず無心に書き連ねるその在り方にこそ、きっと、僕たちはどうしようもなく惹かれてしまっている。その姿勢はある種、彼自身の日記にも近い。多様なメディアが発達し個人の感情に容易にアクセスできる現代に生きているからこそ、伝えることを求めすぎない彼の不器用さを愛せずにはいられないのかもしれない。

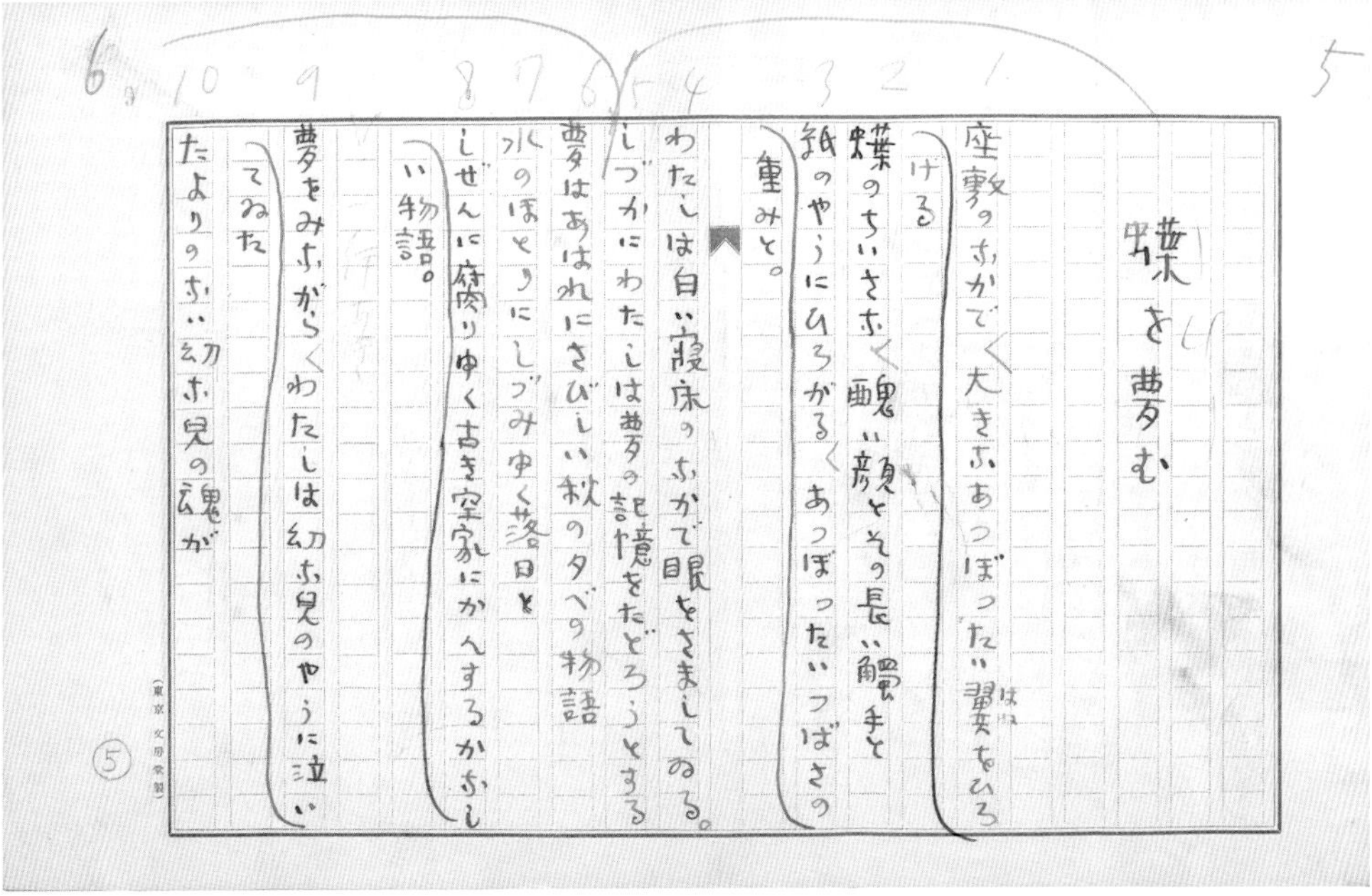
蝶を夢む

座敷のなかで大きなあつぼつたい翼《はね》をひろ
げる
蝶のちいさな醜い顔とその長い觸手と
紙のやうにひろがるあつぼつたいつばさの
重みと。

わたしは白い寝床のなかで眼をさましてゐる。
しづかにわたしは夢の記憶をたどらうとする
夢はあはれにさびしい秋の夕べの物語
水のほとりにしづみゆく落日と
しぜんに腐りゆく古き空家にかへするかなし
い物語。
夢をみながらわたしは幼な兒のやうに泣い
てゐた
たよりのない幼な兒の魂が

⑤ (東京文房堂製)

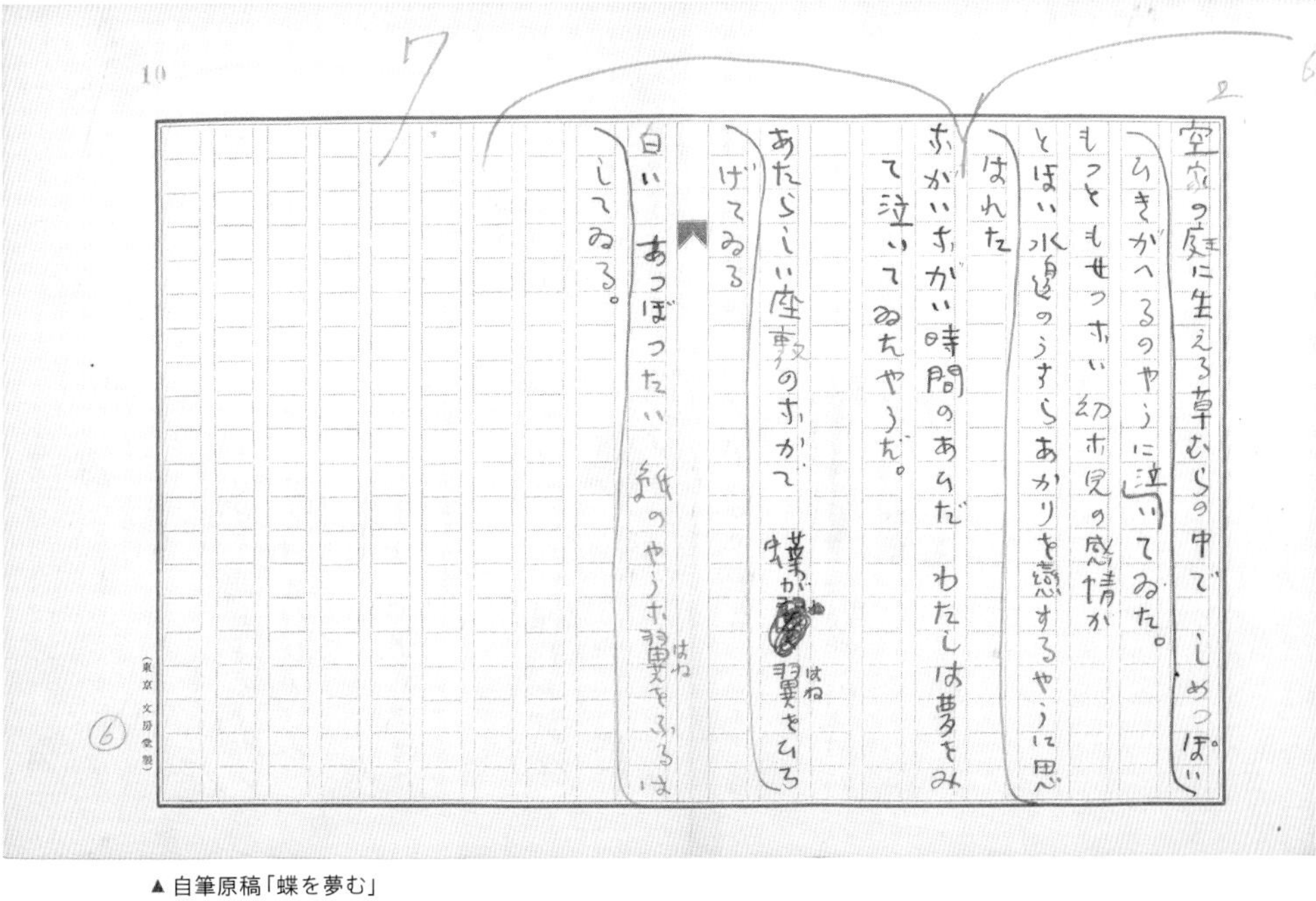
10

空家の庭に生える草むらの中でしめつぽい
ひきがへるのやうに泣いてゐた。
もつともせつない幼な兒の感情が
とほい水邊のうすらあかりを戀するやうに思
はれた
ふかいふかい時間のあひだ　わたしは夢をみ
て泣いてゐたやうだ。

あたらしい座敷のなかで蝶が翼《はね》をひろ
げてゐる
白い　あつぼつたい紙のやうな翼《はね》をふるは
してゐる。

⑥ (東京文房堂製)

▲自筆原稿「蝶を夢む」

黄昏の会話

松浦寿輝

……ああかの暗い隧道の向うに、天幕《てんと》の青い幕の影に、いつもさびしい光線のただよひゐる。

——萩原朔太郎「パノラマ館にて」

懶《ものう》い、気怠い、やるせない、いやむしろ懶さも気怠さもやるせなさも何もかも、あらゆる感情が脱色されてゆくような、模糊《もこ》とした黄昏の光にひたされ、わたしは公園のベンチに座ってうなだれていた。目を落とし、膝のうえに置いたタブレット端末を見つめていた。いや見つめていたと言っていいのかどうか、タブレットの画面は仄かに明るんでいたが、わたしの目にはもはや何も映っていなかった。顔を上げて中空に心を放つ気になれずに、ただぼんやりと視線をさまよわせていただけだ。暗い雲が重苦しく垂れこめた雨もよいの晩秋の空は、遠い幼時の胸苦しい記憶のかけらの、一つ二つを呼びさますような気がしてならず、しかしそんな空をいつどこで、誰と見たものやら思い出せるわけでもない。蜜のように甘く蕩けた郷愁が心を満たすわけでもない。幼いわたしは母のすべらかな白い手を握り締めていたのか、見上げると彼女の優しい笑顔がわたしを見下ろしていたのか、その顔の向こうに広がる夕空もまたこんな陰鬱な雲で覆い尽くされていたのか、などとふと思いをめぐらさせてみるものの、そんな記憶が甦ってくることもない。何もない。

タブレット端末の画面に映し出される戦地の映像――瓦礫の山、泣き叫ぶ子供たち、立ちこめる粉塵、路上に遺棄された数々の屍骸、外壁があるいは黒々と焦げあるいは無惨に崩落し、鉄骨が痛々しく剥き出しになったアパート……そうした痛ましい光景の数々を見つづける気力はもう失せていた。そら恐ろしいような不正義、蛮行……。非道な暴虐をふるう怪物の横行をこのまま赦しておいていいのかという憤りも、戦地から届く映像を毎日毎日見つづけ、無力感がつのるほどに、情けないことにはやがてだんだんと干からびた無感動へと溶けこみ、希釈されてゆく。その無感動のうちに心をけうとく浸し、時間が経つほどに、「鬱」の瘴気がどこからともなくじわりと湧いてくる。

心に耐性ができる、できてしまう、そういうことか……。いやいや、耐性などできるものか。刺激に慣れて感覚が麻痺してゆくような気がしなくもないが、そんな麻痺など仮初《かりそめ》のもので、憤りはただ深いところに押しこめられてゆくだけだ。それは心の底に溜まった軟泥《なんでい》に沁み透り、そこに根を張る無意識界の組織までをも腐蝕してゆく。そのうちにやがて「鬱」の瘴気が湧き、心そのものが壊れてゆく。

心が壊れるも大袈裟か、と思い直して苦笑した。だが、おれのなかでやはり何かが崩れかけている、そんな気がしてならない。画面に触れないままでいたタブレット端末はいつの間にかひとりでに電源が落ちていた。つい先ほどまで公園の向こうの端の、ぶらんこや滑り台などの遊具がしつらえた一角で遊び回る子供たちの歓声が、鈍い響きとなって伝わってきていたのに、いつの間にかそれも絶え、いまはただ鳴き交わす鴉たちのしわがれた声が遠く近くから聞こえてくるだけだ。しかしいまこの瞬間も、この空のはるか彼方のウクライナでは、悲鳴を上げ、ばたばたと斃《たお》れてゆく子供たちがいるのだ。

そのとき、思いがけないほどの間近から不意に人の低い呟きが聞こえて、わたしはびくりとして顔を上げた。

——ほう、日が落ちる……そういうものか。

紺飛白《こんがすり》の着物姿の、年齢不詳というのか、四十代から五十代半ばのあいだの、いくつであってもよさそうな、中背の痩せた男がベンチのすぐ脇に立って、腕組みをして空を見上げていた。日は落ちるに決まってる、そういうものかもへったくれもあるまい、何を唐変木なことを言ってやがると思ったが、そんなことをべつだんわざわざ言葉にする要もないから黙っていた。わたしはすぐさま目を逸らした。しかし、わたしに話しかけているのか、独り言《ご》ちているだけなのか、どちらともつかぬ平坦な口調で、

——どういう照明の仕掛けなのか知らんが、よく出来てるもんだ、と男は言葉を継いだ。

何を言っているのかわからない。

——広大な平野に明るい陽光が降りそそぎ、はるかな地平線に峨々たる山脈が霞んで、そこに戦火の砲煙が白くたなびき……といった、まあそんな趣向だったのにな、ついさっきまでは。それが、こっちがぼんやりしているうちにいつの間にか光が翳《かげ》ってゆく、日が暮れてゆく……。まるでほんとうに、現実に、時間が経ってゆくみたいじゃないか。

寝言みたいなことを言ってやがる。どの町内にも一人や二人必ずいる、頭のねじの弛んだご仁なんだろうな、とわたしは思った。下手に刺激するのはまずい。相手にならず、穏やかに立ち去るのがいちばんだ。ただ、すぐさま立ち上がってさっと背を向けるという冷淡な対応も、要らぬ反感を買うかもしれないから、まあ少々時間を稼ぎ、ほとぼりが冷めるのを待ったうえでさりげなく逃げ出そう、とわたしは考えた。

しばしの沈黙の後、

——ああ、ああ、歴史は忘れゆく夢のごとし、と男は言った。時は西暦千八百十五年。所はワータルローの

平原。あちらに遠く見える一葦《いちゐ》の水はマース河。こなた一円の人家は仏蘭西《ふらんす》の村落にございます。史をひもとけば六月十八日。仏蘭西の皇帝ナポレオン一世は、この所にて英普聯合軍《れんごうぐん》と最後の決戦をいたされました。

トーンが不自然に上がり下がりする妙な節回しをつけて、そんな芝居がかったせりふをひと息に言い、それからまた抑揚のない声音に戻って、

――なあ、きみ、そういう趣向だったはずだろう、と言った。

きみ、というのはおれのことか、とわたしは思った。言っていることはいよいよわけがわからず、じつに気色が悪い。知らん顔をしてさっと逃げ出してもよかったが、趣向という言葉がさっきから繰り返されるのが何となく気に障って、

――どういう趣向だろうが何だろうが、時間は経つでしょう、そういうもんでしょう、という言葉が我知らず、わたしの口からつい出てしまった。

――ふん。時間が経って……それだけじゃないな。場所も移って……。いったいどこなんだ、ここは。変哲もない、どこぞの公園か。鴉がやけにうるさいな。

男はすたすたと近づいてきて、よいしょ、と呟きながらわたしの座っているベンチの端に腰を下ろした。黙っていればよかったのにと後悔したがもう遅かった。わたしはたじろぎながらも仕方なく、反対側の端へ軀《からだ》をずらした。

――どこにでもあるような、取り柄もない、変哲もない公園で、日が暮れかけている、と……。ふん、これはこれでなかなか面白い。ここはいったいどこなんだい、東京か巴里《ぱり》か倫敦《ろんどん》か、それとも大陸は沿海州あたりのどこぞの町か。

――ここですか？　ここって、まあ東京ですけどね、と馬鹿々々しいと思いながらもわたしは男を刺激しな

いように、ともかく穏やかな声音で返答した。

――どうやら浅草ではないようだな。

――むろん浅草じゃありません。東京の西郊の……でもあなた、どうなさったんです？　道に迷われたのですか？

男とは目を合わせたくなくて、顔を正面から見ないようにしていたが、ふふん、と鼻で笑った男が、小馬鹿にしたように口を歪めている気配はなぜかはっきりと伝わってきた。

――道に迷う、ねえ……。迷うと言えばわたしなんぞ、ここ何十年も迷いっぱなしだがねえ。迷って迷って、どっちに向かっているのかわからないまま、歪んだ足つきで、病気の船乗りみたいに、ふらふらふらふら歩いているだけだから。

――歪んだ足つき……。

――どこに身を置いても、心が休まるということがない。

――それはまた、お気の毒な。

――それでも、いくばくか気持ちが安まる場所がないわけでもない。たとえば……まずは活動小屋か。活動写真のなかではいろんな、突拍子もない出来事が起こるだろう？　探偵が窓から忍びこんでゆくと、その部屋には血まみれの女の死体が転がっている……。朝の都会の街路をいっさんに逃げてゆく曲者、その後を追う探偵……。あっはっは、子供騙しもいいところだが、そんな他愛のない物語に溺れているのが、わたしには何より快い。

――はあ、活動写真……映画ですか、とわたしは言った。以前はこの町にも映画館があったんですがね。一昨年、とうとう閉館になってしまいましたよ。何せ昨今はアマゾンプライムやNetflixの配信で、新旧取り混ぜて大量の映画が自宅のテレビで簡単に見られるようになってしまいましたからね。

しかし男はわたしの声などまったく耳に入っていない体で、独白ともつかない話をしんねりと続ける。

——あの快楽とはいったい何なのか。つまるところ、探偵も曲者も、スクリーンというぺらりとした表層のうえでの、光と影のたわむれでしかないからなんだろう。なあきみ、スクリーンの裏側に回ってみたことがあるかい？　表層は結局、ただの表層でしかなく、その裏には何にもない。恐ろしいことに、裏にも奥にも、何にもないんだよ。活動写真の恐怖、その魅惑……。

男は一拍間を置いて、

——それから、ここも、この場所もまた、わたしの気に入りの逃避場所の一つだ、と言葉を続けた。静かな情緒のみなぎる、このぐるり三百六十度の、回転画の世界。「あはれこの古びたパノラマ館！　幼ない日の遠き追憶のパノラマ館！　かしこに時劫の昔はただよひゐる」……。

何を言っているのかわからない。わたしが黙っていると、

——きみはステレオ写真機というものを知っているかね、と男はまた妙なことを言い出した。

——ステレオ……？　さあ……？

——知らない？　二枚の写真を同時に撮って立体写真を作り出す、精巧な器械のことさ。二つの画像を目の前に置いて、目の焦点を微妙に調節する。するとどうだろう、ぺらりとした平面だったものから、奥行きのある風景がぐいと立ち上がってくる。あるいは画面の奥に深々と沈みこんでゆく。両眼視差を再現して、立体的な空間把握を体験させてくれるという原理だが、あれはじつに面白い。もちろん映画のスクリーン上の映像同様、そんなものは偽の奥行き、偽の遠近法にすぎない。しかしその嘘臭さ、いかがわしさが、わたしには何とも面白い。現実そっくりの、紛いものの現実、本当めかした偽の風景……。

わたしは男から目を逸らし、空を見上げたままでいた。ほとんど意味のとれない男の話は右から左へ聞き流していたのだが、「紛いものの現実」という一語がふと耳にとまって、それがなぜかわたしに鈍い衝撃を与えた。タブレット端末の画面のなかにさっきまでわたしが見ていた瓦礫の山、泣き叫ぶ子供たち、噴き上がる粉塵、路上の屍骸――ああいった映像の数々だって、つまるところ「紛いものの現実」ではないのか。わたし自身は粉塵も浴びず血のにおいも嗅がず、戦場からはるかに遠い安全な地で映像を見ているだけだ。映像は所詮、映像でしかない。小さな画面のなかにほんのいっとき揺らめいては消えてゆく疑似現実でしかない。

――暗くなってきたな、と男が言った。

いつの間にか公園内に配置されている水銀灯が灯っていた。肌寒い夕風が吹きはじめている。

――ここ数日で、めっきり日が短くなりましたね、とわたしはぼんやりと言った。ベンチから立ち上がるきっかけを失い、ついついこの変な男と、話がまったく噛み合わない頓珍漢な会話を交わすような成り行きになってしまったが、正直なところそれはそれで、さほど不快なことではなかった。精神科の医師に掛かったほうがいいご仁であることは間違いないが、どうやら人に危害を加えかねない危険人物ではないようだ。このままベンチに自堕落にへたりこみ、この辻褄の合わない問答でいつまでもだらだらと時間を潰していたいという気持ちすら、わたしのうちには芽生えかけていた。

――だんだんと夜になってゆくのかい。ふん、面白い。

――面白いですか。

――面白いね。時間が経って日が暮れて、夜になってゆく。まるでほんものの世界みたいに……。

――「みたいに」って……何なんですかね。これはほんものの世界ですよ。

少々いらついてきたわたしは、顔を上げ、ぐいと横を向いて、ベンチに並んで座っている男の顔を初めて真正面から見つめつつそう言った。だが、男は先ほどのわたし自身のようにぐんなりとうなだれて、膝のうえで指を組み合わせた自分の両手に目を落としているので、横顔しか見えない。いやその横顔も、周囲に広がり出した薄闇に浸され、水銀灯の逆光のなかに入って、顔立ちも表情もはっきりとは見分けられない。

くっくっくっという小さな声が漏れてきて、最初は何かと訝《いぶか》ったが、数秒遅れて、男が笑っているのだとようやくわかった。その薄気味の悪い含み笑いから、切れ目なしに、男はいきなり頓狂な声を張り上げ、先ほどと同じ不自然な節回しで、朗々と、

――あれなる平野の大軍は英将ウエリントンの一隊。こちらの麦畑に累々と倒れて居ますのは、皆之れ仏蘭西兵の死骸でございます。無惨やあまたの砲軍は敵弾に撃ち砕かれ、鮮血あたりの草を染めるありさま。ああ悲《ひ》風《ふう》蕭々《しょうしょう》たるかなワータルロー……。

沈黙が下りた。

――ははあ、悲風蕭々ね、とわたしは苛立ちの滲んだ声で言った。

男は黙っていた。

ふと思いついたことがあり、わたしは手にしていたタブレット端末の画面を回復させ、YouTubeの動画の一つを手早く選んで、再生ボタンを押し、その画面を男の目の前にぐいと突き出した。そこにはウクライナの惨状を伝えるニュース映像が流れている。

――ほう、何ですか、と呟き、男は顔を近づけて画面をしげしげと覗きこんだ。これはまた、新手の奇術用具かね。どういう電気仕掛けなんだか、何やら、ちかちかと動いているが……。いやあ、日進月歩の世の中で、変ちくりんな玩具が次から次へ発明されるもんだねえ。しかしわたしはやっぱり、昔ながらの単純な「四つ玉」だの「カップアンドボール」とかのほうがいいね。仕掛けがこんなふうに精緻に複雑になればなるほど、むし

ろ興が削がれる。所詮、時間潰しの遊びの具だ。それにしては邪道というのか……。

――ほら、よく見てください。遊びなんかじゃない。これは現実です。ワーテルローの戦いなどとはけた違いの規模の、戦争の無惨、悲惨……。

――いやあ、何だかよくわからんが……。

――「累々と倒れて居ますのは、皆之れ仏蘭西兵の死骸」とか、そんな講談だか弁士の語りだかみたいなことじゃないんだ。これは戦場で実際に撮影された映像です。戦争というものの本当の、現実のすがたというもので――。

そう言いかけて、あれあれ、おれは自家撞着《どうちゃく》したことを口走っておるなという困惑が兆し、わたしははたと口を噤んだ。これは所詮、ただの映像で、そして映像とは結局「紛いものの現実」にすぎないという思いにうたれたのはつい先ほどのことだというのに。

男はタブレット端末をわたしの手に返してよこしながら、

――そう、手品というのはやっぱり素朴な子供騙しみたいなもののほうがね、本当は面白いんだ。こっちの輪っかとあっちの輪っか、さあさあ、ちゃりんと触れ合わせると、あら不思議、繋がってしまいましたよとか。あるいはまた、「これ」とかね。

その「これ」という言葉のところで、男は片手を上げ、このあたり一帯といった身振りをゆるゆると示してみせた。男の顔が上向くのに釣られるように、わたしも顔を上げ、空を見上げた。もうほとんど夜になっているが、闇がどれほど深くなろうが都会の空はいつまでも薄ぼんやりと明るいままだ。それにもともと曇り空だから、星も月ももちろん見えはしない。どういう「趣向」だろうが何だろうが、時間は経つ……さっきおれはそう言ったのだったな、と思い出した。

いつの間に立ち上がったのか、気がつくと男はベンチからすでに数歩離れたところに立ち、やはり空を仰いでいた。その姿勢のまま、こっちを見ずに、

――さて、そろそろか、と言った。

――そろそろ……?

――もう閉館の時刻だろう。

わたしは背筋がそそけ立つのを感じ、男の顔をまじまじと見直したが、その顔はそこでもまたちょうど水銀灯の明かりの陰に入っていて、どんな表情を浮かべているのか見定めることができない。笑っているような気がした。

――きみにはわたしがどんなふうに見えるのかね、と男は言った。

蒼ざめた、蹌踉《そうろう》とした、影のように見える。しかしそんなことを口に出すわけにもいくまい。

手元のタブレット端末に目を落とし、電源がひとりでに落ちてその画面が暗くなっているのをたしかめ、また目を上げると、その一瞬のうちに男の姿は、あるいはその影は、もう見えなくなっていた。

――さて、そろそろ……と、わたしは男が言った言葉を、わたし自身にさえ聞こえるか聞こえないかというほどの小声で、芸もなく、漫然と繰り返した。

そう、たしかにその通りなのだな、と思った。べつだんアナウンスの声が天から降ってきたわけではないけれど、もうそろそろ閉館なのだ。さあさあ、ご見物衆の皆々様、お帰りはこちら……。我知らず、ベンチから一気に立ち上がっていた。顔から血の気が引いていたようだ。指のあいだから滑り落ちそうになったタブレット端末を辛うじて摑み直す。よろめきかける足を辛うじて踏み締める。蹌踉《そうろう》としているのはよほど、こっちのほうではないか。しかし、お帰りはこちらというそのこちらがどちらなのかわからない。

太古のおもいで《ノスタルジア》　猫町（*2011.9.1——9.11*）

吉増　剛造

おそらく、世田谷文学館からの、……深い、呼び声、……（呼子《ヨブコ》の笛か、……）が、いま、かけられたのではなかったのなら、萩原朔太郎が、……（おそらく、じつに、あわれげに、……）視界に入れつつ聞いていたであろう天上の音楽（……とは、書く手も、思いきったことを、……）〝しづかにきしれ四輪馬車《しりんばしゃ》、〟（「天景」、傍点引用者、……天景のしづかなきしりなのだ、……）の足音 *or*（天上の、……）足裏に、こちらの心のひかりはまだ、そこまでは、とどき得なかったのかも知れなかった。……天上の音楽（の、いまの地図、……）を、ほとんど秒刻体で、……二〇一一年九月二日、激しい雨の前橋から、急ぎ戻って、亀岡大助氏、出本喬巳氏、吉原洋一氏と、夕暮に、下北沢ノ大踏《オー》切り（小田急線、東北沢寄り、昔、向うには、彼岸のように霞む、…オデオン座が、あったのだが、……）に、ほとんど地面に、頬を付けるようにして、世田谷の土地の起伏をしっかりと視野に入れようとしていたあのとき、*Ciné* にも、道端の猫か小犬のようだぜ、……という黒衣《くろご》の小声《こごえ》は、残ってはいるのだが、……いま、七日後、ロスアンジェルスからの帰途、*DL*（デルタ航空）637 便の 33F 席で眠られぬ、……爆音、……（環（は）、……不正確だ、籠《コ》ン、茂《モ》、離《リ》とした、……工場の神社のような、……）で眠られずに、思考の鏡をＯＨＰのように、大踏《オー》切脇に、僅かに挿していたようだった……。復帰した萩原朔太郎賞の選考会の雨の九月一日、……。前橋文学館の旧知の津島千絵さんが探して下さった資料から、前橋～伊香保をかつて走っていた輕便（電氣）鐵道のページを、次の朝早く、ホテルで急いで、四、五葉コピー。心急《せ》いて、京橋の*Fedex Kinkos*へ、ＯＨＰを、……それを大踏切りに置いて、……一《ひと》ふき、セルロイドの風が、……立っていたとき、……下北沢の大踏切りを*Ciné*のはじまりとしていた、……そのときまでは「Ω（オメガ）地方―『猫町』紀行」と題していたのだったが、……〃前橋〜伊香保電氣鐵道、……〃の（発する響きというよりも、……幼い年の心官の空（ソラ）には、まだ〃クサカルデンデツ（草津〜輕井澤間の電氣鐵道）〃の空の妖精の言葉を、聞くようにして、……そうして）カラダゼンタイが、……土地の起伏あるいは下北沢の土地の繁みに四肢を、……（この〃四肢、……〃ガ、朔太郎の〃四輪《シリン》馬車〃と交響、……）土地の繁みに四肢を、ウツ、ブセて、……刺青するようにしていた、……。大《オー》踏切りに、ほとんど全身で聞耳《キキミミ》を立てていた、……。そうして、おそらく、……（わたくしも、わたくしたちも、「氷島」下北沢のときの朔太郎のように、……）天上の音楽に、……幻の瞳（*eyes'*……）と、少し、それが他界か地下から見上げている小さな黒目のようにして言葉を、脇路に置いてみて、不図、下北沢大踏切り脇に黒衣《くろご》のように蹲っている男（わたくし、…）を避けるようにして、ほとんど、睫毛のそばか上を、蹌踉（よろ）けるようにしていった、自轉車というよりも、輪《ワ》ッかが、これから小文がそこまでとどくのだろうか、寒風をついて、赤城の国定村まで、その〃輪ッか〃を漕いでいった、これも、その心中の心像（陰画（ネガ…））が〃極光地方〃の朔太郎の姿が、四輪《しりん》、…とともに、到来していたらしいことにも、ここで、気がついていたのだった……。

極光地方、荒寥地方、沼澤地方、……。初めて訪ねた、……（二〇一一年九月四日、まだ荒れ模様の関越を、渋川、伊香保で下りて、山に這入った、……）イカホ、……（〃イカホ、ホイカ〃と口遊んでみていて、……少しく、これは異語らしいことが判る、……）そこに初めての驚きを、*Ciné*の裏声、……（これも、もうひとつの「猫町」なのであって〝*kappa* と呼んで下さい〟と『歯車』のエピグラムで綴っていた、芥川龍之介の、……龍之介もきっと、必ずや、聞き耳をたてていたであろう、……黒衣（くろご）の小声（こごえ）にも、通ずる小径が、裏町への小径《みち》がある、……）イカホ＝アイヌ語説とトネ＝*tanne*（長いの意、……）のアイヌ語からか、……の言語の淵《フチ》が、……一瞬にして開口《ひら》いたときの、……これも〝極光〟……（黒衣の小声、……〝イカホは、これは、世にも稀なる隠れ里だよ。『猫町』の背後に、イカホが、隠れてるな、……。〟〝春、奈、子、……〟と書きたい、イカホノ沼、古来より、歌枕としての「伊香保の沼」これも、トーノ（アイヌ語の湖《トー》、…）よりも、さらに山奥の迷家（マヨヒガ）ならぬ迷った小湖《コ》の印象をさそいだす、……。榛名湖も、……。朔太郎さん、無意識に、太古の人の心景＝天景を掴まえてるな、……。『氷島』以後の〝オメガ地方〟、……〝地方〟は、あるいは〝太古〟の遠い思い出であったのかも知れなかった、……）そう、〝地方〟は、〝太古のとき〟であったのだ、……。

赤城《アカギ》ハ、……

「恐ろしい山」、……。

〝しづかにきしれ四輪馬車、〟

さあ、また、下北沢の、大《オー》踏切りに戻っていこう。

世田谷地方にたくさんあった沼や沢、その中でも世田谷城を中心に、北の方の部分が「北沢」です。昔は喜多沢と書いたこともあるようですが、その根拠はわかっていません。江戸時代には未開拓の原野もあちこちに残され、地形が変化に富んでいたので、幕府の陰密が迷子になったという笑い話も伝えられています。

豪徳寺から玉電に乗りかえて（車輛製造年をみると、昭和十七年神戸とありました、〝玉電に乗りかえて〟で、そこで、おそらく〝身体の下底の耳は、……〟古い輪ッかの小声を聞いている、……）、松陰神社前で下車、上野さんと二人して、世田谷区役所へ行き、資料室で地誌を開くとこんな記載。よく世田谷迷路の感じをとらえた笑い話だ。この沼沢地で迷うのは、むかし隠密、いまタクシー、ということか。いまから一人の詩人の足跡を辿ってゆくのだが、……（『太陽の川』一九七八年小沢書店刊）

朔太郎のいた頃の下北沢、代田の呼称に「新屋敷」「野屋敷」「西山谷」「砂利場」「前耕地」などがあって、朔太郎のいう「屋敷町」にはその呼称の、……（〝世田谷〟の、……）影がある、……（同右）

しかし、今日、……（二〇一一年九月八日〜十日頃、……）は、もう、朔太郎の極光のヴィジョンと「沼澤地方」を、エマソン、ソローの、……あるいはポーの *ula* ＝（浦、……、そうこの〝うらうら〟は、家持の一首から朔太郎詩集に届いている、音韻の根と織毛（この場合は〝せんもう〟）でもあるのであって、……）*Ulalume* を運び了《おえ》て、……（その〝運んで行った、……〟咄嗟の津波のような心もまた〝極光地方〟の分光でもあったのであって、……「アメリカ沼澤地方」*Ciné* は、二〇一一年六月二五日、雨の夕暮の *Walden Pond*……*Lake* とも *Pond* とも、……ここが下北沢だというのは、わたくしの直観、…というのよりも、天上の恋のような〝叶わぬ夢、…そのきしりなのであって、……そう、天景なのであって、……アティトゥラン湖にも、ショージ湖、スバ湖にも、エリザベス湖にも、古い、太古からの深い〝地方〟が感じられたのであったのだ、……それももう、[illegible]《お》にかけてからの日々《ひび》、……）が、愈《いよ》々《いよ》《more and more.》『氷島《The Ice land》』＝骨牌《Carta》＝立体寫眞《パノラマガラス》＝らいふの皮膜《ライフ・スコープ》の裏側＝裏町《ウラマチ》＝下北沢《osoresan》＝伊香保《IKAHO》＝関東の隠れ里の、太古の思い出のひかりをみる瞳《メ》が、『猫町』なのだ、……というところにまで、わたくしたちの瞳《メ》も耳ハ、とうとう、辿りついたようだ、……。

さあ、〝世田谷文学館からの、……〟あるいは、〝世田谷からの、……（ともいうるのか、胸騒ぎのする、次の囁き声も聞こえて、……）深い呼び声、……から綴りはじめた小文の掉尾に、……二〇一一年九月十日、東京都現代美術館での石田尚志さんとの*Ciné*-オペラシオンの折に、朔太郎作曲の「機織る少女（*a weaving girl*）」を耳にして感に堪えてられた、藪前さん、岡村さんの耳にも頭を垂れて、……輪ッかや、太古の埴輪（ハニ、ワ）の思い出も、最後に、みなさま、朔太郎の非望の、……オメガの、……天上の音楽、……この輪ッかが、空で、踏切りるのを聞いてみませんか……。

天景

しづかにきしれ四輪馬車、
ほのかに海はあかるみて、
麦は遠きにながれたり、
しづかにきしれ四輪馬車、
光る魚鳥の天景を、

また窓青き建築を、
しづかにきしれ四輪馬車、

この天景、何処かで、見覚え、聞き覚えが、ありますよね。……、ね。（十一日午後、……銀座伊東屋さん九階 *café* で、庭山さんに、本稿を、
おわたしして、一言（ひとこと）が、やって来ていた、……）
太古のおもいで《ノスタルジア》、……。

（よします・ごうぞう　詩人）

※『「生誕125年　萩原朔太郎展」図録』（世田谷文学館、二〇一一年）より転載

朔くん断片① 清家雪子

皆さん
こんにちは
僕はミヨシです
ミヨシくん
三好達治作品から
我が師
かけがえのない
二人目のない
唯一最上の詩人
朔先生について
お教えしましょう
朔先生の目は
とても大きく
ぎょろりとしています
犀
室生犀星
作品から
その大きな目はいつも
何かに戦慄していて
人と目を
合わせられないので
大体胸のあたりを
見ています
白さん
北原白秋
作品から
白さん
遊ばんでくれ
無理に目を
合わせようとすると
可哀想なことに
なってしまうので
やめてあげて
くださいね

II

朔太郎を読む

第一詩集（削除本）『月に吠える』

◀『月に吠える』初版（削除本）
1917（大正6）年2月　感情詩社・白日社
表紙画：「われひらく」恩地孝四郎
（個人蔵）

第一詩集『月に吠える』は、一九一七（大正六）年二月、朔太郎三一歳の時に感情詩社と白日社（前田夕暮主宰）との共同刊行で発行、発行人は室生犀星がつとめた。

五〇〇部刊行で、北原白秋の序文と犀星の跋文が添えられ、巻頭には「従兄萩原栄次に捧ぐ」と、文学の道へ導いてくれた従兄への献辞が付されている。

詩篇は一九一四（大正三）年九月～一七（大正六）年二月にかけ、雑誌掲載されたもので詩集は七章で構成、当初削除された二篇を合わせて五五編（無題詩を含めると五六篇）の詩が収められている。他に「挿画附言　詩集附録」として、田中恭吉の文と詩、恩地孝四郎、朔太郎の文章を掲載。

朔太郎はこの詩集の出版前「ARS」、「詩歌」などへ掲載後、一九一五（大正四）年六月を最後に一九一六（大正五）年四月まで詩作品の発表をやめてしまう。この間はマンドリン演奏などに熱中してい

「月に吠える」遅刊に就いて

私の詩集中のある詩篇《ママ》が風俗を壊乱する恐れがあるといふので警視庁から親切なる注意をうけた。当りまへなら当然発売禁止にされる筈なのであるが警保局長の好意によつて特にその風教に有害な一篇《ママ》を抹殺することによつて発売を許された。それで「さびしい情欲」篇の一二篇は残念ながら削除してしまつて新らたに製本をやり直すことになつた。自分の大切な創作を一篇《ママ》でも闇に葬つてしまふことは残念であるがこれも致し方ない。

このことで発行人の室生がお役所によび出されたりして色々不思議なことであつた。淫猥だといはれて削除したその詩篇は「愛憐」と題する詩である。見る人が見たら淫猥なものかも知れない　併し私としては自負のあつた作であつたとにかくガツカリした。（萩）

「感情」第八号一九一七（大正六）年三月（裏表紙）　感情詩社

—32—

詩集 月に吠える　萩原朔太郎著

北原白秋序　恩地孝装幀　定價金九十錢
室生犀星跋　田中恭吉挿画　郵税金八錢

「月に吠える」遲刊に就いて

私の詩集中のある詩扁が風俗を壞亂する恐れがあるといふので警視廳から親切なる注意をうけた。當りまへなら當然發賣禁止にされる筈なのであるが警保局長の好意によつて特にその風敎に有害な一扁を抹殺することによつて發賣を許された。それで「さびしい情慾」扁の一二扁は殘念ながら削除してしまつて新らたに製本をやり直すことになつた。自分の大切な創作を一扁でも闇に葬つてしまふことは殘念であるがこれも致し方ない。

このことで發行人の室生がお役所によび出されたりして色々不思議なことであつた。淫猥だといはれて削除したその詩扁は「愛憐」と題する詩である。見る人が見たら淫猥なものかも知れない　併し私としては自負のあつた作であつたとにかくガツカリした。（萩）

感情 第二巻第三號

編輯兼發行人 東京市外田端一六三 室生照道

發行所 東京市外田端一六三 感情詩社

大賣捌 東京堂 東海堂 北隆館

本號定價金十五錢

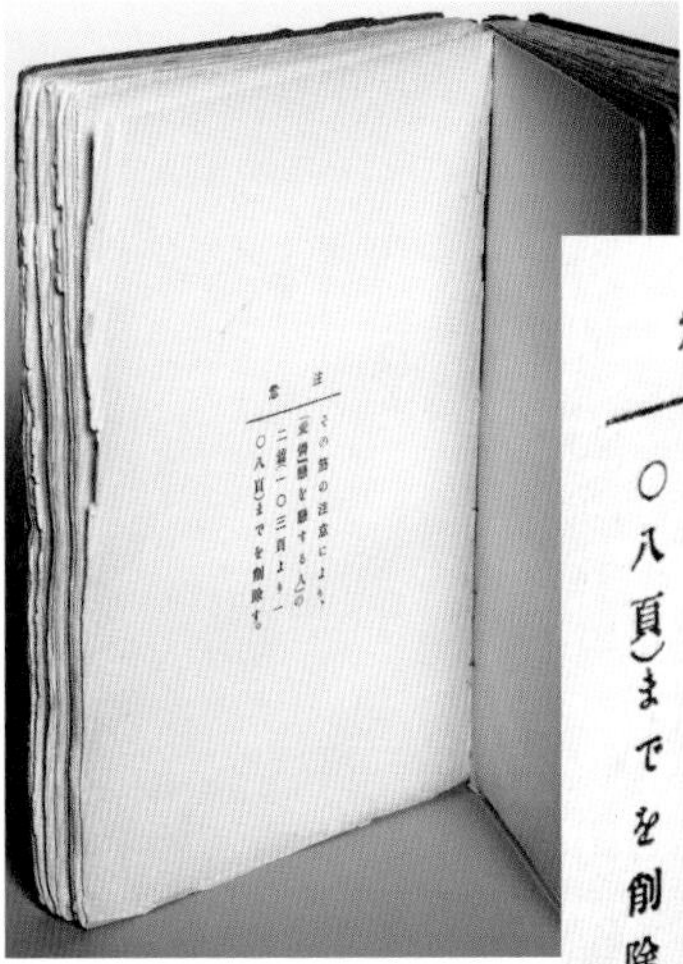
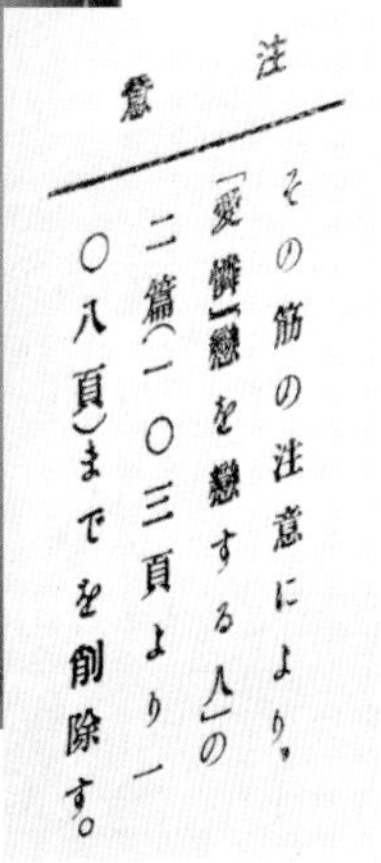

▲犀星の尽力により発売禁止は免れたが、二篇を削除して注意書きを貼り込むこととなった。

た。その後、ドストエフスキーに導かれ「神を発見した」こと、自身が長く抱えていた問題を解決したとして、一九一六（大正五）五月より詩の発表を再開した。

そして一九一六（大正五）年一〇月、詩集出版へ本格的に着手し、費用については白日社の前田夕暮に相談。自費出版のため、母ケイに頼み、出版費用を捻出した。

ところが刊行前の検閲で、内務省警保局から発行責任者の室生犀星が出頭命令を受け、「風俗壊乱」にあたる詩があるという事で発売禁止の説明を受けた。しかし、犀星の尽力で「愛憐」と「恋を恋する人」の二篇を削除することで発売許可が降り、急ぎこれらのページを削除、注意書きを貼り込み、『月に吠える』はようやく刊行の運びとなった。

朔太郎は、詩集発売後間もなく「風俗壊乱の詩とは何ぞ」と題した抗議文を上毛新聞に二日続けて投稿した。

発売禁止になった後の緊迫感が伝わる高橋元吉宛の書簡が残っている（次頁参照）。

「感情」第６号　1917（大正6）年1月（右）と
「詩歌」第７巻第２号　1917（大正6）年2月（左）
に掲載された『月に吠える』の広告 ▶

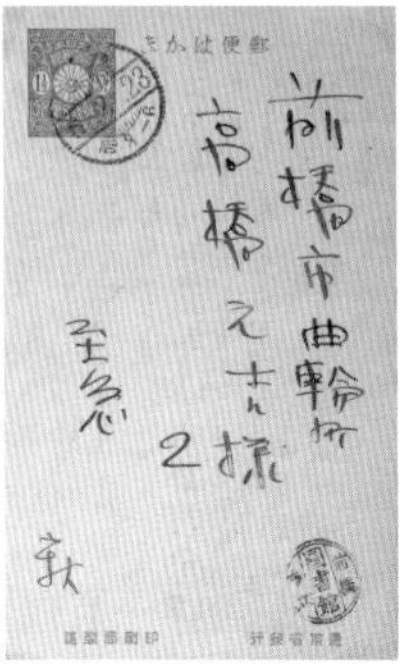

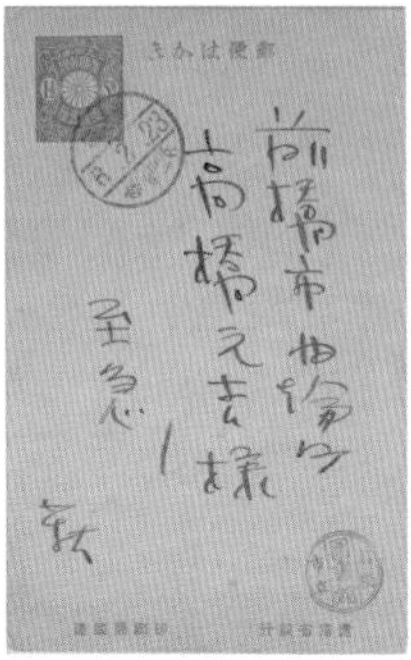

萩原朔太郎書簡、
高橋元吉宛（葉書）
1917（大正6）年2月23日消印 ▶
下記の内容が書かれた高橋元吉宛の２枚続きの葉書。一枚で書ききれなかったために、２枚にして送ったと思われる。葉書の表面（上）には「至急」と書かれ、番号が振ってある。写真右が１、左が２

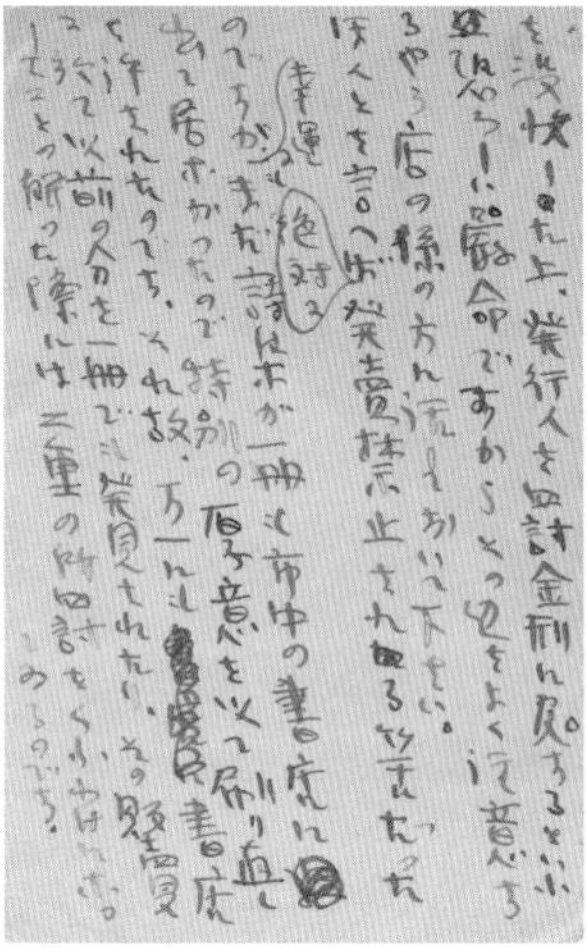

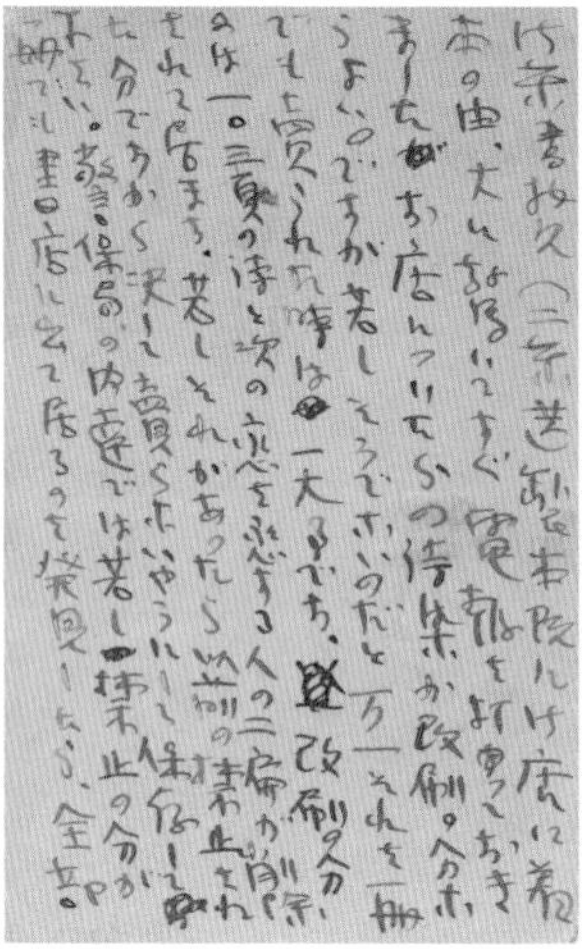

万一それを売られた時は一大事です。

御葉書拝見（二葉共）製本既に御店に着本の由、大いに驚いてすぐ電報を打つておきましたお店についた分の詩集が改刷の分ならよいのですが若しそうでないのだと万一それを一冊でも売られた時は一大事です、改刷の分には一〇三頁の詩と次の恋を恋する人の二扁が削除されて居ます、若しそれがあつたら以前の禁止された分ですから決して売らないやうにして保存して下さい。警保局の内達では若し禁止の分が一冊でも書店に出て居るのを発見したら、全部を没収した上、発行人を罰金刑に処するといふ恐ろしい厳命ですからその辺をよく注意するやう店の係りの方に話しておいて下さい。（後略）

萩原朔太郎書簡、高橋元吉宛（葉書）
一九一七（大正六）年二月二三日消印

刊行後は各所で反響を呼び、詩壇を代表する詩人たちが激賞し、新聞や雑誌での新刊紹介欄に掲載された。「感情」九号（一九一七年四月）では、諸名家らの礼状の文面を掲載、高村光太郎、岩野泡鳴、斎藤茂吉などの賞賛が並んだ。続く一〇号（一九一七年五月）では「詩集「月に吠える」合評号」とし、加藤介春、多田不二、長谷川潔、高橋元吉らの評が掲載された。

「僕は一躍して詩壇の花形役者になつてしまつた」

萩原朔太郎「詩壇に出た頃」（初出「日本詩」一九三四（昭和九）年一〇月、『廊下と室房』一九三六年五月）

朔太郎自身が「日本詩檀《ママ》の潮流を根本からくつがへす」（栄次宛書簡）と述べたように、日本における口語自由詩はこの詩集によって確立されたと言ってよく、後の詩人たちへ多大なる影響を与えた。

「文章倶楽部」第2年号第10号
1917（大正6）年10月　新潮社 ▶
「新しき詩人」として、
朔太郎が紹介されたページ（右）

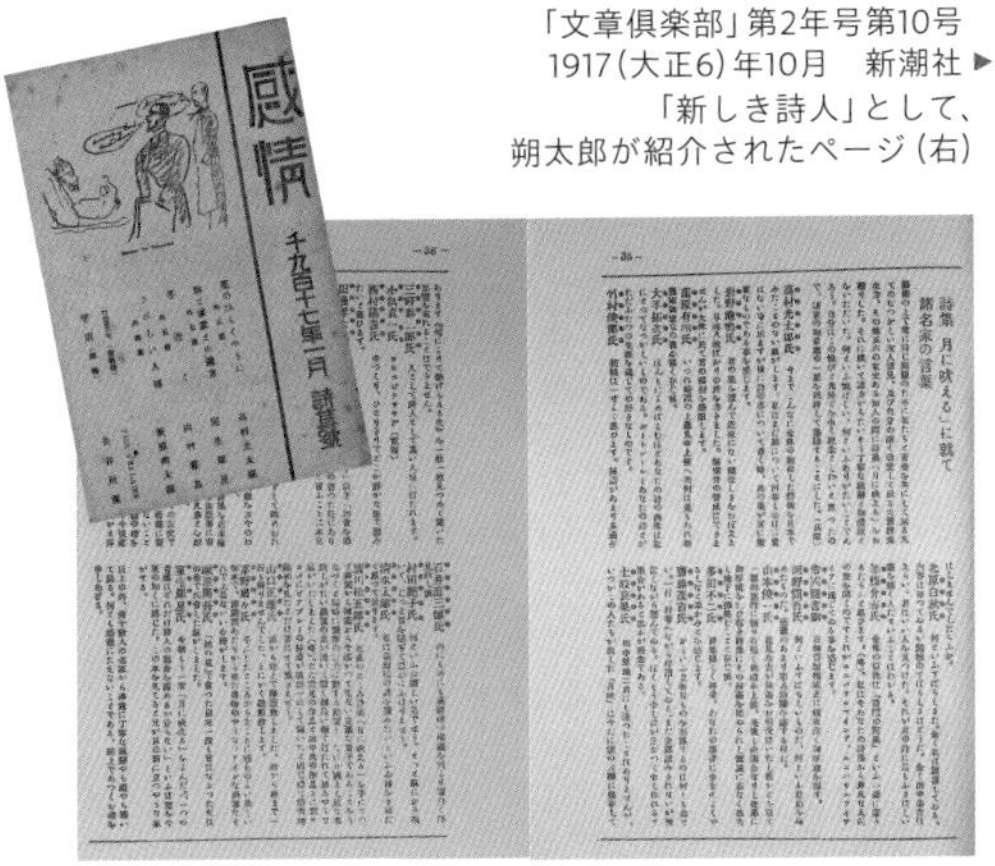

▲「感情」9号　1917（大正6）年4月　感情詩社
表紙には「詩集「月に吠える」に就て現代詩人画家三十氏の書簡」と題した見出しが書かれ、30名の絶賛の言葉が掲載されている

後版

◀『月に吠える』後版
1922（大正11）年3月　アルス
函入　装幀：恩地孝四郎
函（左）　表紙（右）
初版から5年後に刊行された。タイトル文字は初版と同じだが、表紙の挿画は新しいものとなっている。初版出版に際して、削除された2篇もあらためて収録されている
献辞に「故田中恭吉の霊に捧ぐ」とある

地面の底の病氣の顔

地面の底に顔があらはれ、
さみしい病人の顔があらはれ。
地面の底のくらやみに、
うらうら草の莖が萠えそめ、
鼠の巣が萠えそめ、
巣にこんがらかつてゐる、
かずしれぬ髪の毛がふるえ出し、
冬至のころの、
さびしい病氣の地面から、
ほそい青竹の根が生えそめ、
生えそめ、
それがじつにあはれふかくみえ、
けぶれるごとくに視え、
じつに、　じつに、　あはれふかげに視え。

地面の底のくらやみに、
さみしい病人の顔があらはれ。

竹

光る地面に竹が生え、
青竹が生え、
地下には竹の根が生え、
根がしだいにほそらみ、
根の先より繊毛が生え、
かすかにけぶる繊毛が生え、
かすかにふるえ。

かたき地面に竹が生え、
地上にするどく竹が生え、
まつしぐらに竹が生え、
凍れる節節りんりんと、
青空のもとに竹が生え、
竹、竹、竹が生え。

竹

ますぐなるもの地面に生え、
するどき青きもの地面に生え、
凍れる冬をつらぬきて、
そのみどり葉光る朝の空路に、
なみだたれ、
なみだをたれ、
いまはや懺悔をはれる肩の上より、
けぶれる竹の根はひろごり、
するどき青きもの地面に生え。

龜

林あり、
沼あり、
蒼天あり、
ひとの手にはおもみを感じ
しづかに純金の龜ねむる、
この光る、
寂しき自然のいたみにたへ、
ひとの心靈《こゝろ》にまさぐりしづむ、
龜は蒼天のふかみにしづむ。

天景

しづかにきしれ四輪馬車、
ほのかに海はあかるみて、
麥は遠きにながれたり、
しづかにきしれ四輪馬車。
光る魚鳥の天景を、
また窓青き建築を、
しづかにきしれ四輪馬車。

殺人事件

とほい空でぴすとるが鳴る。
またぴすとるが鳴る。
ああ私の探偵は玻璃の衣裝をきて、
こひびとの窓からしのびこむ、
床は晶玉、
ゆびとゆびとのあひだから、
まつさをの血がながれてゐる、
かなしい女の屍體のうへで、
つめたいきりぎりすが鳴いてゐる。

しもつき上旬《はじめ》のある朝、
探偵は玻璃の衣裝をきて、
街の十字巷路《よつつぢ》を曲つた。
十字巷路に秋のふんすゐ。
はやひとり探偵はうれひをかんず。

みよ、遠いさびしい大理石の歩道を、
曲者《くせもの》はいつさんにすべつてゆく。

五月の貴公子

若草の上をあるいてゐるとき、
わたしの靴は白い足あとをのこしてゆく、
ほそいすてつきの銀が草でみがかれ、
まるめてぬいだ手ぶくろが宙でおどつて居る、
ああすつぱりといつさいの憂愁をなげだして、
わたしは柔和の羊になりたい、
しつとりとした貴女《あなた》のくびに手をかけて、
あたらしいあやめおしろひのにほひをかいで居たい、
若くさの上をあるいてゐるとき、
わたしは五月の貴公子である。

猫

まつくろけの猫が二疋、
なやましいよるの家根のうへで、
ぴんとたてた尻尾のさきから、
糸のやうなみかづきがかすんでゐる。

『おわあ、　こんばんは』
『おわあ、　こんばんは』
『おぎやあ、　おぎやあ、　おぎやあ』
『おわああ、　ここの家の主人は病氣です』

朔太郎は詩と木版画の雑誌「月映《つくはえ》」を通し田中恭吉の画を知る。一九一五（大正四）年六月、「月映」同人・恩地孝四郎を介して恭吉に装幀を依頼した。恭吉はこの時、結核のため郷里和歌山で療養生活中で、依頼に対し、この装幀と挿画のために「すべての「生命の残部」を傾注する」と約束した。

しかし病状が悪化、一〇月二三日に逝去。床中で握りしめながら死んだという形見の遺作を挿画とした詩集の装幀を恩地に依頼、「美しい詩画集を出したい」と訴えた。対し恩地は、カバーの「夜の花」を含む恭吉の作品一一点を選び、自身の作品四点（他、目次にないカット一点）を加え、「詩画集」としての『月に吠える』を作り上げた。

三人の間に生れる子供

詩集の件については万事兄にお願ひします。三人の間に生れる子供……ほんとに私はそれを思ふと始《ママ》めて母になる女のやうな感情がする。楽しさと恐ろしさと苦しさと物珍らしさと、而してある神秘的な喜悦と。

萩原朔太郎書簡、恩地孝四郎宛（封書）
一九一六（大正五）年一〇月下旬（推定）

『月に吠える』初版挿画

田中恭吉 挿画

▲ ①《冬の夕》（原画）
1914（大正3）年12月15日　インク・鉛筆

▲ ②《画稿より》
1917（大正6）年頃『月に吠える』口絵の校合刷（木版）
※1914（大正3）年７月（原画）

②～⑩ 和歌山県立近代美術館蔵　①⑪⑫⑬ 前橋文学館蔵

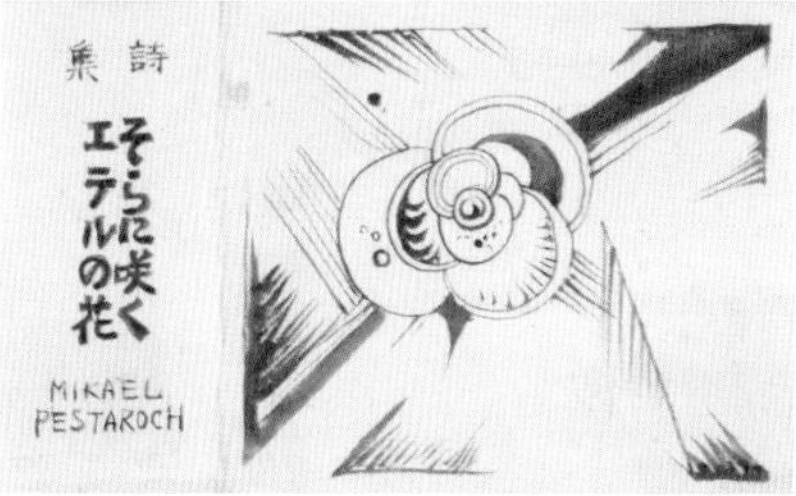

▲ ③《そらに咲くエテルの花》(原画)
1915(大正4)年　インク　(挿画は絵の部分のみ)
※『月に吠える』では「空にさくエーテルの花」

▲《死人のあとにのこれるもの》(原画)
1914(大正3)年12月　インク·鉛筆
※『月に吠える』では「死人とあとにのこれるもの」

▲ ⑤《懈怠》(原画)
1915(大正4)年2月　インク·金彩
「心原幽趣」Ⅰ(18点組のうちⅫ)

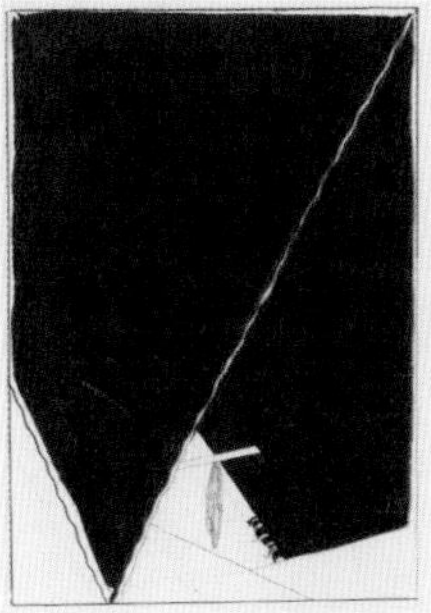

▲ ⑥《こもるみのむし》(原画)
1915(大正4)年2〜3月頃
インク

▲ ⑦《悔恨　第一》(原画)
1915(大正4)年2月　インク·金彩
「心原幽趣」Ⅰ(18点組のうちⅤ)

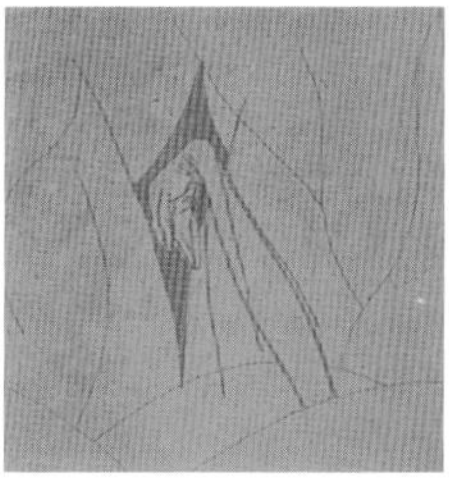

▲ ⑧《画稿より Ⅰ》
1915(大正4)年7月　コロタイプ印刷　※(後版は凸版印刷)

▲ ⑨《画稿より Ⅱ》
1915(大正4)年7月　コロタイプ印刷　※(後版は凸版印刷)

▲ ⑩《画稿より Ⅲ》
1915(大正4)年7月　コロタイプ印刷　※(後版は凸版印刷)

恩地孝四郎 挿画

▲ ⑪《抒情(よろこびあふれ)》
1917(大正6)年　木版
初版挿画の手摺り(原画)

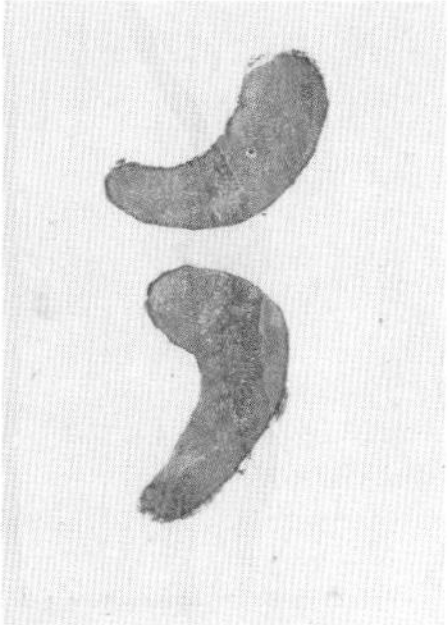

▲ ⑫《抒情(よろこびすみ)》
1917(大正6)年　木版
初版挿画の手摺り(原画)

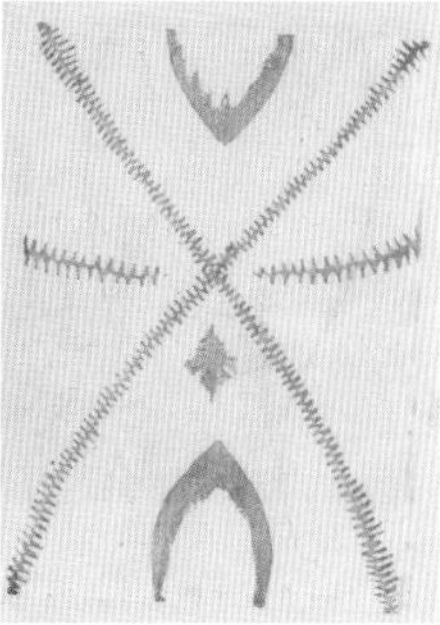

▲ ⑬《抒情(ひとりすめば)》
1917(大正6)年　木版
初版挿画の手摺り(原画)

無削除本『月に吠える』

▲『月に吠える』初版（無削除本）

1917（大正 6）年 2 月　感情詩社・白日社
四六判・アンカット・カバー装
カバー画：「夜の花」田中恭吉　装幀：恩地孝四郎
表紙画：「われひらく」恩地孝四郎

『月に吠える』は内務省の内達により発売禁止となるところ、「愛憐」「恋を恋する人」の 2 篇を削除することで刊行が許可された。親しい知人らが所蔵していた稀少な「無削除本」の 1 冊が、2021 年 12 月 21 日に、川島幸希氏から前橋市へ寄贈された。

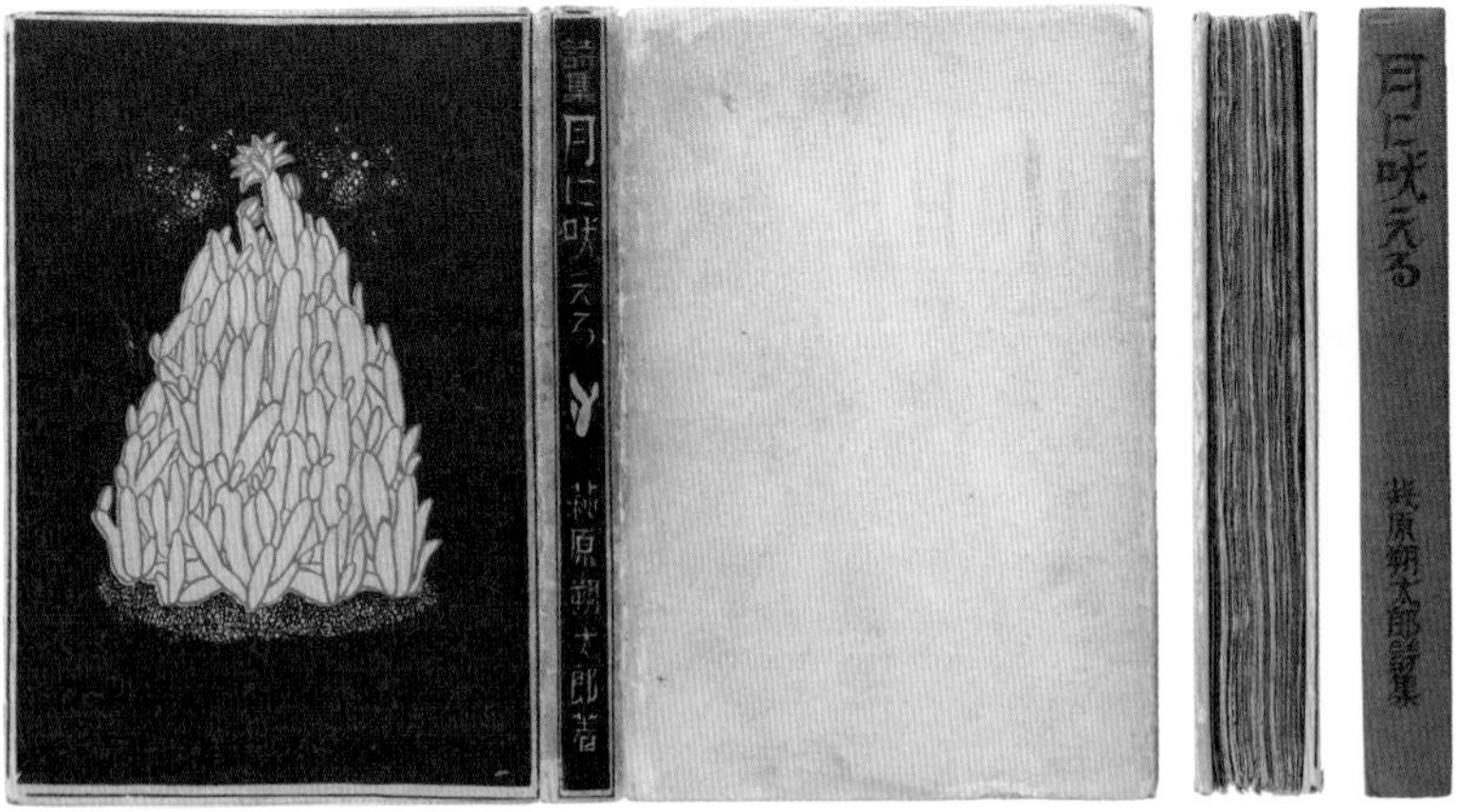

この『月に吠える』はアンカット（ページ部分を化粧断ちしないこと）の本であり、今でいう袋とじになっている状態と似ている。ペーパーナイフなどでページを切り開いて読むため、ページの端がそろっていない

▼ 愛憐（2 ページ）

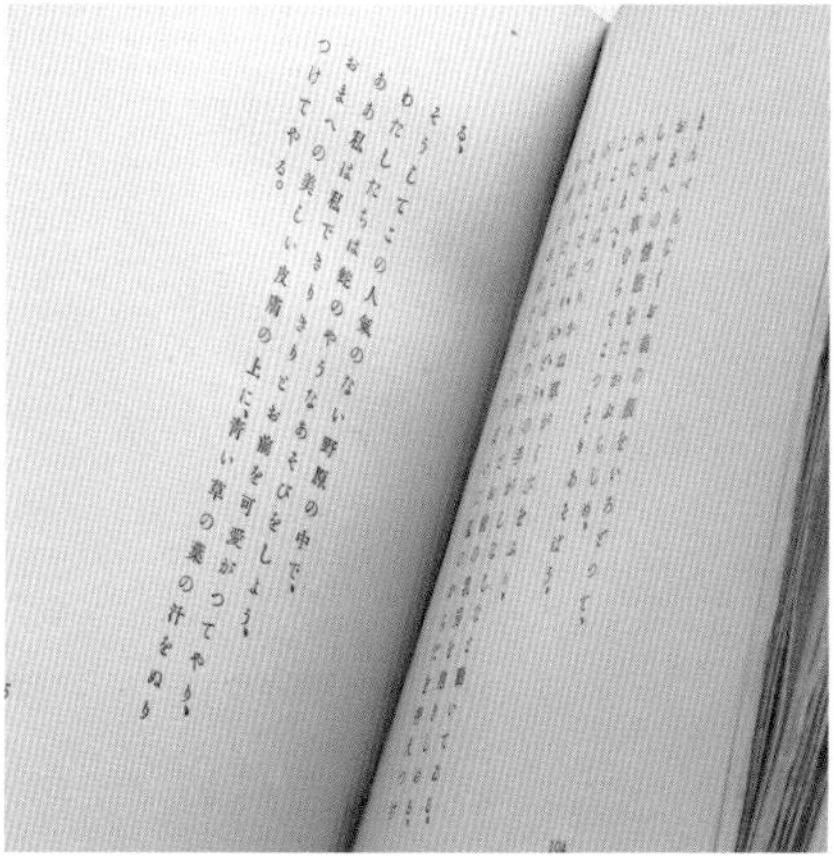

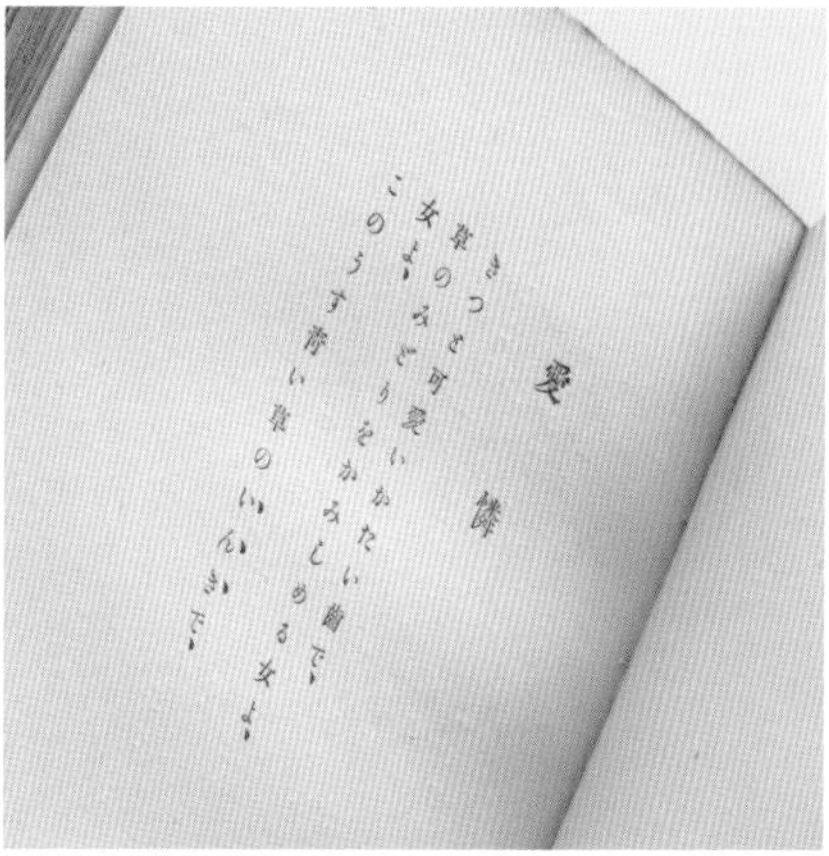

▼ 恋を恋する人（4 ページ）

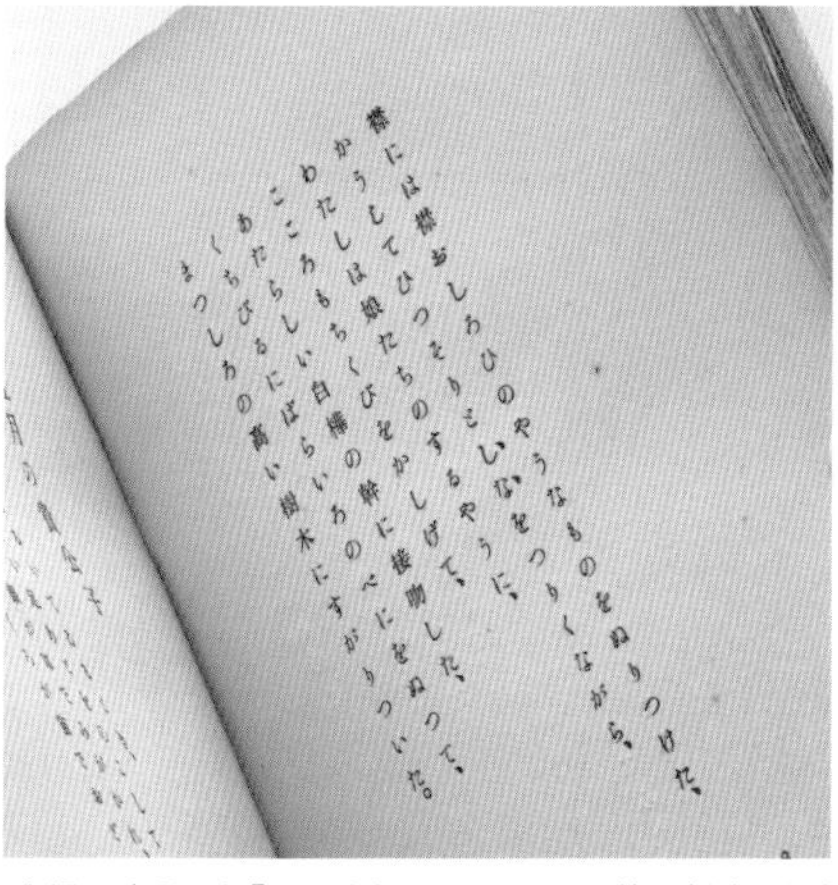

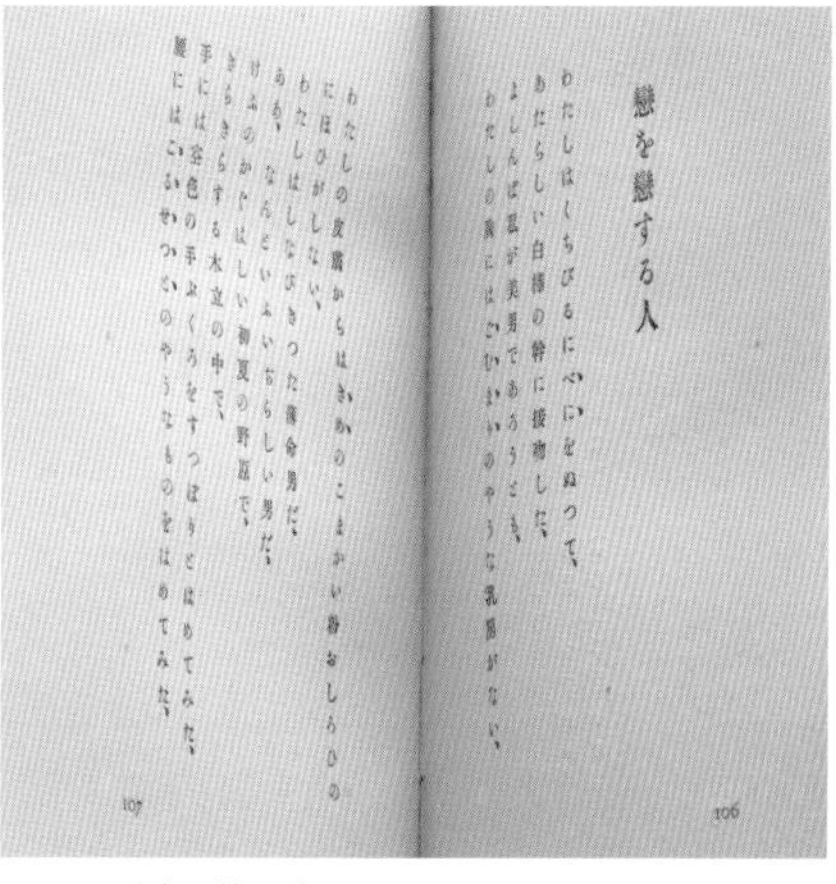

市場で流通した『月に吠える』は上記の 2 篇が削除された（切り取られた）状態で流通した
この 6 ページが残されたものが無削除本

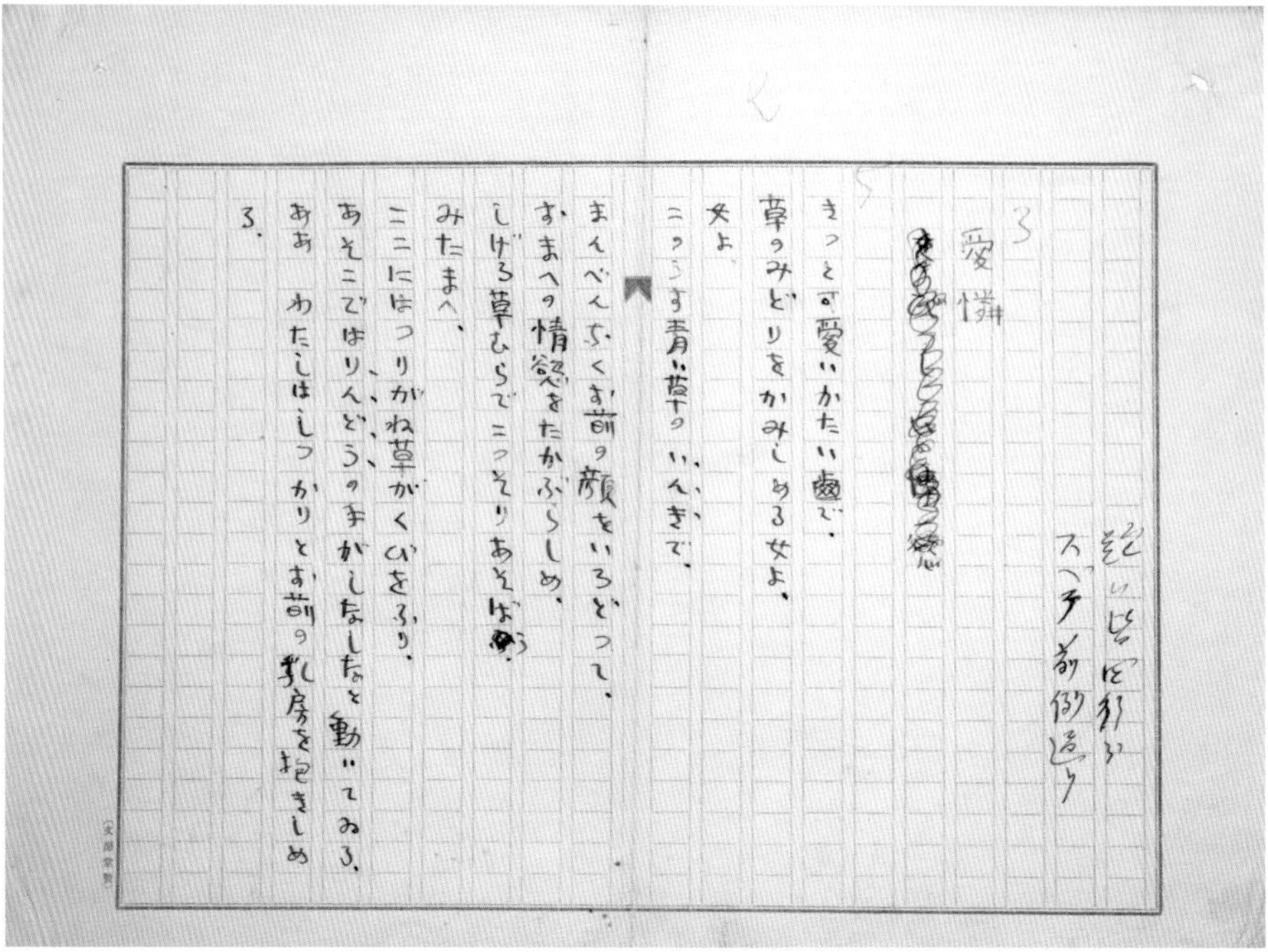

3

愛憐

きつと可愛いかたい歯で、
草のみどりをかみしめる女よ、
女よ、
このうす青い草のいんきで、
まんべんなくお前の顔をいろどつて、
おまへの情慾をたかぶらしめ、
しげる草むらでこつそりあそばう、
みたまへ、
ここにはつりがね草がくびをふり、
あそこではりんどうの手がしなしなと動いてゐる、
ああ　わたしはしつかりとお前の乳房を抱きしめ
る、

▲ ①「愛憐」原稿の前半部分

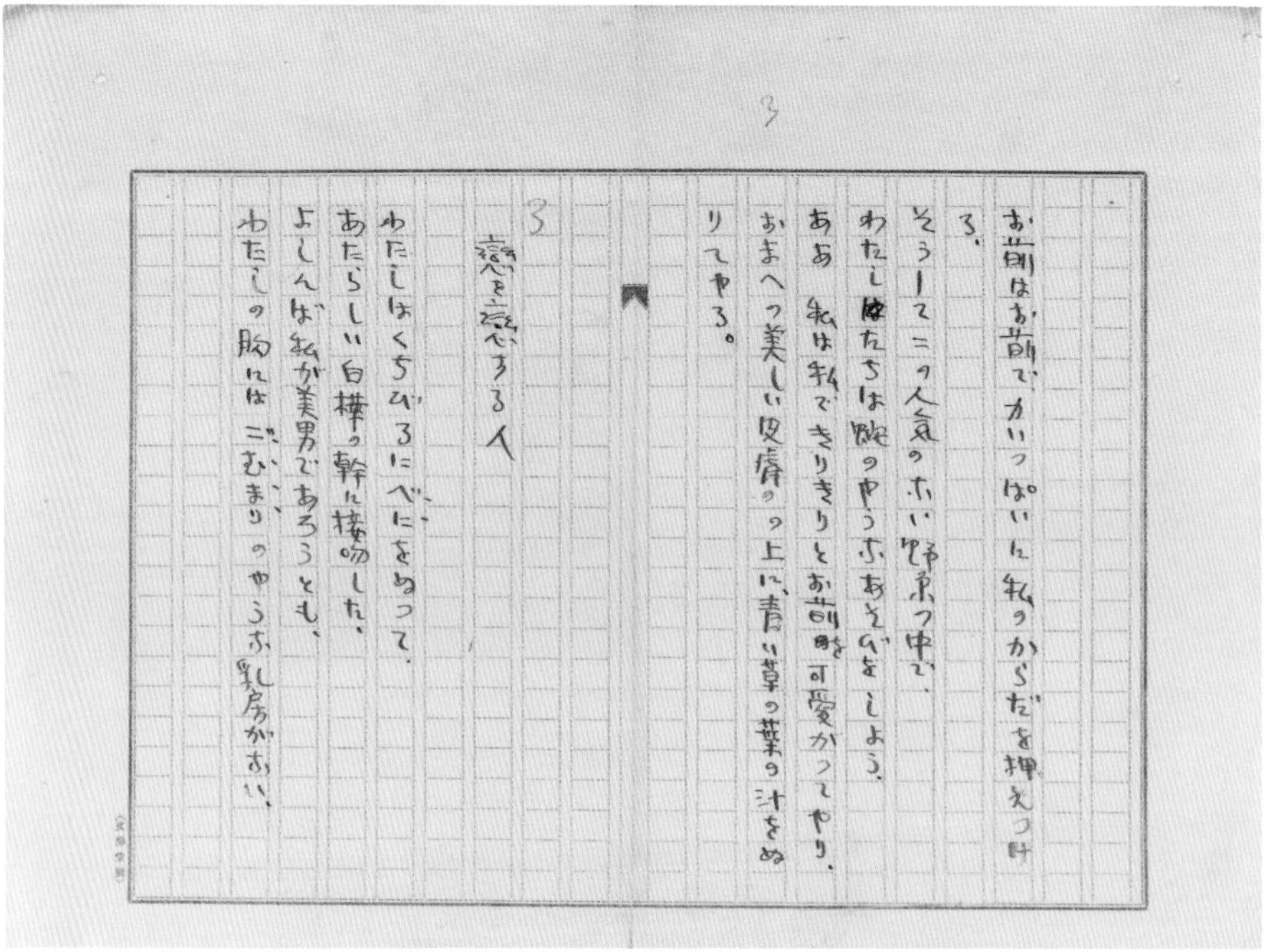

3

お前はお前で力いつぱいに私のからだを押へつけ
る、
そうしてこの人気のない野原の中で、
わたしたちは蛇のやうなあそびをしよう、
ああ　私は私できりきりとお前を可愛がつてやり、
おまへの美しい皮膚の上に、青い草の葉の汁をぬ
りてやる。

3

恋を恋する人

わたしはくちびるにべにをぬつて、
あたらしい白樺の幹に接吻した、
よしんば私が美男であろうとも、
わたしの胸にはごむまりのやうな乳房がない、

▲ ②「愛憐」原稿の後半部分と、「恋を恋する人」原稿の前半部分（日本近代文学館蔵）

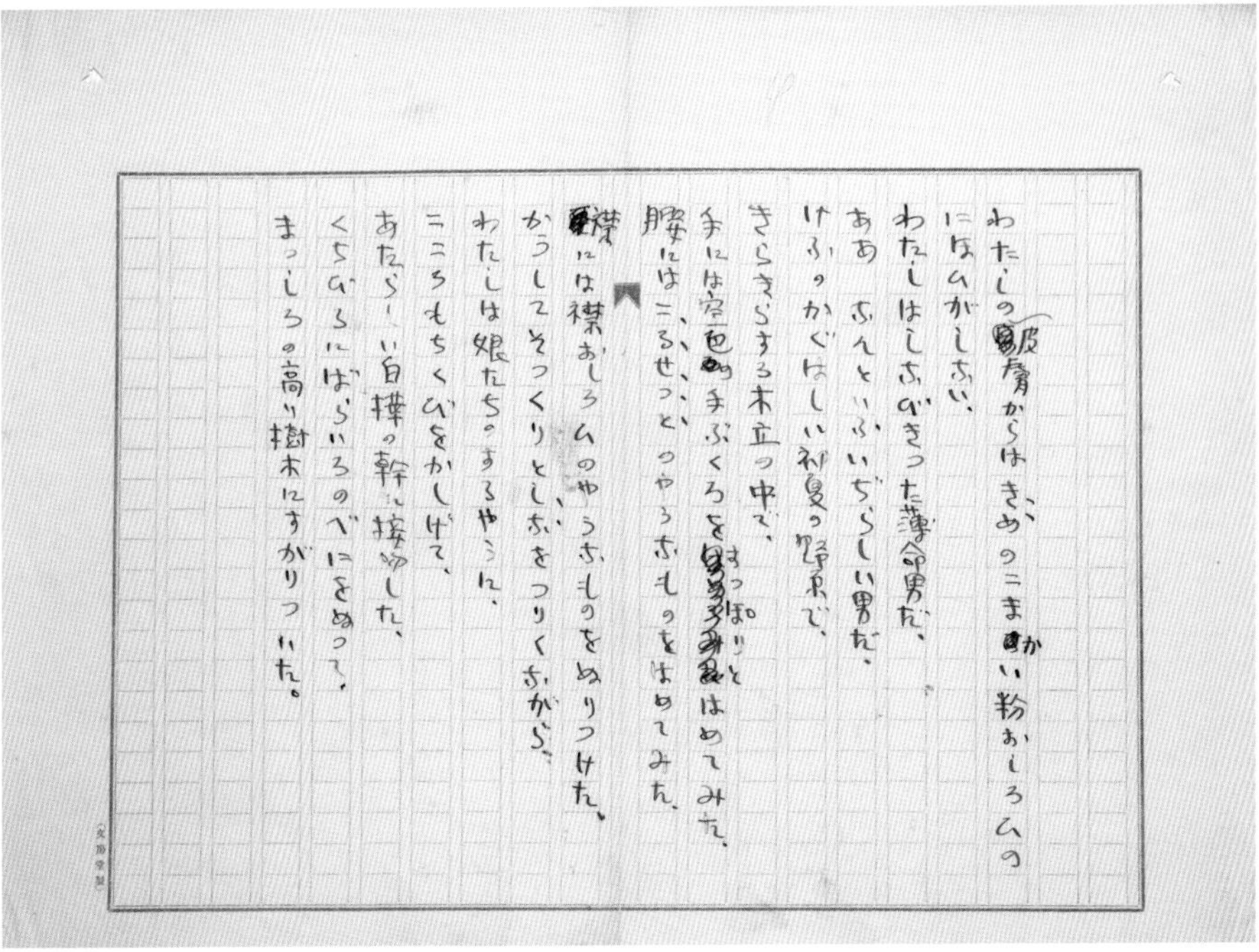

わたしの皮膚からはきめのこまかい粉おしろいの
にほひがしない、
わたしはしなびきつた薄命男だ、
ああ なんといふいぢらしい男だ、
けふのかぐはしい初夏の野原で、
きらきらする木立の中で、
手には空色の手ぶくろをすつぽりとはめてみた、
腰にはこるせつとのやうなものをはめてみた、
襟には襟おしろいのやうなものをぬりつけた、
かうしてひつそりとしなをつくりながら、
わたしは娘たちのするやうに、
こころもちくびをかしげて、
あたらしい白樺の幹に接吻した、
くちびるにばらいろのべにをぬつて、
まつしろの高い樹木にすがりついた。

▲③「恋を恋する人」原稿の後半部分

①〜③は、「愛憐」「恋を恋する人」の続き原稿と思われる３枚
①と③は前橋文学館蔵、②は日本近代文学館蔵
今回の企画にて、当初削除された２つの詩篇が完成系として誌面に並んだ

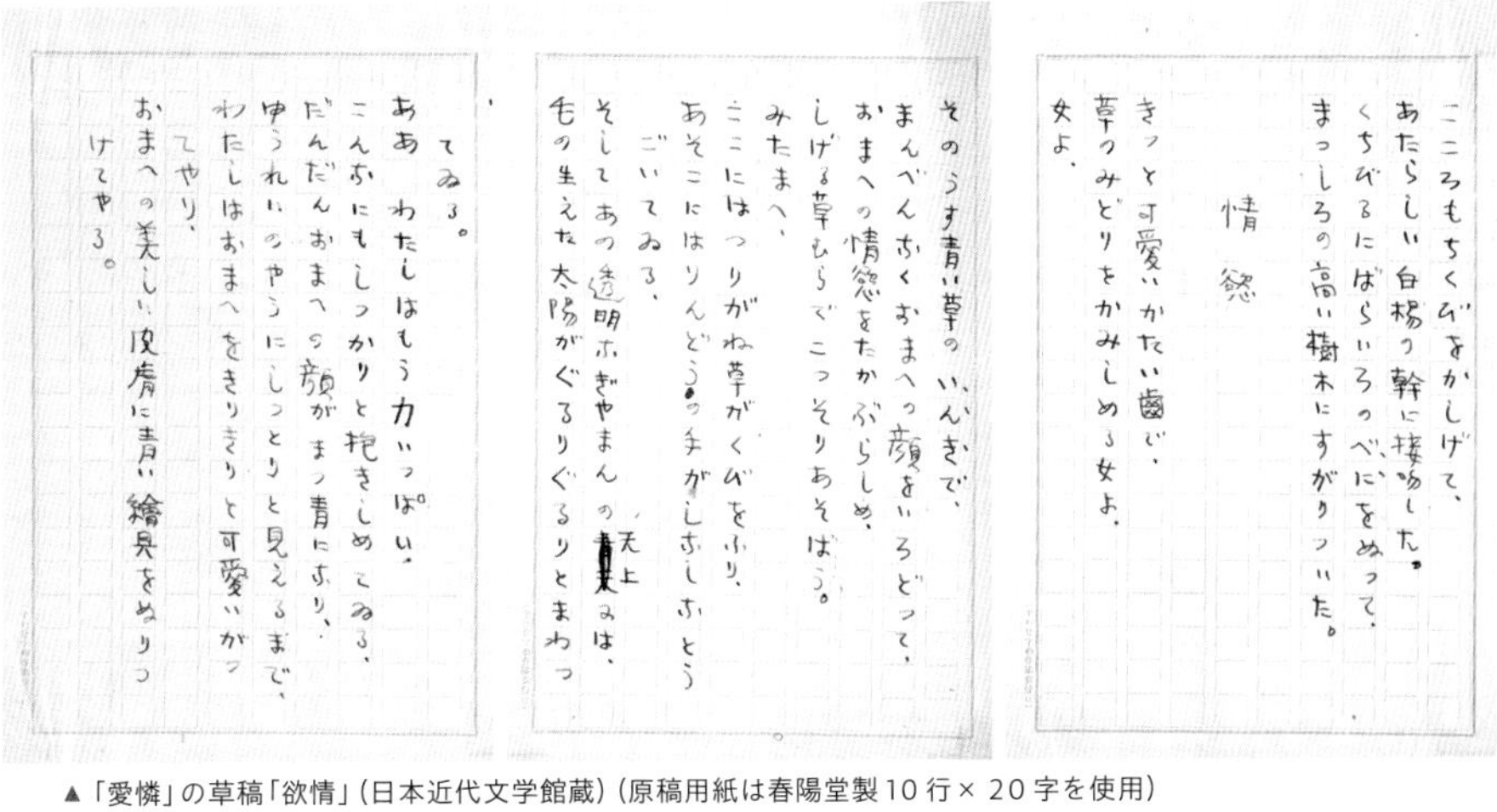

こころもちくびをかしげて、
あたらしい白楊の幹に接吻した、
くちびるにばらいろのべにをぬつて、
まつしろの高い樹木にすがりついた。

情慾

きつと可愛いかたい歯で、
草のみどりをかみしめる女よ、
女よ、
このうす青い草のいんきで、
まんべんなくおまへの顔をいろどつて、
おまへの情慾をたかぶらしめ、
しげる草むらでこつそりあそばう。
みたまへ、
ここにはつりがね草がくびをふり、
あそこにはりんだうの手がしなしなとう
ごいてゐる、
そしてあの透明なぎやまんの天上みは、
毛の生えた太陽がぐるりぐるりとまわつ
てゐる。
ああ わたしはもう力いつぱい。
こんなにもしつかりと抱きしめてゐる、
だんだんおまへの顔がまつ青になり、
ゆうれいのやうにしつとりと見えるまで、
わたしはおまへをきりきりと可愛がつ
てやり、
おまへの美しい皮膚に青い繪具をぬりつ
けてやる。

▲「愛憐」の草稿「欲情」（日本近代文学館蔵）（原稿用紙は春陽堂製10行× 20字を使用）

なぜ無削除本を寄贈したのか

川島 幸希

令和三年一二月、萩原朔太郎の第一詩集『月に吠える』初版無削除本（以下無削除本）を前橋市に寄贈した（前橋文学館収蔵）。その経緯を書いてみたい。

前橋市にとって、無削除本は長きにわたり絶対に手に入れたい最重要書であった。郷土の大詩人朔太郎の近代詩史上最高峰とも称される名詩集。しかも削除を免れた貴重な完全本なのだから当然の話だ。だが稀少な無削除本を入手するのは困難を極めた。

知る限り、前橋市が最初に無削除本の購入を目指したのは昭和六一年。神田神保町の古本屋・田村書店の古書目録に掲載された無削除本（一九〇万円）である。まだ前橋文学館がなかった時代で、市立図書館が市の予算獲得（当時の藤井精一市長は了承）や寄付集めに尽力したものの、評論家磯田光一氏が購入した（現在は神奈川近代文学館所蔵）。

二度目のチャンスは平成一一年。大阪の古本屋・浪速書林の古書目録に掲載された無削除本（二八〇万円）である。前橋文学館の久保木宗一元学芸課長によれば、市教育長に購入許可をもらい注文したけれど、売り切れていたという。三度目のチャンスは平成一八年で、七夕古書大入札会（明治古典会主催）の目録に無削除本が登場。この時はオークション形式で、市は入札（古本屋が代行）に参加したが落札できなかった。

実は、この二度目の『月に吠える』は私が初めて所蔵した無削除本である。そして三度目の無削除本の落札者も私だが、二回とも前橋市の購入を直接「妨害」してはいない。前者は私も目録掲載時は買えず、購入者がすぐに転売した本を、別の古本屋から五割増し以上のプレミアム付きで入手。後者で前橋市の入札額は三番手だったから、私が参加しなくても落札は適わなかったのだ。

長い間、私は前橋文学館と接点がまったくなかったが、平成二八年、「日本古書通信」の樽見博編集長から、同館で翌年開催予定の「詩集『月に吠える』一〇〇年記念展」に無削除本の貸し出しができるか尋ねられた。同館の嘱託をしている方から依頼されたとのことだった。貸すのは構わないが、神奈川近代文学館の尾崎一雄旧蔵無削除本は、群馬の歌人小見可憐宛献呈本なので、展示に最適ではないかとアドバイスしたら、そちらの借用が決まった。そしてこの展覧会の図録を見た時、『月に吠える』誕生百年の展覧会で、無削除本を外から借りなければならない前橋文学館関係者の無念の思いを感じた。

さらに平成三一年、「朝日新聞」群馬県版に「『月に吠える』初版無削除版への渇望」という大きな記事が掲載され、萩原朔美前橋文学館館長の「朔太郎の愛読者や研究者が全国から訪れてくる文学館に、『月に吠える』の初版無削除版がないのはさびしい」、高額ゆえに「あきらめました。八方ふさがりです」というコメントを読んだ。朔太郎とは無縁の世界で生きている印象が強かった朔美館長（事実、ずっと「朔太郎の孫」と言われるのを嫌ってきたという）の言葉だからこそ、重く響いた。しかも厳しい表情の朔美館長の写真の横に、「無削除版を六点所蔵している」という見出しで笑顔の写真を載せられては、外堀を埋められたのも同然ではないか。

いつか無削除本を前橋市に寄贈する日が来るのかもしれない。そのような予感がしていた頃、母が亡くなった。私を幼い頃から近代文学の道に導いてくれた母は、前橋女子高校の卒業生であった。早稲田大学文学部国文学科に進学した母は、前橋から通学し、高崎線の中で父（高崎高校出身で東京大学の学生）に自作の詩を見せたことで交際が始まったという。青春時代を過ごした前橋市に無削除本を寄贈することは、近代詩を愛した母への何よりの供養になるのではないか、と思い至った。

　そこで昨年一二月、母の一周忌に無削除本を寄贈することに決めた。七冊持っている無削除本（新聞記事の時から一冊増えていた）のどれを差し上げるかは少しも迷わなかった。手に入れて一番嬉しかった本、すなわち最初の無削除本こそ、朔太郎の郷里を永遠の地にしてほしかったからである。初めてお会いした朔美館長は寄贈を伝えると、文学館にとって最も重要なピースがようやく埋まったと涙を流して喜んでくださった。奇しくも贈呈式は、母の命日の翌日かつ私の誕生日。何となく運命を感じた。

　なお私が現存を確認した無削除本は一〇冊である。神奈川近代文学館所蔵本二冊、装丁者恩地孝四郎旧蔵本、家蔵本六冊、そして新たに前橋文学館（前橋市）所蔵本が加わった。ちなみに寄贈の条件はただ一つ。本を開きすぎると、背が割れたりページが外れるので、六〇度以上広げないことである。学芸員の方々に引き継がれていくことを信じている。

▲『月に吠える』初版無削除本収蔵記念展
（萩原朔太郎記念・水と緑と詩のまち　前橋文学館に於いて　2022（令和4）年1月29日～2月5日）

『月に吠える』初版本奇譚

藤井 浩

萩原朔太郎が自費出版した第一詩集『月に吠える』初版（五〇〇部）の発行日は、奥付によれば一九一七（大正六）年二月一五日である。しかし実際に書店で発売されたのは、二月下旬になってから。しかも、詩集のなかほどの六ページが切り取られ、〈その筋の注意により、「愛憐」「恋を恋する人」の二篇（一〇三頁より一〇八頁）までを削除す。〉という断り書きが貼り付けられている。

日本の近代詩を変革させた画期的な詩集の初版が、このように不完全な形で発行せざるを得なかったのは、知られるように、内務省警保局から、風俗壊乱を理由に発売頒布禁止を内達されたことによる。

これに対して、「愛憐」「恋を恋する人」の二篇を削除することにより、なんとか発行にこぎつけたのである。当時の出版統制の厳しさを物語る爪痕の一つだが、発禁という最悪の事態を免れたことは、不幸中の幸いだった。

削除を命じられた直後の朔太郎が、一歩間違えば、辛うじて許された削除本の発行が禁じられ、さらには別な咎めまでも受けかねない、極めて危うい行動をとっていたからである。

「風俗壊乱の詩とは何ぞ」と題する激越な抗議文を群馬県の地方紙である上毛新聞の第一面に、二月二十五、二十六日の二日間にわたって掲載したことだ。その一部を引用する。

今度の禁止に就いては、我々の常識ではどう考へても腑に落ちないことである。

（禁止された二篇は）極めて典雅な耽美的の抒情詩であつて、どこに一つの不思議もないものである。若しかやうな詩篇が風俗を壊乱するといふのなら、古来のあらゆる抒情詩の中でいやしくも恋愛に関するものは悉く禁止されなければならない筈である。

諸君の中のあるものが万一にもその詩篇の一篇を読むことができたとしたならば、（略）私の抱いて居るこの一種の異様な憤激を了解されることであらう。

最後に、こう締めくくっている。

大正六年二月二十五日　日曜日　上毛新聞（年中無休刊）第九千三百六十九號（一）

上毛新聞

第二版

高崎聯隊區公文

文藝

風俗壊亂の詩とは何ぞ（上）

萩原朔太郎

天狗

大正六年二月二十六日　月曜日　上毛新聞（年中無休刊）第九千三百七十號（一）

上毛新聞

高崎聯隊區公文

大正五年　農工商（一）　碓氷郡役所調査

農業

文藝

風俗壊亂の詩とは何ぞ（下）

萩原朔太郎

天狗小僧

▲「上毛新聞」に掲載された抗議文「風俗壊乱の詩とは何ぞ」（上）（下）
（1917年2月25、26日付）（上毛新聞社提供）

ああ、風俗壊乱の詩とは何ぞ。この問題はわたしにとつて思議することの出来ない神秘である。今はただ改版になつた自分の詩集が、たいへんお目出度い官許の詩集であるといふ意味のことだけを述べておく。

当局の発売禁止処分を真正面から、最後には皮肉も込めて批判した文章である。

朔太郎の驚きと憤りは無理もない。二篇の詩は、作者にとってみれば〈典雅な耽美的の抒情詩〉であり、到底、問題視されるような内容ではなかったのだ。

しかし当時の出版物の統制情勢からみて、このような抗議が聞き入れられるわけはなく、とらえ方によっては、検閲制度自体を否定するものと受け止められてもおかしくない。

なぜ、この文章が発表され、しかもそのまま通すことができたのか。削除版刊行までの動きを追ってみる。

内務省警保局から言論・出版を規制する「出版法」に違反するとして発売禁止の内達があったのは、一九一七年二月二一日のことだった。

鎌倉に滞在していた朔太郎には、その知らせはすぐに届いたろう。発行責任者であった室生犀星が警保局に出頭したところ、納本した詩集のなかの二篇の削除を命じられた。これに応じなければ発行は許されないということである。

このとき、すでに発行予定の二月一五日は過ぎていた。ところが、幸いなことに製本が遅れたため書店にはまだ配布していなかった。そこですぐに出版元が二篇の掲載ページを削除し、断り書きを入れた上で、二月下旬ごろ刊行に至ったのだった。

慌ただしい対応のなか、朔太郎は抗議文をいつ執筆し、上毛新聞に送ったのか。掲載日からみて、警保局の内達があった二月二一日の直後に書き上げたはずである。

では、上毛新聞は、これをどう受け止め、掲載に至ったのだろう。

当時は新聞も、「新聞紙法」による規制で風俗を害するものと認められた場合は発禁となった。実際、この前後も上毛新聞は大正三、五、六、一三年の四回にわたって発禁処分を受けている。そんな状況下、『月に吠える』の発禁を痛烈に批判する文章を、それも第一面の目立つ位置に載せるようなことをすれば、新聞そのものが出せなくなってしまう可能性が高い。新聞経営に大きな打撃であり、相当の覚悟と勇気が必要である。

その危険を冒してまで紙面を組んだ理由は何だったのか。

上毛新聞社に記録は残されておらず、経緯は不明だが、記者、編集者と朔太郎との信頼関係がなければ成り立たなかった決断である。上毛新聞には創刊以来、「文芸」を重視する紙面づくりの実績があった。朔太郎の短歌、詩なども積極的に掲載し、大正初めに前橋に滞在した室生犀星の詩を、朔太郎の紹介を受けて掲載している。朔太郎と親しく交流し、文芸誌の編集・発行人を務めた操觚者《そうこしゃ》もいた。そんな文芸担当の記者らが、発禁処分の理不尽さを訴える朔太郎の憤懣《ふんまん》に共鳴し、危険を承知で抗議文掲載を推し進めたものと思われる。

朔太郎当人はこの行動の危うさをどうとらえていたのだろう。

前橋の書店、煥乎堂に勤めていた詩人、高橋元吉（後に同書店社長）に宛てた二月二三日消印のハガキでは、「（削除前の詩集が）一冊でも売られたときは一大事です（略）全部を没収した上、発行人を罰金刑に処するといふ恐ろしい厳命ですから（以下略）」と切羽詰まった様子で販売しないよう依頼している。

日付からして、上毛新聞への寄稿文と併行して書いたものとみられ、事態の深刻さを十分に認識しながら、異議申し立てをしたことがわかる。

朔太郎の発禁への対処について、同郷の詩人、文芸評論家の伊藤信吉は、〈文化的自由主義の精神〉に貫かれていると見る。朔太郎が初版の五年後に刊行した『月に吠える』再版（後版）で〈おそらく内務省警保局の了解なしに発禁詩二篇をそっくり収録した〉ことも含めて、検閲に対する姿勢をこのように指摘する。

朔太郎は、はじめから終りまで『月に吠える』の発禁に口籠されなかった。

（『黒い鐘楼の下で　萩原朔太郎・その文化的自由主義』麦書房）

抗議文に対する当局の反応はどうだったのか。

結果として、内務省から特別な処分を受けることはなかった。検閲官から見落とされたためなのか理由は不明だが、朔太郎にとっても上毛新聞にとっても、とりわけ詩集『月に吠える』にとって幸運だった。仮にこの時、出版できなかったとすれば、日本の近代詩歌史にどれほど多大な影響を与えたことだろう。

『月に吠える』初版をめぐるドラマはまだあった。

二篇を削除する直前に、わずかながら完本が近親者や親しい知人らに贈られていたのだ。これらはのちに初版無削除本と呼ばれ、ごくまれに古書市場に出ても極めて高価なため、入手は困難だった。

朔太郎の郷土前橋市も、何度か購入を試みたが、果たせずに来た。それを知った秀明大学学長の川島幸希氏が二〇二一年末、前橋市に寄贈し、発刊から百年余を経てようやく前橋文学館に収蔵されたのだ。

初版無削除本、二篇が削除された削除本、そして二篇を収録した再版（後版）。日本における出版統制の実態を伝えるこの三冊の『月に吠える』が残されたことをあらためてありがたく思う。それぞれの物語から浮かび上がるのは、朔太郎の時局への批判精神、何より権力に迎合しない「文化的自由主義」である。

（1）　2007年（平成19年）10月30日（火曜日）　上毛新聞

創刊120周年記念特集

文芸復興の推進役

上毛新聞

「自由な精神」支えた新聞人

時代を駆け抜けた記者群像

ガイド
記者群像と歩み（2・3面）
市町村合併の変遷（4面）
120年の政治史（6・7面）
県内の近代化遺産（8・9面）
120年の出来事（10・11面）
伝える老舗の味（13面）
五輪ひと模様（14・15面）

左から文芸欄を拡充した正木鉄雄（当時社会部長、のち主筆・編集局長）、前橋出身の実業家・下村善右衛門、篠原秀吉（当時編集局長、のち社長）＝大正時代末

萩原朔太郎の発売禁止への抗議文「風俗壊乱の詩とは何ぞ」が掲載された上毛新聞＝1917（大正6）年2月25日付

草野、坂梨らが勤務

製本された上毛新聞文芸欄、日曜文芸特別編集版＝県立土屋文明記念文学館蔵

時代を駆け抜けた記者群像

暮鳥の訳詩　誤訳と批判

地方文化の発展支える

文人交流の"黒子"

病に耐え郷土紹介

120年の歩み

「不偏不党」の理念脈々

戦地から"生"情報

現地の役人兼ね執筆

県出身者の動向報告

▲「上毛新聞」創刊120周年記念特集（2007年10月30日付）（上毛新聞社提供）

『青猫』『定本青猫』

▲『青猫』初版

1923（大正12）年1月　新潮社
函（左）、表紙（右、黄クロス装）
装幀：萩原朔太郎

第二詩集。口語自由詩の表現を推し進めた完成度の高い詩集として、朔太郎の評価をさらに高めた。1936年には『定本青猫』を刊行

『青猫』には自信と愛着を持っていたが、内容・編集・装幀（特に挿画）に不満足なところがあったため定本を出すことにした、と自序で述べている

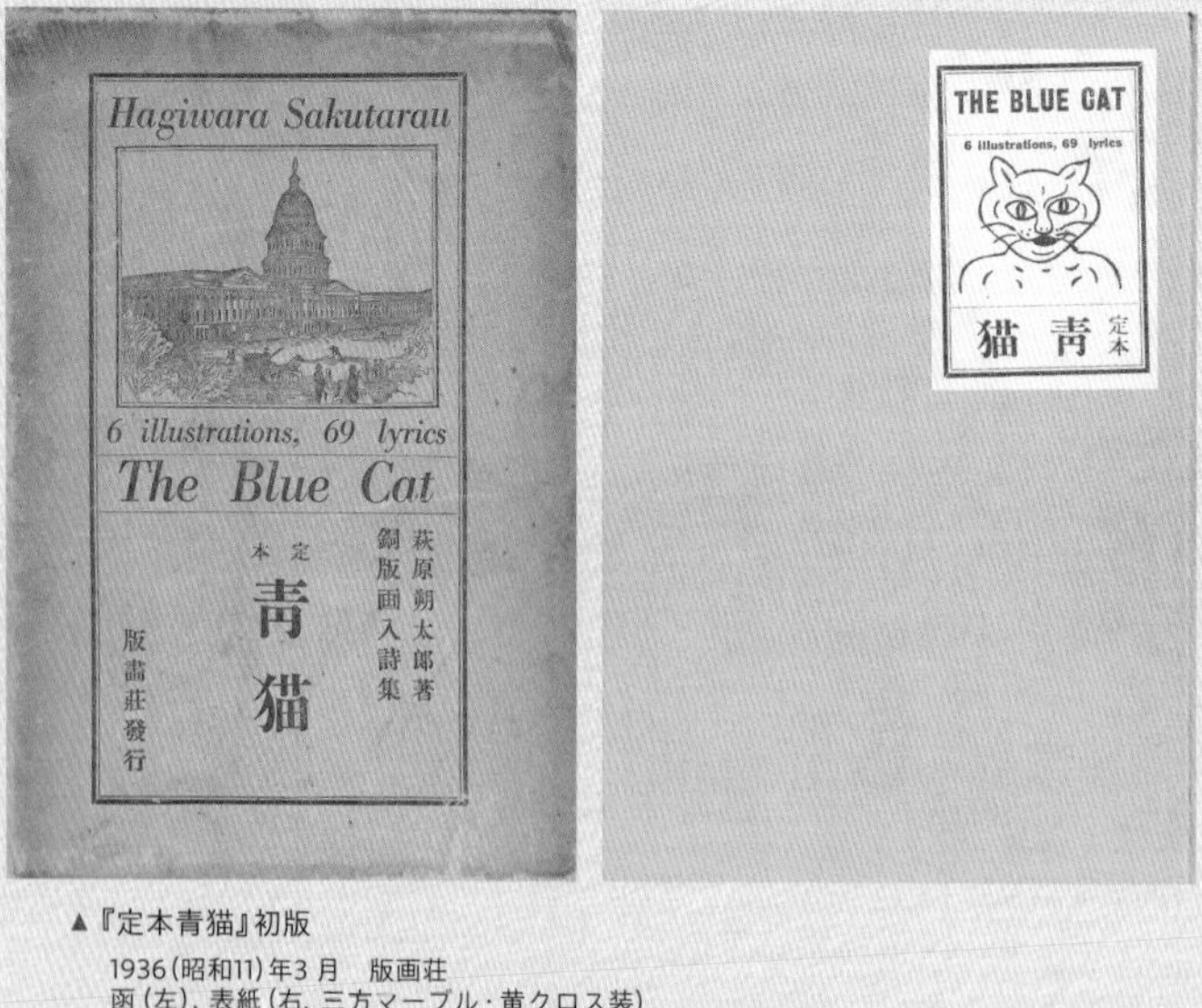

▲『定本青猫』初版

1936（昭和11）年3月　版画荘
函（左）、表紙（右、三方マーブル・黄クロス装）
装幀：萩原朔太郎

鶏

しののめきたるまへ
家家の戸の外で鳴いてゐるのは鶏《にはとり》です
聲をばながくふるはして
さむしい田舍の自然からよびあげる母の聲です
とをてくう、　とをるもう、　とをるもう。

朝のつめたい臥床《ふしど》の中で
私のたましひは羽ばたきをする
この雨戸の隙間からみれば
よもの景色はあかるくかがやいてゐるやうです
されどもしののめきたるまへ
私の臥床にしのびこむひとつの憂愁
けぶれる木木の梢をこえ
遠い田舍の自然からよびあげる鶏《とり》のこゑです
とをてくう、　とをるもう、　とをるもう。

戀びとよ
戀びとよ
有明のつめたい障子のかげに
私はかぐ　ほのかなる菊のにほひを
病みたる心靈のにほひのやうに
かすかにくされゆく白菊のはなのにほひを
戀びとよ
戀びとよ。

しののめきたるまへ
私の心は墓場のかげをさまよひあるく
ああ　なにものか私をよぶ苦しきひとつの焦燥
このうすい紅《べに》いろの空氣にはたへられない
戀びとよ
母上よ
早くきてともしびの光を消してよ
私はきく　遠い地角のはてを吹く大風《たいふう》のひびきを
とをてくう、　とをるもう、　とをるもう。

蒼ざめた馬

冬の曇天の　凍りついた天氣の下て
そんなに憂鬱な自然の中て
だまつて道ばたの草を食つてる
みじめな　しよんぼりした　宿命の　因果の　蒼ざめた馬の影です
わたしは影の方へうごいて行き
馬の影はわたしを眺めてゐるやうす。

ああはやく動いてそこを去れ
わたしの生涯《らいふ》の映畫膜《すくりん》から
すぐに　すぐに外《づ》りさつてこんな幻像を消してしまへ
私の「意志」を信じたいのだ。馬よ！
因果の　宿命の　定法の　みじめなる
絶望の凍りついた風景の乾板から
蒼ざめた影を逃走しろ。

遺傳

人家は地面にへたばつて
おほきな蜘蛛のやうに眠つてゐる。
さびしいまつ暗な自然の中で
動物は恐れにふるへ
なにかの夢魔におびやかされ
かなしく青ざめて吠えてゐます。
　のをあある　とをあある　やわあ

もろこしの葉は風に吹かれて
さわさわと闇に鳴つてる。
お聽き！　しづかにして
道路の向ふで吠えてゐる
あれは犬の遠吠だよ。
　のをあある　とをあある　やわあ

「犬は病んでゐるの？　お母あさん。」
「いいえ子供
犬は飢ゑてゐるのです。」

遠くの空の微光の方から
ふるへる物象のかげの方から
犬はかれらの敵を眺めた
遺傳の　本能の　ふるいふるい記憶のはてに
あはれな先祖のすがたをかんじた。

犬のこころは恐れに青ざめ
夜陰の道路にながく吠える。
　のをあある　とをあある　のをあある　やわああ

「犬は病んでゐるの？　お母あさん。」
「いいえ子供
犬は飢ゑてゐるのですよ。」

花やかなる情緒

深夜のしづかな野道のほとりで
さびしい電燈が光つてゐる
さびしい風が吹きながれる
このあたりの山には樹木が多く
檜《なら》、檜《ひのき》、山毛欅《ぶな》、樫《かし》、欅《けやき》の類
枝葉もしげく鬱蒼とこもつてゐる。

そこやかしこの暗い森から
また遙かなる山山の麓の方から
さびしい孤燈をめあてとして
むらがりつどへる蛾をみる。
蝗《いなこ》のおそろしい群のやうに
光にうづまき　くるめき　押しあひ死にあふ小蟲の群團。

人里はなれた山の奥にも
夜ふけてかがやく孤燈をゆめむ。
さびしい花やかな情緒をゆめむ。
さびしい花やかな燈火《あかり》の奥に
ふしぎな性の悶えをかんじて
重たい翼《つはさ》をばたばたさせる
かすてらのやうな蛾をみる
あはれな　孤獨の　あこがれきつたいのちをみる。

いのちは光をさして飛びかひ
光の周圍にむらがり死ぬ
ああこの賑はしく　艶めかしげなる春夜の動靜
露つぽい空氣の中で
花やかな孤燈は眠り　燈火はあたりの自然にながれて
ゐる。

ながれてゐる哀傷の夢の影のふかいところで
私はときがたい神祕をおもふ
萬有の　生命の　本能の　孤獨なる
永遠に永遠に孤獨なる　情緒のあまりに花やかなる。

『純情小曲集』

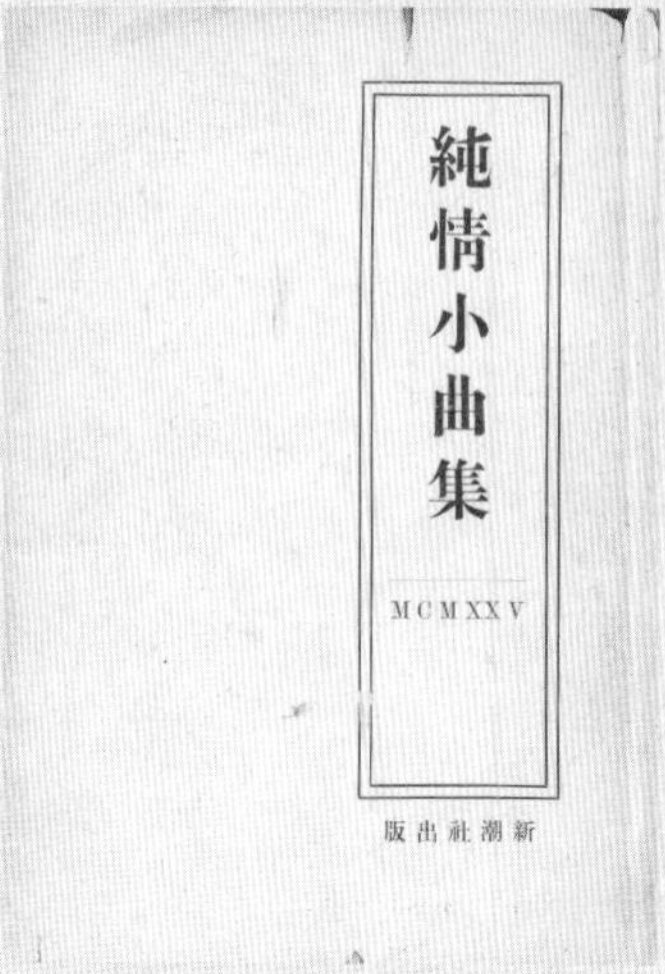

『純情小曲集』初版▲
1925（大正14）年8月　新潮社
カバー装
装幀：萩原朔太郎

初期の抒情的な文語詩「愛憐詩篇」と、近作の文語詩「郷土望景詩」をあわせて一冊の詩集にしたもの。朔太郎は後に、この装幀は失敗だったと述べている

こころ

こころをばなににたとへん
こころはあぢさゐの花
ももいろに咲く日はあれど
うすむらさきの思ひ出ばかりはせんなくて。

こころはまた夕闇の園生のふきあげ
音なき音のあゆむひびきに
こころはひとつによりて悲しめども
かなしめどもあるかひなしや
ああこのこころをばなににたとへん。

こころは二人の旅びと
されど道づれのたえて物言ふことなければ
わがこころはいつもかくさびしきなり。

旅上

ふらんすへ行きたしと思へども
ふらんすはあまりに遠し
せめては新しき背廣をきて
きままなる旅にいでてみん。
汽車が山道をゆくとき
みづいろの窓によりかかりて
われひとりうれしきことをおもはむ
五月の朝のしののめ
うら若草のもえいづる心まかせに。

廣瀬川

廣瀬川白く流れたり
時さればみな幻想は消えゆかん。
われの生涯《らいふ》を釣らんとして
過去の日川邊に糸をたれしが
ああかの幸福は遠きにすぎさり
ちいさき魚は眼《め》にもとまらず。

波宜亭

少年の日は物に感ぜしや
われは波宜亭《はぎてい》の二階によりて
かなしき情歡の思ひにしづめり。
その亭の庭にも草木《さうもく》茂み
風ふき渡りてばうばうたれども
かのふるき待たれびとありやなしや。
いにしへの日には鉛筆もて
欄干《おばしま》にさへ記せし名なり。

『氷島』

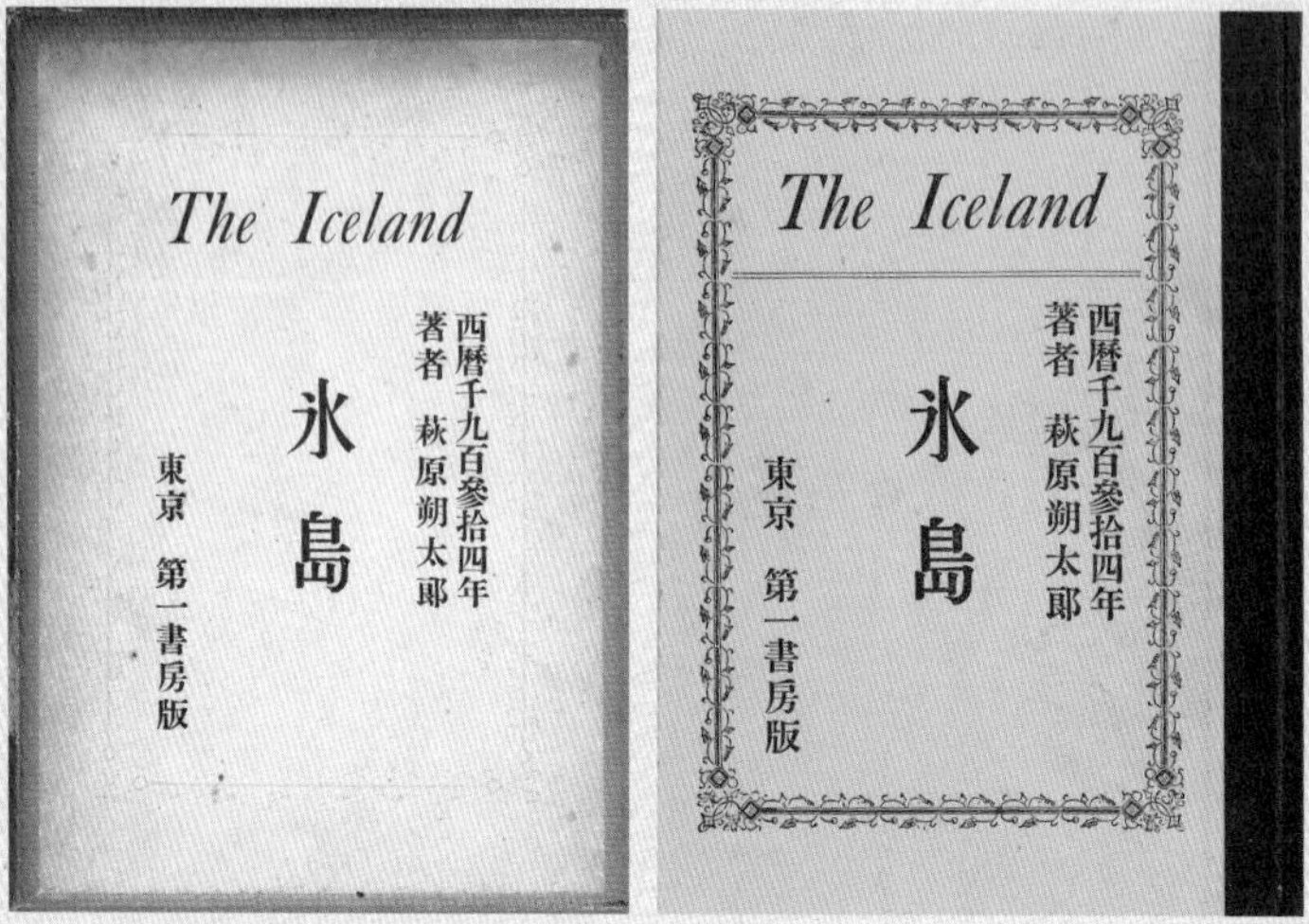

▲『氷島』初版

1934（昭和9）年6 月　第一書房
函（左）、表紙（右）
装幀：萩原朔太郎

「郷土望景詩」に続き、詠嘆的な漢語調を用いた詩篇が連なっている。明治初期の法学書から暗示を受け、これをまねて表装した。『定本青猫』と共に、自装本の中では成功したものと自ら述べている

再版は阿部金剛装幀。朔太郎はこの装幀を非常に気に入っていた

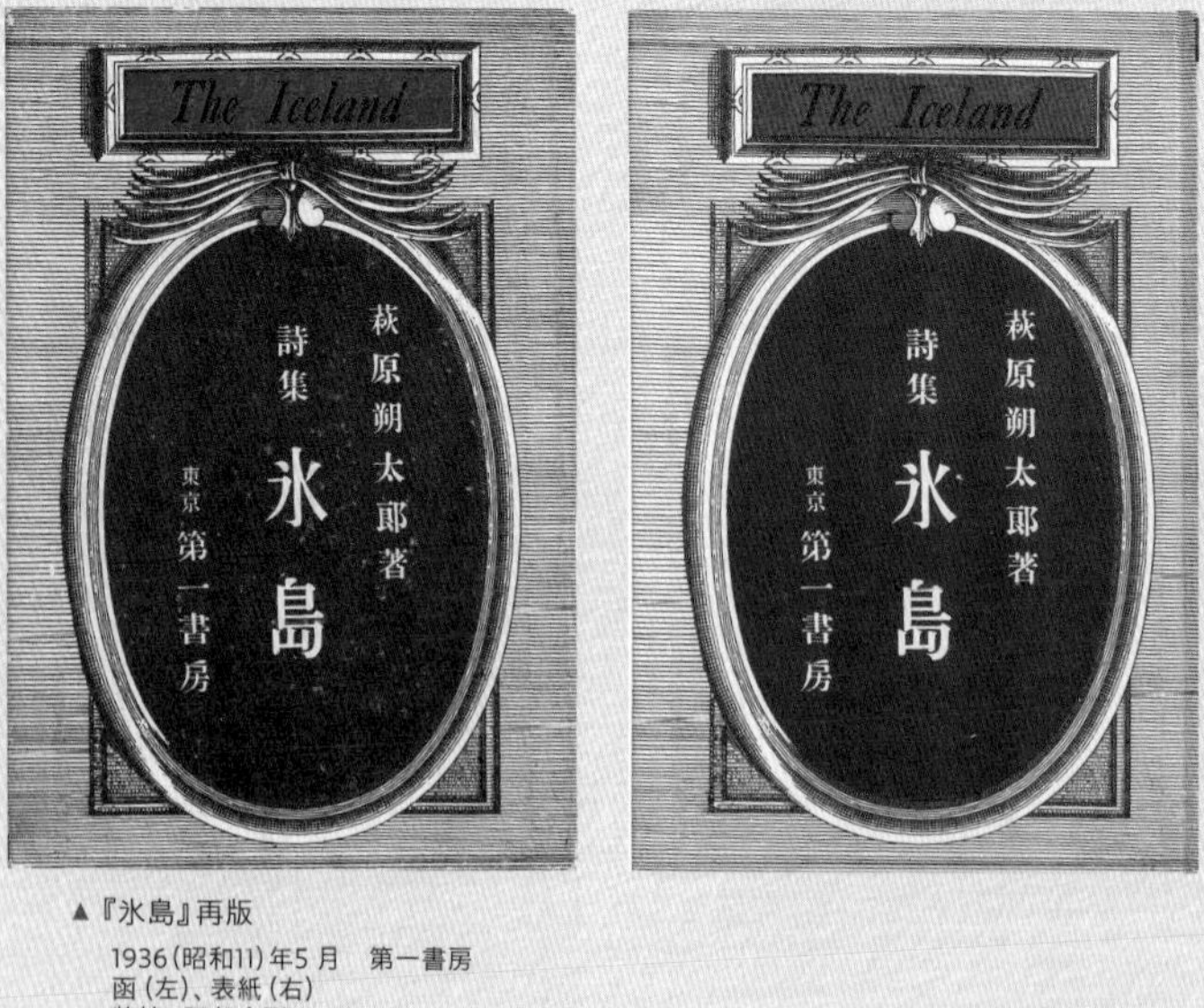

▲『氷島』再版

1936（昭和11）年5 月　第一書房
函（左）、表紙（右）
装幀：阿部金剛

虎

虎なり
曠茫として巨像の如く
百貨店上屋階の檻に眠れど
汝はもと機械に非ず
牙齒もて肉を食ひ裂くとも
いかんぞ人間の物理を知らむ。
見よ　穹窿に煤煙ながれ
工場區街の屋根屋根より
悲しき汽笛は響き渡る。
虎なり
虎なり

午後なり
廣告風船《ばるうむ》は高く揚りて
薄暮に迫る都會の空
高層建築の上に遠く座りて
汝は旗の如くに飢えたるかな。
杳として眺望すれば
街路を這ひ行く蛆虫ども
生きたる食餌を暗鬱にせり。
虎なり
昇降機械《えれべえたあ》の往復する
東京市中繁華の屋根に
琥珀の斑《まだら》なる毛皮をきて
曠野の如くに寂しむもの。
虎なり！
ああすべて汝の殘像
虛空のむなしき全景たり。

——銀座松坂屋の屋上にて——

遊園地《るなはあく》にて

遊園地《るなぱあく》の午後なりき
樂隊は空に轟き
廻轉木馬の目まぐるしく
艶めく紅《べに》のごむ風船
群集の上を飛び行けり。
今日の日曜を此所に來りて
われら模擬飛行機の座席に乘れど
側へに思惟するものは寂しきなり。
なになれば君が瞳孔《ひとみ》に
やさしき憂愁をたたえ給ふか。
座席に肩を寄りそひて
接吻《きす》するみ手を借したまへや。

見よこの飛翔する空の向ふに
一つの地平は高く揚り　また傾き　低く沈み行かん
　とす。
暮春に迫る落日の前
われら既にこれを見たり
いかんぞ人生を展開せざらむ。
今日の果敢なき憂愁を捨て
飛べよかし！　飛べよかし！
明るき四月の外光の中
嬉々たる群集の中に混りて
ふたり模擬飛行機の座席に乗れど
君の圓舞曲《わるつ》は遠くして
側へに思惟するものは寂しきなり。

乃木坂倶樂部

十二月また來れり。
なんぞこの冬の寒きや。
去年はアパートの五階に住み
荒漠たる洋室の中
壁に寢臺《べつと》を寄せてさびしく眠れり。
わが思惟するものは何ぞや
すでに人生の虚妄に疲れて
今も尙家畜の如くに飢えたるかな。
我れは何物をも喪失せず
また一切を失ひ盡せり。
いかなれば追はるる如く
歳暮の忙がしき街を憂ひ迷ひて

晝もなほ酒場の椅子に醉はむとするぞ。
虛空を翔け行く鳥の如く
情緒もまた久しき過去に消え去るべし。
十二月また來れり
なんぞこの冬の寒きや。
訪ふものは扉《どあ》を叩《の》つくし
われの懶惰を見て憐れみ去れども
石炭もなく暖爐もなく
白堊の荒漠たる洋室の中
我れひとり寢臺《べつと》に醒めて
白晝《ひる》もなほ熊の如くに眠れるなり。

『宿命』

▲『宿命』(創元選書24) 初版
1939(昭和14)年9月　創元社
カバー (左)、表紙(右)

「散文詩」73篇と「抒情詩」68篇からなる

父

父は永遠に悲壮である。

時計を見る狂人

或る瘋癲病院の部屋の中で、終日椅子の上に坐り、爲すこともなく、毎日時計の指針を凝視して居る男が居た。おそらく世界中で、最も退屈な、「時」を持て餘して居る人間が此處に居る、と私は思つた。ところが反對であり、院長は次のやうに話してくれた。この不幸な人は、人生を不斷の活動と考へて居るのです。それで一瞬の生も無駄にせず、貴重な時間を浪費すまいと考へ、ああして毎日、時計をみつめて居るのです。何か話しかけてご覧なさい。屹度腹立たしげに呶鳴るでせう。「默れ！　いま貴重な一秒時が過ぎ去つて行く。Time is life! Time is life!」と。

死なない蛸

或る水族館の水槽で、ひさしい間、飢ゑた蛸が飼はれてゐた。地下の薄暗い岩の影で、青ざめた玻璃天井の光線が、いつも悲しげに漂つてゐた。

だれも人々は、その薄暗い水槽を忘れてゐた。もう久しい以前に、蛸は死んだと思はれてゐた。そして腐つた海水だけが、埃つぽい日ざしの中で、いつも硝子窓の槽にたまつてゐた。

けれども動物は死ななかつた。蛸は岩影にかくれて居たのだ。そして彼が目を覺した時、不幸な、忘れられた槽の中で、幾日も幾日も、おそろしい飢饑を忍ばねばならなかつた。どこにも餌食がなく、食物が全く盡きてしまつた時、彼は自分の足をもいで食つた。まづその一本を。それから次の一本を。それから、最後に、それがすつかりおしまひになつた時、今度は胴を裏がへして、内臓の一部を食ひはじめた。少しづつ他の一部から一部へと。順々に。

かくして蛸は、彼の身體全體を食ひつくしてしまつた。外皮から、腦髓から、胃袋から。どこもかしこも、すべて殘る隈なく。完全に。

或る朝、ふと番人がそこに來た時、水槽の中は空つぽになつてゐた。曇つた埃つぽい硝子の中で、藍色の透き通つた潮《しほ》水《みづ》と、なよなよした海草とが動いてゐた。そしてどこの岩の隅々にも、もはや生物の姿は見えなかつた。蛸は實際に、すつかり消滅してしまつたのである。

けれども蛸は死ななかつた。彼が消えてしまつた後ですらも、尚ほ且つ永遠にそこに生きてゐた。古ぼけた、空つぽの、忘れられた水族館の槽の中で。永遠に——おそらくは幾世紀の間を通じて——或る物すごい缺乏と不滿をもつた、人の目に見えない動物が生きて居た。

貸家札

熱帶地方の砂漠の中で、一疋の獅子が晝寢をして居た。肢體をできるだけ長く延ばして、さもだるさうに疲れきつて。すべての猛獸の習性として、胃の中の餌物が完全に消化するまで、おそらく彼はそのポーズで永遠に眠りつづけて居るのだらう。赤道直下の白晝《まひる》。風もなく音もない。萬象の死に絶えた沈默《しじま》の時。

その時、不意に獅子が眠から目をさました。そして耳をそば立て、起き上り、緊張した目付をして、用心深く、機敏に襲擊の姿勢をとつた。どこかの遠い地平の影に、彼は餌物を見つけたのだ。空氣が動き、萬象の沈默《しじま》が破れた。

一人の旅行者――ヘルメット帽を被り、白い洋服をきた人間が、この光景を何所かで見て居た。彼は一言の口も利かず、默つて砂丘の上に生えてる、椰子の木の方へ歩いて行つた。

その椰子の木には、ずつと前から、長い時間の風雨に曝され、一枚の古い木札が釘づけてあつた。

（貸家アリ。瓦斯、水道付。日當リヨシ。）

ヘルメツトを被つた男は、默つてその木札をはがし。ポケツトに入れ、すたすたと歩きながら、地平線の方へ消えてしまつた。

戰場での幻想

機關銃よりも悲しげに、繋留氣球よりも憂鬱に、炸裂彈よりも殘忍に、毒瓦斯よりも沈痛に、曳火彈よりも蒼白く、大砲よりもロマンチツクに、煙幕よりも寂しげに、銃火の白く閃めくやうな詩が書きたい！

『ソライロノハナ』

▲『ソライロノハナ』

自筆本　1913（大正2）年4月ごろ製作
縦150ミリ×横115ミリ　中綴略装

1913（大正2）年4月ごろに製作された手製の歌集。雑誌・新聞などに掲載されたものを含め400首ほどの自選の短歌と文章がすべて手書きされ、とじ合わせてある。序詩「空いろの花」の上（下写真）には朔太郎撮影の写真が貼り込まれている。人物は朔太郎本人

空いろの花

たはかれどきの薄らあかりと
空いろの花のわれの想ひと
たれ一人知るひともありやなしや
廃園の石垣にもたれて
わればかりものを思へば
まだ春あさき草のあはひに
蛇いちごの実の赤く
かくばかり咲き光る哀しさ

一九一三・三

▲序詩

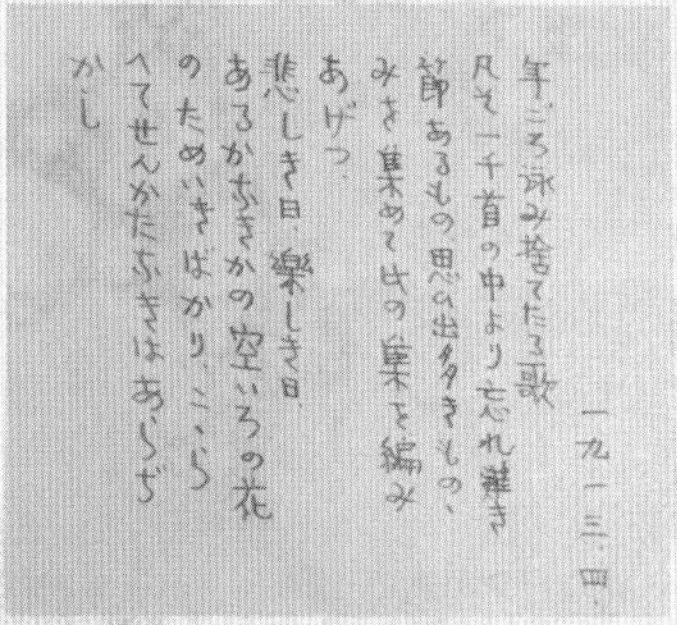

年ごろ詠み捨てたる歌
凡そ一千首の中より忘れ難き
節あるもの思ひ出多きもの、
みを集めて此の集を編み
あげつ。
悲しき日、楽しき日、
あるかなきかの空いろの花
のためいきばかり、こゝら
へてせんかたなきはあらず
かし

一九一三・四・

▲自序

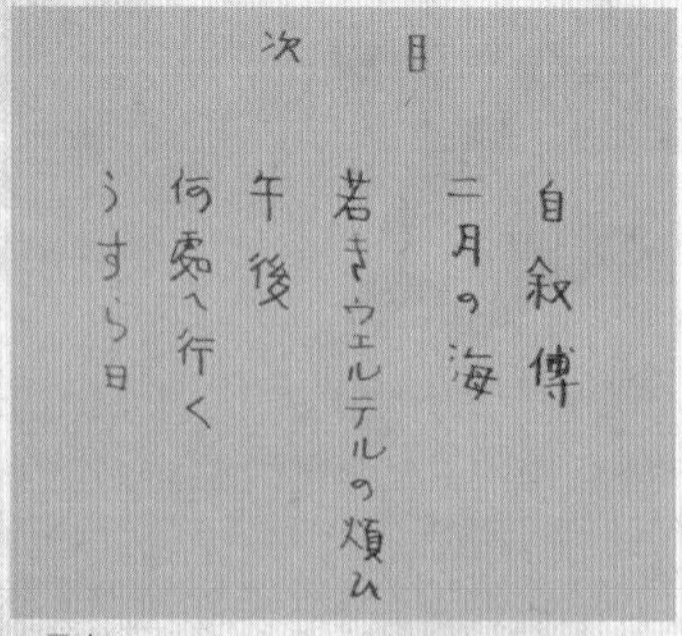

目次

▲目次

行く春の淡き哀しみイソップの
蛙の腹の破裂せし音

春ここに　ここに暫しの花の酔に
まどろむ蝶の夢あやぶみぬ

月光に魚の鱗《うろこ》のひかるとき
窓にもたれて泣く人を見き

夕ざれは　そゝろありきす銃器屋の
前に立ちてはピストルを見る

年ごろをくせともなりぬピストルを
ふとんの下に敷きて寝ること

若き身のわれが奏づるマンドリン
ちゝろ　ちゝろと泣くか哀しき

あいりすのにほひぶくろの身にしみて
忘れかねたる夜のあひゞき

夏くれば君か矢くるまみづいろの
浴衣の肩に　ほふ　にひつき

大声《ごゑ》に柩をあけて呼び出でん
我や　とこしへ死なじ　老ひじと

願はくば我なるものを五人《いつたり》に
十人《とたり》になして笑まひ代さむ

書籍紹介

◀『蝶を夢む』

初版、1923（大正 12）年7月、新潮社
表紙

「現代詩人叢書」の第14編として刊行された

『新らしき欲情』▶

初版、1922（大正 11）年 4 月、アルス
函
装幀・恩地孝四郎

◀『詩論と感想』

初版、1928（昭和 3）年 2 月、素人社書屋
函（左）、表紙（右）

◀『萩原朔太郎詩集』

初版、1928（昭和 3）年 3 月、第一書房
函（左）、表紙（右）

三方金、総皮金彩色装表紙。発行者である第一書房の長谷川辰之吉が力を入れた豪華本

『虚妄の正義』▶

初版、1929（昭和 4）年10月、第一書房
函（左）、表紙（右）

装幀・萩原朔太郎、江草民麿。カラスのマークは朔太郎が考案した

◀『詩の原理』

初版、1928（昭和 3）年12月、第一書房
カバー

◀『恋愛名歌集』

1931（昭和 6）年 5 月、第一書房
函（左は初版、右は普及版）

万葉集、古今集などの和歌を鑑賞する本文と総論からなる書き下ろし

◀『絶望の逃走』

初版、1935（昭和 10）年 10 月、第一書房
カバー（左）、表紙（右）
装幀・萩原朔太郎

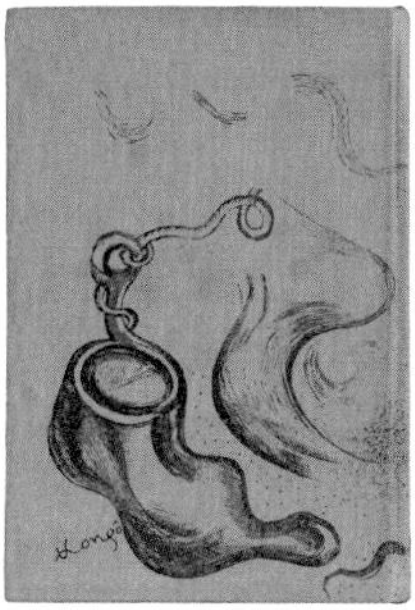

◀『絶望の逃走』

3 刷、1937（昭和 12）年 4 月、第一書房
カバー（左）、表紙（右）

◀『猫町』

1935（昭和 10）年 11 月、版画荘
表紙
装幀案・萩原朔太郎、画・川上澄生

川上による挿画が 1 枚掲載されている

『郷愁の詩人　与謝蕪村』▶

初版、1936（昭和11）年3月、第一書房
カバー

カバー、表紙の装画は川上澄生

◀『純正詩論』

初版、1935（昭和10）年４月、第一書房
カバー（左）、表紙（右）
装幀・萩原朔太郎

▼『純正詩論』

２刷、３刷、1936（昭和11）年５月、第一書房
２刷カバー（左）、表紙（中）、３刷表紙（右）

◀『廊下と室房』

初版、1936（昭和11）年５月、第一書房
カバー＆帯（左）、表紙（右）

▼『詩人の使命』

初版（左・中）、1937（昭和12）年３月、第一書房
新装版、1938（昭和13）年４月、第一書房

左から、函、表紙（装幀・阿部金剛）、新装版カバー

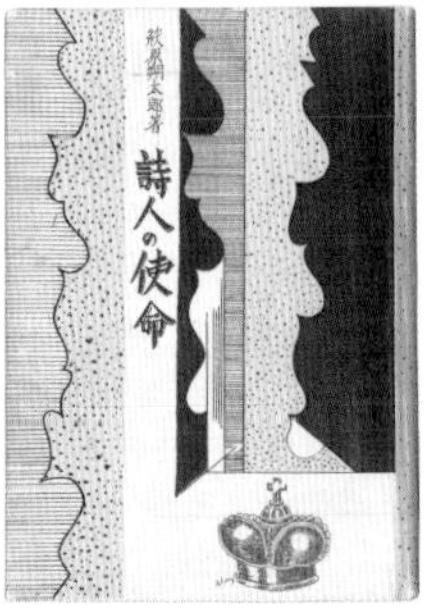

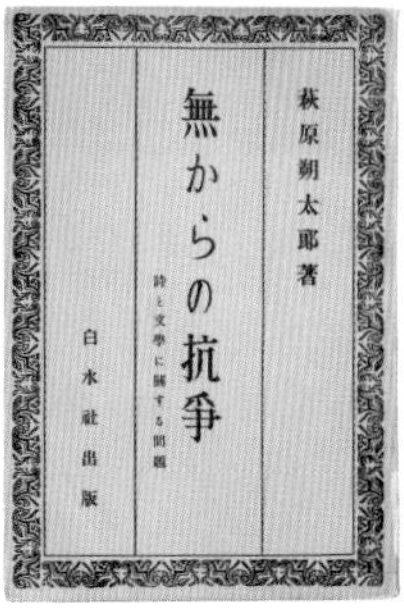

◀ **『無からの抗争』**

初版、1937（昭和12）年9月、
白水社
表紙

『日本への回帰』▶

初版、1938（昭和13）年
3月、白水社
表紙
装幀・萩原朔太郎
題字・岸田國士

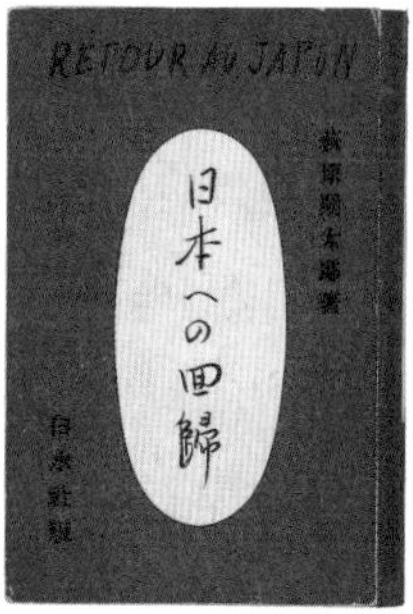

◀ **『帰郷者』**

初版、1940（昭和15）年7月、
白水社
表紙

『港にて』▶

初版、1940（昭和15）年7月、
創元社
表紙

◀ **『阿帯』**

初版、1940（昭和15）年10月、
河出書房
函（左）、表紙（右）

朔太郎が関わった主な同人誌および文芸雑誌

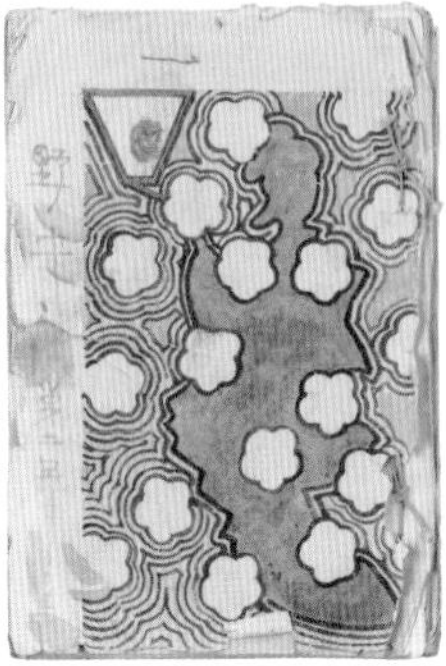

第3巻第2号、1905（明治38）年

▲「野守」　同人誌

中学時代、友人らと作った同人誌。手書きの回覧雑誌で、写真の表紙絵は町田英佳聲で、朔太郎は「美棹」の名で「除夜」という短編小説を書いている

右上から第38号、1904（明治37）年3月　第39号、1904（明治37）年7月
第40号、1904（明治37）年12月　第41号、1905（明治38）年3月
終刊号 1948（昭和23）年3月

▲「坂東太郎」

1894（明治27）年～1948（昭和23）年3月
終刊（後、1959年3月より復刊）、前橋中学校 校友誌

「文藻」→「学友会雑誌」→「阪東太郎」→「坂東太郎」と改題を経ながら、朔太郎は「遼陽占領当時の伊香保市街」の絵や叙事詩「煤掃」などを投稿した

創刊号（複製）、1914（大正3）年8月

◀「侏儒《こびと》」

1914（大正 3）年 8月
～1915（大正4）年2月
侏儒社、詩歌雑誌

発行人が梅沢英之助、編集人は河原侃《かん》二《じ》。朔太郎の元に集まった若い歌人たちが中心となり刊行された。当初はタブロイド判だったが、４号からＡ５判となり、通巻６号まで発行された。群馬の近代詩歌における先駆的役割を果たし、誌名は萩原朔太郎が命名した

第3巻第5号、1913（大正2）年5月

▲「朱欒《ザムボア》」

1911（明治 44）年 11月～ 1913（大正2）年5月、東雲堂書店、文芸雑誌

編集北原白秋で全19冊が発行された。この雑誌によって、室生犀星、朔太郎、大手拓次は詩人としての出発をとげ、「北原白秋門下の三羽烏」とも言われた
（群馬県立土屋文明記念文学館蔵）

第一号・六月号・七月号
1916（大正5）年5、6、7月

◀「キツネノス（狐の巣）」

1916（大正5）年5月～、狐巣社、詩歌雑誌

山崎晴治を編集発行人、北原放二方（群馬町国府）を発行所に創刊された雑誌。「侏儒」の廃刊を惜しんだ「侏儒」同人の多くが関わり、通巻８号まで発行した。群馬の近代文芸の曙を担った貴重な雑誌と言える

◀「卓上噴水」

1915（大正 4）年 3～ 5月
人魚詩社、詩雑誌

全 3 冊。人魚詩社発行。萩原朔太郎、室生犀星、山村暮鳥の同人雑誌で犀星が編集を担当。この雑誌は四六倍判、全アート紙使用、表紙にギリシア古代画を写真印刷するなど凝った造りの雑誌だった

右から第1集・第2集・第3集（第1集と第3集は復刻）
初版、1915（大正4）年4月
復刻版、1979（昭和54）年8月、冬至書房新社

「感情」▶

1914（大正5）年6月～1917（大正8）年11月
感情詩社、詩雑誌

室生犀星、朔太郎の 2 人雑誌として創刊、発行兼編集人は室生照道（犀星の本名）。その後、山村暮鳥、竹村俊郎、多田不二、恩地孝四郎などが同人・同人格となり、全 32 冊発行された。ほかに感情詩社として『感情同人詩集』（大正 9 年 2 月）1 冊を発行している

創刊号 1916（大正5）年6月

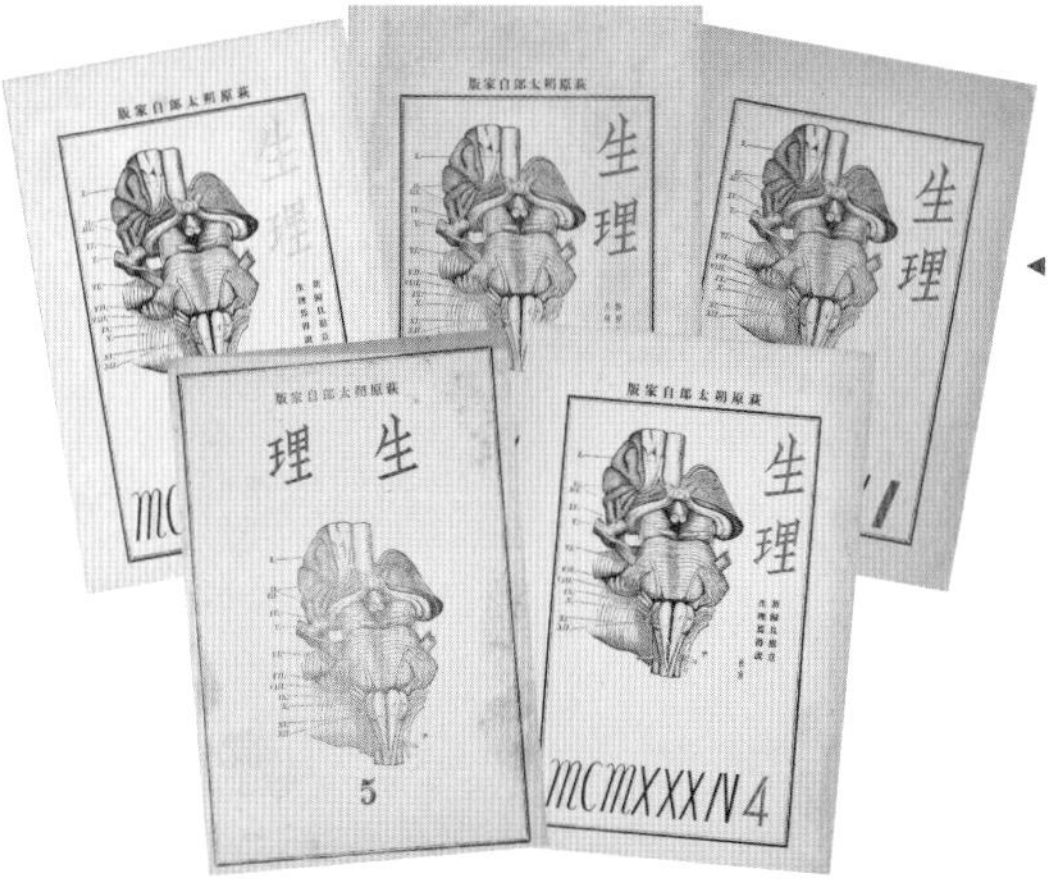

◀「生理」

1933（昭和8）年6月～1935（昭和10）年2月
椎の木社、文芸雑誌

朔太郎の個人雑誌として編集人朔太郎、発行人を百田宗治として全 5 冊発行された。「生理」を色刷りしコットン紙を用いるなど趣味性の強い雑誌だった。題名は人生の実相という意味と理学上の意味を重ね合わせたものとなっている。特に『郷愁の詩人与謝蕪村』の連載で蕪村の再評価をなし、単行本としてもまとめている

右上から1～3、1933（昭和8）年6、8月、11月
右下から4、1934（昭和9）年5月、5、1935（昭和10）年2月

「四季」（第二次）▶

1934（昭和9）年10月～1944（昭和19）年6月、四季社、詩雑誌

「コギト」とともに昭和 10 年代の抒情詩復興の気運の中枢として、重きをなした同人雑誌。第二次は全 81 冊で、表紙には「三好達治・丸山薫・堀辰雄 編集詩誌」と明記の上、月刊にて発行された。創刊号は菊判、60 ページでアンカットのしゃれた体裁で発行されている

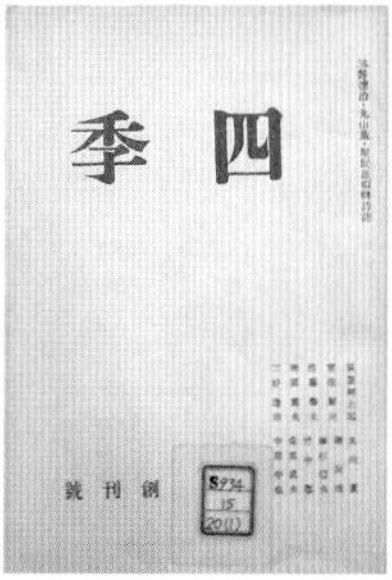

創刊号（第二次）、復刻版
1934（昭和9）年10月

出典：群馬県百科事典（上毛新聞社）、日本近代文学事典 第 5 巻（日本近代文学館・編、講談社）

朔太郎が残した　自筆のノート類

朔太郎の創作などに関する「未発表ノート」は現時点で二十五冊ある。ここでは『萩原朔太郎全集』一九八六年十一月（筑摩書房）の第二巻と第十二巻解題の内容に従い、以下のようにまとめた。「習作集第八巻」、「習作集第九巻」の二冊、二十冊の「未発表ノート」計二十二冊の書影を収め、音楽関係の「未発表ノート」（音楽教授用ノート、曲目解説ノート、楽譜帖）三冊は割愛した。二十二冊については、主としてその内容によって「習作集第八巻」と「習作集第九巻」、「一」〜「十一」、「十二」〜「二十」に大別し、①ノートの寸法②主な内容③推定年代について記載した。

習作集は詩篇草稿、ノート一〜十一は、詩篇草稿およびアフォリズム、詩論、詩壇論、感想、エッセイ集の下書きのほか、『詩の原理』草案が主であり、ノート十二〜二十は、読書メモ、芸術論・哲学・論理学・認識論の覚え書きなどである。

「習作集」および「ノート　一」、「ノート　二」は、最初に翻刻を行った渋谷国忠氏によって「愛憐詩篇ノート」、「浄罪詩篇ノートA」、「浄罪詩篇ノートB」と名付けられた。

▲「ノート　二」
（「浄罪詩編ノートB」）
①205×148mm
②詩・詩的散文・感想・詩論他
③1914（大正3）年〜15（大正4）年頃

▲「ノート　一」
（「浄罪詩編ノートA」）
①205×128mm
②詩・詩的散文・感想他
③1914（大正3）年頃

▲「習作集第九巻」（復刻）
（「愛憐詩篇ノート」）
①193×145mm
②詩
③1913（大正2）年9月

▲「習作集八巻」（復刻）
（「愛憐詩篇ノート」）
①193×145mm
②詩
③1913（大正2）年4月

◀右より

「ノート　三」
①210×168mm
②感想、アフォリズム、エッセイ
③1917（大正6）年頃

「ノート　四」
①208×165mm
②感想、アフォリズム、エッセイ
③1917（大正6）年頃

「ノート　五」
①200×127mm
②アフォリズム、詩論（「ノート」末尾内容が「ノート　六」の冒頭へつづく）
③1917（大正6）年頃

右より▶

「ノート　六」
①205×165mm
②詩、感想、エッセイ（ノート冒頭が「ノート　五」末尾よりつづく）
③1917（大正6）年頃

「ノート　七」
①210×167mm
②詩的散文、感想、エッセイ
③1917（大正6）年頃

「ノート　八」
①212×168mm
②感想、エッセイ
③1917（大正6）年末〜18（大正7）年頃

※ノートの表紙にイラストが書かれている

「ノート　十一」▶
①210×168mm
②『詩の原理』草案、詩壇論、アフォリズム、序文（「ノート　十」末尾からつづくと思われる）
③1922（大正11）年～23（大正12）年前半頃

上より「ノート　九」▶
①202×160mm
②『詩の原理』草案
③1919（大正8）年～22（大正11）年頃

「ノート　十」▶
①212×168mm
②『詩の原理』草案
③1919（大正8）年～22（大正11）年頃

◀「ノート　十三」
①205×160mm
②認識論（おもにカントの読書メモ。末尾に「絵本ノート参考」とある）
③1922（大正11）年頃

◀「ノート　十四」
①204×152mm
②認識論（「論理的概念と具体的概念」他。表紙に「概念・絵本ノート」とある）
③1922（大正11）年頃

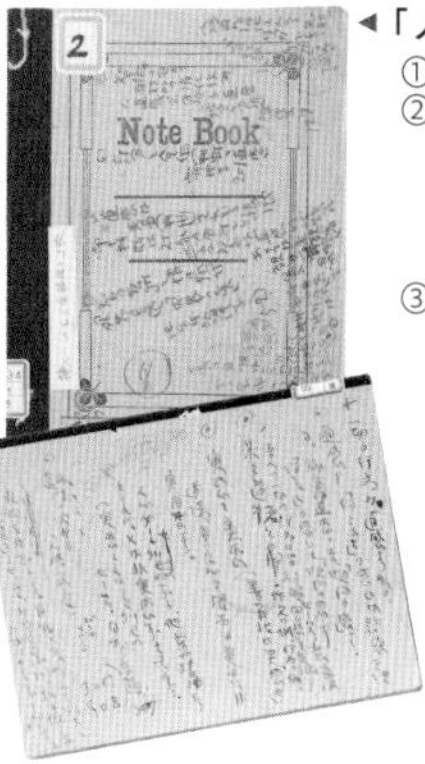

◀「ノート　十二」
①205×160mm
②読書メモ（表紙に○青と記されている。本ノートの後に頻出する「（青ノート）参照」の「青ノート」と思われる）
③1922（大正11）年頃

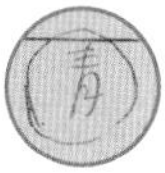

※ノートの表裏紙にたくさんの書き込みがある

「ノート　十六」▶
①196×146mm
②論理学、認識論
③1922（大正11）年頃

「ノート　十七」▶
①204×152mm
②論理学
③1922（大正11）年頃

「ノート　十五」▶
①205×160mm
②読書メモ
③1922（大正11）年頃

▼「ノート　二十」
①208×167mm
②芸術論・哲学・認識論（表紙に「C」と記されている）
③「ノート　十九」につづく頃

「ノート　十八」▶
①210×168mm
②芸術論・哲学・認識論（表紙に「A」「概念について」と記されている）
③1922（大正11）年頃

「ノート　十九」▶
①205×163mm
②芸術論・哲学・認識論（表紙に「B」、本文冒頭に「ノートＡヨリつづく」と記されている）
③「ノート　十八」につづく頃

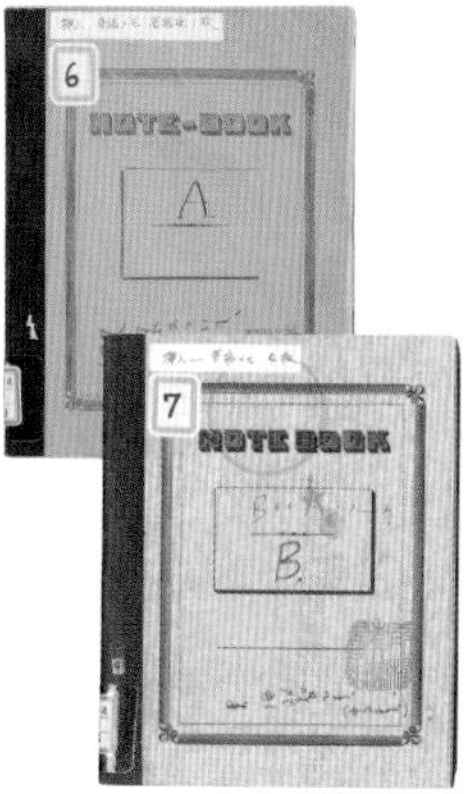

出典：『萩原朔太郎全集』第2巻、第12巻（筑摩書房、1986年11月）

朔太郎かく語りき

カニエ・ナハ

あの飾窓の中へ小生の詩集が並べられることを以前から夢想して居ました、包紙は可成美しいものですから飾窓をきたなくするやうなことはないと思ひます、（…）美しき夜の硝子窓に飾られることは私の栄華の夢想を濃くします、（萩原朔太郎書簡、高橋元吉宛（葉書）一九一七（大正六）年二月一三日消印）

はたして、朔太郎の願いは叶えられたのだったか、どうだったか。百余年前、朔太郎の生家に程近い煥乎堂のショーウィンドーに、その「美しき夜の硝子窓」に、『月に吠える』が飾られているさまを、想像してみる。田中恭吉による「夜の花」が、月を浴びて発光して、生きているもののように、こちらに見えない触手を伸ばしている。硝子窓に映る、通りすがりのあなたの半透明の顔とそれは二重写しになっている。その花は彼らから私らに、死者から生者に、手向けられた花というように。しかし花だとおもっていたが、それは画であった。いや、画だとおもっていたが、それは本であった。この夜の花であり月の光であり画であり本である、それにあなたは手を伸ばす。触手のように。夜の花からの見えない触手とあなたの指先からの触手とが蔦のように絡まり合って。

『月に吠える』（初版）カバーの挿画「夜の花」田中恭吉▶

書物の装幀といふものは、絵に於ける額ブチみたいなものである。それ自身が独立した存在ではなく、他によつて附属するところの美術なのである。

（「書物の装幀について」）

『月に吠える』の包紙（カバー）正面、表《おもて》表紙にあたる処に、題名も著者名もおかれていないこと。そのことでこの「夜の花」が、まさに「額ブチ」というように、四辺を縁取られて、正面から見るこの書物を恰《あたか》も絵画の

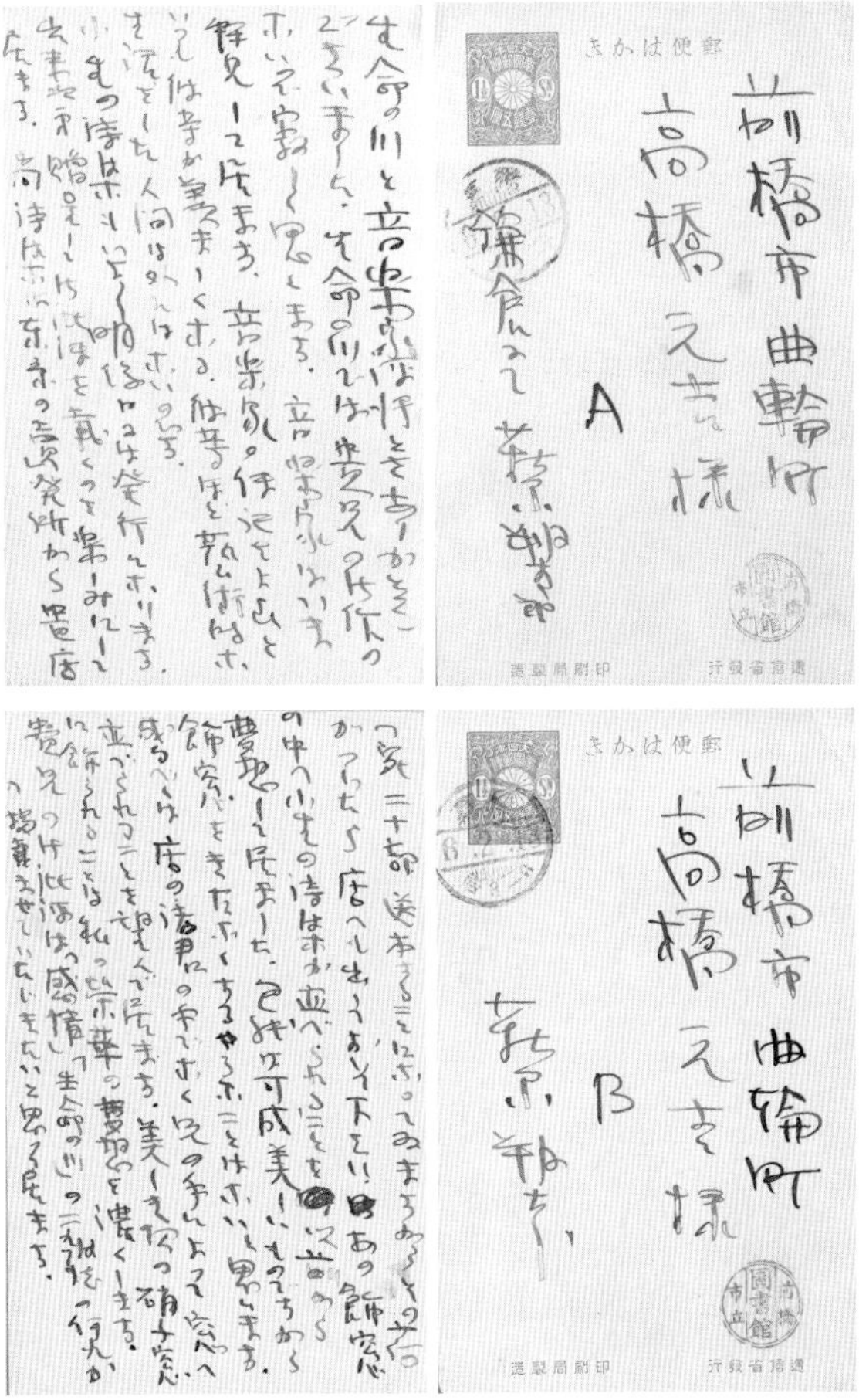

▲萩原朔太郎、高橋元吉宛葉書２通の表・裏（1917年２月13日消印）

ように見せている。朔太郎は、後年この恩地孝四郎と田中恭吉との協働による詩画集の装幀をふりかえって、「二人共僕の詩をよく理解してくれたので、成績は十分以上の出来であつた。特に田中君の病的な絵は、内容の詩とぴつたり合つて、まことに完全な装幀だつた」（「自著の装幀について」）と記している。「病的な絵」という云い回しが、朔太郎にとって賞賛の辞として使われている、その反転は、版画というものを象徴しているかのよう。『月に吠える』の他に「自分の芸術をよく理解してくれてる画家を見つけて」（同前）成功した自著の装幀として、『猫町』を挙げて、その装画を手がけた、これもまた版画家の、川上澄生を賞賛している。民芸的でもある川上の版画、そ

の魅力を存分に生かした『猫町』そして『郷愁の詩人与謝蕪村』の装幀は、古拙なもののなかに普遍的な新しさといぶし銀の輝きを見出す民芸的な価値に改めて光が当たっている昨今、あらためてその不朽を顕わにしているように見える。この画家の版画作品を店先で見て自著への起用を決めた朔太郎の審美眼と共に。

▲『定本青猫』初版表紙

外国では表紙に使ふ紙の見本が、黄色の一色だけで二百種もあるといふことだが、日本では僅か三種類位しかない。それも情趣のない、非芸術的な俗悪の色ばかりである。
（「書物の装幀について」）

自ら装幀を手がけた書物の内、「自分で成功したと思つたのは「定本青猫」と「氷島」と「虚妄の正義」の初版」（「自著の装幀について」）なのだと朔太郎は云う。自装にしろ協働にしろ、装幀ということに深くこだわった朔太郎が装幀について記した幾篇かの随筆類の中で、最も長い「書物の装幀について」（『廊下と室房』所収）では、当時の日本の印刷や製本の技術、もとよりセンスが海外のそれらに比べて拙いのだと不平不満を並べ立てつつ理想の装幀について語ってい

▲『氷島』初版表紙

▲『虚妄の正義』初版表紙

る、朔太郎らしいネガティブな言い草が却って生き生きと繁茂している、魅力的な一篇だが、この中で「黄色」について語っている箇処があり、これを読むと、なるほど、『定本青猫』表紙のあの目の醒めるような黄色が紙ではなくて布（クロス装）であしらわれた理由が分かった。『氷島』の表紙の意匠は、「明治初年の法律書から暗示を受けてイミテートした」（「自著の装幀について」）とのことだが、これはあるいは書物でありつつ書物のパロディである、といった諧謔《かいぎゃく》なり批評なりが暗示されているのかもしれず、この自装の意匠に込められた朔太郎の企図にいまいちど身構える。

つまりその本当の装幀は、一切読者自身の自由意志に任かすのである。

（「装幀の意義」）

一方で、「装幀の意義」（『新しき欲情』所収）では、自身の装幀へのこだわりについて語った後で、翻って、「思へ一つの同じ音楽、同じ叙情詩、同じ宗教に対して、いかに多くの異つた解釈があるか」と問いかけ、日蓮と親鸞による釈迦の解釈の違いなど引き合いに出しつつ、「私ら自身の趣味にふさはしいところゲーテやショパンを、各自に別々に理解するまでの話である」とし、さらには「私の鑑賞によるところの雪舟は、私自身の雪舟であつて他のいかなる人々の見た雪舟とも差別される」などとし、遂には「どんな他人の表装も――恐らくは雪舟自身の表装も――断じて許すことができない」などと迄言い放つ。そして、西洋の極く簡素な装幀について触れながら、「正に彼自身の理解した「彼自身の著者」を、いつも「彼自身の趣味」によつて自由に完全に装幀することができるであらう」と語る。そのようにして朔太郎は、私たち朔太郎の読者その一人ひとりが各々の、「私自身の朔太郎」を装幀することを、唆しているかのように。

かくてこそ書物の著者は、正に読者の生活に「活き得た」のではないか。

（「装幀の意義」）

＊「装幀の意義」「書物の装幀について」「自著の装幀について」からの引用は全て『筑摩書房版　萩原朔太郎全集』（第四巻、第九巻、第十巻）を参照し、旧字を新字にあらためた。

朔くん断片② 清家雪子

朔先生はよく お散歩をしています
誰も自分を 認識しない 都会の群集の中では 自分は孤独で いられて
群集のおおきな浪に 身を置き 揉まれることで 孤独は安らぐそうです
しかし 実際のところは…
足元ばかり 見ている
横断歩道は 渡れない
方向を見失い 同じところを 何往復もする
群集から かなり 注目を集めていた 可能性もあります

III

朔太郎を知る

萩原朔太郎略伝

安 智史

その出生、上州・前橋

萩原朔太郎にとって、前橋はかけがえのない故郷であり、それゆえにこそ、郷土への激しい愛憎をうたった。ただ、彼の父は大阪の河内郡出身であり、萩原家の本籍地も、一九一〇（明治四三）年三月に前橋に移すまでは河内郡だった。朔太郎は晩年、自分には関西人の血が混じっていると語ることもあったという。

萩原家は前橋に先祖代々定着していたわけではなく、同郷出身の後輩詩人・萩原恭次郎とも血縁関係はない。また、朔太郎は明治政府の行政区分である県名「群馬」ではなく「上州」と呼んでいる。これは県知事が中央政府（内務省）からの天下り官僚であった戦前では珍しいことではなかった。

萩原朔太郎は一八八六（明治一九）年に、裕福な医家の長男として生まれた。一一月朔日（一日）生まれの長男であることからの命名である。父・密蔵は代々漢方医であった大阪の実家を出奔して苦学し、東京大学医学部別課を卒業。一八八二（明治一五）年に、設立間も

▶幼少期の朔太郎

ない群馬県立病院に赴任したことをきっかけに、前橋に定住し萩原医院を開業、名医とうたわれた。母・ケイは前橋藩士だった八木家出身。

明治維新後の前橋は、生糸の生産地として活気があり、その輸出港である横浜経由で世界に開かれていた。幼年期の朔太郎は、近所のハイカラな家で聴いたヨーロッパ製のオルゴールの音色に魅せられてそのオルゴールを手放さず、母親が同じオルゴールを横浜で調達してお返ししたという。これは、長男朔太郎への家族の甘さや、朔太郎の生来の音楽好きとともに、そのような文化に触れることが可能であった地方都市前橋の国際性、ということも示しているだろう。

けれども、朔太郎にとって故郷前橋は、住みよい場所ではなかった。世間体としても、朔太郎は萩原医院を、前橋の名家として定着させる使命を背負わされていた。しかし、医家を継ぐことが資質的に向かないことが、旧制中学時代には明確なものとなっていた。朔太郎にとって故郷前橋は、世間の重圧に満ちた、荒寥とした地方都市として意識されていった。

旧制中学時代

そんな朔太郎が熱中したのは、文学であり、音楽であり、また、写真撮影だった。とくに大阪萩原家から医師修行にやってきた、八歳年上の従兄・萩原栄次の豊かな文学的教養の影響は大きく、朔太郎はのち、第一詩集『月に吠える』の献辞を、栄次にささげることになる。

▶「明治二十六年」(一八九三年)とのメモが入った家族写真。前列右より母ケイ、朔太郎、父密蔵と妹ワカ、八木千代、八木さと、後列右より栄次、八木モト子

▶左端、萩原栄次と右端、前橋中学校時代の朔太郎

文学ではとくに「明星」の情熱的なロマン主義に惹かれ、中学四年の一九〇三（明治三六）年に投稿した「萩原朔」名義の短歌が初掲載された。以後、雅号「萩原美棹《みさを》」、時に「萩原朔郎」として「明星」の常連投稿歌人となる。音楽では、少年時代から手風琴やハーモニカに親しみ、のちには輸入品のマンドリンを購入している。また、中学三年のとき初めて写真機を購入。のちには一九世紀末ヨーロッパで流行した立体写真を好んで撮影するようになる。

朔太郎は一九〇四（明治三七）年、旧制中学の最高学年である、五年進級に際して落第。一九〇六（明治三九）年三月に一年遅れで卒業する。近年発見された卒業式の集合写真では、最後列に並ぶ朔太郎のみ、卒業証書（？）らしき紙を丸めて顎にあて、斜に構えるポーズをとっていている。当時の朔太郎の鬱屈がしのばれるだろう。

朔太郎は陸軍戸山学校軍楽隊にあこがれていた。日本において職業オーケストラが生まれる一九二五（大正一四）年にはるかに先駆けて、華々しいマーチや優雅なワルツを奏でる軍楽隊は、当時の日本における西洋音楽受容の、最先端の職業だった。

しかし、武士であった母方八木家の祖父は、軍楽隊は「兵隊の芸者」だ、なるなら軍医になれと諭した。また、戸山学校軍楽隊の入学資格が満一八歳までなので、中学卒業時満一九歳になっていた朔太郎には、受験資格そのものがなかったという。

学校遍歴・東京放浪

ここから朔太郎の、結果的にはすべてが挫折に終わる学校遍歴が始まる。それは徴兵猶

▶前橋中学校時代の朔太郎

▶前橋中学校、一九〇六年卒業生の集合写真。朔太郎は最上段右から二番目に並んでいる。

▲卒業証書を顎にあてている朔太郎

予を受けるためでもあった。しかし本質的には、なりたい自分（音楽家）と、実家から期待されていた、萩原家を前橋の名家として定着させる役割（医師もしくは理系の実業家）との葛藤があったことは想像に難くない。ちなみに、朔太郎には彼の誕生以前に夭折した姉と、四人の妹以外に弟が一人いたが、期待できるものではなかった。

一九〇七（明治四〇）年、東北帝国大学農科大学予科（現・北海道大学）を志願するが、入試を欠席。同年、大阪の医学校の受験に失敗。結局、第五高等学校（現・熊本大学）英語文科に入学する（当時旧制高校は七月入試、九月入学）。しかし一年次で落第しそのまま退学。一九〇八年再入学した第六高等学校（現・岡山大学）ドイツ語法科でも落第し、一九一〇（明治四三）年五月に退学した。

そののち朔太郎は一九一三（大正二）年二月まで東京を放浪する。この間一九一一年には、大日本農学校を受験することになるが、体調を崩して受験放棄。そのまま慶応大学予科に入学する。慶応には前年、六高に籍を置いたまま一旦入学して、退学していた。

当時、慶応は永井荷風を教授に迎え「三田文学」を創刊。また、田中常彦を中心にマンドリン倶楽部が創立されたばかりだったから、そのあこがれもあっただろう。予科在学中に田中にマンドリンの個人教授を受けている。比留間賢八、イタリア人ザルコリーなどにも学び、マンドリンの腕は、相当のレベルに達していたと思われる。後には神田の女子音楽学校（東京音楽学校受験のための予備校）でギターを習うが、マンドリンで鍛えた腕にこれ以上教えることはないと、入会を拒否されたという。

しかし結局、東京音楽学校の受験は失敗。慶応予科も半年ほどで退学。

▶熊本第五高等学校時代の学友たちと（一九〇七〜〇八年）。右より二人目朔太郎

▶東京でのマンドリン練習。後列左より二人目朔太郎

一九一二（明治四五／大正元）年には、京都大学文学部の受験を決意している。敬愛する従兄・萩原栄次の住む父方の実家・大阪に近いことや、一九〇九年より教授を務めた上田敏へのあこがれもあったかもしれないが、不合格となる。また、早稲田大学への入学も志したが、手続きのミスで未受験となった。

朔太郎の、すべてに挫折した学歴遍歴期はこのあたりで終わる。

この間、歌劇、喜歌劇、当時勃興した新劇等を盛んに鑑賞している。一九一二年には「歌劇「釈迦」の感想」（「読売新聞」六月）、「国民音楽に関する所感」（「音楽界」八月号）を発表。これは彼が、少年時代の投稿を除いて（雅号でなく）本名で公表した最初の文章となった。ちなみに、彼の最初の詩論「詩と音楽の関係」掲載誌（「音楽」一九一四年一〇月号）は東京音楽学校の学友会誌である。

詩人「萩原朔太郎」の誕生

一九一三（大正二）年、当時の数え年で二八歳の早春、朔太郎は郷里に帰った。日本語の変革者であり口語自由詩の完成者としての詩人「萩原朔太郎」の活躍は、この、すべてに挫折し、郷里に逼塞《ひっそく》する状態から開始されたのである。

この年、「スバル」の花形詩人であり、歌人であった北原白秋が主宰する「朱欒《ザムボア》」四月号に、「萩原咲二」名義の朔太郎の投稿短歌が三首、初めて掲載され、続けて五月号に萩原咲二名義の短歌四首とともに、「萩原朔太郎」名義の文語自由詩がはじめて、六篇いっきに掲載された。

▶「朱欒」第三巻五月号　一九一三（大正二）年五月（土屋文明記念文学館蔵）

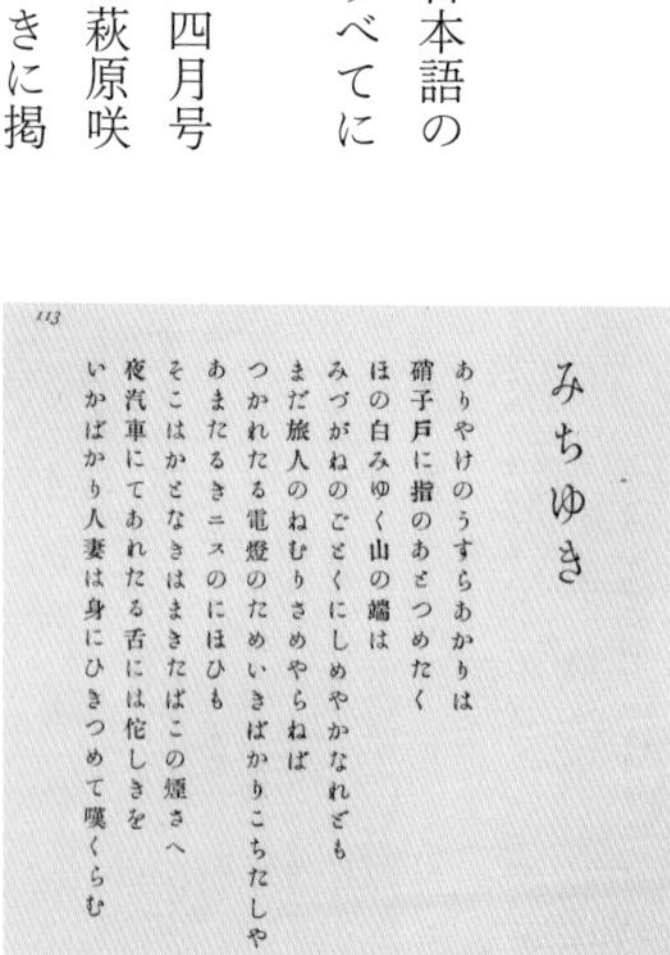
113

みちゆき

ありやけのうすらあかりは
硝子戸に指のあとつめたく
ほの白みゆく山の端は
みづがねのごとくにしめやかなれども
まだ旅人のねむりさめやらねば
つかれたる電燈のためいきばかりこちたしや
あまたるきニスのにほひも
そこはかとなきはまきたばこの煙さへ
夜汽車にてあれたる舌には侘しきを
いかばかり人妻は身にひきつめて嘆くらむ

▶「朱欒」に掲載された「みちゆき」（後の「夜汽車」）

東京放浪時代にも朔太郎は、「明星」の後継誌ともいうべき「スバル」や「創作」（第一期）に雅号「萩原咲二」の短歌を掲載することはあった。しかし、自由詩人としての朔太郎の活躍は、ここでようやく開始されるのだ。

　これは詩人・萩原朔太郎の鮮烈なデビューに他ならなかった。その冒頭の「みちゆき」（のち『純情小曲集』収録時に「夜汽車」と改題）は、題材的には同号掲載の咲二名義の短歌「しののめのまだきに起きて人妻と汽車の窓より見たるひるがほ」とほぼ同一――ただし「ひるがほ」（夏）は「をだまきの花」（春）へ――である。しかし、ガラス窓に接触する指先の触覚、そのガラス窓という枠《フレーム》によって焦点化される「白」の視覚的な鮮やかさ、「みづがね」（水銀）の比喩の硬質感、嗅覚（にすのにほい）、荒れた舌の味覚、空気枕を「人妻」のためいきに重ねるかすかなエロティシズムの気配……など、一九一三年の日本詩壇において、それは画期的な日本語表現だった。「ふらんすへ行きたしと思へども」で知られる「旅上」（初出時は「〇」無題）もこの時の発表である。これら六篇はのち『純情小曲集』冒頭を飾ることになる。

「朱欒」は、当時の白秋の人妻との恋愛事件などもあってこの号で終刊する。しかし白秋は朔太郎を「創作」（第二期）に推薦。これをきっかけに朔太郎は中央詩壇に躍り出ることとなる。

「エレナ」への恋

このころ（一九一三年四月）、それまでの自作短歌をまとめた手書き歌集『ソライロノハ

▶『ソライロノハナ』書影と序詩
（日本近代文学館蔵）

ナ』が編まれた。帰郷後の逼塞状態のなかで、あらためて、自分の文学的遍歴を見つめなおすという意志もあっただろう。なにより、長く恋していた人妻、クリスチャン・ネーム「エレナ」に、それを手渡そうとしたと推測される。

生前未発表ノート、初期詩篇や白秋宛書簡にも「エレナ」として登場する馬場ナカ（仲、仲子）は朔太郎より四つ年下で、すぐ下の妹・ワカの共愛女学校の同級生だった。前橋の薬屋（薬種商）の娘だったから、医家の長男との交流はふさわしいとみなされたろう。しかし彼女は、朔太郎が六高で落第した一九〇九（明治四二）年の秋に、高崎の佐藤医師と結婚してしまう。

その後エレナは二児の母となるが、朔太郎との交流が全く絶たれたわけではなかった。一九一三（大正二）年二月には、前橋在住の朔太郎の妹ユキ宛——実質的には朔太郎宛——に、結核の転地療養地、鎌倉の住所を知らせる葉書を送っている。朔太郎は『ソライロノハナ』を携えてユキとともに鎌倉を訪ねたが、エレナを探し当てることはできなかった。

一九一四（大正三）年元旦から二月初めにかけての朔太郎の日記が遺されている。ここには、「SN子」「S子」などの表記でエレナのことが記されている。が、その交流は破綻しかけていたらしく、高崎での演奏会にエレナはあらわれず、代わりにその夫の「若いハイカラ美男子」である佐藤医師から話しかけられ「妙な忌まわしい気分に襲われた」と記している（一月二五日）。ナカが受洗し「エレナ」の称号を得るのはこの年の五月である。

その後も朔太郎は、エレナと一緒に月食を見たり（九月）、自分の名前をその夫に告げたりもした（一一月）。朔太郎との具体的な交渉がどれほどのものであったのかは不明という

▶朔太郎が思いを寄せていた馬場ナカ（エレナ）

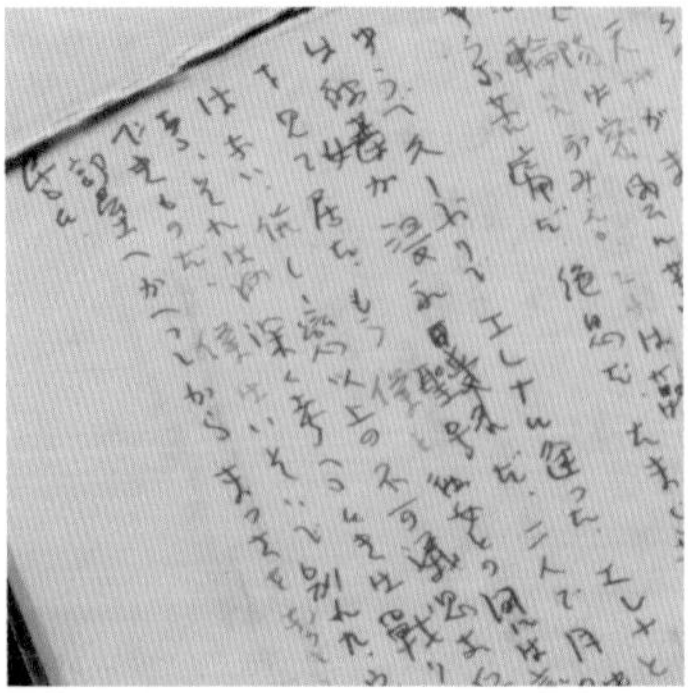

▶生前未発表ノート（「ノート一」）に記された「エレナ」

ほかない。しかしいずれにせよ、人妻となったエレナへの思慕の念は、デビュー作の「みちゆき」（のち「夜汽車」）以来、人妻への愛とそれにたいする自己処罰をうたう「天上縊死」など「浄罪詩篇」と付記された作品群（付記は『月に吠える』収録時に削除）など、初期詩篇の重要なモチーフとして秘められ続けた。

エレナは肺結核のため一九一七（大正六）年五月に没する。第二詩集『青猫』（一九二三年）とその増補再編集『定本青猫』（一九三六年）には、亡霊の女への愛や、ネクロフィリー（屍体愛好）の詩篇が頻出する。その根底にも、彼女の面影を追うことができるかもしれない。

室生犀星、前橋に降り立つ

「自分は正に跳躍しようとして居る人である。ずゐぶん長い間腰をかがめて居た。けれ共自分の前には何等の目標がない。（中略）ああどうかして呉れ、早くだれか來て助けて呉れ」と朔太郎は、一九一四年一月三一日の日記に記した。

まさにその助けのように、二週間後の二月一四日、前橋駅に降り立ったのが、朔太郎に先駆けて「朱欒」で活躍をはじめていた室生犀星だった。「ふるさとは遠きにありて思ふもの」で知られる犀星の「小景異情」は、朔太郎のデビュー詩篇が掲載された「朱欒」五月終刊号が初出である。朔太郎が恋文のような熱烈な手紙を犀星に送ったことが、二人の交流のきっかけだった。

二人は生涯の親友となり、一九一五（大正四）年には山村暮鳥と三人で人魚詩社を結成。詩誌「卓上噴水」を創刊する。これは三号でつぶれたが、暮鳥の前衛《アヴァンギャルド》詩集『聖三稜玻

◀上段左より、トルコ帽をかぶった朔太郎、広瀬英吉（ワカの夫）、弟・弥六、津久井惣治郎（ユキの夫）。中列左よりワカ、母ケイ、父・密蔵、一人おいてユキ。前列中央にアイがいる（長女テイは朔太郎の誕生以前に夭折）

璃』も人魚詩社から刊行された。

一九一六（大正五）年には犀星と二人で感情詩社を結成し、詩誌「感情」を創刊。「感情詩派」として詩壇に大きな地位を占めることになる。

もっとも、東京の下宿を食い詰めて、いわば逃げるように前橋にやってきた犀星にたいする、朔太郎の第一印象は、粗暴で怪しげというものだった。本当に本物の室生犀星なのかを疑ったほどだった。（その手元に「室生犀星様」の上書きのある手紙が数通あったので、本物と信じられたという。）

しかし間もなく、粗暴に思えた犀星の直情こそが、朔太郎にとっての救いであり、ヒーローであることが明らかになる。初めて前橋を訪れた犀星が、理髪店で髭を剃っているとき、店主と客が「萩原のバカ息子」と朔太郎をあまりに非難するので、犀星はたまらず、店主を殴ろうとしたという。

この犀星の直情的な友情は、二人がすでに四十歳前後となっていた一九二六（大正一五）年の「中央亭騒動事件」でも発揮された。ある出版記念会で、朔太郎が若手詩人から暴行されそうになったと見た犀星が、椅子を振り上げて駆け付けたのである。これは誤解ということで収まったが、朔太郎の犀星にたいする信頼は、犀星が小説家として大成し、一九三四（昭和九）年に「詩よ君とお別れする」というエッセイを発表しようとも、生涯揺らぐことなく、朔太郎は犀星を本質的な詩人として評価し続けた。

▶「殺人事件」の掲載された「地上巡礼」創刊号　一九一四（大正四）年九月

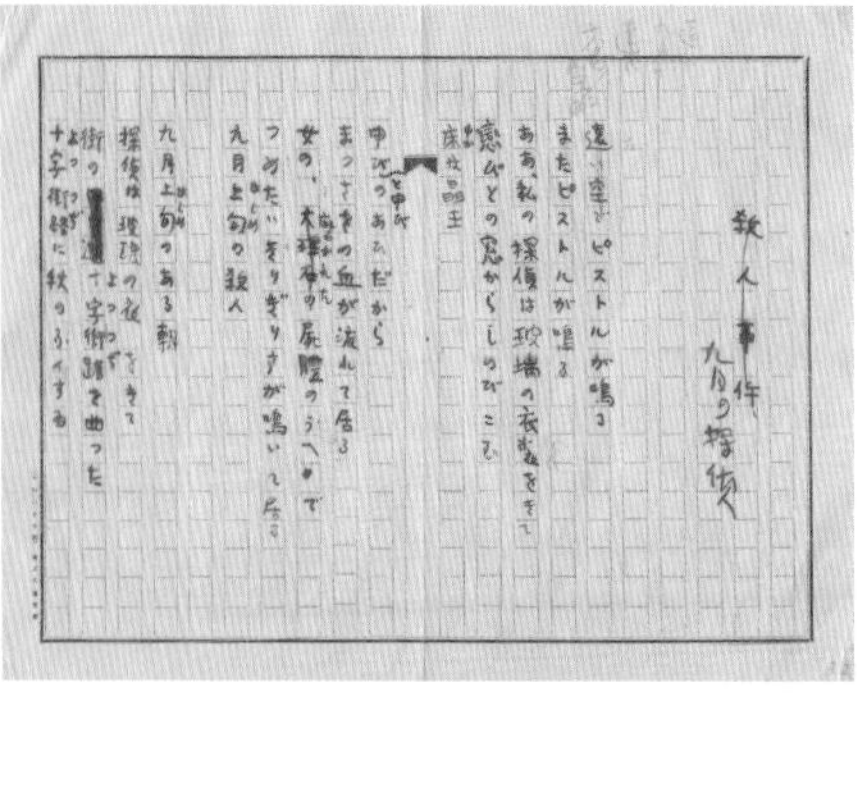
殺人事件　九月の探偵
遠い空でピストルが鳴る
またピストルが鳴る
ああ、私の探偵は玻璃の衣裳をきて
戀びとの窓からしのびこむ
床は晶玉
ゆびとゆびのあひだから
まつさをの血が流れて居る
女の、屍體のうへで
つめたいきりぎりすが鳴いて居る
九月上旬の殺人
九月上旬のある朝
探偵は玻璃の衣をきて
街の十字街路を曲った
十字街路に秋のふイする

北原白秋への心酔

犀星の抒情小曲は、初期の朔太郎詩に大きな影響をあたえたが、短歌もふくめて若き日の朔太郎に大きな影響をあたえたのは北原白秋だった。朔太郎は白秋の『思ひ出』を生涯高く評価し続けた。また歌集『桐の花』は、その清新な感覚表現のみならず、人妻との恋愛事件を題材にしているという点でも、他人事とは思えなかったにちがいない。

白秋が一九一四（大正三）年九月に「地上巡礼」を創刊すると、朔太郎はその社友となり、創刊号に、朔太郎最初の口語自由詩であり、江戸川乱歩のデビューに八年先駆けるミステリ詩「殺人事件」を発表する。

「地上巡礼」当時の朔太郎は、犀星と、ボードレールに心酔する孤高の耽美詩人・大手拓次（吉川惣一郎）とともに、白秋旗下の三羽烏と呼ばれたという。なかでももっとも白秋への心酔をしめしたのが朔太郎だった。それは、

> 今では室生君と僕との中《ママ》は相《ママ》思の恋中《ママ》である、（中略）あなたに逢つてから二度同性の恋といふものを経験しました、恋といつては失礼かも知れないが、僕があなたをしたふ心はえれなを思ふ以上です。
>
> （一九一四年十月二十四日白秋宛書簡より）

とまで書き送るほどのものとなる。

一九一五（大正四）年の正月には、白秋が突然前橋を訪問。朔太郎は一家を挙げて歓待し

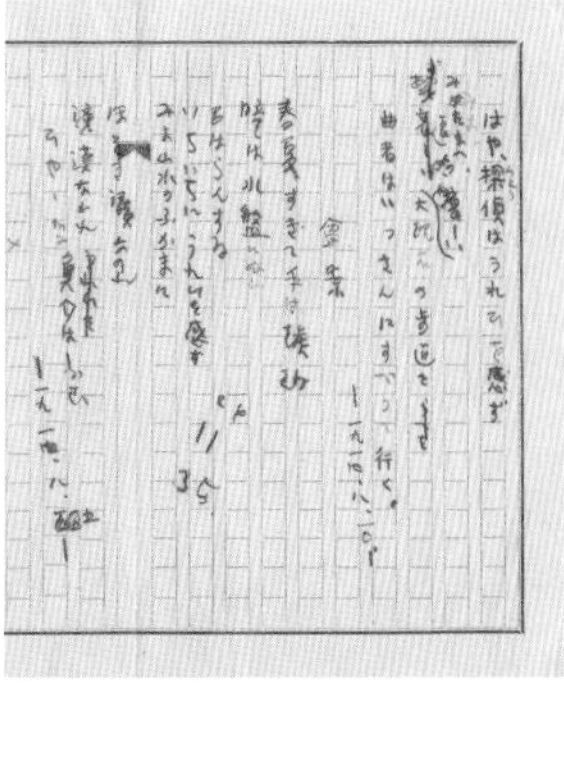

▶「殺人事件」の草稿。「九月の探偵」と改題されていた

▶左から、朔太郎、白秋、尾山篤二郎

た。白秋は生家の離れ（現在、前橋文学館に保存）に一週間滞在。朔太郎を顧問格とする前橋の文学同人誌「侏儒《こびと》」メンバーとの前橋東照宮での写真や、朔太郎も同人となっていた「異端」を主宰する歌人・尾山篤二郎と三人で撮影した写真などが残されている。

『月に吠える』刊行

こののち、一九一五（大正四）年後半から約一年に及ぶ詩作中断期や、ドストエフスキー読書による衝撃（ドストエフスキー体験）をへて、一九一七（大正六）年二月、第一詩集『月に吠える』を刊行。ここには白秋が序文を、犀星が跋文を寄せた。内務省警保局から風俗壊乱による発売禁止の警告を受け、初版からは「愛憐」「恋を恋する人」の二編が削除されたが、口語自由詩を完成した詩集として高い評価を受けた。

『月に吠える』に先行して、福士幸次郎『太陽の子』、高村光太郎『道程』（いずれも一九一四（大正三）年刊）といった口語自由詩の名詩集は生まれてはいた。しかし、ここまで俗語そのものに徹しつつ（たとえば「猫」における「まつくろけ」という俗語や「おぎやあ」等のオノマトペの使用）、特異な身体感覚を柔軟に表現した詩集はなかった。音楽的感性の鋭さが、その言語感覚に発揮されたことはいうまでもない。

この間、一九一五年秋に前橋でマンドリンクラブ「ゴンドラ洋楽会」を結成。マンドリン、ギターの教授と演奏会活動に力をつくした。

ゴンドラ洋楽会はやがて上毛マンドリン倶楽部へと発展。朔太郎が前橋を離れてからも活動を続けた。第二次大戦後、地方におけるアマチュアオーケストラの先駆である高崎市

▶鎌倉を歩く朔太郎。隣にいるのは日夏耿之介。一九一六年末、鎌倉で知り合い、お互いの作品を評価し合った

民オーケストラ（のちに群馬交響楽団）が生まれるが、ここには上毛マンドリン倶楽部のメンバーも参加していた。朔太郎は、地方都市における洋楽振興の先駆者でもあった。

結婚と上京、「田端文士村」の芥川龍之介

一九一九（大正八）年五月、朔太郎は母方の親戚の斡旋で、東京市内の士族の娘だった上田稲子と結婚した。この年の十月、父・密蔵は家業を妹・ユキの夫に譲り、萩原医院は津久井医院になる。朔太郎・稲子夫妻は隠居した両親とともに、石川町の家に移り住んだ。一九二〇（大正九）年には長女葉子が、二二年には次女明子《あきら》が生まれ、朔太郎は妻子とともに一九二五年（大正一四）二月に上京。はじめ大井町、四月には犀星の住む田端へ引っ越した。

当時の東京は、一九二三（大正一二）年九月の関東大震災以来、郊外住宅の開発が盛んになっていた。東の郊外田端も、その先駆だったし、一家が最初に暮らした大井町も、関東大震災後急速に人口が増えた、東京西郊の場末情調の町だった。

ただ、もともと江戸東北の鬼門に位置し、寺社の多い田端は、朔太郎には空気が沈んでいるように思え、風土的にはなじめなかったようだ。けれども、当時の田端は芥川龍之介を中心とする「田端文士村」が形成されていた。犀星は一九一六（大正五）年より田端に居住。一九一八（大正七）年に芥川と親交を結び、一九一九（大正八）年からは小説家としても活躍していた。

朔太郎は犀星と二人で芥川を訪ねるつもりでいたところ、ある日突然、芥川の方から訪

▶上毛マンドリン倶楽部演奏旅行。前列右から五人目朔太郎

▶上田稲子との結婚写真

ねてきた。

芥川は朔太郎の田端移住を心から歓迎した。朔太郎がのち『純情小曲集』に収録する「郷土望景詩」を初めて詩誌「日本詩人」一九二五（大正一四）年六月号に掲載した際には、それを寝床で読んだ芥川が興奮して、感動を伝えようと、寝間着姿のまま訪問してきたこともあった。ただ、芥川はあまりにも聡明すぎて、朔太郎は六歳年下の芥川にひそかな反撥《はんぱつ》を覚えることもあった。

朔太郎は八月の『純情小曲集』刊行ののち、十一月下旬には体調を崩した稲子の転地療養のため鎌倉に転居する。鎌倉時代には、鵠沼に転地していた芥川を見舞うこともあった。芥川は「萩原朔太郎君　詩的アナキスト」を発表している（「近代風景」一九二七（昭和二）年一月号）。

鎌倉から、馬込に転居した朔太郎が田端を訪ねると、芥川は、自分は朔太郎を理解しているのに、朔太郎の方では自分を理解してくれない、と訴えた。犀星と三人でうなぎ屋に行くと「室生君と僕との関係より、萩原君と僕との友誼のほうが、遥かにずっと性格的に親しい」と述べて、犀星を怒らせたこともあった。

それから間もなく、旅先の伊豆湯ヶ島の旅館で朔太郎は芥川の自殺（一九二七（昭和二）年七月二四日）を知る。自分は芥川を、きちんと理解していなかったのではないか、という思いは、そののち晩年まで、朔太郎のこころの一画を占めることとなった。

「馬込文士村」へ

鎌倉で一年を過ごす間には、のち「君の名は」などの劇作家として大成する、当時一九

▶結婚後の家族写真（石川町の家にて、一九二二年）。後列左より、葉子、葉子を抱えた稲子、朔太郎、津久井惣治郎、津久井ユキ、萩原弥六。前列左より、広瀬ワカ、一人おいて母ケイ、父密蔵

歳の菊田一夫が、投稿詩を朔太郎に褒められた縁を頼って訪ねてきたこともあった。人生に行き詰っていた菊田少年は初対面の朔太郎の前で泣き出してしまう。朔太郎はギターをつま弾きながらぽつぽつと語り、晩御飯をごちそうしてくれた。菊田は、自分の自殺の決意を見抜いてそれとなく諭してくださった、という朔太郎への感謝の念を生涯忘れなかった。

　朔太郎が鎌倉から、東京西郊の荏原《えばら》郡馬込村（現・大田区馬込）に転居したのは一九二六（大正一五）年一一月である。当時の東京西郊は、広大な武蔵野台地に家（文化住宅）が建ち始めた時代であり、馬込はその開発の中心地のひとつだった。多くの文士たちも転居、馬込文士村を形成した。ここで朔太郎は文士村の中心にいた尾崎士郎、宇野千代夫妻と親交を持つ。一時期は白秋も転居してきて、朔太郎は大いに喜んだ。

　前橋時代、圧倒的な「田舎」の自然の圧迫感、重圧感に恐怖さえいだいていた朔太郎は、武蔵野に連なる、東京西郊の地・馬込に移住することで、適度な人工に彩られた、広々した「郊外」の自然風景に解放感を覚えることができた。

　翌年七月、芥川の死の報を受けた湯ヶ島では、若き日の三好達治、梶井基次郎を知ることとなる。三好は馬込に転居して、萩原家をしばしば訪問、幼い葉子と遊んであげたりした。（この頃からの三好の、朔太郎の末妹・アイへの思慕は、のち葉子の小説『天上の花』の題材となる。）芥川を失った淋しさにやりきれなくなっていた犀星も一九二八（昭和三）年一一月に馬込に転居。結局、一九六二（昭和三七）年に没するまでの生涯を馬込・大森の地で過ごすこととなる。

　朔太郎は、詩の根本的な条件を探求する空前の書『詩の原理』をこの地で完成する。

▶朔太郎が鎌倉の海岸にて撮影した二人の娘。右が葉子、左が明子

▶朔太郎がステレオカメラで撮影した馬込、開通工事中の品鶴線（現・横須賀線）にて。左から葉子、明子

離婚とアフォリズム

朔太郎は馬込時代を回顧して「あの頃いちばん面白かつた」（アンケート回答「十年ひと昔」）と書いている。しかし、夫婦生活の倦怠期を破るため、自宅に文士たちを呼んでダンスパーティーを始めることによって、その雲行きが怪しくなる。

時代は関東大震災後のモダン文化の時代を迎えていた。文学の世界においても「大衆文学」が隆盛を迎えるなど、都市消費文化が本格化する時代に一家は上京したわけで、それに翻弄されることになったのだ。もともと厳格な士族の娘として育てられた妻・稲子は、あっという間に断髪の「モダンガール」と化し、朔太郎と二人の娘をおいて出奔してしまう。不和となった両親が不在の家庭に、置いてきぼりにされた二人の娘は病気になり、次女・明子には生涯、知的障害が残った。それにたいする朔太郎の悔恨はアフォリズム／散文詩「父と子供」に記されている。

一九二九（昭和四）年五月付の序文を持ち、七月の離婚をまたいで一〇月に刊行された第二アフォリズム集『虚妄の正義』の最初の章を朔太郎は「結婚と女性」とし、その扉に「変りつつあるものは何だらうか？　政治でない。芸術でない。我々の時代の家庭である。」と記した。次のアフォリズム集『絶望の逃走』（一九三五（昭和一〇）年一〇月）も、第一章は「女性・結婚・恋愛　など」とされている。

詩人・萩原朔太郎にとってアフォリズムは「思想詩」であり、「抒情詩」（行別け詩）と並ぶものだった。「情調哲学」とサブタイトルのある第一アフォリズム集『新しき欲情』

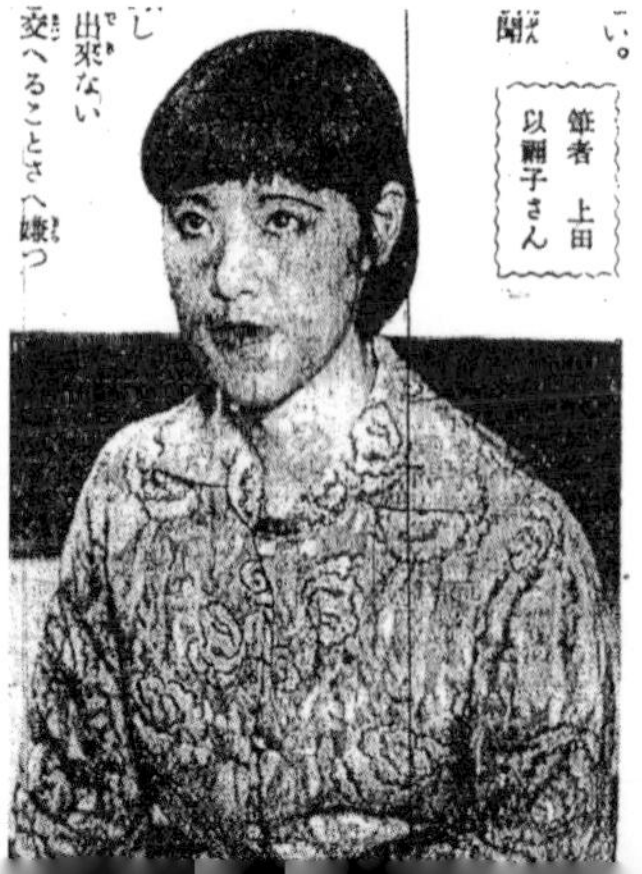

▶「結婚敗残者の手記」（『婦人公論』一九二九年一一月号）に掲載された上田稲子。上田以禰子のペン・ネームで、別れた妻の立場から、朔太郎との結婚生活を告白した

（一九二二（大正一一）年四月）は、朔太郎にとって同年三月の『月に吠える』再刊につづく、二冊目の単行本である。ここには純粋な散文詩と言えるものから、人生論、文明批評、詩論、哲学的認識論などの様々な断章が収録されており、女性論、セクシャリティ論も重要な一角を占めていた。『虚妄の正義』と『絶望の逃走』の第一章はそれを、自らの離婚経験を基に全面的に展開した側面があった。

朔太郎はこれらのアフォリズム集を「一種の日記帳みたいなもの」（『絶望の逃走』「自序」）とし、「いはゆる詩壇人や文壇人のグループではなく、真の文学を愛する一般大衆（社会人）」に読んでもらいたい（『虚妄の正義』「第四刷　重版に際して」一九三六年五月）と述べている。ときあたかも、一九二〇年代から三〇年代は、旧来の家族・女性観が根強い一方で、都市部においては急速に女子の社会進出（女子教育や職業婦人の大衆化）が、表面上は進んでいた。そういった社会情勢の中、とくに『虚妄の正義』以下のアフォリズム集は、当時の読書階級一般の人々に、結婚生活に敗れた、ひとりの中年男性詩人の実体験に基づく女性観や家庭観を伝える、ハイブロウかつ通俗的な人生論という側面を有していた。

『青猫』と『純情小曲集』

アフォリズム集の通俗女性論的な側面において朔太郎は、女性を、男性社会の価値観が生み出す流行に踊らされる、主体性のない存在とみなしている。現在の感覚で読むと、女性蔑視が露骨でやり切れないのだが、そのやり切れなさは、自嘲的な苦さのニュアンスが色濃いところからもくるかもしれない。女性には主体性がない、という批判は、稲子夫人

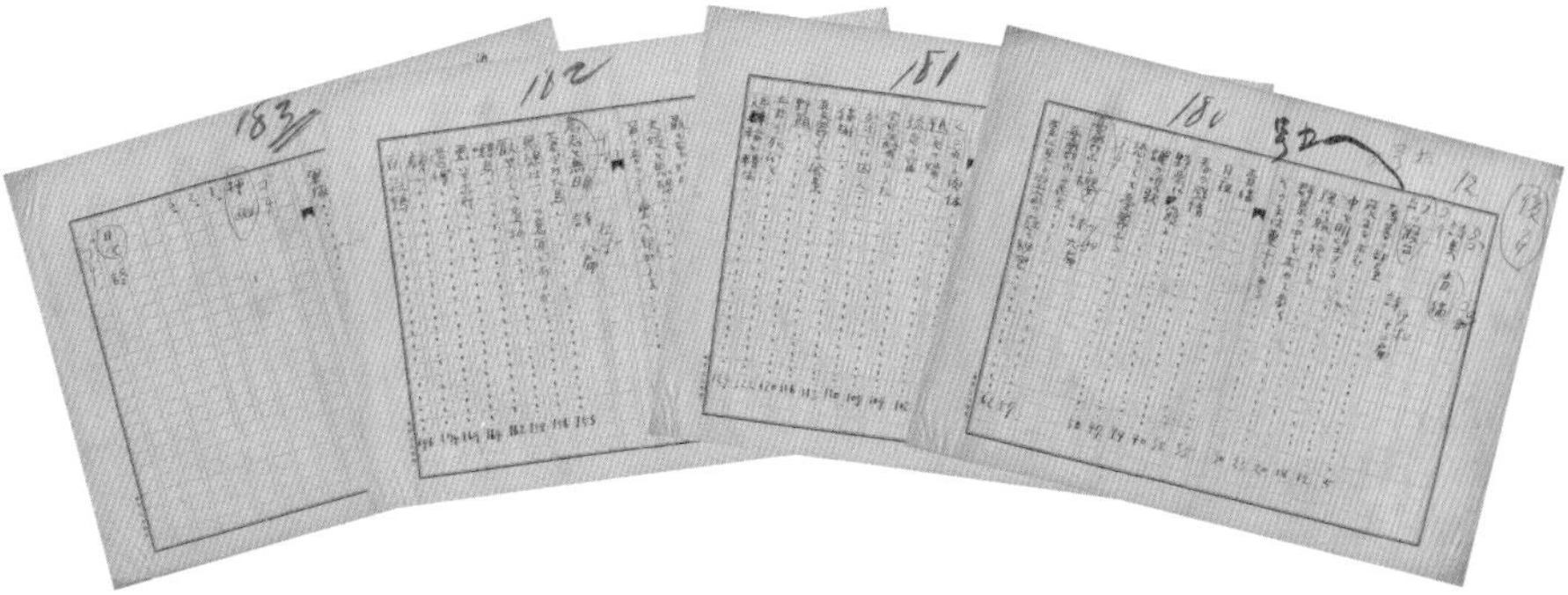

▶自筆原稿『青猫』目次

の変貌と出奔の、原因と責任も、朔太郎にあると認めることでもあるのだから。

しかし、こういったアフォリズムにおける女性観は、彼の詩（抒情詩）における女性形象とは対照的なものだった。もともと、女性の身体への変身願望をあらわにする「恋を恋する人」――初版『月に吠える』から削除された詩篇の一つ――を発表し、戦前日本の、男性の身体（兵士としての義務を課された身体）を優位とするジェンダー観に異議を突き立てたのが、朔太郎だったのだ。

朔太郎の詩篇でうたわれる女性の多くは、さきに「『エレナ』への恋」の項目で触れた第二詩集『青猫』とその増補再編集『定本青猫』に顕著なように、この世ならぬ亡霊の女性たちである。この点で朔太郎は形而上的恋愛詩の、日本を代表する詩人であると言える。それは圧倒的な自然の奥底に潜む根源的な力――エロスとタナトスとの両義的な力――への、あこがれと恐怖の念にも結びつけられる。彼女たちは時に、私を「とをてくう、とをるもう（取って食う、もう取ろう）」とする母親／恋人（「鶏」）でもある。

また、ここには故郷の自然もかかわっている。朔太郎は郷土を空っ風の吹き荒れる「荒寥地方」になぞらえた。しかし実際には、前橋は水の豊かな――水辺・浦のおおい――地方であった（生糸産業には豊富な水が欠かせない）。

それは、朔太郎の撮影写真からも読み取れるだろう。「猫の死骸」「沼沢地方」に登場する亡霊の女性の代表「浦」Ulaも、この、豊富な水辺の地方としての故郷がなければ、現れないものである。

これら『青猫』詩篇は、原則として柔軟な口語体で書かれている。朔太郎の、無意識の

▶朔太郎の撮影した前橋郊外の風景。右は広瀬川か桃木川沿い、左は敷島公園内の池（滋光池）と思われる

レベルに沈められた世界への没入を歌うのに口語体は適していた。
たいして、意識的に郷里と対峙するときには、朔太郎は自らの詩的言語を漢文調の硬い文体で、鎧《よろ》わざるを得なかった。それが『純情小曲集』（一九二五（大正一四）年）中、最近作を集めた「郷土望景詩」一〇篇だったと言えるだろう。生前の詩集には未収録だが、関東大震災時、朝鮮人虐殺に正面から抗議した「近日所感」（一九二四（大正一三）年）が文語体であることも、意識的に外部の現実と対峙しようとする際の朔太郎詩の特徴をしめしている。

『氷島』の世界

それまでの詩業を集めた『萩原朔太郎詩集』（一九二八（昭和三）年）に朔太郎は、のち『定本青猫』に編入される「青猫（以後）」の章を追加する。ここには「浦」詩篇などとともに、「大井町」「吉原」といった、実在する東京の地名をもつ詩篇もふくまれていた。『純情小曲集』につづく漢文調文語体詩集となった『氷島』（一九三四（昭和九）年）は、巻頭詩「漂泊者の歌」に象徴されるように、家庭生活に敗れた中年男性が、関東大震災から復興しモダン文化に浮かれる東京を、孤独に漂泊する姿をうたった詩集という側面をもち、犀星からは「小説のやうなものだ」と評された。

都市漂泊詩の合間には、「郷土望景詩」からの再録詩篇が挟み込まれる。また、東京での家庭生活に敗れ帰郷する自分の姿（「帰郷」）が、昭和恐慌のため生糸市場が暴落し、荒廃する地方の姿（「国定忠治の墓」）とともに描かれている。モダン文化に浮かれる都市と、変容する郷土を往還する朔太郎の、人生上の挫折感と怒りが、同時代日本への文明批判と重ね

▶前橋の煥乎堂《かんこどう》書店に貼られた手書きの『氷島』ポスター

▶『氷島』出版用原稿の目次

られており、それまでの彼の詩集とは異なる特徴を発揮するものとなった。

それは文体についても言える。朔太郎は『氷島』が文語体詩集であることを「明白に「退却《レトリート》」」と自虐した（「『氷島』の詩語について」）。けれども、『氷島』の文体が実現したのは、規範性の強い漢語調文語体を、自己の嗜好に合わせてゆがめてしまうことだった。（そのため、古典主義者の風貌を持つ弟子・三好達治から、その無理な語法を非難された。）当時の日本において漢語調の文体は、天皇の詔勅や大日本帝国憲法から、軍隊の命令口調に至る、権威ある言語の母型でもあった。その文体をゆがめ、女性の足下に腹這い、踏みつけられ鞭打たれるマゾヒズム男性（「殺せかし！ 殺せかし！」）をうたった『氷島』の詩的言語は、漢語調文語体の権威を脱臼させてしまった、と評価できるだろう。

都市・郊外の漂泊者《フラヌール》

稲子と離婚し、馬込の家をたたみ、帰郷した朔太郎は一九二九（昭和四）年に単身上京し、赤坂のアパート（現在の感覚では高級マンション）「乃木坂クラブ」に独居したが、父の重体のために帰京。三〇年七月に父が没し家督相続。妹・アイ（愛子）とともに市ヶ谷に住んだあと、一九三一（昭和六）年七月に東北沢、九月に下北沢に転居。母、アイ、二人の娘と住む。一九三三（昭和八）年の春には世田谷代田に自ら設計した家が完成し、母とアイ、二人の娘とともに住んだ。馬込時代をふくめ、おもに以上の期間が、『氷島』詩篇の題材となっている（アイは一九三三年に詩人・佐藤惣之助と結婚（再婚）する）。

朔太郎の数少ない小説の代表作である、幻想短編小説「猫町」（「セルパン」一九三五（昭

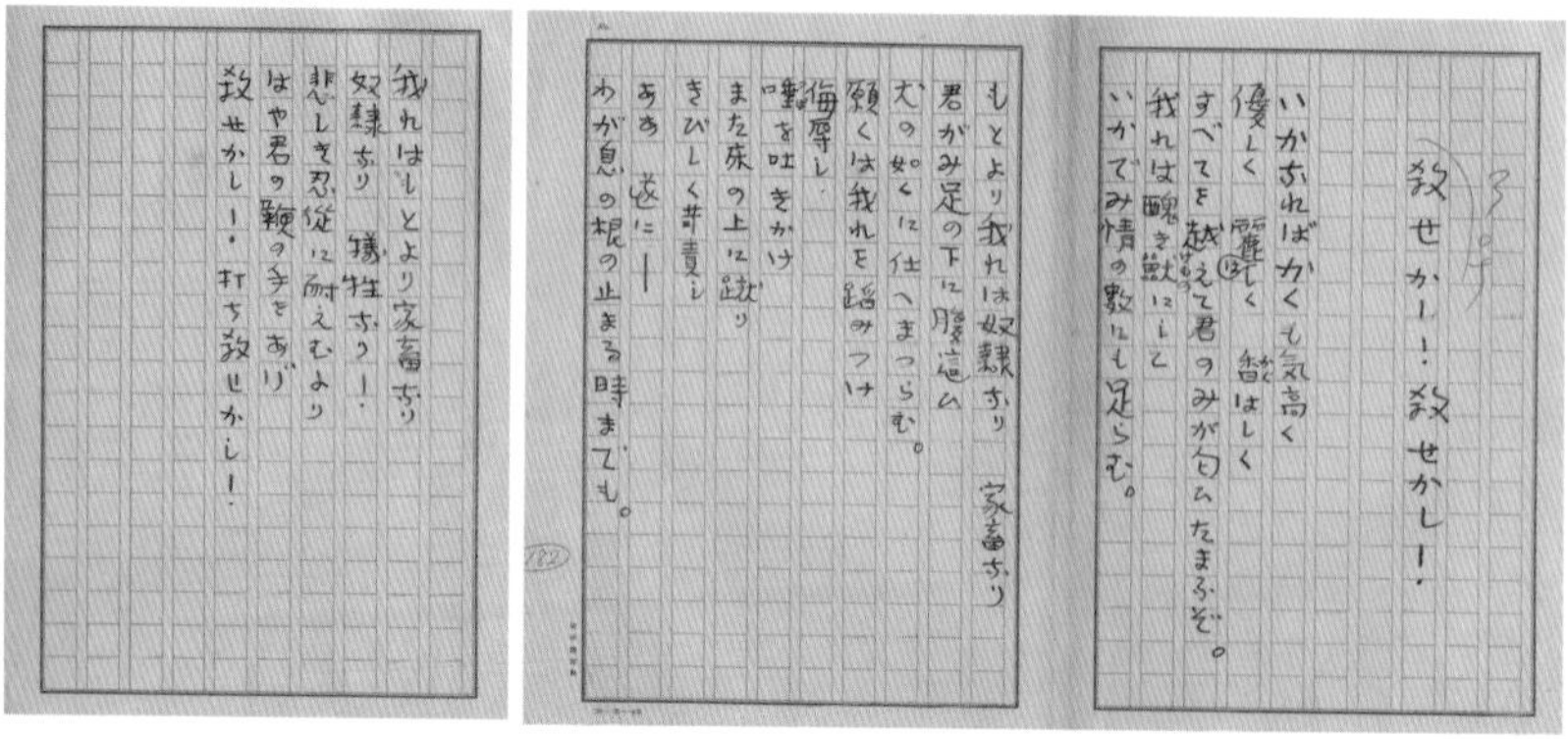

▶『氷島』出版用自筆原稿「殺せかし！ 殺せかし！」

和一〇）年八月号）の前半部は、代田に定住後、下北沢など東京西郊の遊歩が原体験となっている。東・下北沢、代田とも一九二七（昭和二）年、鬼怒川水力電気を親会社に新宿―小田原間をいっきに開通した、小田急線の沿線である。

朔太郎は東京の裏町や場末の漂泊を好んだ。また、小田急線ふくめ、関東大震災後の東京西郊開発によってぞくぞくと開設された私鉄線の電車に乗つて、沿線の新開町を放浪し、それを漫歩、あるいは（瞑想しつつ歩き廻ることから）瞑歩と称した（「秋と漫歩」一九三五年）。

一九三〇年代なかば以降、通常の行別け詩（抒情詩）はほとんど絶ってしまう一方、朔太郎はエッセイストとして盛んに活動する。詩人こそが本質的な文明評論家でなければならないとし、あくまで詩人の立場から、時事批評をふくむエッセイや、アフォリズムを発表し続けるのである。その根底にも、街の遊歩体験があった。朔太郎は小さな手帳を持ち歩き、散歩の途中や電車なかでも、思いついたことをこまめにメモしていたという。

公序良俗に反するとして詩集を迫害されながらも、近代詩人の感性によって批評活動を展開した点で、また、日本で初めて、都市の「群集の中を求めて歩く」（『青猫』収録詩篇のタイトル）詩人であることを宣言し、近代都市を、批評的まなざしを交えて放浪した詩人批評家として、朔太郎は、一九世紀フランス、パリの遊歩《フラヌール》詩人・ボードレールの、二〇世紀日本における正統的な後継者といえる。

若い詩人たちとの交流

一九三四（昭和九）年一〇月、堀辰雄を中心に、三好達治、丸山薫の三人の主宰する詩誌、

▶萩原アイと佐藤惣之助。二人は一九三三年一二月二六日に入籍した

▶世田谷代田の家の庭にて（一九三四年頃）。後列左より、葉子、明子、母ケイ。前列左、朔太郎

「四季」（第二次）が創刊された。「四季派」は昭和の主知的抒情詩の中核として、その後の詩史に大きな影響を及ぼす。

朔太郎はその顧問格として創刊号から参加。原稿料の出ない「四季」にエッセイ、アフォリズムを盛んに執筆し続け、従来から親交のあった三好や堀、また、晩年の一〇年間とくに日常的な親交を深めた丸山薫をはじめ、より若い、津村信夫、立原道造らと親しく交わった。

直接の交流はあまりなかったが、やはり「四季」同人に加わった中原中也には、気質的な近さもあって親しみを感じ、一九三七（昭和一二）年二月の前橋帰省の際には、三好、丸山薫とともに中也を同行しようとした。しかし、中也はこの時入院中で実現せず、三好、薫も不参加となり、結局「コギト」「日本浪曼派」を代表するエッセイスト保田与重郎と、「日本浪曼派」と「四季」の同人だった詩人・神保光太郎をともなうこととなる。

また、「コギト」を代表する詩人である伊東静雄を、現代の傷ついた浪曼派を代表する詩人として絶賛。一九三五（昭和一〇）年一一月行なわれた伊東の第一詩集『わがひとに与ふる哀歌』出版記念会の発起人を務めた。会では朔太郎の伊東への賛辞に、いわば嫉妬した三好が反論することもあった。（会への出席のため大阪から上京し、宿の準備をしていなかった伊東は、出席していた中也のアパートに泊めてもらう。）

批評家としての詩人

朔太郎は詩論家としても活躍した。そもそも、朔太郎にとって母語である日本語は、西

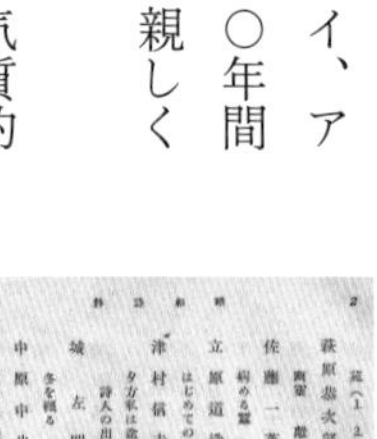

▶朔太郎が編集したアンソロジー『昭和詩鈔』（一九四〇（昭和一五）年三月冨山房）表紙と目次（部分）。新進・若手から中堅の詩人、四八名の作品を集めた

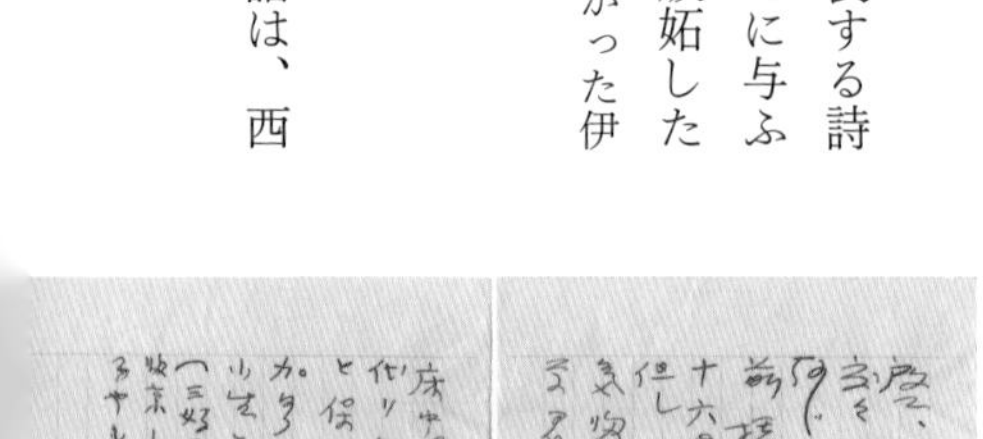

洋や中国の言語に比してアクセントに乏しく、積極的な主張を述べるに適さない、欠陥に満ちた言語だった。この点で、朔太郎の尊敬する北原白秋が日本語賛美をくり返したこととは、正反対の日本語観を抱いていた。

朔太郎にとって詩人の使命とは、そういった母語の欠陥を意識し、その欠陥を逆用して柔らかな音楽性を生み出す（『青猫』詩篇）、あるいは、その欠陥を埋めるための思考と実践を重ねる（『氷島』詩篇）ことだった。この点で朔太郎は「国語の欠陥に哲学的に報いる」ことを使命としたフランス現代詩の先駆者マラルメ（「詩の危機」一八九七年）の、日本語における後継者でもあったと言えるだろう。

また、一九二〇年代後半以降、大衆社会状況の中で生み出されたレコード歌謡やトーキー映画、ラジオなど、当時最新の声の複製メディアにいち早く反応。歌謡曲の歌詞や、それを流行語としていち早く取り込む若い女性たちのはきはきした言葉遣いに、日本語の新たな可能性を見出し評価した。

歌謡曲の作曲家では、マンドリン、ギターの名手でもあった古賀政男を絶賛。日中戦争勃発以降、軍歌が盛んに作られるようになるとその空虚な勇壮さを批判し、歌謡曲のみならずジャズなどポピュラー音楽への政府の圧力が強まると、それこそが日本人に愛される音楽だとして擁護した。

その擁護論のなかには「ジャズはアジアの音楽」という、一見不可解な主張も見られる（「民衆音楽論」一九四〇（昭和一五）年）。しかしこれは「アジアの音楽」という言葉に非ヨーロッパ、非クラシック音楽を代表させたものであり、一九八〇年代に広まった「ワールド・

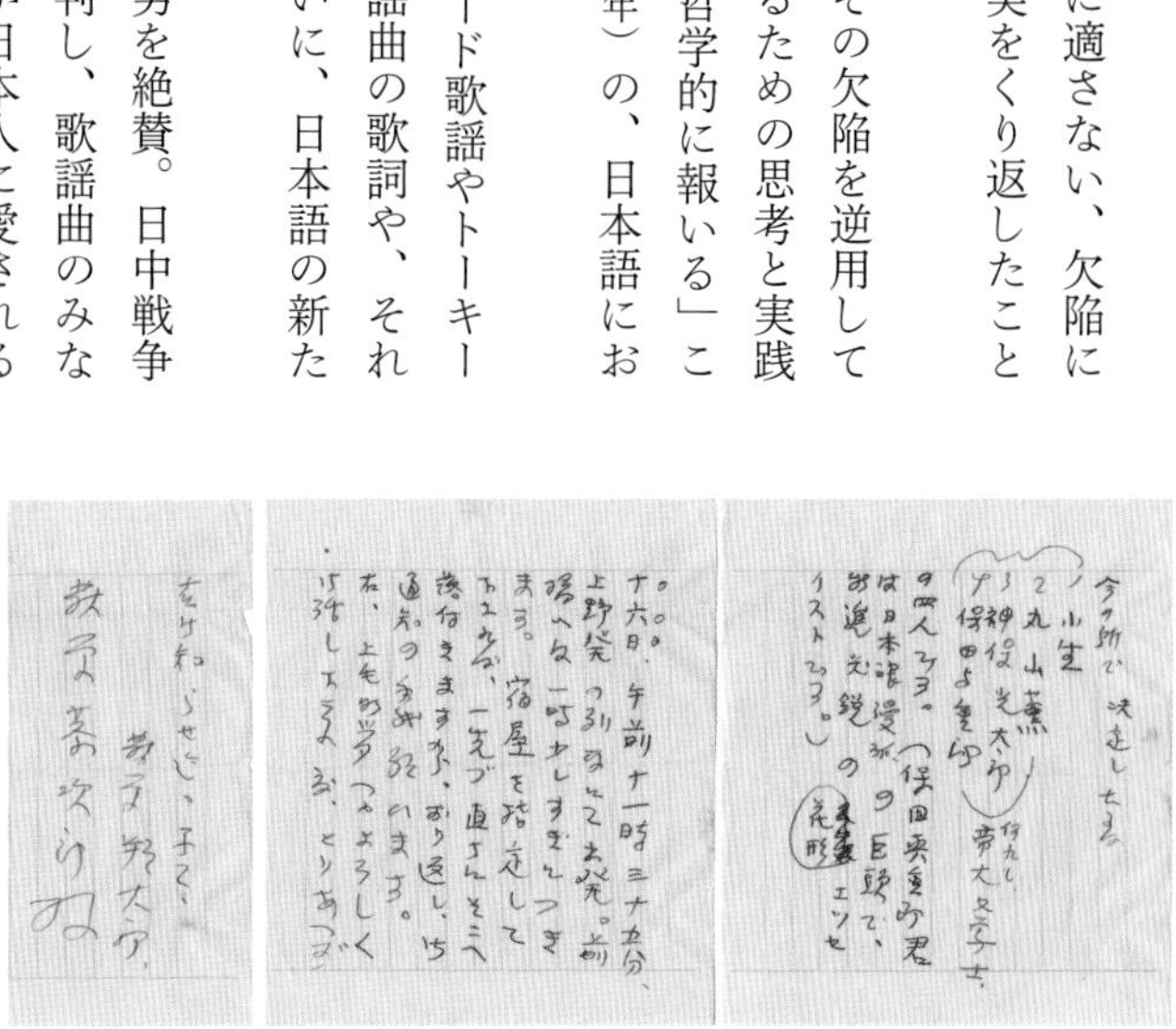

▶全集未収録・朔太郎の萩原恭次郎宛書簡（一九三七年二月一二日消印）。前橋の煥乎堂書店に勤務していた恭次郎に、前橋帰省のスケジュール、三好達治、中原中也の不参加などを知らせたもの。（丸山薫も不参加となった）

▶朔太郎、恭次郎宛書簡、封筒表

ミュージック」の概念を先取りするものだった。

「日本への回帰」のねじれと、唯一の時局協力詩

朔太郎は一九三八（昭和一三）年に『日本への回帰』を刊行する。その書名から朔太郎は前年に勃発した日中戦争からアジア太平洋戦争を肯定するためのイデオロギーであった、国粋主義と同化した、とする見方もあるようだが、それほど単純なことだったのだろうか？

その一筋縄でないことは、朔太郎の日本語批判や、ポピュラー音楽擁護の姿勢からもいえる。また、『恋愛名歌集』（一九三一（昭和六）年）、『郷愁の詩人与謝蕪村』（一九三六（昭和一一）年）など古典詩歌の評釈も、あくまで、イデアを追い続ける近代ロマン主義詩人の立場からのものだった。

なにより、単行本表題作のエッセイ「日本への回帰」の主旨が一筋縄ではない。それは、表面上は西洋並みの都市モダン文化を実現した現代日本の虚妄を「幻滅した西洋の図」として批判し、日本の伝統と現実を見直して、いまこそ、西洋的な知性を日本に根付かせるために日本へ回帰しよう、というものだった。「かの声を大きくして、僕等に国粋主義の号令をかけるものよ。暫らく我が静かなる周囲を去れ」これが「日本への回帰」の結語である。

もちろん、朔太郎は時局の中で揺れ動いている。妹ワカの夫が陸軍将校であった関係からか、日中戦争勃発間もない九月には軍人会館で講演もしている。また、南京が陥落すると、唯一の時局協力詩「南京陥落の日に」を発表（「東京朝日新聞」一九三七（昭和一二）年一二月一三日）している。

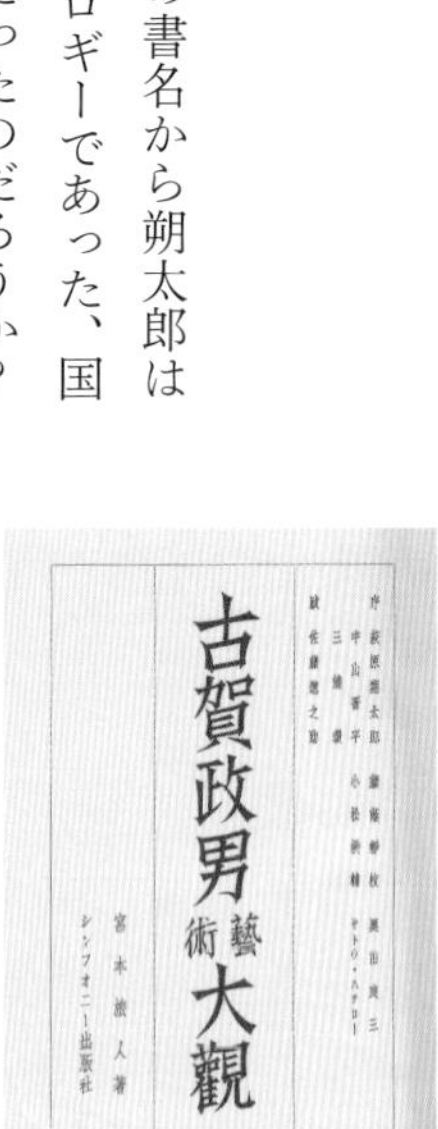

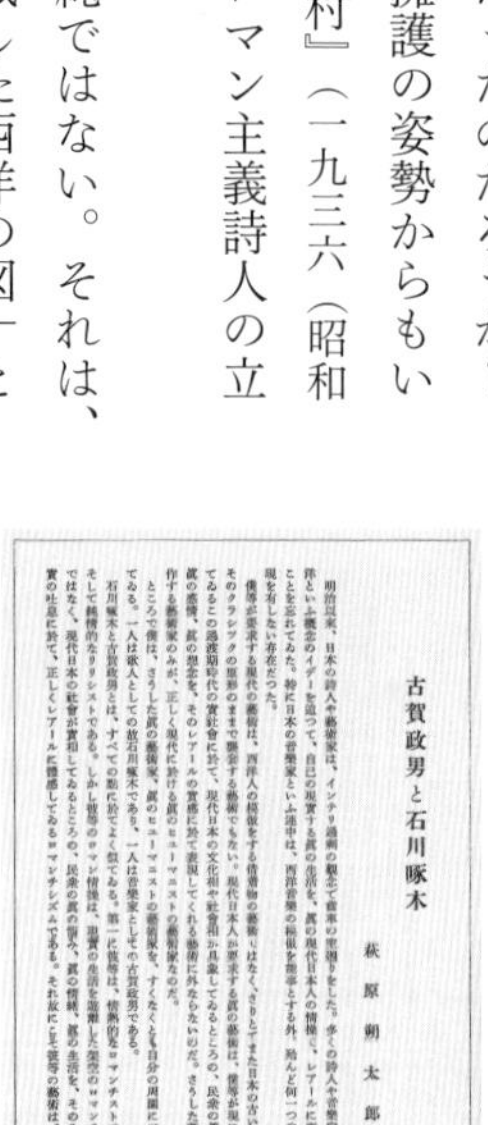
古賀政男と石川啄木

萩原朔太郎

▶『古賀政男芸術大観』（シンフォニー楽譜出版社一九三八年一一月）扉と朔太郎の寄せた序文「古賀政男と石川啄木」。古賀メロディを「完全に消化された外国音楽の日本化」として称賛した

▶丸山薫宛萩原朔太郎書簡、表（一九三七年一一月一一日消印）

しかし朔太郎は丸山薫宛の私信で、「南京陥落の日に」を断り切れず書いてしまったことを「こんな無良心の仕事をしたのは、僕としては生まれて初めての事」「慙悔《ママ》の至りに耐え《ママ》ない」と書いている（一九三七（昭和一二）年一二月一一日付）。ここまで後悔した根源には、時局協力という名目のもとに、自らの詩人としての資質に反する仕事を無理にしてしまった、という思いがあったのではないか。

「南京陥落の日に」は「氷島」スタイルのできの悪い自己模倣のような駄作となった。たとえ意識としては時局に沿おうとしても（?）、朔太郎自身の詩人としての資質が、そういった、戦争や国民にエールを送るにはおよそふさわしくないことが、「南京陥落の日に」で明らかになってしまった。

朔太郎はその後、戦争協力詩を書くことはなかった。それは朔太郎が生涯敬愛した「国民詩人」北原白秋や、やはり国民詩人であった弟子・三好達治らが、積極的に戦争協力詩を発表し、国民にエールを送り続けた姿勢と、著しい対照をなしている。

最後の詩集『宿命』

朔太郎の最後の詩集は、創元選書第24巻の『宿命』（一九三九（昭和一四）年）である。

創元選書はすでに第13巻として、三好達治の合本詩集『春の岬』を刊行していた。『宿命』も基本的には、前半をこれまでのアフォリズム集、後半を詩集から採録した、合本詩集の側面をもつ。朔太郎は「私の二つの世界の者（抒情詩と思想詩）を正しく一つに重ね合わせて、モノクルに映像してくれる読者」（「重版に際して」『絶望の逃走』）を求めていたから、

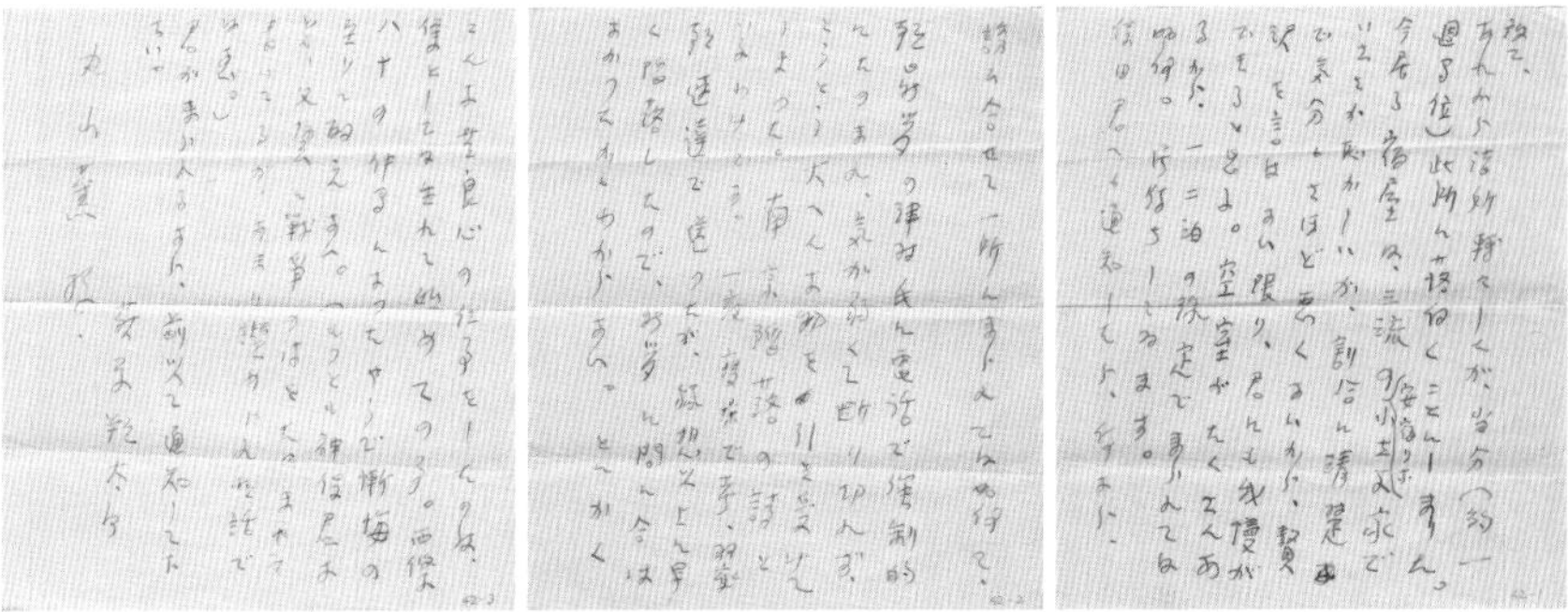

▲ 丸山薫宛萩原朔太郎書簡（1937年11月11日消印）
朔太郎は唯一の時局（戦争）協力詩を「こんな無良心の仕事」と自ら批判せずにいられなかった

『宿命』はその実現を図った詩集、ともいえる。

だがそれだけでなく、『宿命』は、前半のアフォリズムのパートを「散文詩」として、新作六篇を加えてリミックスし、序文「散文詩について」と巻末に「散文詩自註」を書き下した、朔太郎初の「散文詩集」でもあった。

第一アフォリズム集『新しき欲情』の序文で朔太郎はすでに「散文詩」への意欲を語っていた。『宿命』はそれを本格化させた、朔太郎晩年期の新たな試みだった。ここにはボードレール『パリの憂鬱』を先駆に、シュルレアリスム、シネポエム、短詩（一行詩）などの二〇世紀アヴァンギャルド詩を彷彿させる、散文詩詩人としての朔太郎の面目躍如たるものがある。

新作散文詩のうちの一篇、郷里の変化の激しさを嘆く「物みなは歳日と共に滅び行く」（初出「四季」一九三八年二月号）で朔太郎は「父よ。わが不幸を許せかし！」と記している。「不孝」ではなくて「不幸」であるのは、自らも父であることの嘆きをこめているかもしれない。

「散文詩」の部にはほかにも一行詩「父」（「父は永遠に悲壮である。」）や、さきに言及した「父と子供」など、「父」をテーマとする詩篇が収録されている。いずれも、家父長的な権威としての父とは正反対の、父たることの悲しみや過失の感覚を根柢に置くものである。それ自体が、家父長主義的な戦時下の体制への、根源的な抵抗といえるかもしれない。

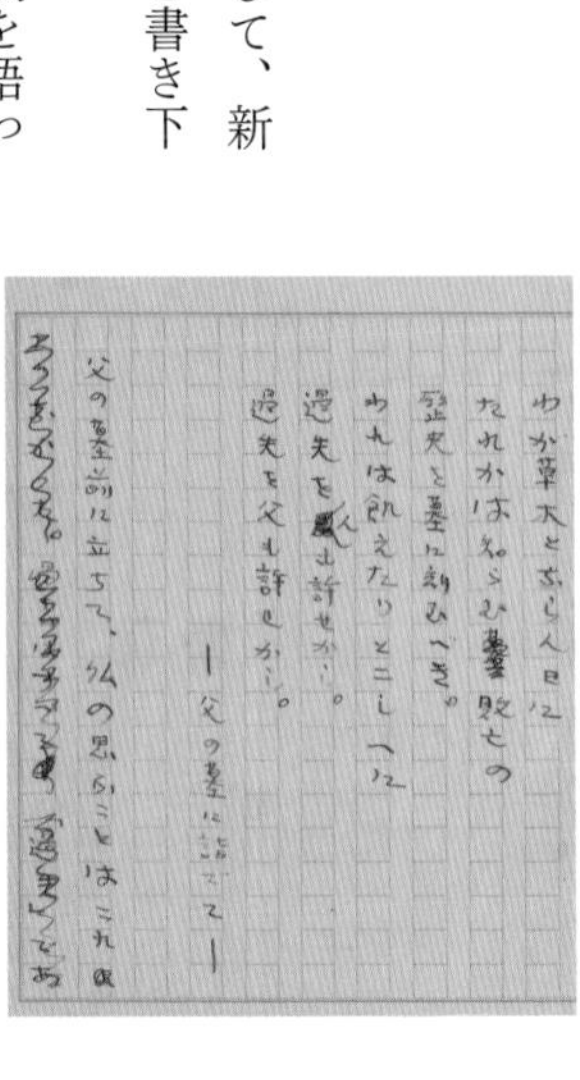
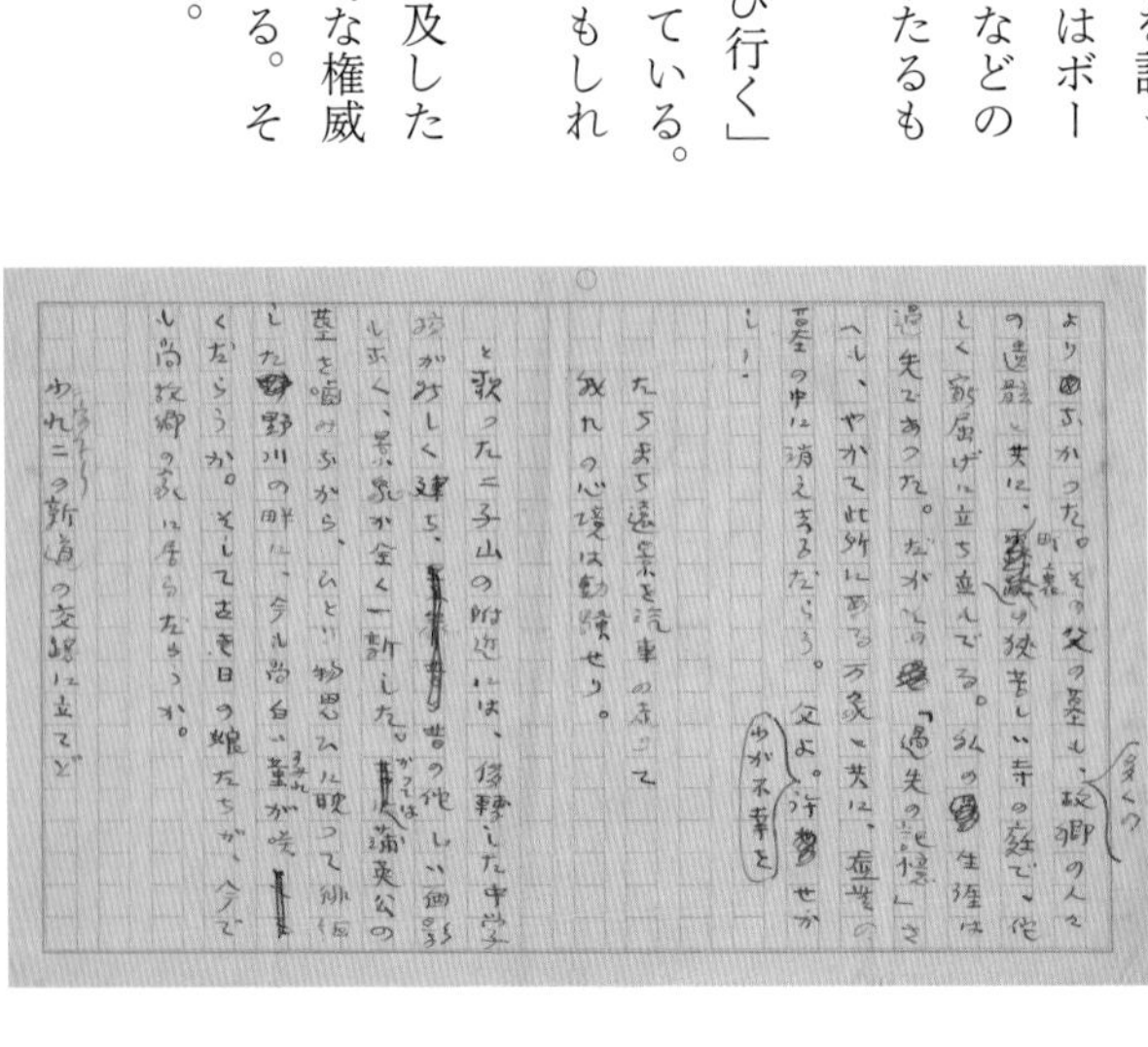

▶自筆原稿「物みなは歳日と共に亡び行く」

「日本の女性」への回帰

それは、朔太郎の「日本への回帰」が、日本の女性への回帰といえる側面をもっていたことも関連している。朔太郎は「日本の女性」（一九三七（昭和一二）年）や「日本婦人の優秀性」「小泉八雲の家庭生活」（いずれも一九四一（昭和一六）年）で、くり返し、ラフカディオ・ハーンが紹介した日本の女性の美点を肯定している。それは家族のために自らを犠牲にしようとする女性像であり、女性の献身と忍従を肯定しているが、武断的な女性への抑圧、隷属には反対を唱える女性観でもあった。

「小泉八雲の家庭生活」には、詩人としての朔太郎の探求する、理想の言語も込められていた。ここで朔太郎は「元来人間の会話というものは、動物に比して甚だ不完全なもの」とする。これはかねてからの朔太郎の持論である。しかし、八雲夫妻が使用する日本語と英語のまじりあった独自のピジン化した日本語「奇妙な別世界の会話」こそ、二人の間の意志を完全に伝える、愛の言語であるとした。

晩年の恋人と永遠の漂泊者

こういった日本の女性像の背景に、室生犀星や堀辰雄のように、ひそかな恋人（愛人）の存在を想定する見方もある。

朔太郎は稲子との離婚後、母、二人の娘らとの家庭生活を送ったのち、福島の造り酒屋の娘で、詩人・大谷忠一郎、正雄兄弟の姉妹である、大谷美津子と再婚する。一九三八（昭

▶朔太郎と美津子（二人は入籍はしなかった）

和一三）年四月、朔太郎は数え年五三歳、美津子は二七歳だった。のち、エレナの写真を初めてみた萩原葉子が、美津子の写真と見まちがえたというほど、二人の雰囲気には共通するものがあったらしい。

しかしこの結婚は、朔太郎の母との折り合いが悪く、一年ほどしか続かなかった。その後も朔太郎は美津子を、丸山薫夫妻が住んでいた四谷のアパートに住まわせて通うなどしていた。

犀星は、この美津子との離別後の最晩年に、朔太郎の最後の恋人がいたと想定している。ただ、エッセイ「日本の女性」の発表は一九三七年であり、このエッセイについて朔太郎は津村信夫宛書簡で「あれと同じ女があり、忠実につくしてくれて死んだ」と一九三八年七月の書簡で書いているから、稲子夫人との離婚後から、美津子夫人との再婚までの一時期に、朔太郎と交渉を持ち、亡くなった女性であろう。

「小泉八雲の家庭生活」で、「永遠に故郷を持たない浦島」としてハーンをとらえる朔太郎は、ハーンが没する前日妻に語った「日本でもない、支那でもない、大層遠い遠い見知らぬ国へ、長い旅をした夢」を紹介している。朔太郎も、魂の永遠の漂泊者として日本の近代を生き、没したと言えるだろう。

太平洋戦争開戦の半年後、一九四二年五月一一日、朔太郎は肺炎のため世田谷代田の自宅で没した。数えで五七歳、満年齢で五五歳だった。

◀朔太郎の葬儀の様子

四季

九月號

萩原朔太郎追悼號

東京 四季社 刊

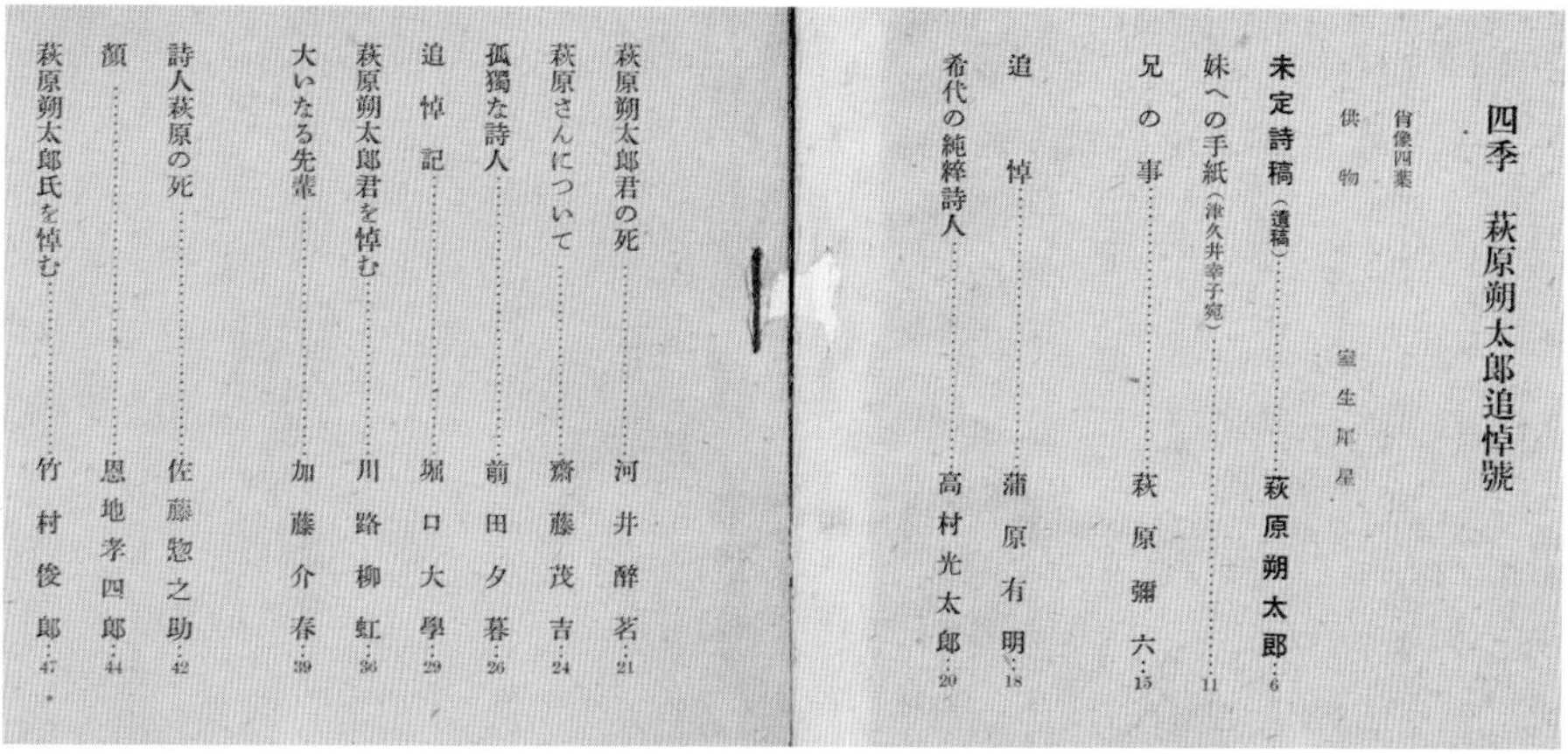

四季　萩原朔太郎追悼號

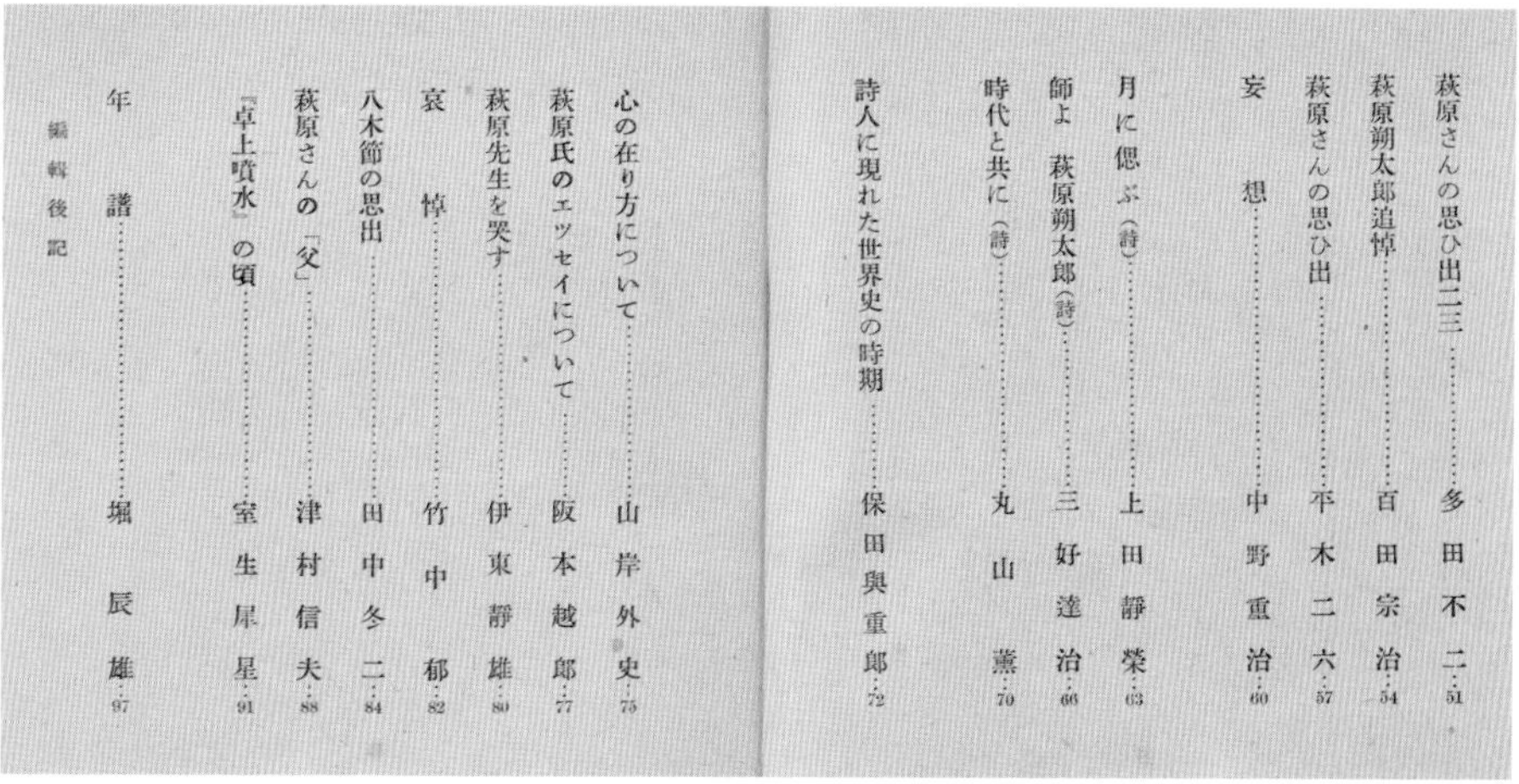

▲「四季」第67号9月号　1942（昭和17）年の表紙と目次。この号は朔太郎没後に刊行された追悼号

北原白秋と萩原朔太郎
幼帝と貴公子

佐藤弓生

萩原朔太郎（一八八六～一九四二）と北原白秋（一八八五～一九四二）。こうして並べると、ふたりの生没年がほぼ重なっていることにあらためて驚く。朔太郎をひとことで説明するなら、日本近代詩の父。では白秋は……耽美詩人？　象徴主義歌人？　童謡のおじさん？

活動範囲が異なるため彼らの代表作をさほど関連づけたことがなかったし、明治のうちから有名詩人だった白秋のほうがずっと年上のような気がしていた。実際、朔太郎の詩壇デビューは一九一三（大正二）年、白秋主宰の「朱欒《ザムボア》」に詩が掲載された時点とされるから、つまりふたりはたんなる先輩後輩ではなく師弟である。師のまばゆい詩を弟子の詩はいかに仰ぎ、とらえ、くぐったのか。その一〇〇年後、ひとつのユニークな解釈が示されることになる。

二〇一三年一〇月、ある朗読会後の懇親の場で詩人の北爪満喜さん（前橋市ご出身）と山口勲さんから口々に、萩原朔太郎の漫画の連載が始まったんです！　と教わったことを思い出す。そのころ掌篇を書いていた私の中で朔太郎作品といえば、「死なない蛸」のような黒い切れ味のコント（アフォリズムとは考えていなかった）が大きな位置を占めていたのだが、その漫画――清家雪子さんの『月に吠えらんねえ』を読んで、二〇年ぶりくらいに詩集『月に吠える』と出会いなおすことになった。

主人公〝朔くん〟は朔太郎作品の化身であり、同様に室生犀星〝犀〟、三好達治〝ミヨシくん〟、中原中也

▲前橋東照宮で撮影された、雑誌「侏儒《こびと》」の同人たち

▼北原白秋のポートレート。前橋公園で撮影された

〝チューヤくん〟……あまた登場する詩歌たちの中でも特筆すべきは、作中第五話「侵食」における朔くんと、北原白秋〝白さん〟との掛け合いだろう。七コマ分を台本ふうにリライトすると、次のようになる。

白「滴《したた》るものは日のしづく　静かに
　たまる眼《め》の涙」
朔（横目で白を見る）
白（横目で朔を見る）
朔「したたるものは血のしづく
　われの恋魚の血のしづく…」
白「ほらね　こんなにも僕らは隔絶
　している
　天を仰ぐ解放の僕と　地に沈
　む凝結の君と…」

明記された引用元のうち、白秋の「永日礼賛」（一九一四年刊『真珠抄』、岩波書店刊『白秋全集3』収載）全一六行のうちの一部を記す。

滴《したた》るものは日のしづく静かにたま
　る眼《め》の涙
人間なれば堪へがたし真実一人《ひとり》は
　堪へがたし
珍らしや寂しや人間のつく息
（中略）
片面光る槐《ゑんじゆ》の葉両面光る柳の葉
勿体なや何を見てもよ日のしづく
日の光日のしづく日の涙

一六行と書いたが、白秋は行ではなく章としている。一行詩を複数連ねて一組の作品に仕立てる、短歌や俳句においては連作と呼ばれる手法をとり、それらの作品を白秋は短唱と称した。前年の第一歌集『桐の花』刊行を経てあらたな形式を拓こうとする意気込みが伝わると同時に、七五調をところどころ崩していることにむしろ、すでに定型を薬籠中のものとした自信のあらわれを感じる。

朔太郎が次の「真如」という詩（筑摩書房刊『萩原朔太郎全集　第三巻』収載）を書いたのは、『真珠抄』の寄贈を受けてすぐのことらしい。白秋に宛てた一九一四（大正三）年九月四日付の手紙によると、聖書をはじめて

読んだときと同じ気分で読んだという。

金のみ仏
金の足
一列流涕なしたまふ
光る白日《まひる》のうなべりに
とをのおゆびを血はながれ
いたみてほそき瀧ながれ
したたるものは血のしづく
われの恋魚の血のしづく
光る真如のうなべりに
金のみ仏
金の足
一列流涕なしたまふ

新体詩流の七五調が聴覚に響くかたわら、改行によって揃えた行頭の「金の」、行末の「ながれ」「しづく」の並びは視覚にも訴える。恋魚という、ほかの詩や手紙にも見られるイメージは朔太郎ならではだ。

そして一九一四年という、白秋が『真珠抄』『白金之独楽』を刊行した年の前後こそ、朔太郎が白秋にもっとも接近した時期だった。『月に吠えらんねえ』は通時的な叙述をとらないものの、朔太郎がこの期間を経て一九一七年に『月に吠える』を刊行するまでの懊悩《おうのう》と妄執と法悦《ほうえつ》が、取材の核にある。

ふたたび白さんの「滴るものは……」と朔くんの「したたるものは……」のくだりを読んでみよう。まさに同じ場所で、朔くんが白さんに声を重ねたと見える描写がなされている。声を重ねるのは思慕、「日」から「血」への変化は潜在的な反発？　恋はバトルだという言い方があるけれど、齢はさほど違わないとはいえ師弟の関係にあるふたりのアンビヴァレントな応酬に、どきどきしてしまう。こんな演出を考えつく清家さん天才では⁉

この二篇を引用したフィクション、ほかにもあるのだろうか。わからないが、『白金之独楽』と『月に吠える』に共通する要素が指摘されている。「白金」と「ぷらちな」、「カガヤク」と「かがやく」などの語である（飯島耕一「白秋と朔太郎」『萩原朔太郎1』みすず書房、高橋順子「『白金之独楽』と『月に吠える』」『白秋全集　月報30』岩波書店）。

『白金之独楽』の「光リカガヤク掌《テノヒラ》ニ／金ノ仏ゾオハスナレ。」というフレーズを舌に乗せるだけでなんとなく「仏は常にいませども、現ならぬぞあはれなる、」と続けて唱えたくなるなあと感じていたところ、一九一一年にその『梁塵秘抄』（転写本）が発見されて白秋らに啓示を与えたことを、あとから知った。そのころ姦通罪という屈辱に遭った白秋と、恋愛も進学もままならず心をさまよわせていた朔太郎とは、ともに宗教的な光明に救われ創作源を見いだし、影響しあったかもしれない。

しかし白さんが「僕らは隔絶している」と看破したとおり、朔太郎の詩はさらに肉体性へのこだわりを強め、短歌や童謡といった〝うた〟に向かう白秋作品とは双曲線のように離れてゆく。肉体は、個人のものである。白秋の天上世界のようには唱和を誘わない。『月に吠えらんねえ』は後半、白さんの戦意高揚詩と対峙する朔くんの苦悩と選択を辿ったのち、両者の「滴《したた》るものは……」「したたるものは……」というモノローグともナレーションともつかない語りで幕を閉じる。蜜月の残香のように。

高橋順子さんも先に示した月報のエッセイで、『白金之独楽』の「仏足」と『月に吠える』の「殺人事件」に共通する表現を挙げるなどして「それは羨ましいような交感だったと思う」と結んでいる。そんな交感をいくたびも見たい。そういう欲望を、彼らのこの時期の詩集は後世の読者に抱かせやすいようだ。

たとえば『真珠抄』の「幼帝」と、『月に吠える』の「五月の貴公子」が出会ったら。

この二篇は内容が似ているわけではないが、いずれも詩を至高のものとするスタンスから付けられた題に思える。まばゆい。

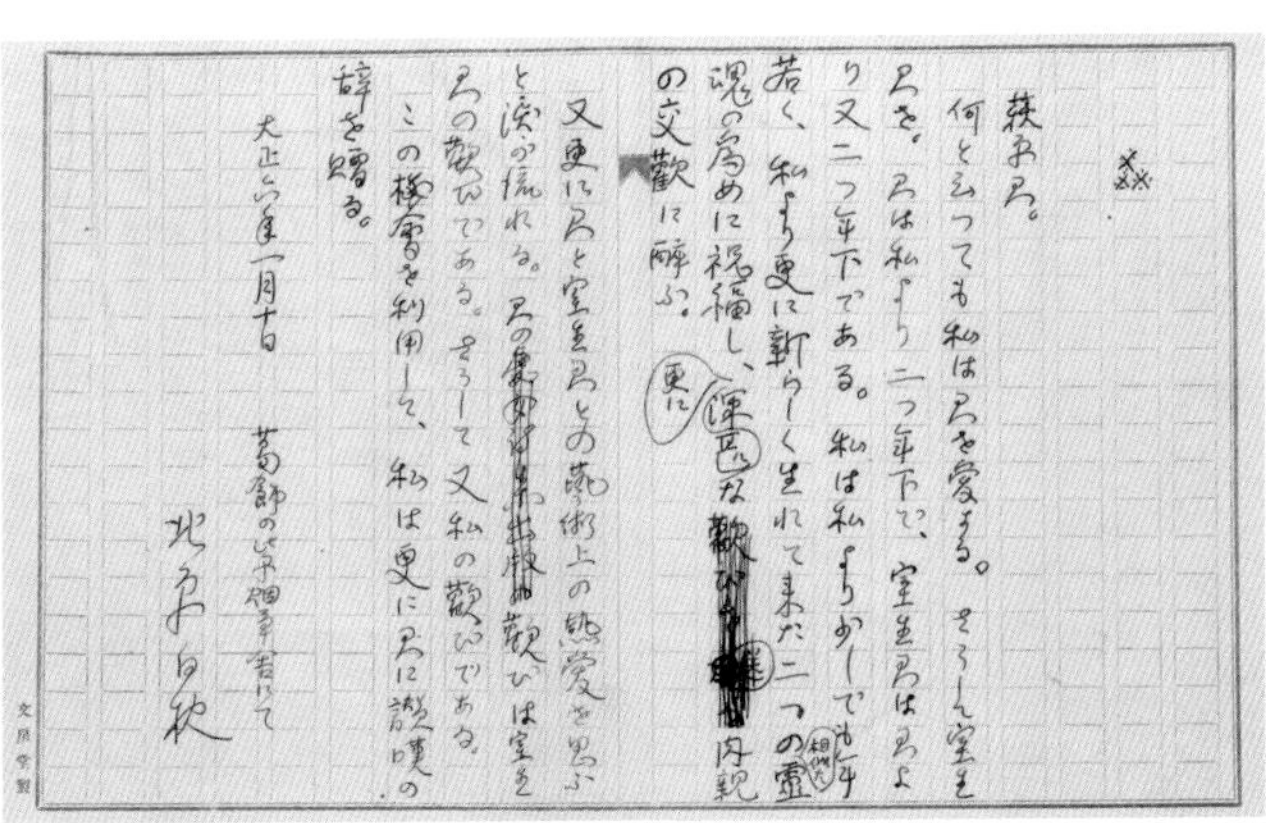
萩原君。
何と云つても私は君を愛する。さうして室生
君を。君は私より二つ年下で、室生君は君よ
り又二つ年下である。私は私より少しでも年
若く、私より更に新らしく生れて来た二つの霊
魂の為めに祝福し、深酷な内観
の交歓に酔ふ。
又更に君と室生君との藝術上の熱愛を思ふ
と涙が流れる。君の歓びは室生
君の歓びである。さうして又私の歓びである。
この機会を利用して、私は更に君に讃嘆の
辞を贈る。
大正六年一月十日
葛飾の紫烟草舎にて
北原白秋

▲白秋が書いた『月に吠える』序文の直筆原稿。最後の著名部分

萩原朔太郎と芥川龍之介

安　智史

最初の作品集『羅生門』を、白秋の弟・鉄雄の経営する阿蘭陀書房より一九一七年五月に刊行した芥川龍之介は、その年の二月に、詩壇の新進として『月に吠える』を刊行した朔太郎に注目し、八月に朔太郎への献辞のある寓意的小品「産屋」を発表していた（「鐘」第四号）。

やがて一九二五年、朔太郎が田端に移住すると、「田端文士村」の中心人物であった芥川は大いに喜び、朔太郎が田端を去った後も、自殺する一九二七年「萩原朔太郎君　詩的アナキスト」を発表（白秋主宰の「近代風景」一月号）。郷土への憤怒を漢文調文語体でつづった『純情小曲集』中「郷土望景詩」詩篇を高く評価し、朔太郎を、すべての伝統に反逆する「詩的アナキスト」だとした。これは朔太郎の、『氷島』に至る詩風を予見したものと言えるだろう。また、朔太郎を「詩人としても、或は又思想家としても、完成するかどうかは疑問」「これは萩原君の悲劇であり、同時に又萩原君の栄光」「萩原君は今日の詩人たちよりも恐らくは明日の

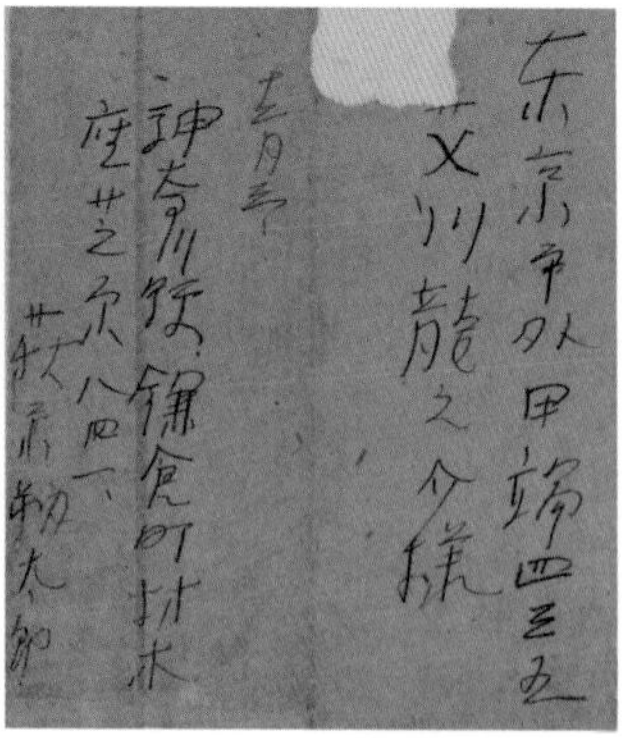

▲封筒裏　▲封筒表

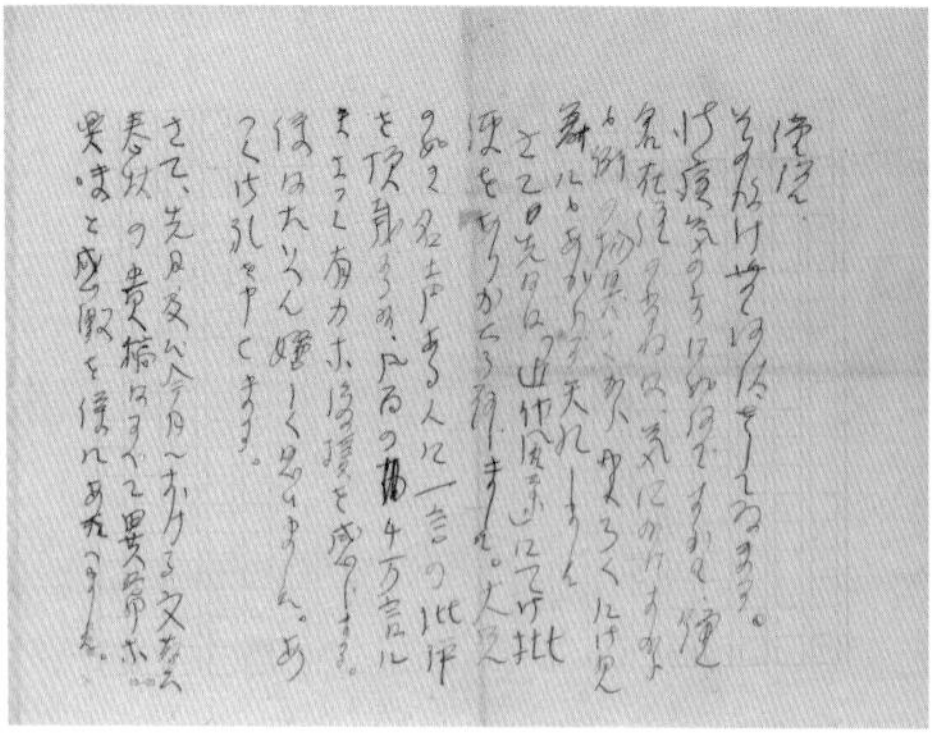

詩人たちに大きい影響を与へるであらう」とした。

朔太郎はのち「日本への回帰」も言うので、すべての伝統への反逆という点では一定の保留が必要にはなる。しかし、朔太郎は晩年まで時代への反逆精神を失わず、「完成」することがなかった。その未完成性こそ現代詩人の先駆性であり、芥川の予見は正確だった。

一方、朔太郎から見た芥川は、「詩を情熱する小説家」であり、そのアフォリズムや俳句を、機智をもてあそぶ底の浅いものと見ていた。ただ、聡明な理知の人と思っていた芥川が、自ら死を選んだことが朔太郎にはショックであり、その死後、本気で芥川について考えるようになった。

生前の芥川は朔太郎に、自分の本質は詩人なのだ、と主張していた。自殺直前には朔太郎に「室生君と僕との関係より、萩原君と僕との友誼の方が、遙かにずつと性格的に親しい」と言ったという（「芥川龍之介の死」）。自らの資質が朔太郎に近いことを主張したかったのだろう。

朔太郎の芥川評価には揺れも見られるが、結局、「歯車」「河童」「西方の人」などの晩年期の作品を高く評価し、精神そのものは詩人であった、と認めている（アフォリズム／散文詩「詩人の死ぬや悲し」、芥川全集推薦文「西方の人」参照）。これら、芥川晩年期の断章形式による小説への高評価には、両者のニーチェのアフォリズム嗜好という共通性があるだろう。

しかしそれだけではなく、芥川の根源にあるもの——芥川を感激させた、

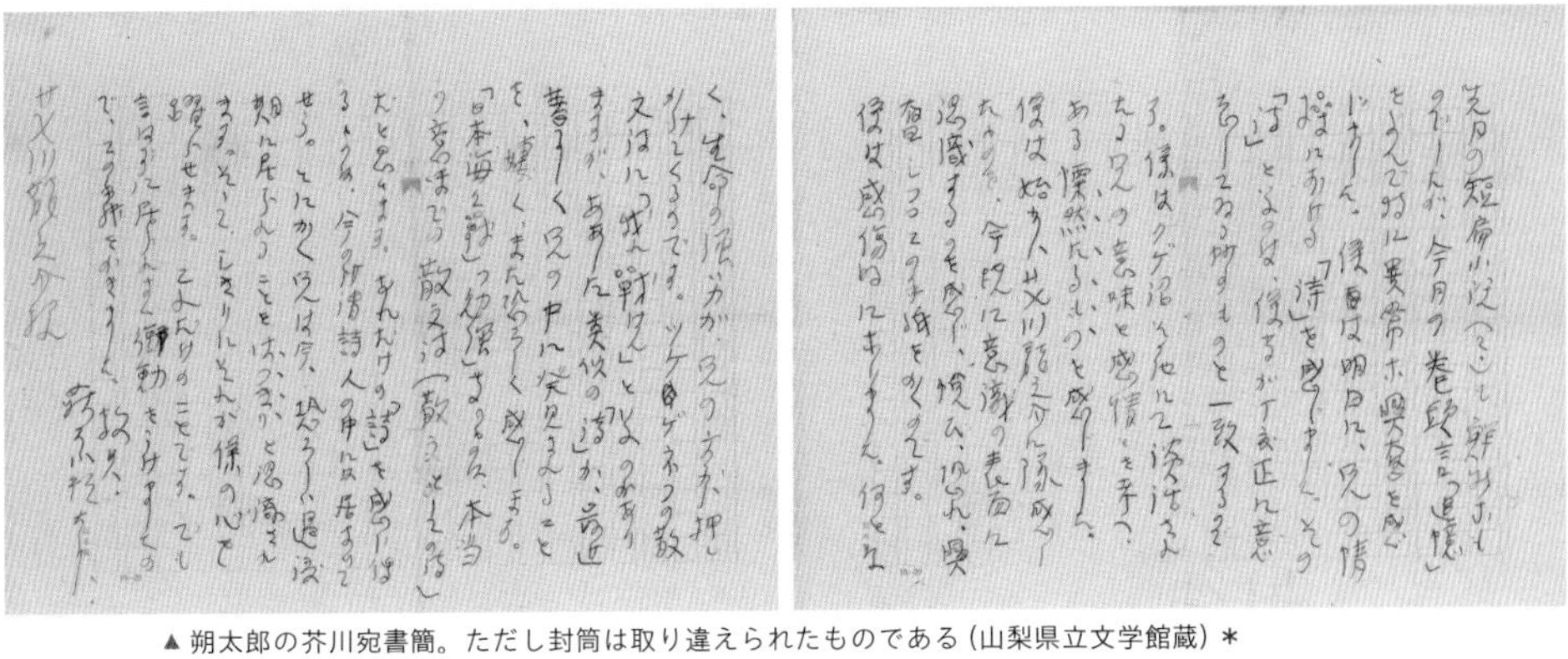

▲朔太郎の芥川宛書簡。ただし封筒は取り違えられたものである（山梨県立文学館蔵）＊

芥川による「古き魔術」（CASE II “Ancient Sorceries”）への書き込み＊＊ ▶

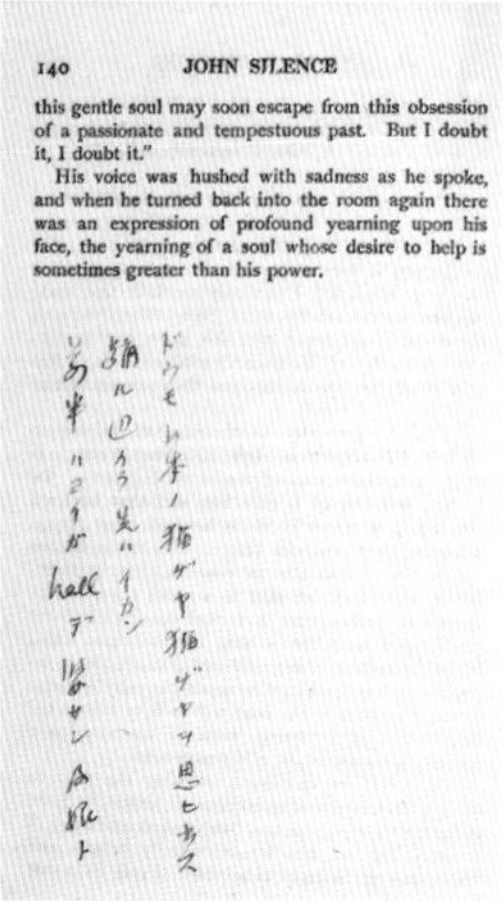
140 JOHN SILENCE

this gentle soul may soon escape from this obsession of a passionate and tempestuous past. But I doubt it, I doubt it."

His voice was hushed with sadness as he spoke, and when he turned back into the room again there was an expression of profound yearning upon his face, the yearning of a soul whose desire to help is sometimes greater than his power.

朔太郎の「郷土望景詩」に当たるもの——を、朔太郎はもう少し丹念に見るべきだったのではないだろうか。

たとえば白秋『思ひ出』の影響もあらわな初期短編「大川の水」や、幼年期、水死体を発見したときの思い出を記す「大導寺信輔の半生——或精神的風景画——」などで語られる本所・大川端こそ、芥川の原風景であり、朔太郎の郷土への愛憎に通じる、内なる下町的な感性への愛憎ではなかったろうか。

朔太郎自身、現在発見されている唯一の芥川宛書簡中で＊、芥川の断章形式の回想「追憶」に注目している。その中の「七不思議」は、芥川の幼少年期に生き続けていた江戸下町の伝承（オカルト）「本所の七不思議」体験を記すものだった。また、のちに朔太郎が散文詩的エッセイ「ダークあやつり人形印象記」（一九三一年）として描き出す、人形劇団ダークの思い出「ダアク一座」もある。

さらに興味深い、両者の嗜好性の一致は、イギリス怪奇幻想文学の大家、アルジャーノン・ブラックウッドに対する芥川の愛読と、朔太郎の「猫町」との間にあるようだ。

ブラックウッド「古き魔術」と、朔太郎「猫町」との類似は、戦後の江戸川乱歩のエッセイ「猫町」（一九四八年）で知られるようになった。芥川は「古き魔術」を原書で読み、感想も書き込んでいる。＊＊下町（本所・大川端）を舞台にオカルト感性を全開する「妖婆」（一九一九年）は、その影響のもとに書かれたという推測もなされている（井上諭一「芥川龍之介「妖婆」の方法　材源とその意味について」参照）。

ひょっとすると、朔太郎は直接に「古き魔術」について芥川から聞いたことがあり、「猫町」のヒントにしたかもしれない。偶然であったとしても、芥川に接続することで「古き魔術」と「猫町」の比較は、さらなる可能性をひらくだろう。異世界訪問譚という点で、やはり「猫町」の先駆である「河童」をほめたとき、芥川は「君に読んでもらいたかったのだよ」と朔太郎に言ったという（「芥川君との交際について」）。

「点鬼簿」に登場する「アヤメ香水」が、前年刊行の朔太郎『純情小曲集』序文における造語であり、芥川は朔太郎から影響を受けたと推測されたことがあった。朔太郎造語説は今では否定されている（あやめ＝アイリス（イリス）であり、その香水は珍しくはない）。ただ、『純情小曲集』の序文に触発されて、あやめ香水にまつわる自己の記憶を想起した可能性そのものまでは否定できない。芥川が朔太郎に、性格的な親しさを感じた一因のようにも思える。

　また、詩「輪廻と樹木」やアフォリズム「永世輪廻」（『虚妄の正義』所収）に登場する、ニーチェ経由と思われる永世輪廻思想――反進歩主義の根拠――についても、芥川は「侏儒の言葉」中の「**Blanqui** の夢」（「文芸春秋」一九二四年一〇月号）で、ニーチェに先立つブランキ『天体における永遠』を紹介しつつ言及していた（藤井貴志『芥川龍之介〈不安〉の諸相と美学イデオロギー』参照）。

　このような、芥川―朔太郎に共通するか、類似のモティーフ自体が、芥川の言う、朔太郎と自己との「性格的に親しい」事実を証しているのではないだろうか。芥川の「萩原朔太郎君」が朔太郎の可能性として指摘した未完成性は、芥川自身が充分に展開できなかったモティーフを、のちの朔太郎がアフォリズム／散文詩／小説として独自に展開していく過程を予見したものではなかったか、とすら思える。

　朔太郎が没年（発表は没後となった）「芥川龍之介の小断想」で芥川を、未完成だが常に新しい文学者、として評価したのも、芥川が、未完成のモティーフを自分に託したと感じていたからではないか。それは「萩原朔太郎君」への返答というべきものだったのではないか、とも思えるのだ。

＊朔太郎全集補巻、書簡番号八五〇。ただし、全集の一九二六年一二月三日という推測は、封筒の取り違えによる誤りで、一九二七年二月初旬が正しい。本来一九二六年一二月三日付の封筒に入っていたはずの、もう一通の芥川あて朔太郎書簡は、現在所在不明となっている（久保忠夫『萩原朔太郎論　下』参照）。

＊＊「前半ハヨイガ **hall** デ婆サン及娘ト踊ル辺カラ先ハイカン／ドウモ日本ノ猫ヂヤ猫ヂヤヲ思ヒ出ス」（芥川旧蔵書、**Algernon Blackwood "John Silence Physician Extraordinary"** (London:Eveleigh Nash,1915) 一四〇頁（日本近代文学館蔵）。

萩原朔太郎と室生犀星
学校嫌い

井坂洋子

　萩原朔太郎と室生犀星は生涯を通じての友だったが、詩人同士としてもっとも強く影響を与えあったのは二〇代の半ばから三〇代にかけてではないだろうか。お互い北原白秋主宰の雑誌「朱欒《ザムボア》」に詩を発表し、犀星の詩に夢中になった朔太郎は、犀星に熱烈な手紙を出して、大正三年に犀星は前橋に住む朔太郎に会いに行く。

　その当時、犀星が書いていた抒情詩は、朔太郎が述べているような「美しい貝のやうな詩」であり、四、五行とごく短く、長くても十数行の文語体の小品。

　朔太郎が犀星の詩にもっとも感じ入ったのは、その詩の濃密な抒情性もさることながら、文語体といっても新体詩のような古風で窮屈なものでなく、「文語詩をそのまま現代語化」（「室生犀星の詩」）したことにあるようだ。

「本質上に於て、現代口語詩と同じやうなものになつた」（同前）と朔太郎は書いている。

　客観的に見れば、一〇年ほどの短歌歴を持つ朔太郎において、短歌から詩へと移る際に、白秋の『思ひ出』（明治四四年）とともに、犀星の抒情的小品の影響は多大だった。朔太郎は犀星の詩に惑溺し、口語自由詩を確立したと言われる『月に吠える』（大正六年）の基盤が固められたのだと思われる。

　二人が出会った最初の印象を、お互いがそれぞれ書いていて面白いが、朔太郎は、あの美しい詩にふさわしいどんな美少年かと期待していた。しかし、肩の怒《いか》って、なぜかステッキをついた田舎書生が現れ失望する。だが、人柄を知るうち徐々に惹かれていったようだ。「野生児」だが、反面ナイーブで純な犀星と、マンドリンを弾き、ロシア文学通のハイカラな朔太郎の、よく知られているエピソード「中央亭騒動事件」がある。一九二六年のある出版記念会で、朔太郎はスピーチした時に野次られ、相手と口論になった。少し離れた席にいた犀星は「友人の一大事」と思い、すごい剣幕で椅子を振りまわしながら飛んできて、場内は騒然となったらしい。犀星は取りおさえられたが、あまりのことに、それまでの険悪で鬱積した空気が吹き飛び、散会の頃は皆なごやかになったようだ。

育ちや資質や性格など、まるで異なる二人だが、学校時代の躓きは共通している。

犀星は、ガキ大将だったが勉強は苦手。教師からも疎まれた。高等小学校を退学していて、学校に通ったのは六歳から一三歳までの七年間であり、勤め先で俳句の手ほどきを受

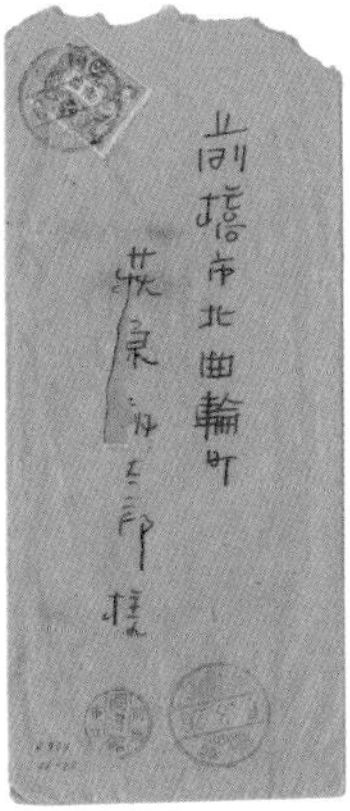

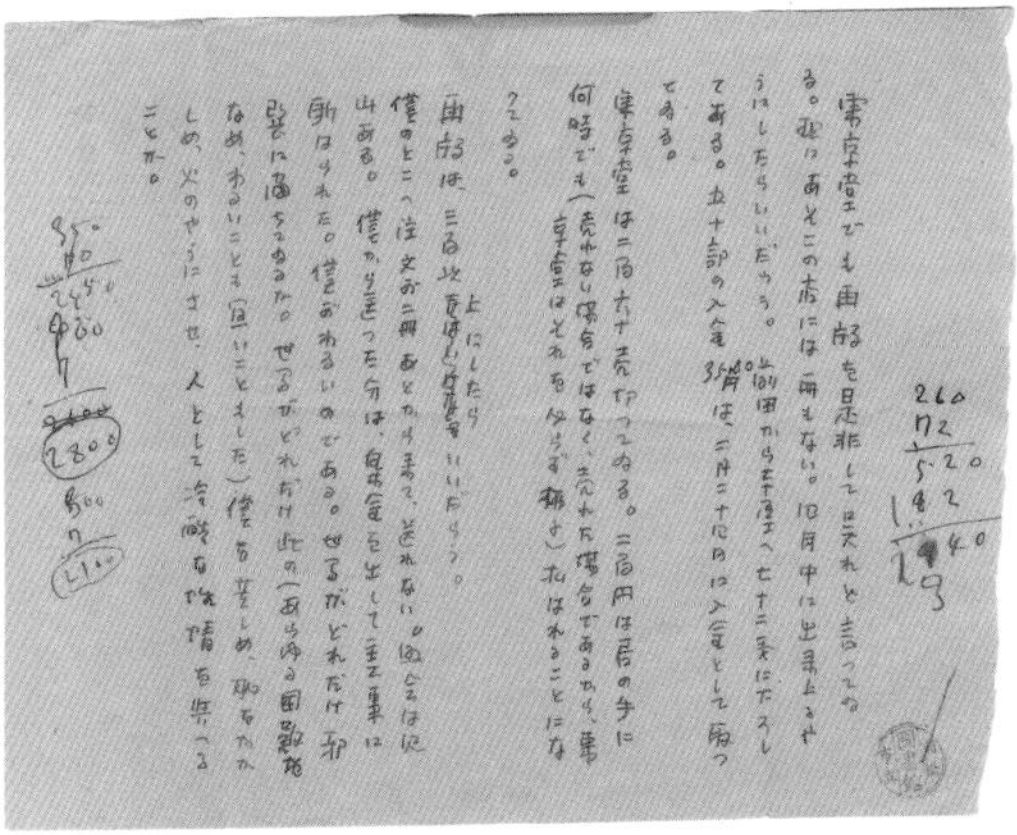

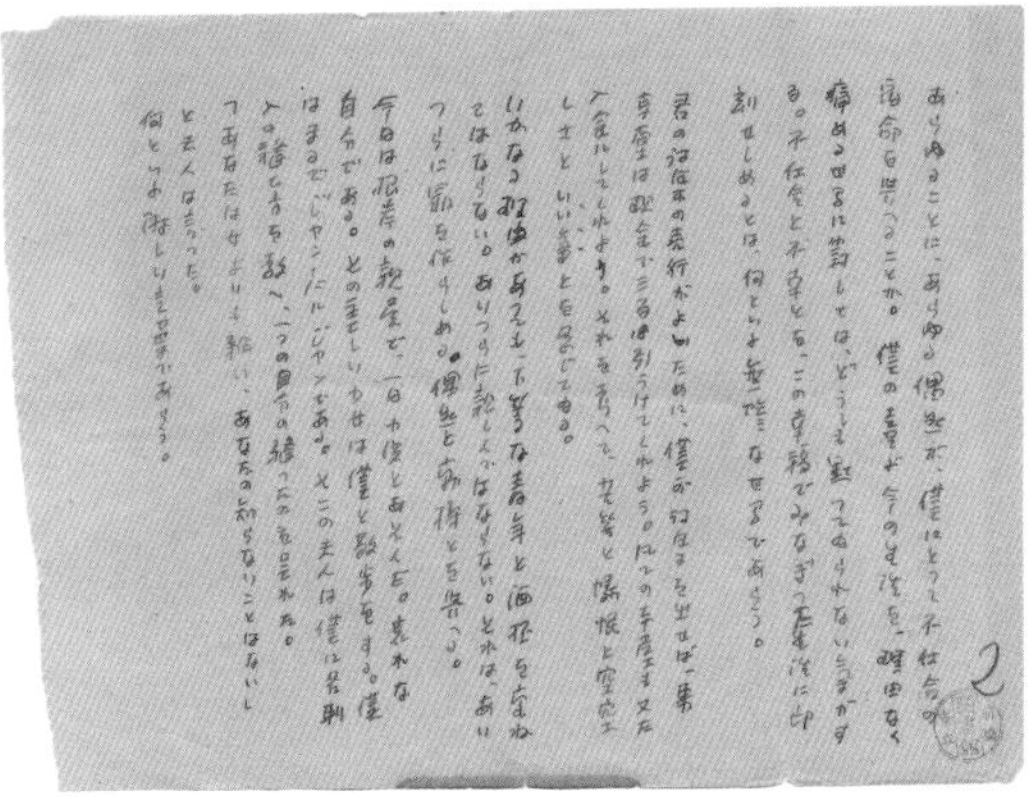

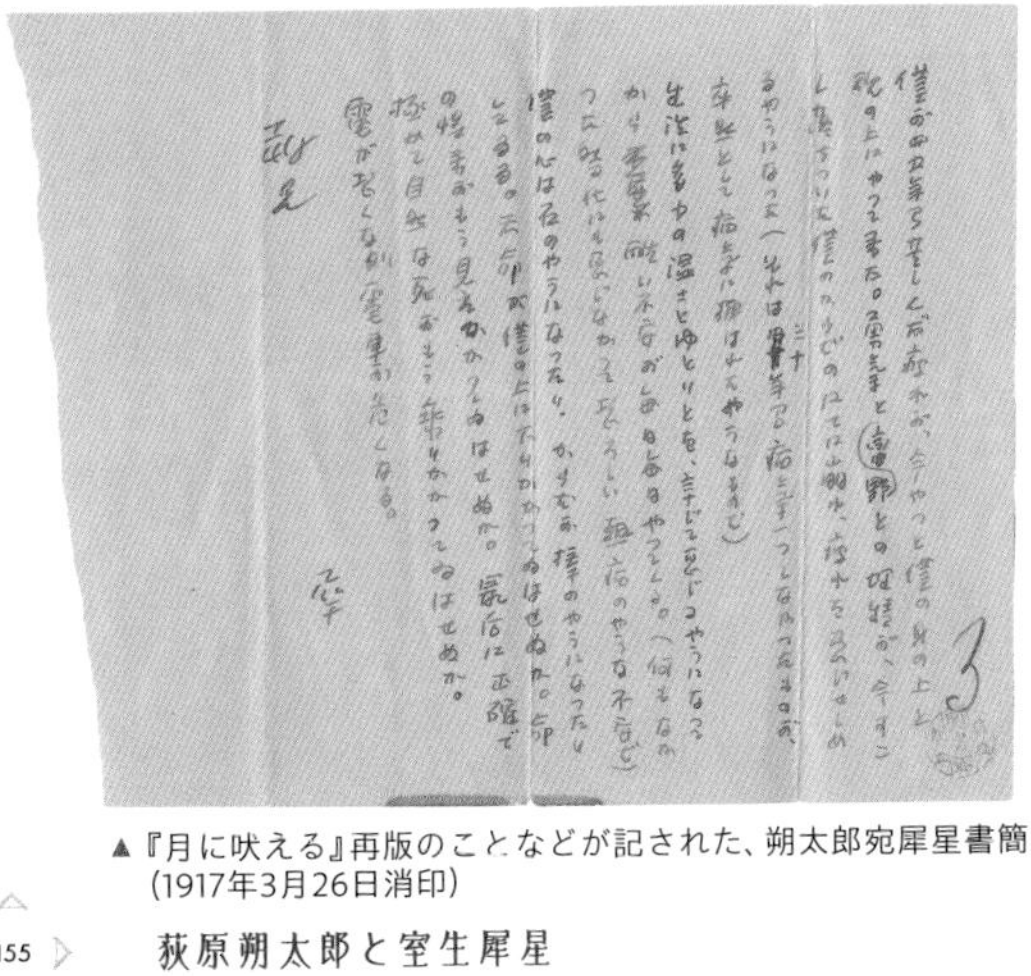

▲『月に吠える』再版のことなどが記された、朔太郎宛犀星書簡（1917年3月26日消印）

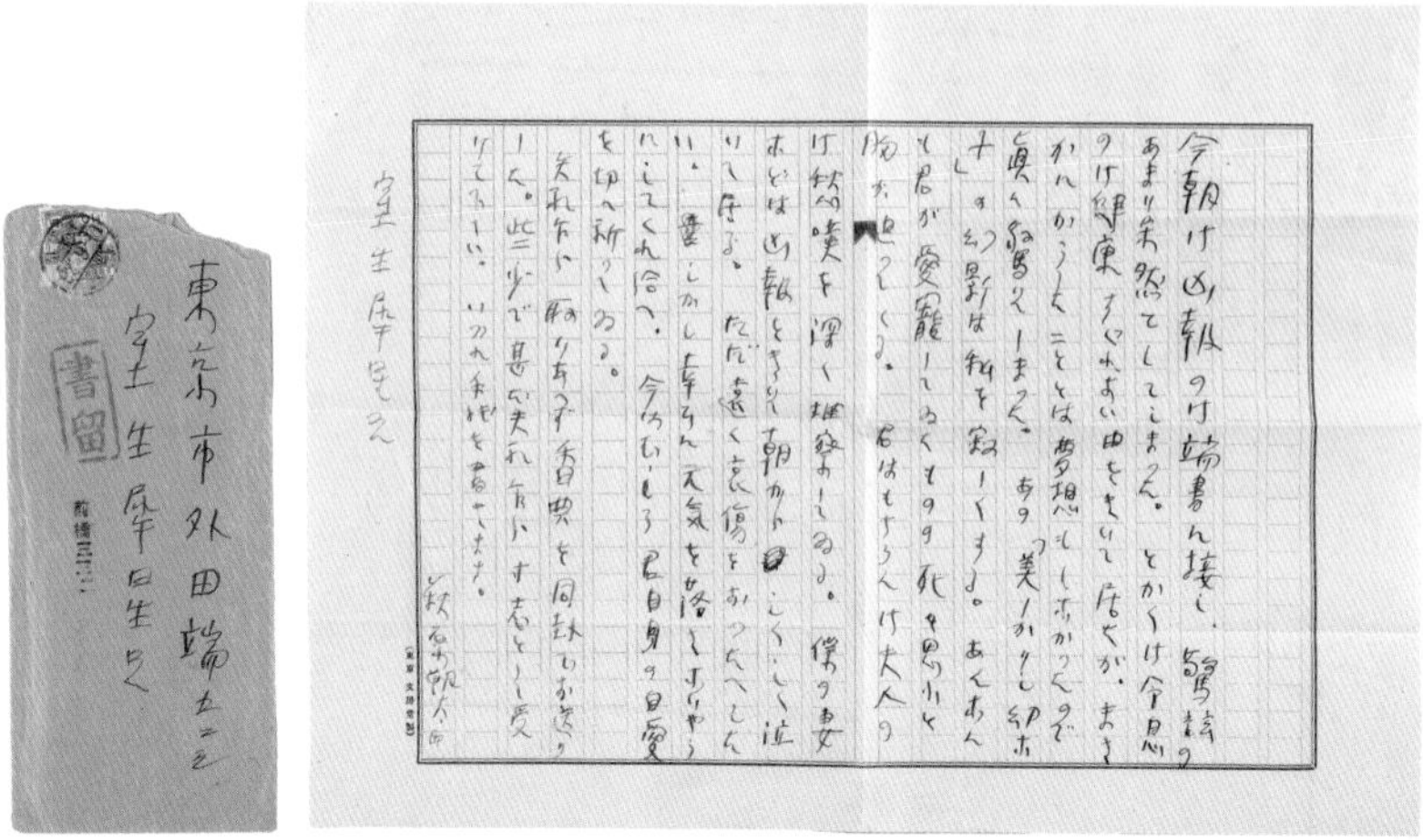

▲犀星の長男・豹太郎が亡くなった際の犀星宛朔太郎書簡（1922年6月26日消印）

けてから文学に目覚めていく。

朔太郎も学校になじめなかった。子供の頃、「皆から憎まれ、苛められ、仲間はずれにされ通して来た」（「僕の孤独癖について」）と書いている。息子を医者にしたい父の意向もあって、中学卒業後、二〇代半ばまでめまぐるしい学校遍歴があったが、最後まで通い、卒業したところはない。

三好達治『萩原朔太郎』によると、朔太郎は犀星の詩について「室生のは、あれは無智の一得だ」と言っていたそうだが、「学匠詩人」の日夏耿之介の目からは朔太郎だって同じこと。「萩原は無学だから、それがあ奴の何よりの強味だ」と言われた、とある。

犀星も朔太郎も、その詩の措辞など、表現が独特（非論理的）で、だからこそ詩が起爆力を持ったケースが間々《まま》ある。二人とも、日本語の表現の仕方を自分流につかいこなす天才だった。アカデミックな学校教育に骨の髄まで絡めとられなかったためかもしれない。

ところで、犀星の小品の中でも、朔太郎は「ふるさとは遠きにありて思ふもの」の詩句で有名な、連詩「小景異情」に強い共感を寄せた。まだ二人が出会う以前、犀星の詩を懐に入れて、どこにでも持ち歩いたそうだが、そう言えば、「小景異情」その四（初出・大正二年「朱欒」）に、こんな詩があった。

わが霊のなかより
緑もえいで
なにごとしなけれど

懺悔の涙せきあぐる
しづかに土を掘りいでて
ざんげの涙せきあぐる

この犀星の詩に向き合う形で、朔太郎の二篇の「竹」（初出・大正四年「詩歌」）のうち、最初の方を並べてみる。

ますぐなるもの地面に生え、
するどき青きもの地面に生え、
凍れる冬をつらぬきて、
そのみどり葉光る朝の空路に、
なみだたれ、
なみだをたれ、
いまはや懺悔をはれる肩の上より、
けぶれる竹の根はひろごり、
するどき青きもの地面に生え。

犀星の詩の「わが霊のなかより／緑もえいで」とはどのようなイメージだろうか。身体を「霊体」と見立て、そこから植物が繁るということだろうか。朔太郎の「竹」も懺悔を終えた肩の上に竹の根がひろがっている。「竹」の主体は地面の底にいて（『月に吠える』の冒頭詩「地面の底の病気の顔」と同じモチーフだが）、その地の底から、朔太郎は見上げている。空路にまっすぐ伸びる竹を。

一方、犀星の詩では、涙を流しながらうつむいて土を掘っている。幼い子が叱られ、外でしゃがみながら草をむしったり、土を掘ったりしている姿を連想してしまう。犀星のはそんなふうな意味合いの土いじりだろう。

朔太郎は、犀星の詩に、土を掘り続けたら病人のような自分の顔が出てきた、と連想したのだろうか。いや、詩の主体は死人で、土中深く埋められ、地は緑が繁り、地中から土を掘って外へ出ようとしている、と解釈したのかもしれない。

いずれにしろ、犀星の六行詩が、「竹」の無意識の母胎となったと考えられないだろうか。朔太郎は、犀星の感傷的で憂いを帯びているが、根は健康的な小品の延長線上に、自身の異種の花を咲かせたのだろう。

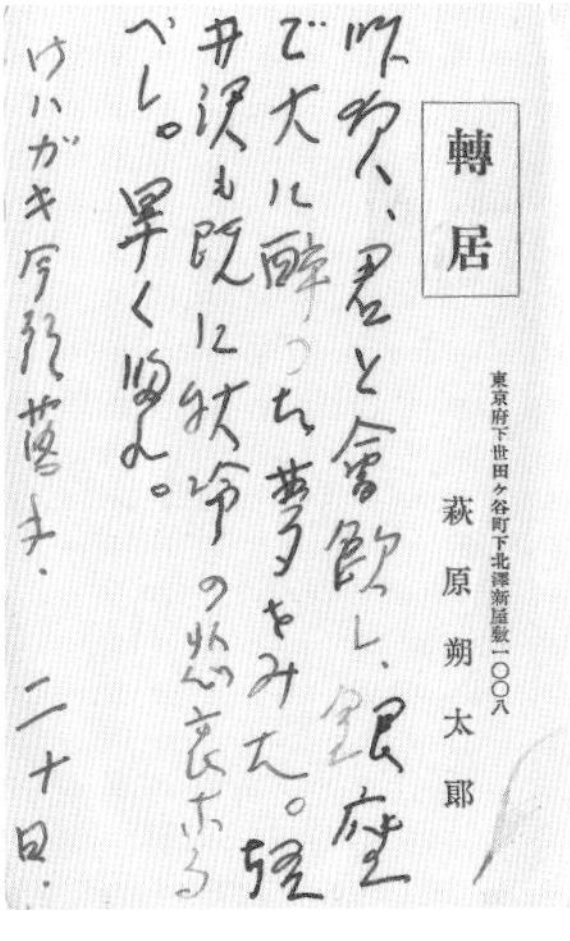

◀「昨夜、君と会飲し、銀座で大に酔つた夢をみた。」と記された、朔太郎が犀星に送った転居通知（1931年9月21日消印）

萩原朔太郎と江戸川乱歩

安　智史

　探偵趣味・幻想怪奇趣味を共有する同世代作家だった谷崎潤一郎や佐藤春夫と、朔太郎との交流は「（朔太郎が）あんまり見当のちがうことを言うんでね、蔭で佐藤と二人で、悪口を言ったことがありますけども」と谷崎に回想される（「座談会　谷崎文学の神髄」（『谷崎潤一郎読本』一九五六年）での発言）ように、しっくりしないところもあったようだ。たいして後年の、八歳年下の江戸川乱歩との交友は、はるかに親密で、率直なものだった。

　そもそも、朔太郎最初の口語自由詩は「殺人事件」（「地上巡礼」一九一四年九月創刊号）だった。エッセイ「所感断片」（「上毛新聞」一九一五年一月一日）でも「人類の偽善と虚飾と仮面を真向から引ぱがす」探偵と犯罪の物語をいち早く称賛した朔太郎が、日本の探偵小説を確立した乱歩に興味を示すことになるのは必然だった。

　乱歩デビューの三年後の一九二六年、朔太郎は「「未知に対する冒険」！　これが探偵小説の広義な解釈における本質である」とするエッセイ「探偵小説に就いて」を「探偵趣味」六月号に発表。前年刊行の乱歩の初単行本『心理試験』を取り上げ、「赤い部屋」に「ポオや谷崎氏の塁を摩するものが現はれてゐる」とし、とくに「人間椅子」を絶賛した。「腕のある寝台」（『蝶を夢む』）の作もある、独自の（ときに変態的な）触覚の詩人らしい共感の表明といえるだろう。同年「新潮」一〇月号アンケート回答「私の嘱望する新作家」でも朔太郎は、その筆頭に乱歩を挙げている。

　やがて一九三一年一〇月一五日〝マッサージ秘密クラブ〟を紹介してもらう名目で乱歩宅を訪ねた朔太郎は、初対面で意気投合。二人は浅草趣味も共有しており、（朔太郎全集一五巻の年譜によれば）対面したその日に数え年四六歳の朔太郎と、三八歳の乱歩は二人、朔太郎の発案で、浅草公園の回転木馬に乗ったという。

その夜は新宿のゲイバー「ユーカリ」に案内され、感激した朔太郎は翌日「未知の猟奇趣味を満吃《ママ》しました」「マッサージの件などは何うでもよく、今後共親交御願ひ致したく切望します」と乱歩に書簡を送る。

> 追伸、小生は自分に関して秘密主義を守り、友人等にも一切自巳《ママ》をかくしてゐる性分ですから、成るべく他人には御内密に御願ひ致したく折入つてお願い致します。

と追記しながら。

ユーカリは日本におけるゲイバーのはしり（伏見憲明『新宿二丁目』（新潮新書二〇一九年）参照）で、朔太郎はその常連になり、ギターを預けて晩年までよく通った。

乱歩「萩原朔太郎と稲垣足穂」（『宝石』昭和二六年九月号。『探偵小説四十年』収録）によれば「この詩人は少しも気取らない書生流儀で、私を気の合いそうな遊び友達として、選んでくれた」という。二人はポオ、ボードレール、ワイルド等の世紀末文学、パノラマ、手品、連続活劇映画「プロテア」への嗜好も共有していた。乱歩のレンズ嗜好に通じる、朔太郎の視覚トリック装置への嗜好もうかがわれる。乱歩が一九三四年から没するまで住んだ池袋の家の土蔵で「二人は内外の怪奇文学について語り合ったのだが、萩原氏は私の「パノラマ島奇談」を案外高く買っていて、「あれはいい、あれはいい」といってほめてくれた」という。

なお、「ユーカリ」の常連ではあったけれども、朔太郎は乱歩宛書簡（一九三六年七月二〇日）で「貴下とはすべて気持ちが合つて、まことに愉快な話対《ママ》手ですが、そちらで酒を飲まれないのと、こちらでクナーベの趣味がないのと、二つの食ひちがひで寂しいです」と、自分には「クナーベ」（Knabeドイツ語で少年）趣味はないと述べている。けれど、「クナーベの方の同好の士」として、のち『少年愛の美学』で日本文学大賞を受賞する稲垣足穂を紹介している。

乱歩が朔太郎に触れた代表的エッセイに、朔太郎の幻想小説「猫町」（一九三五年）とA・ブラックウッド

「古き魔術」との類似を指摘した「猫町」（「小説の泉」一九四八年九月号）がある（朔太郎は芥川龍之介経由で「古き魔術」を知っていた可能性もある。「萩原朔太郎と芥川龍之介」の項目参照）。乱歩は「宝石」一九五八年八月号にも「猫町」を再録している。また、「新青年」で「パノラマ島」最終回と同時掲載（一九二七年四月号）だった朔太郎の幻想散文詩「死なない蛸」を、「猫町」とともに「私の今なお忘れ難い作品」と述べている（「続・一般文壇と探偵小説」「宝石」増刊、一九四九年七月）。

なお、乱歩の生前未発表原稿「独語」（「新青年趣味」第一六号（二〇一五年）掲載）中、昭和一一年六月二七日の項は、「萩原朔太郎君から贈られた本」として単行本『猫町』、詩集『定本　青猫』とともに、アフォリズム集『絶望の逃走』、エッセイ集『廊下と室房』を挙げている。朔太郎のアフォリズム集『港にて』中のセックスにかんする論述について、乱歩がくわしい感想を朔太郎に書き送ったこともあったらしい（この書簡は未発見。朔太郎の丸山薫宛一九四〇年七月書簡による）。乱歩が、朔太郎の人生観やセクシャリティをしめすアフォリズム、エッセイにも強い関心をよせていたことが伺われる。一九四二年五月の朔太郎の告別式にも、乱歩は参列した。

日本近代詩を確立した朔太郎と、探偵小説を確立した乱歩――二人はともに、未知の文学への冒険者であり、直接に親交を結んでからは、お互いに得がたい理解者でもあったといえるだろう。

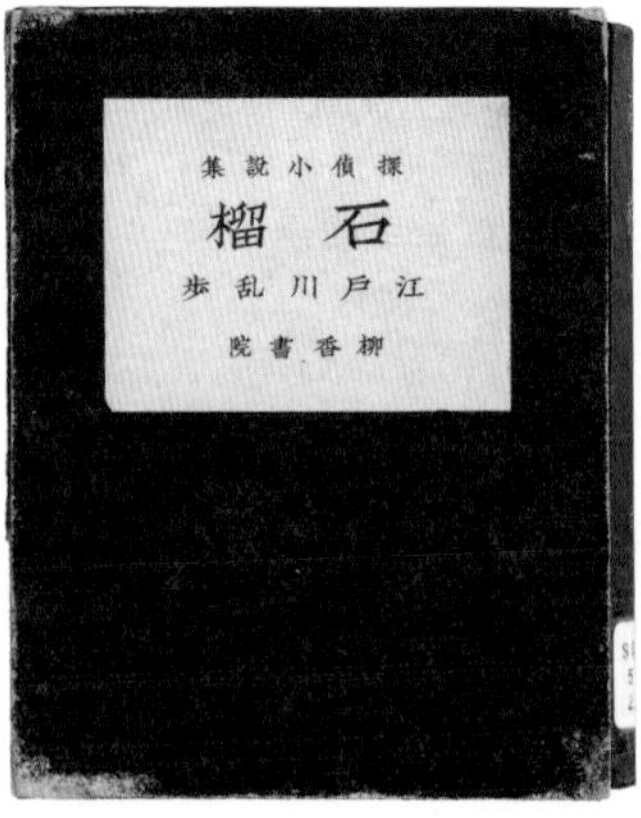

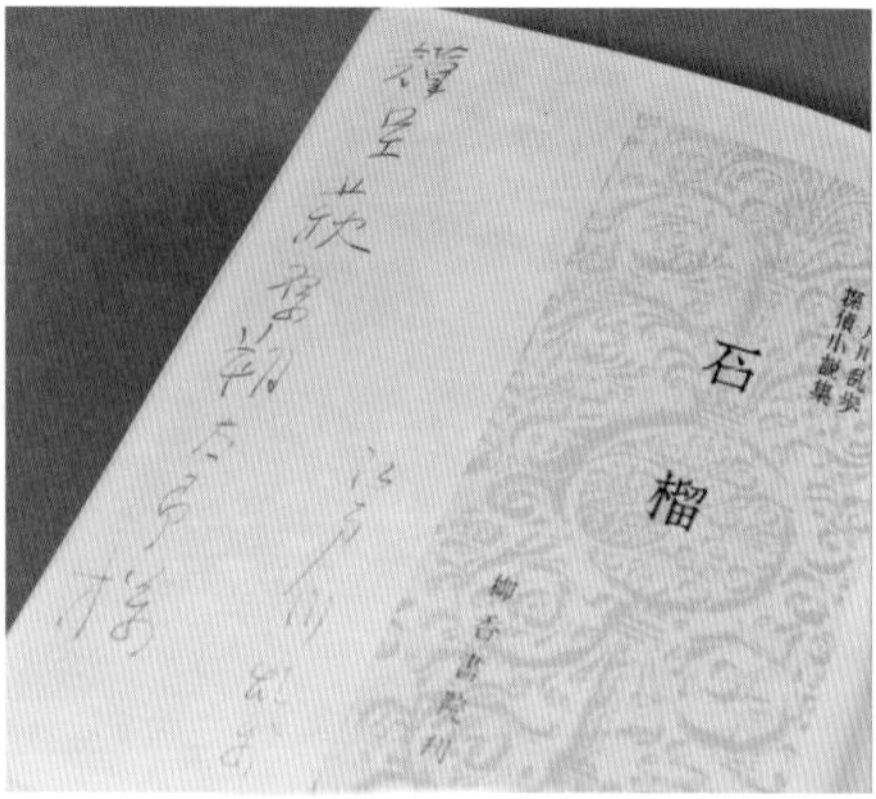

▲江戸川乱歩『石榴』（1935（昭和10）年10月　柳香書院）の朔太郎宛献呈署名本

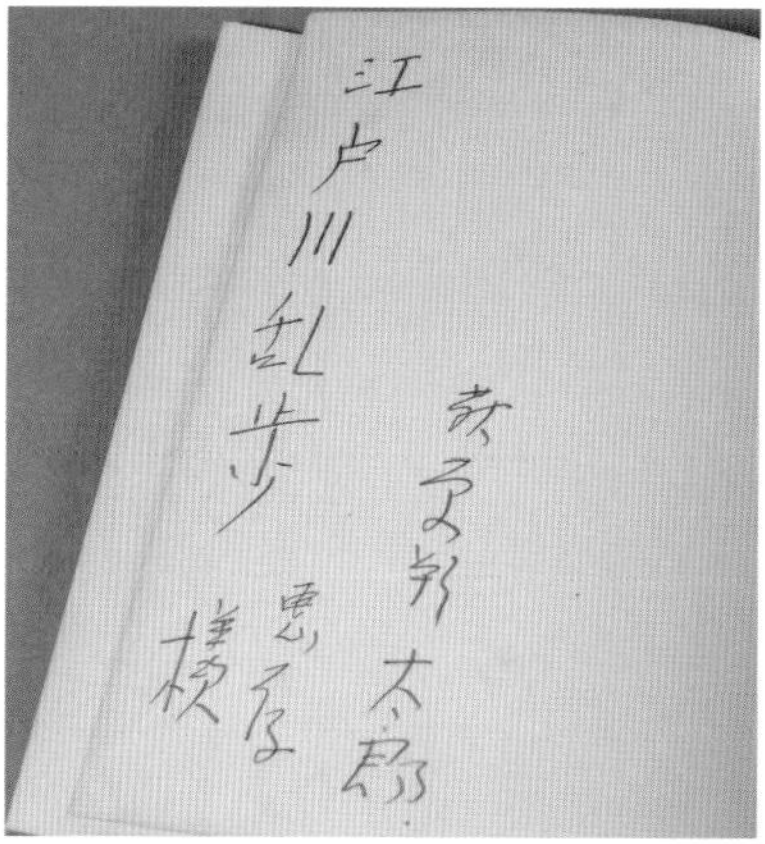

▲『猫町』乱歩宛献呈本（立教大学所蔵）

▲『猫町』

▲『絶望の逃走』乱歩宛献呈本にある朔太郎の自著（立教大学所蔵）

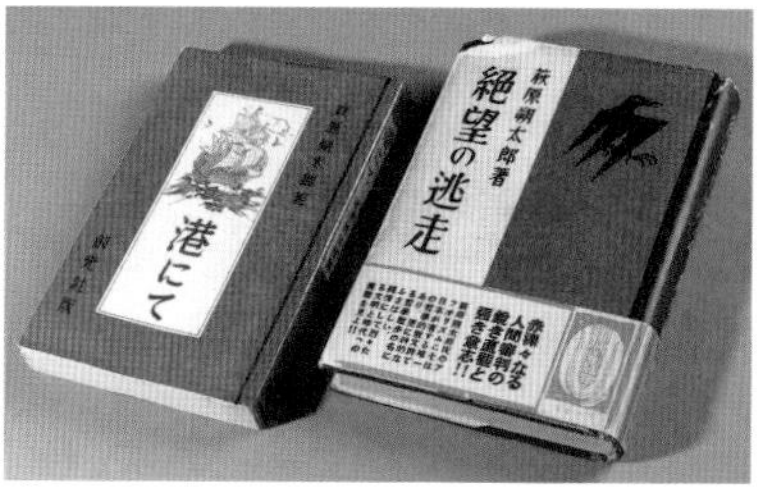

▲乱歩宛の謹呈本『絶望の逃走』（1935（昭和10）年10月　第一書房）と『港にて』（1940（昭和15）年7月、創元社）。（立教大学所蔵）

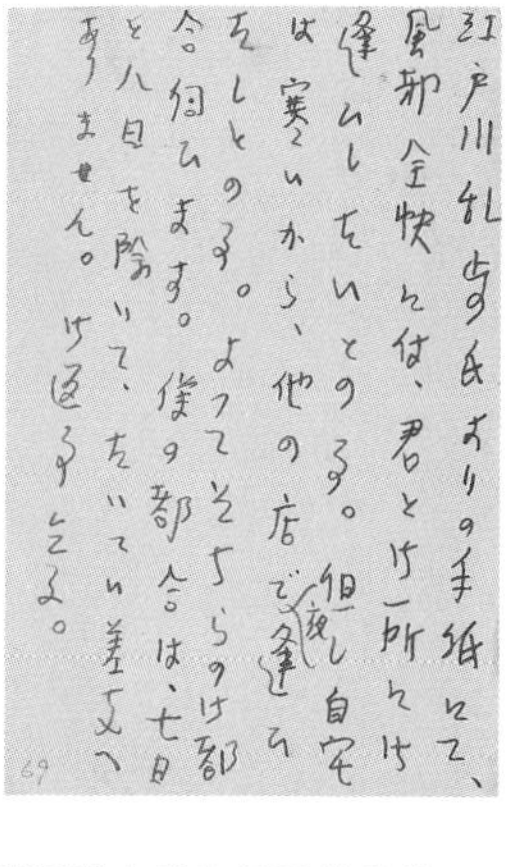
江戸川乱歩氏よりの手紙にて、
風邪全快した由、君と一所に
逢ひしたいとのこと。但し自宅
は寒いから、他の店で逢ひ
たいとのこと。よつてそちらの都
合伺ひます。僕の都合は、七日
と八日を除いて、たいてい差支へ
ありません。お返事下さい。
69

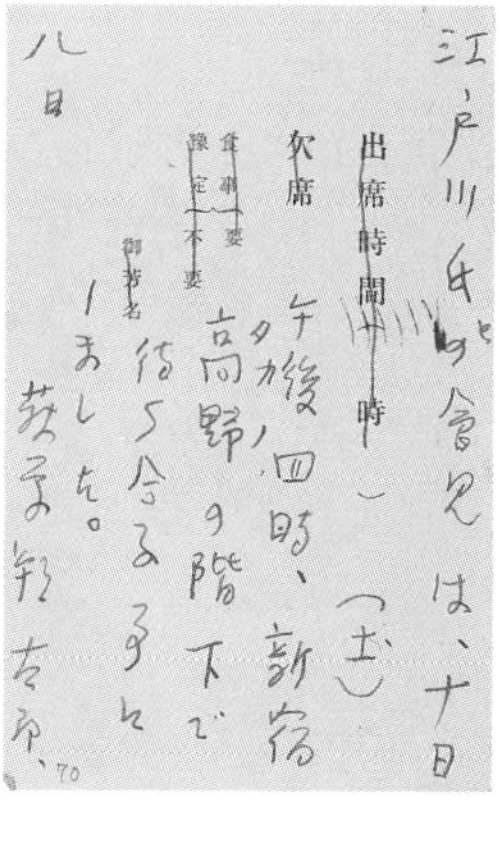
江戸川氏との会見は、十日
出席時間（　時）（土）
欠席
午後四時、新宿
食事 要 不要
豫定
高野《タカノ》の階下で
御芳名
待ち合ふ事に
しました。
萩原朔太郎
八日
70

◀萩萩原朔太郎、丸山薫宛葉書（左より1940年2月5日、8日消印）
乱歩ファンの丸山薫を、江戸川乱歩に紹介する日程を問い合わせたもの。
乱歩とは10日午後4時に「新宿高野《タカノ》の階下で待ち合ふ事にしました。」と書かれている。
高野はフルーツパーラー。当時酒の飲めなかった乱歩に配慮したものか。

萩原朔太郎と田中恭吉 『月に吠える』の装幀・挿画

井上芳子

萩原朔太郎にとっても『月に吠える』の装幀は特別なものだったにちがいない。それは初版の巻末「挿画附言　詩集附録」に収録された「故田中恭吉氏の芸術に就いて」という朔太郎による文章や、朔太郎が恭吉の死後あらためて恩地孝四郎に装幀を依頼する書簡（一九一六年一〇月中旬）で「今度の詩集は故田中恭吉氏の追悼紀念の意をかねた出版です」と述べていることからもわかる。そして何よりその詩集を見れば、一冊の本のなかで詩と絵が対峙し響き合う、特別な世界が生み出されていることがよくわかるだろう。

『月に吠える』を手にした北原白秋は「何といふすばらしさだ。全く私は驚喜してゐる。内容は知つてゐるが装幀のすばらしさはどうだ。全く田中恭吉はえらい。君はいい人を見つけた。それが君の詩に最もふさはしい画を描く人だといふことはわかる」（「感情」九号、一九一七年四月）、山村暮鳥は「此の詩集の挿画は正にこの作家でなくつては出来なかつたことである。此の詩集は、だから一つの霊魂をもつた二人のものだと自分は言ひたい」（「詩歌」第七年第四号、一九一七年四月）と絶賛した。

朔太郎と恭吉との出会いがどんなに重要なものだったか、朔太郎自身が「故田中恭吉氏の芸術に就いて」で語っている。「雑誌「月映」を通じて、私が恭吉氏の芸術を始めて知つたのは、今から二年ほど以前のことである」「実に私は自分の求めてゐる心境の世界の一部分を、田中氏の芸術によつて一層はつきりと凝視することが出来たのである」というのだった。

「月映《つくはえ》」は田中恭吉と親友の恩地孝四郎、藤森静雄ら三人の画学生が刊行した木版画と詩の雑誌である。一九一四年から私輯（私家版）を六集まで制作ののち、一九一四年九月に洛陽堂から創刊され、一九一五年一一月の第七号まで続いたが、その最終号を見ることなく恭吉は肺結核のためにわずか二三歳の生涯を閉じた。当時、木版画は若い画家たちが挑むべき新しい表現ジャンルだった。日本には絵師・彫師・摺師が分業で制作する浮世絵のような木版画の伝統があるが、彼らはエドヴァルド・ムンクをはじめ近代の洋画家たちがみずから製版する版画を知り、「自画自刻」の木版画に夢中になった。

▲「月映」Ⅰ～Ⅶ

▲《病める夕》（「月映」Ⅰ）

▲《太陽と花》（「月映Ⅰ」）
（すべて和歌山県立近代美術館蔵）

「月映」が出版された時、恭吉は療養のため郷里の和歌山で過ごしていた。朔太郎は「自分の詩集の装幀や挿画を依頼する人を物色して居た際なので、この新らしい知己を得た悦びは一層深甚なものであつた。まもなく恩地孝氏の紹介によつて私と恭吉氏とは、互にその郷里から書簡を往復するやうな間柄になつた」（「故田中恭吉氏の芸術に就いて」）のだった。恩地を通じ恭吉が朔太郎の依頼を知ったのは一九一五年六月一五日である。朔太郎と恭吉のあいだで交わされた書簡は現存しないが、恭吉が恩地あてに書いた書簡と「挿画附言　詩集附録」、および恩地によるその草稿（書簡と草稿は和歌山県立近代美術館蔵）によって一部がわかる。恭吉は朔太郎に対し「若し兄が木版の気分を好むならば――それを詩集の挿画をなさらうといふなら　いま私ははつきりお断りする。(からだの不自由なために。)そのことは恩地の方へ委したいと思ふ。又ペン画でよいのならば　私で出来る」旨を返事し、さらに「私は他人の詩集に挿画するのは重大だと思ふ。だから私がもしそれをやる場合にはむしろ原詩に執しないわがままな画を挿みたいと思ふ」(七月一四日付)と意見も添えたという。そして朔太郎によれば「二人の友情はたちまち深い所まで進んで行つた」。恭吉は、「詩集の計画をきいて自分ことのやうに悦んでくれた。そして その装幀と挿画のために、彼のすべての「生命の残部」を傾注することを約束された」というのだった。

　その後恭吉は「百枚の予稿をつくりその中から二十―三十の絵を選んで美しいものとしたい」と考えて「意上な勢」で取りかかったが、五点を描いたところで斃《たお》れてしまう。一九一五年八月八日、恩地に「萩原氏に面接又は消息の節、挿画のことお断りしてほしい。私はとうてい筆をとれない」と知らせたのが最後となった。

　恭吉は一〇月二三日に亡くなった。朔太郎が恭吉の訃報に触れたのは、一一月二日頃である。「恭吉氏の凶報始めて耳にして吃驚致しました」「今日貴兄の御端書に接し何とも哀悼の極み申しあげる言葉もありません。小生自身の失望も御推察下さい。全くがっかりしてしまひました」(朔太郎から恩地あての葉書、一九一五年一一月二日消印、(和歌山県立近代美術館蔵)と記し、詩集の計画は全くの変更を余儀なくされたのだった。

　その後、ある日突然、朔太郎のもとに恩地から一封の書留小包が届いた。恩地が記した「挿画附言」と照合すると、それは恭吉の従兄から恩

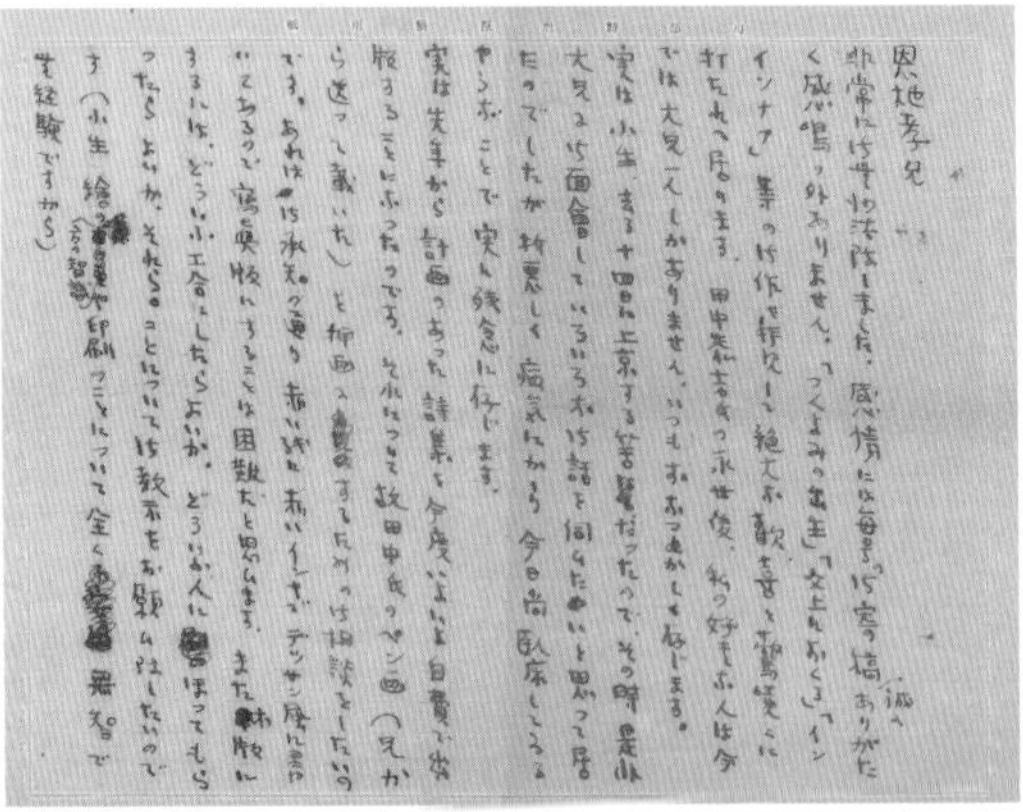

▲ 恩地孝四郎宛朔太郎書簡。1916年10月中旬に恩地へ送った書簡(一部)(和歌山県立近代美術館蔵)

▲田中恭吉による薬包紙画稿（すべて和歌山県立近代美術館蔵）

地に届けられた、赤い薬の包紙に赤いインクで書かれた一三枚の画稿と、黒いラシャ紙に金色のインクで描かれた絵で、それが恭吉の「生命の残部」だった。

　そして一九一六年一〇月になって、朔太郎は詩集のあらたな計画を恩地に書き送った。「表装に関して田中氏の意見は『病的な明るさ』を出すことでした。図案の原稿も来て居ますが、それは意匠の概念だけで、まとまったものではないから、そのまゝ使用することはできません」。そして朔太郎は恩地に、恭吉が考えていた「病的な明るさ」を再現してほしい、と依頼したのである。そうして出来たのが、『月に吠える』だった。口絵の金色の絵は、ペン画を印刷のために木版にしてはいるが、心臓が右にある人物が光を浴び、自身も光を放ちながら、さまざまな生命が集まる土と天空のあいだで踊っているように見える。この絵と赤い正方形の挿画三点が朔太郎に届けられた「生命の残部」から選ばれたものだろう。他に恭吉の遺作から七点が恩地によって選ばれている。また恩地による版画三点と表紙の図、挿画目次にはない一点も収録された。

　恩地孝四郎の遺族から和歌山県立近代美術館に寄贈された一〇〇〇点以上の田中恭吉関連品の中に、赤い薬包紙に描かれた絵や詩がある。『月に吠える』に収録された三点とは異なり、植物の花や実などを描いた一〇点と、言葉が記された八点である。恭吉は金色の絵とともにこれらの図を、朔太郎の詩の前後に用いて「病的な明るさ」を出そうとしたのではないだろうか。

　そして「実に私は自分の求めてゐる心境の世界の一部分を、田中氏の芸術によつて一層はつきりと凝視することが出来たのである。」という言説は、朔太郎が恭吉のどの作品を見たか、という問題でもある。出版された「月映」に収録された作品は勿論だが、それ以外にも、恭吉や月映の作品を朔太郎が見る機会はあった。恭吉たちが慕っていた竹久夢二の木版画や千代紙、半襟などを商う「港屋絵草紙店」は月映社の拠点でもあり、そこでは雑誌「月映」を販売するだけでなく、機械刷の「月映」では紹介しきれない自摺の木版画や、「素画」と呼ぶペン画を展示していたのである。朔太郎は港屋で扱われていた半襟を妹に贈っていたことがわかっている。港屋が開店した一九一四年一〇月、伊藤信吉・佐藤房儀編「萩原朔太郎年譜」(『萩原朔太郎全集』第一五巻、筑摩書房、一九八八年)等によれば、朔太郎は一〇日から上京して二二日に前橋に帰っている。この年末頃から翌年にかけて「浄罪詩篇」と附した「竹」「菊」「笛」「天上縊死」「卵」などが作られる重要な時期となっているのは、恭吉の芸術によって「求めている心境」を「凝視」できたという、その事を示しているのではないだろうか。さらに一九一五年二月下旬から三月一日、六月下旬から七月五日頃、八月中旬から下旬にも上京している。いっぽう、「月映」の作品は、港屋が開店した当初から店頭にその冊子が並び、一一月一〇日発行の「月映」Ⅱには冊子で発表したものとは異なる自摺版画を展示していることが告知されている。一九一五年五月一五日からは「月映社月次作品第一回小聚」を開始、六月一五日から月末まで第二回小聚、七月一五日から第三回小聚、一〇月二二日から二四日に第四回小聚を行っている。これらのなかで、「月映」の自摺版画が店頭に並べられていた一九一四年一〇月と、第二回小聚は朔太郎の上京時期と重なっており、自摺版画としては《五月の呪》他が、第二回小聚には『月に吠える』のカバーになった《夜の花》が展示されていた。また第三回は閉会がいつだったか不明だが、『月に吠える』の挿画となった《懈怠》《悔恨》を含む「心原幽趣Ⅰ」が展示されていた。詩集の装幀・挿画を依頼する作家を探し、この年六月に恩地を介して恭吉と連絡を取り始めた朔太郎が、上

▲《五月の呪》(私輯「月映」Ⅵ)(和歌山県立近代美術館蔵)

京の際に意識してこれらの作品を見るために港屋に足を運んでいた可能性も考えられるだろう。

　なお一九一六年一二月一日、朔太郎は恩地のもとを訪ね、二人はこの時はじめて面会した。前年一二月に田中恭吉遺作展覧会が日比谷美術館で開催されたあと、恩地の手許には遺作集を企画して恭吉の遺作が集められていたから、それらを手にとって見る機会になった可能性も高い。現在、前橋文学館には朔太郎の遺品として恭吉の《冬の夕》が収蔵されているが、この一点がどのような経緯で朔太郎のもとに残されたのか、詳しくは分からないままである。朔太郎が最も心を捉えられた一点を選んだのだろうか。あるいは、《夜の花》や赤い薬包紙の原画も見つかっていないので、《夜の花》は印刷の際にやむなく損じたとはいうが、修正を施したりしたものが一緒に朔太郎の手許に置かれたのではないだろうか。想像はどこまでもふくらんでいく。

　最後に、公刊された「月映」に掲載された作品と、これまでに調査した写真や資料から港屋で展示されたことが判明している恭吉の作品を挙げておく。［　］で記したものは原題が不明の分である。

「月映」Ⅰ（一九一四年九月一八日発行）：《病める夕》《太陽と花》
「月映」Ⅱ（一九一四年一一月一〇日発行）：《そこにのみかがやくひかり》《ひそめるもの。》
「月映」Ⅲ（一九一四年一二月一六日発行）：《去勢者と緋罌粟》《冬虫夏草》
「月映」Ⅳ 死によりて挙げらるる生（一九一五年一月二八日発行）：《埋葬》
「月映」Ⅴ（一九一五年三月七日発行）：《あをそら》
「月映」Ⅵ（一九一五年五月五日発行）：《病鳥》
「月映」Ⅶ（一九一五年一一月一日発行）：《絢はれゆく歓喜と悲愁》
港屋で展示された自摺版画：《五月の呪》《病児》［風景］
月映社月次作品第二回小聚（一九一五年六月一五日～六月三〇日）：《夜の花》《陽光に光りとぶ小鳥ら。》［風景］［植物園］［風景］
月映社月次作品第三回小聚（一九一五年七月一五日～）：「心原幽趣Ⅰ」

▲《冬虫夏草》（「月映」Ⅲ）

▲《去勢者と緋罌粟》（「月映」Ⅲ）

▲《あをそら》（「月映」Ⅴ）
（すべて和歌山県立近代美術館蔵）

朔くん断片③ 清家雪子

近代の文学者 あるあるですが
朔先生も 飲んだくれの ヘビースモーカーです
夜毎 場末のカフェで 憂鬱をまとい 紫煙《しえん》を燻《くゆ》らせ 酒をちびちび…
というとなんだか 格好よさげですが
朔先生は吸い口を くちゃくちゃ 噛むので 唇は紙屑だらけ
そして酔い潰れ 駅のホームから 落ちたり
道端で寝ていたり
すごく 格好悪いです
不似合いで 勿体ないです
そんなところも 朔先生の魅力です

Ⅳ

テーマで読む朔太郎

「竹」の推敲過程から生まれる音楽

佐々木幹郎

詩集『月に吠える』に収録された「竹」は、同名で二篇ある。「詩歌」（大正四年二月号）に連作詩として発表されたものだ。これらの作品は初稿から最終稿（最終形態）まで何度も手を入れられている。その推敲過程を追っていくと、次第に音楽的なリズムが整えられていく様子が浮かび上がってくる。

竹（最終形態）

ますぐなるもの地面に生え、
するどき青きもの地面に生え、
凍れる冬をつらぬきて、
そのみどり葉光る朝の空路に、
なみだたれ、
なみだをたれ、
いまはや懺悔をはれる肩の上より、
けぶれる竹の根はひろごり、
するどき青きもの地面に生え。

（『月に吠える』）

右の詩の脚韻は、「エ」音が六カ所、「イ」音が三カ所と、統一されている。だが次に示す初期形態では、「イ」音の脚韻が多いが、リズムは統一されていない。また、リフレインする詩句の選択に悩んでいた様子がうかがわれる。初期形態での推敲過程を示すと次のようになる（文字の上に網かけ（「　」）をした部分は詩句の挿入を示す。「　」部分は詩句の抹消を示す）。

竹（初期形態）

すぐなる長きもの地面に生え生ひ
　立ち
するどきもの青きも「の」地面に
　生ひ立ち
凍れる
ま白き遠夜の冬をつらぬきて
そのみどりば光る今日朝の空ぢに
いのりあげ
いのりあげ

なんだたれ
なんだたれ
いのれるひとのむきむきに

いのれるひとの
いまはやひとの
懺悔を終れる肩の上より
みよ青竹の根は生えひろごり
いのれるひとのむきむきに
するどき竹はましぐらに、天に立つ。青きものは地面に立ち。

初期形態にある「なんだたれ」のリフレインは、その後、初出誌「詩歌」で「なんだたれ／なんだをたれ」に訂正されている。そして『月に吠える』所収の最終形態で「なみだたれ／なみだをたれ」に訂正された。この詩の初出誌末尾には「―浄罪詩篇―」とあることから、作者が「浄罪」をテーマに詩の連作を試みていたことがわかる。しかし、初期形態から最終形態までの詩句の異同を追っていくと、脚韻の統一にともなって、詩句の音楽的なリズムに作者が牽引されていく様子が顕著だ。作者にとって本文を確定するまでの言葉の揺れは、それそのものが一つの作品になっているように思える。

かつてわたしが東京藝術大学音楽学部大学院の「音楽文芸」講座を担当していたとき、この「竹」の推敲過程を取り上げていて、ふと、思いついたことがあった。作曲家たちはこれまで、詩の完成形（最終形態）にのみ曲を付けてきた。しかし、そこにいたる推敲過程そのものを作曲の対象にできるのではないか。どこへその詩は行こうとしているのか、詩の作者にも出口がわからない段階での言葉の揺れを、音楽で共有すること。例えば右の「竹」の初期形態から、『月に吠える』所収の最終形態ま

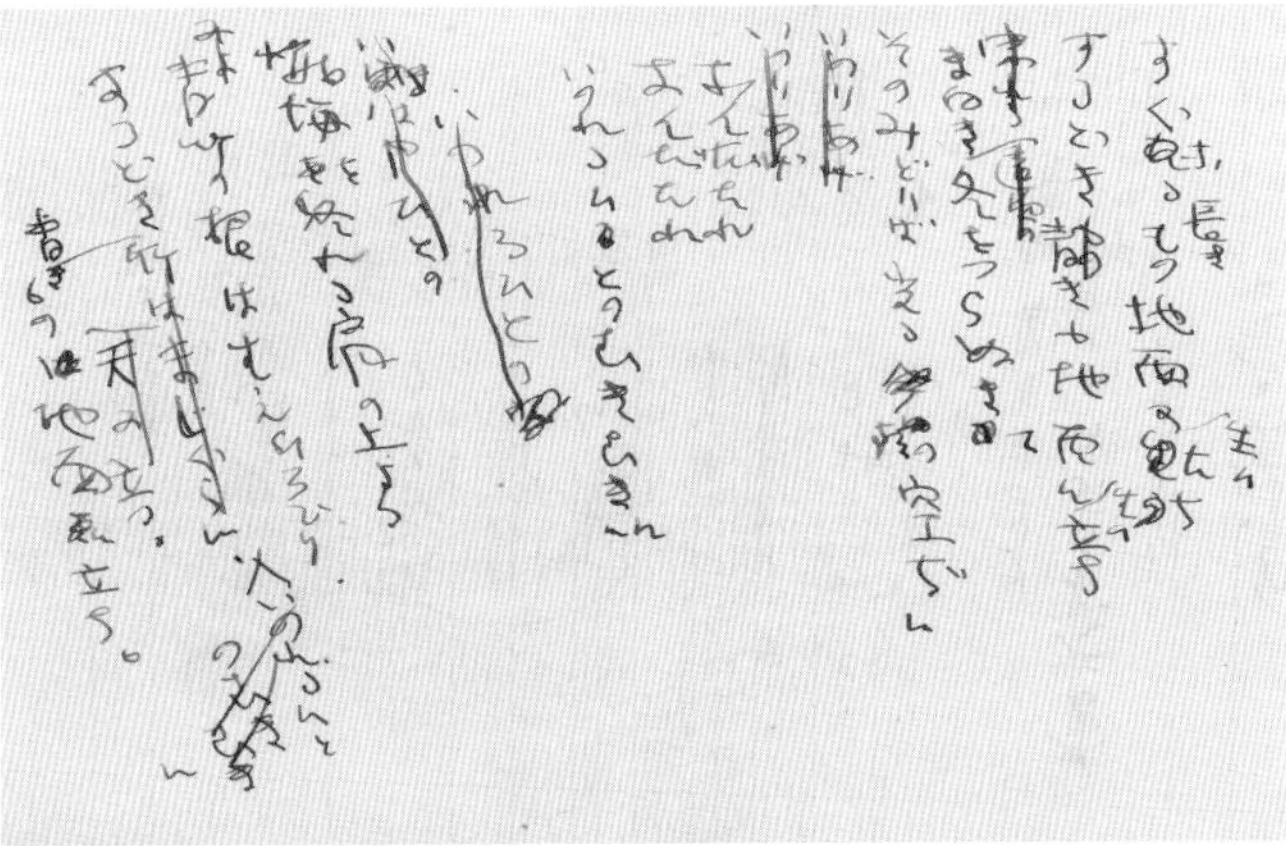
▲「竹」の推敲過程が記された「浄罪詩篇ノオトA」（全集「ノート一」）

でを、合唱曲にできないだろうか。

わたしの講座は「詩のリズム」と名付けていた。受講生には、作曲家も声楽家もさまざまな楽器の演奏者たちもいた。来週までに、この推敲過程に曲を付けてほしいと、作曲家に頼んだ。一人の学生がそれに応じた。

一週経って講座に臨むと、ピアノ伴奏で四部合唱曲が出来上がっていた。講座には四〇人ほどの学生がいたのだが、一〇人ごとにパート譜が渡され、「竹」初期形態の本文をうたう声があり、その抹消部分をうたう声があり、それらが重なって終わりに近づくと、最終形態の本文をうたう声が次々に重なり、最後に、『月に吠える』所収のもう一篇の「竹」、「光る地面に竹が生え、／青竹が生え、／地下には竹の根が生え、／根がしだいにほそらみ、／根の先より繊毛が生え、／かすかにけぶる繊毛が生え、／かすかにふるへ。」を、全員が合唱する作品となっていた。

観客はわたし一人だった。聴いていて、朔太郎が詩を書いていた当時の、その創作行為の渦の中に巻き込まれてしまったような興奮が、身体の底のほうから沸き起こってきた。朔太郎の詩は、いまも、いつまでも新しい。

このことがきっかけとなって、わたしは大学のなかに「VOICE SPACE（音の宇宙）」と名付けた音楽サークルを作ることになった。作曲家、声楽家、邦楽やアイリッシュ音楽、クラシックの演奏家たち二〇人ほどのメンバーが集まり、近代詩や現代詩をうたう集団となった。彼らは卒業したあとも「VOICE SPACE」の活動を続け、それぞれがプロとなって活躍しながら、現在も、毎年、新しい作品を作って演奏会を開いている。

▲朔太郎が長女葉子に贈ったマンドリン

朔太郎と音楽

幼少のころから音楽に異常な興味を示した朔太郎は、一九〇三（明治三六）年、前橋中学四年生のときに銀座の十字屋に舶来したマンドリン三個の内の一つを買い与えられる。さらに、第五高等学校から帰省時にはヴァイオリンを持ち帰るなど、年齢を重ねるにしたがい音楽熱は高まり、学業の放棄後は詩作と音楽にのめり込んだ。そのころの朔太郎にとって、詩と音楽は「同一の基調の上に立つ同体異頭の変形芸術」であった。

▲妹ユキと一緒に

その後も、十字屋からカタログを取り寄せては洋楽のレコードや楽譜を片端から購入する。そのため、華族の若様と間違えられ、十字屋の応接ははなはだ丁寧を極めていたという。マンドリン、ギターはイタリア製、五線譜は共益商社や文房堂の高級品など、すべて一流品ばかり使用した。

慶応大学の予科生だったころは比留間賢八、田中常彦にマンドリンを師事、イタリア人のアドルフォ・サルコリにも習う。前橋へ戻ってからは、マンドリンやギターを稽古し、ゴンドラ洋楽会を作り、楽譜の収集、編曲や指揮にあたった。朔太郎いわく「僕の青年期のすべての歴史は、全く音楽のために空費したやうなものであつた。」（「音楽について」『廊下と室房』）

一九一五（大正四）年の秋、ゴンドラ洋楽会を組織した朔太郎が目指したものは、「幽玄複雑極まりなき近代洋楽の妙趣」を味わい尽くすことであった。

その後、ゴンドラ洋楽会は前橋マンドリン倶楽部、上毛マンドリン倶楽部と名称を変え、現在の群馬交響楽団の礎の一つとなる。音楽に関わっているときの朔太郎は、詩作の際の憂鬱な顔ではなく、人が違ったかのように明るく振舞っていた。笑顔が多く、弟子の高橋仁太郎の家へ行きトランプや花札に興じたり、時には冗談も言ったりした。一九二五（大正一四）年二月七日、柳座において「萩原朔太郎氏上京送別演奏会」の演奏半ば、直弟子の斎藤総彦に愛用のタクトを渡し、楽団の後継者とした。

▲朔太郎遺品のギター

◀ゴンドラ洋楽会の申込書

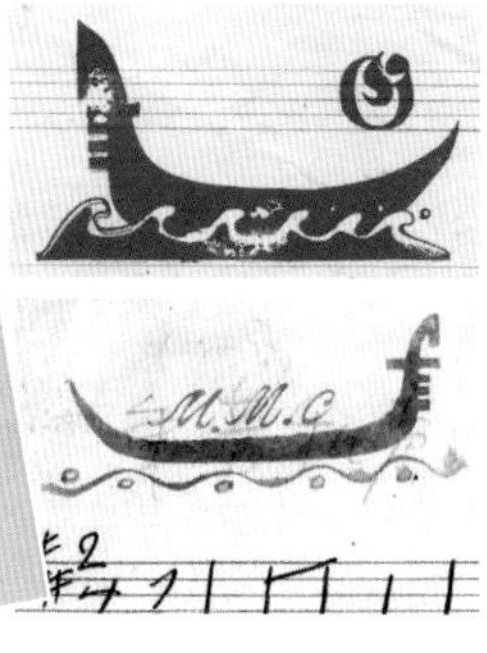

ゴンドラ洋楽会

大正四年秋にできたゴンドラ洋楽会の入会案内に、波に浮かぶゴンドラにGの花文字をあしらったマークがついている。朔太郎が持っていた楽譜によく似たゴンドラの絵があるので、それを基に朔太郎がデザインしたものと思われる。その後、名称が前橋マンドリン倶楽部と改称されるとマークも変わってくる。緑色の図案化されたゴンドラと波にM．M．Cの文字がつく。

▲独奏用の「春雨」と「ドナヴワレン（ドナウ河の漣）」の楽譜。大正３年元旦から書き始められた朔太郎の日記には、マンドリンを演奏する記事が頻繁に出てくる。市内の学校や教会、さらに高崎の公会堂に出かけていって演奏をしていた。そんな時に持ち歩いたものか。切れた部分を補修し、折りたたんだ跡が見える。

◀1925（大正14）年1月25日、太田中学校の講堂で行われた音楽会で指揮棒を振るう朔太郎。

▲右から６人目が朔太郎、後ろには上毛マンドリン倶楽部の垂れ幕も見え、最盛期には４０人の団員がいたという。

朔太郎が使用していた指揮棒▲

◀▲朔太郎作曲「A WEAVING GIRL」の草稿（上）と、曲名・作曲者・副題や発想記号などが入った清書（左）。朔太郎が人前で演奏した記録はなく、昭和35年11月7日「萩原朔太郎祭－講演と音楽の夕べ－」で弟子の藤沢林太郎が初めて公開演奏を行った。乙女を表す優美な旋律から途中で機に糸をかける描写へ、後半は機を織る様を表現した曲調がだんだん早くなり、ついに機織り機が壊れてしまう。当初は「機織る少女」と訳されたが、萩原葉子氏の指摘により「乙女」と変更された（※大正時代の「少女」は高等女学校へ通えるような中流家庭以上の子女を意味した）。

青焼き写真とステレオスコープ
写真的な視覚世界

飯沢耕太郎

萩原朔太郎は、旧制前橋中学校三年生だった一九〇二（明治三五）年頃から、独学で写真技術を学び、撮影・現像・プリントを始めた。写真への関心は、その後生涯にわたって続き、現在、前橋文学館が所蔵している朔太郎の写真原板（プリント含む）は一〇〇点を超えている。二〇〇九（平成二一）年には、萩原朔太郎研究会の野口武久によって、全点を収録した『萩原朔太郎撮影写真集――完全版』（みやま文庫）が刊行されている。その内訳は、以下の通りである。ガラス乾板（一〇・二×一二・六cm）／四枚、ガラス乾板（八・二×一〇・七cm）／三一枚、立体写真用ガラス乾板（四・一×一〇・六cm）／三二枚、フィルムネガ（四・五×六・七cm）／二九枚、立体写真用台紙付プリント（四・五×一〇・五cm）／九枚、立体写真用オリジナルプリント（四・五×一〇・五cm）／六枚、オリジナルプリント（一六・三×一一・九cm）／一枚、オリジナルプリント青焼き写真／二枚

朔太郎はまず安価な「軽便写真機」を買い求めて写真撮影を開始するが、同時期に一〇・二×一二・六cmのカビネ判の写真機で「萩原医院病室新築工事」（一九〇二年）などを撮影している。次に八・二×一〇・七cmの二枚掛判の写真機に移り、大正期以降にはステレオカメラによる立体写真を集中して撮影していった。二個のレンズで、やや位置がズレた二枚の写真を同時に撮影し、それをステレオスコープという器械で覗いて立体視を愉しむためのカメラである。立体写真は数も多く、被写体も家族・友人、街並み、公園、建物など多岐にわたっている。写真家・萩原朔太郎を特徴づけるのは、この立体写真へのこだわりといってもよい。

そのことは、彼が「アサヒカメラ」

▼朔太郎中学三年の頃に撮影した萩原医院病室新築工事の様子

（一九三九年一〇月号）に掲載した「僕の写真機」という文章にもよくあらわれている。朔太郎が愛用していたのは「仏蘭西製のステレオスコープ」だった。彼は「パノラマの小模型」のような画像を作り出すことができるステレオカメラを使って、「記録写真のメモリイ」でも「所謂芸術写真」でもない「自然の風物の中に反映されてる、自分の心の郷愁が写したいのだ」と明言している。郷愁＝ノスタルジアは、いうまでもなく、朔太郎の詩の中にたびたびあらわれてくる最も重要な理念の一つであり、彼は生涯を通じて「魂の永遠な故郷——へののすたるじや」（『詩の原理』）を希求し続けた。朔太郎は、その「郷愁」を画像化するのに、「ステレオ立体写真にまさるものがない」と考えていたということだ。

もう一つ注目してよいのは、一九一三（大正二）年前後に制作された、二枚掛判の写真機で撮影し、主にサイアノタイプ（青焼き写真）の技法を使ってプリントした前橋郊外の風景や人物の写真群である。それらの多くは、前景にピントを合わせて、あとはぼかすソフトフォーカスを用いており、写真を貼った台紙には「薄暮」「初秋」「村路」「廃園」「郷愁」「日向」といった題名が記されていた。そのうち「廃園」と題する写真には、マント姿で石垣に寄りかかって座っている朔太郎本人が写っている。シャッターを切ったのは、マン

◀「アサヒカメラ」1939（昭和14）年10月号
「僕の写真機」が掲載されている

▲前橋公園のトンネル　朔太郎がステレオカメラで撮影したもの

ドリン仲間の倉田健次だが、ポーズや画面構成を決めたのが朔太郎本人であることは間違いない。この写真は、一九一三（大正二）年に編まれた自筆短歌集『ソライロノハナ』の序詩にも、原板をサイアノタイプで裏焼した形で添えられた。

「僕の写真機」では自分の写真は「所謂芸術写真」ではないと言い切っているのだが、これらの写真は、明らかに当時一世を風靡していた絵画的な「芸術写真」の美意識に則って制作されているように思える。ピントをぼかしてソフトフォーカスにし、画面のどの位置に被写体を置くかを注意深く設定し、わざわざサイアノタイプという手間のかかる技法を使ってプリントされた写真群は、撮りっぱなしの他の写真とはやや違った位相にある。写真作品として発表しようという意思がどれだけあったかは疑問だが、この時期の朔太郎の写真は、日本の「芸術写真」の系譜にぴったりとおさまりそうだ。

むろん朔太郎にとって、写真は趣味以上のものではなかった。だが、自らの生活の理想と現実とのギャップに常に悩んでいた詩人にとって、写真に写し出された「郷愁」の世界は、単なる絵空事ではなかったはずだ。また、本来的に眼の詩人だった朔太郎は、カメラやレンズが生み出す視覚的世界から、さまざまなインスピレーションを受けていた。

朔太郎の、特に初期の詩には、写真的な視覚世界がたびたびあらわれてくる。「ぼんやりした光線のかげで、／白つぽけた乾板をすかして見たら、

▲桑町通り（群馬県前橋市）　朔太郎撮影。右手には恋するエレナ（馬場ナカ）の生家「伊勢屋」（薬などを販売）が写っている。

▲「廃園」　石垣に寄りかかっているのはマント姿で佇む朔太郎。この写真は自筆の歌集『ソライロノハナ』で使われているが、写真の向きが反転している。

▲「日向」　サイアノタイプの技法でプリントされた写真。写っているのはマンドリン仲間の倉田健次

／なにかの影のやうに薄く写ってゐた。」（「肖像」）、「私は窓かけのれいすのかげに立つて居ります、／それがわたくしの顔をうすぼんやりと見せる理由です。」（「内部に居る人が畸形な病人に見える理由」）、「子供の視線が蠅のやうにその場所にとまつてゐた。」（「笛」）、「ばくてりやの手は左右十文字に生え、／手のつまさきが根のやうにわかれ、」（「ばくてりやの世界」）など枚挙に遑《いとま》がない。

「ばくてりやの世界」の、あたかも顕微鏡写真のような描写などを見ると、もしかすると朔太郎にとって、写真的な視覚はかなり重要かつ本質的な意味を持っていたのではないかとも思えてくる。朔太郎が残した写真と彼の詩作との相互関係を、もう少し厳密に検討してみる必要がありそうだ。

▲ **朔太郎の妹・アイ**
※この写真と次頁「寂しさ」の２点は『萩原朔太郎撮影写真集―完全版』（みやま文庫）未掲載

▲ **時鐘の櫓**　前橋の自宅２階から撮影

▲ **遊園地**

▲ **石橋駅**（大阪府）

▲ **丸の内風景**（東京都中央区）

▲ **竪町通り**（群馬県前橋市）

それぞれ台紙に貼られた状態で残っており、写真のタイトルのようなものが記されている。

▲薄暮

▲寂しさ

▲村路

▲郷愁

▲展望

▲道

僕の寫眞機

萩原朔太郎

寫眞《しやしん》といふものに、一時《じ》熱中《ねつちゆう》したことがあつた。しかし僕《ぼく》の寫眞機《しやしんき》は、普通《ふつう》のカメラと大《おほい》に變《かは》つたものであつた。普通《ふつう》の寫《しや》眞機《しんき》は、レンズが一つしかないのであるが、僕《ぼく》のはレンズが二つあつて、それが左右同時《さいうどうじ》に開《かい》閉《へい》し、一枚《まい》の細長《ほそなが》い乾板《かんばん》に、二つの同《おな》じやうな繪《ゑ》が寫《うつ》るのである。これを陽畫《やうぐわ》にしてから、特《とく》殊《しゆ》のノゾキ眼鏡《めがね》に入《い》れてみると左右《さいう》二つの繪《ゑ》が一緒《しよ》に重《かさ》なり、立體的《りつたいてき》に浮上《うきあが》つて見《み》えるのである。と言《い》へば、すぐ讀者《どくしや》にも解《わか》るであらうが、つまり僕《ぼく》の愛玩《あいぐわん》した寫眞機《しやしんき》は、日本《につぽん》で俗《ぞく》に双眼《さうがん》寫眞《しやしん》と呼《よ》んでる、佛蘭西《フランス》製《せい》のステレオスコープなのであつた。

このステレオスコープは、日《につ》本《ぽん》に來《き》てから隨分古《ずゐぶんふる》い年代《ねんだい》が經《た》ち、既《すで》に明治初年時代《めいぢしよねんじだい》にさへ、大形《おほがた》の物《もの》が輸入《ゆにふ》されてゐたにかかはらず、どういふわけか、日《につ》本《ぽん》では一向《かう》に流行《りうかう》しない。僕《ぼく》がこんな器械《きかい》を持《も》つてることさへ友人《いうじん》たちは輕蔑《けいべつ》して、何《な》んだそんな玩具《おもちや》みたいなものをといふ。歐洲《おうしう》、特《とく》に佛蘭西《フランス》あたりでは、今尚盛《いまなほさか》んに行《おこな》はれて、寫眞《しやしん》材料店《ざいれうてん》の飾窓《かざりまど》に巾《はゞ》を利《き》かせて居《ゐ》るといふステレオが、日本《につぽん》で玩《ぐわん》具扱《ぐあつか》ひにされ、市中《しちゆう》にその販賣《はんばい》店《てん》さへもないといふのは、何《なに》かそこに彼我國民性《ひがこくみんせい》の趣味的相違《しゆみてきさうゐ》があると思《おも》ふが、とにかく僕《ぼく》にとつては、このステレオスコープだけが、唯《ゆゐ》一無二の好伴侶《かうはんりよ》だつたのである。そしてこれには僕自《ぼくじ》身《しん》の爲《ため》に必然《ひつぜん》の理《り》由《いう》があるのだ。

元來《ぐわんらい》、僕《ぼく》が寫眞《しやしん》機《き》を持《も》つてるのは、記録寫眞《きろくしやしん》のメモリイを作《つく》る爲《ため》でもなく、また所謂藝術寫眞《いはゆるげいじゆつしやしん》を寫《うつ》す爲《ため》でもない。一言《ごん》にして盡《つく》せば、僕《ぼく》はその器械《きかい》の光學《くわうがく》的《てき》な作用《さよう》をかりて、自然《しぜん》の風物《ふうぶつ》の中《なか》に反映《はんえい》されてる、自分《じぶん》の心《こゝろ》の郷愁《きやうしう》が寫《うつ》したいのだ。僕《ぼく》の心《こゝろ》の中《なか》には、昔《むかし》から一種《しゆ》の郷愁《きやうしう》が巣《す》を食《く》つてる。それは俳句《はいく》の所《いは》謂《ゆる》「侘《わ》びしをり」のやうなものでもあるし、幼《をさ》ない日《ひ》に聽《き》いた母《はゝ》の子守唄《こもりうた》のやうでもあるし、無限《むげん》へのロマンチックな思慕《しぼ》でもあるし、もつとやるせない心《こゝろ》の哀切《あいせつ》な歌《うた》でもある。そしてかかる僕《ぼく》の郷愁《きやうしう》を寫《うつ》すためには、ステレオの立體寫眞《りつたいしやしん》にまさるものがないのである。なぜならステレオ寫眞《しやしん》そのものが、本來《ほんらい》パノラマの小模型《せうもけい》で、あの特殊《とくしゆ》なパノラマ的情愁《てきじやうしう》——パノラマといふものは、不思議《ふしぎ》に郷愁的《きやうしうてき》の侘《わび》しい感《かん》じがするものである——を本質《ほんしつ》してゐるからである。

僕《ぼく》はそのカメラを手《て》にして、町《まち》や田舎《ゐなか》の樣々《さまざま》な景色《けしき》を寫《うつ》した。ある高原地方《かうげんちはう》では、秋草《あきぐさ》を前景《ぜんけい》にして、遠《とほ》く噴煙《ふんえん》してゐる山《やま》を寫《うつ》した。ある山間《さんかん》の田舎町《ゐなかまち》では、洋物店《やうぶつてん》の軒《のき》にさがつた、紅白《こうはく》だんだらの蝙蝠傘《かうもりがさ》を前景《ぜんけい》にして、人通《ひとどほ》りのない晝《ひる》の寂《さび》しい街路《がいろ》を寫《うつ》した。それを箱《はこ》に入《い》れて覗《のぞ》いて見《み》ると、旅《たび》に見《み》た通《とほ》りの景色《けしき》が、第三次元《だいさんじげん》の立體《りつたい》になつて、さながら浮《う》き上《あが》つて見《み》えるのである。此所《ここ》で「實景《じつけい》のやうに」と言《い》ひたいが、わざとさう言《い》はないのは、ステレオのパノラマライクが、實景《じつけい》とは少《すこ》しちがつて、不思《ふし》議《ぎ》に幻想的《げんさうてき》であるからである。此所《ここ》では前景《ぜんけい》と後景《こうけい》との距離《きより》がパノラマに於《お》ける實物《じつぶつ》と繪畫《くわいぐわ》のやうに、錯覺《さくかく》めいた空間表象《くうかんへうせう》を感《かん》じさせる。その爲《ため》前景《ぜんけい》の秋草《あきぐさ》や蝙蝠傘《かうもりがさ》が、強《つよ》く印象的《いんせうてき》に迫《せま》つて來《き》て、後景《こうけい》が一層遠《そうとほ》く後退《こうたい》し、長《なが》い時《じ》間《かん》の持續《じぞく》してゐる夢《ゆめ》の中《なか》で、不《ふ》動《どう》に靜寂《せいじやく》してゐるやうに思《おも》はれるのである。そしてこの幻想的《げんさうてき》な印象《いんせう》にもまさつて物侘《ものわび》しく、ロマンチックに、心《こゝろ》の郷愁《きやうしう》をそそることは言《い》ふ迄《まで》もない。僕《ぼく》が普通《ふつう》の寫眞《しやしん》に興味《きやうみ》を持《も》たず、ステレオばかり寫《うつ》した理由《りいう》も此所《ここ》にある。普通《ふつう》の寫眞《しやしん》は平面《へいめん》であり、二次元《じげん》の世界《せかい》しか再現《さいげん》しない。故《ゆゑ》にそれが、寫眞的《しやしんてき》にリアリスチックであればあるほど、いよいよ僕《ぼく》の心《こゝろ》の「夢《ゆめ》」や「詩《し》」から遠《とほ》ざかつて來《く》る。僕《ぼく》の心《こゝろ》のノスタルヂアは、第三次元《だいさんじげん》の空間《くうかん》からのみ、幻想的《げんさうてき》に構成《こうせい》されるからである。

僕《ぼく》は今《いま》でも、昔《むかし》ながらのステレオスコープを愛藏《あいざう》してゐる。だが事變《じへん》の起《おこ》る少《すこ》し前《まへ》から、全《まつた》くその特殊《とくしゆ》なフイルムや乾板《かんばん》の輸入《ゆにふ》が絶《た》え、たださへ入手困難《にふしゆこんなん》だつた材料《ざいれう》が、いよいよ絶望的《ぜつばうてき》に得《え》られなくなつてしまつた。その上《うへ》にカメラも破損《はそん》し、安價《あんか》の玩弄品以外《ぐわんろうひんいぐわい》には、新《あたら》しい機械《きかい》を買《か》ふことができなくなつた。これは僕《ぼく》にとつて、いささか寂《さび》しいことである。

701

▲「僕の写真機」が掲載されている「アサヒカメラ」1939(昭和14)年10月号の誌面

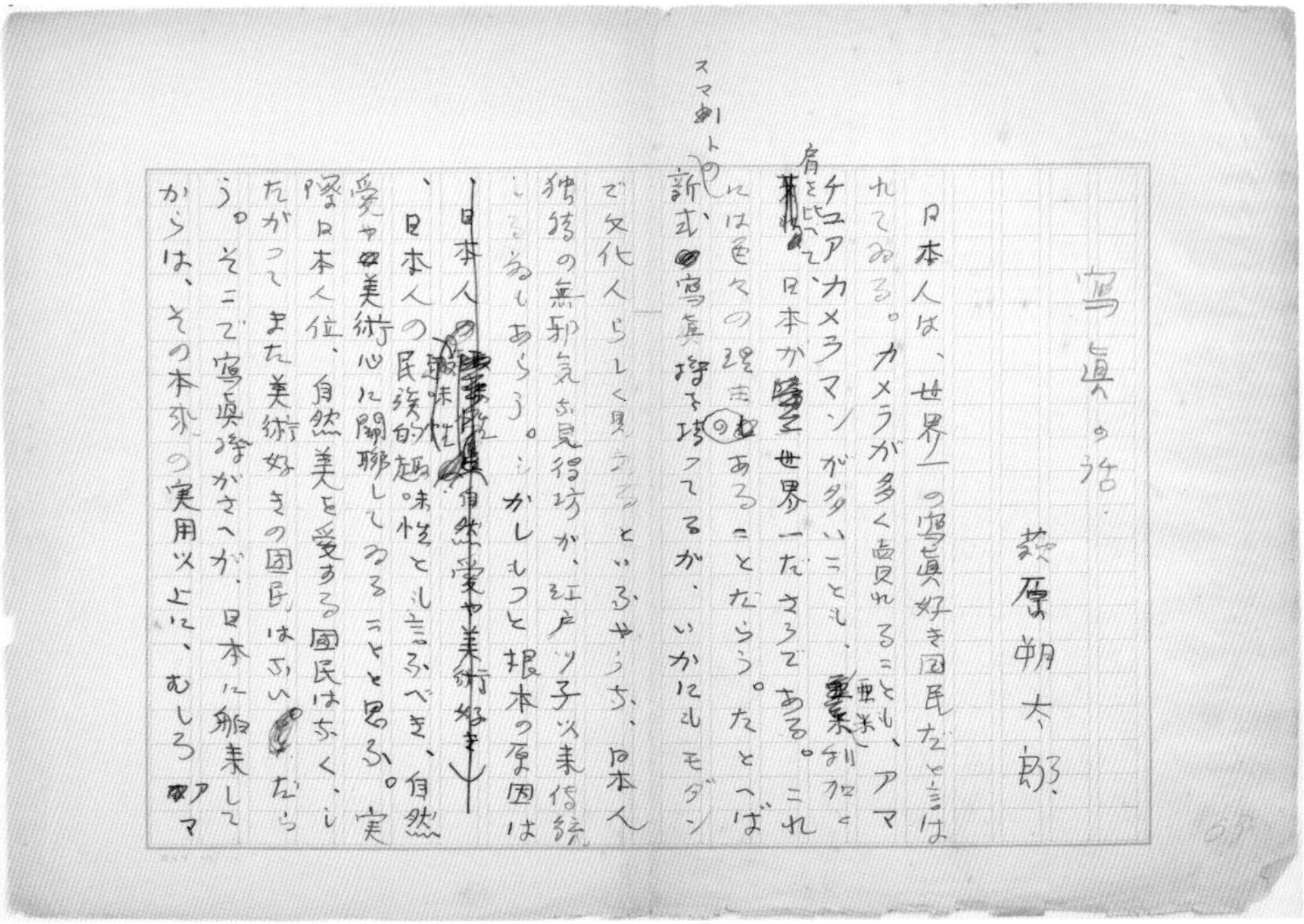
写真の話
萩原朔太郎
日本人は、世界一の写真好き国民だと言はれてゐる。カメラが多く売れることも、アマチユアカメラマンが多いことも、亜米利加に肩を比べて日本が世界一ださうである。これには色々の理由のあることだらう。たとへばスマートの新式写真機を持つてるか、いかにもモダンで文化人らしく見えるといふやうな、日本人独特の無邪気な見得坊が、江戸ッ子以来伝統にもあるだらう。しかしもつと根本の原因は、日本人の民族的趣味性とも言ふべき、自然愛や美術心に関聯してゐることと思ふ。実際日本人位、自然美を愛する国民はなく、したがつてまた美術好きの国民はないだらう。そこで写真機がさへが、日本に舶来してからは、その本来の実用以上に、むしろアマ

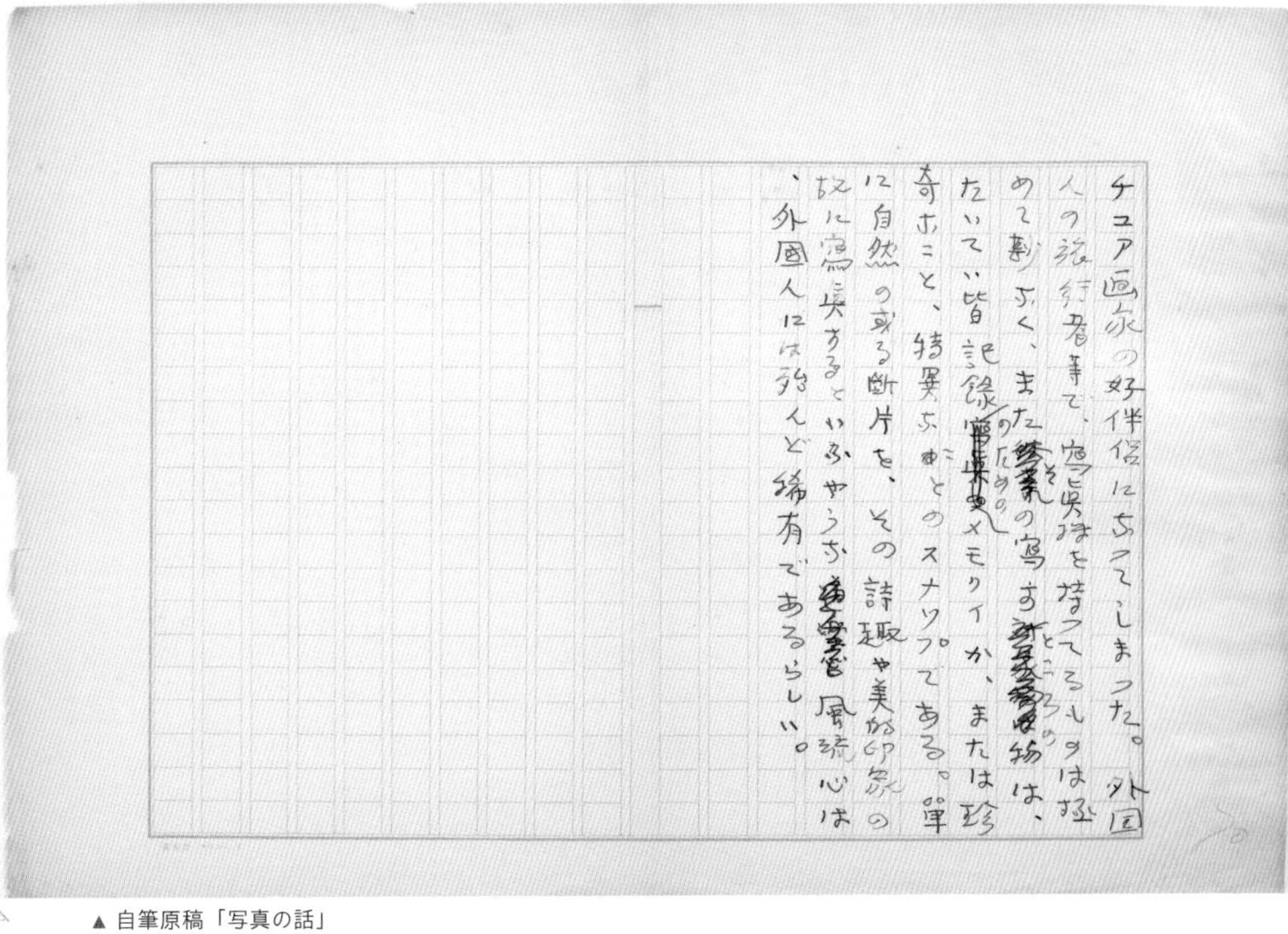
チユア画家の好伴侶になつてしまつた。外国人の旅行者等で、写真機を持つてるものは極めて数多く、またその写すところの物は、たいてい皆記録のためのメモリイか、または珍奇なことと、特異なものとのスナップである。単に自然の或る断片を、その詩趣や美的印象の故に写真するといふやうな風流心は、外国人には殆んど稀有であるらしい。

▲ 自筆原稿「写真の話」

萩原朔太郎の見た映画

安　智史

朔太郎は〝知覚の近代〟を代表する文学者の一人であり、マルチメディアの先駆者だった。大正前期よりマンドリンクラブの主宰者として活躍し、昭和期には複製音のマスメディア化（ラジオやレコード歌謡、トーキー映画など）をいち早く評価した、鋭い聴覚の詩人である一方、パノラマ趣味を持ち、少年時代より写真撮影、とくに立体写真に熱中した〝視覚の詩人〟でもあった。ここには二〇世紀の新しい視覚体験だった映画も深くかかわっている。

忘られず活動写真の幕切れにパリの大路を横ぎりしひと

これが朔太郎の、現在確認できる最初の映画への言及である（「創作」一九一〇年六月号。萩原咲二名義による）。映画への関心は晩年まで一貫し、最後の詩集『宿命』（一九三九年）にも、シュルレアリスム映画のシナリオを想定した散文詩「貸家札」を収録している。

朔太郎誕生の九年後、一八九五年末のフランス、パリで一般上映の歴史が始まった映画は、九七年に日本に上陸し、各地を巡回した。そういった初期映画の思い出として、「映画漫談」（「文藝春秋」一九二五年七月号）ではフランス、パテ社の「酔人の夢」と「船遊び」の二篇に言及し、初期の映画は「純粋に詩的な気分もしくは人生スケッチの断片を画く」「「筋」がなく、ただ「気分」を現すのみであつた」と述べている。また、「発声映画に就いて」（「新潮」一九三〇年四月号）も、その論述を「僕等が子供の時見た写真は、浪が岩に当つて砕けたり、市街を電車が通つたりする、単にそれだけの実写」という思い出からはじめている。

詩にも映画的要素は濃厚だ。実証的に、一九一四年六月、上京した朔太郎が室生犀星と見た二本の連続活劇映画、フランスの「プロテア」（朔太郎は、主人公の女性探偵の名前から「萩原プロテア」と称した）と、イタリアの「T組」（その主人公、青年実業家にして盗賊団の首領「チグリス」に、犀星は熱中した）との比較検討が可能ということもあり、「殺人事件」（初出一九一四年。『月に吠える』収録）がよく論じられるけれども、他の詩にも映画的要素は濃厚に見られる。

▲「プロテア　続編」中の「美しきダンス」の場面（「キネマ・レコード」第3巻第14号、1914年8月より）。1914年7月、朔太郎は犀星と共に浅草電気館でこの映画を見た（個人蔵）

▲新京極 天活倶楽部の「プログラム」（1916年2月）に掲載された黒装束のプロテア（「破天荒の軍事探偵冒険大活劇 プロテア 続々編」上映用プログラムより）（立命館大学国際平和ミュージアム提供）

それは朔太郎が映画に求めたものにかかわっていた。朔太郎はポオ原作、ジャン・エプスタン監督「アッシヤー家の末裔」（一九二八年）を「香気や、それの気分、色合、味覚」さらに、無声映画《サイレント》にかかわらず音のイメージまで感じ取れるとして称賛し、このやり方ならば自分の詩作品も映像化可能と述べている（「アッシャー家の末裔を観る」「映画往来」一九二九年五月号）。ストーリーよりも、映像として映し出される「詩的な気分」（「映画漫談」）を最重視したのだ。

朔太郎はまた、チャップリン、キートン、ロイドの三大喜劇俳優を称賛した。彼らのちぐはぐな動作・身振りは、朔太郎詩に表現される身体感覚——「危険な散歩」（『月に吠える』）における乱れた足取り！——と共鳴するものだった。とくにキートンの容姿や身振りは朔太郎そっくりで、朔太郎もそれが気に入っていたという（三好達治、萩原葉子の証言）。ゆえに、トーキーの時代になって、愁いを帯びたストーン・フェイスのキートンが、べらべらしゃべりだしたことを嘆いている（「映画随想」一九三八年中「トーキーについて」）。

同じエッセイで朔太郎は、一貫し

▲「アッシャー家の末裔」DVD
発売元：アイ・ヴィー・シー

てサイレントの演出を貫くチャップリンを「英雄」として称賛する。朔太郎が生涯を通じて、最も高く評価した映画人はチャップリンだった。それは初期の短編スラップスティック・コメディから、戦前最後の輸入となった「モダン・タイムス」にまで及ぶ。自己の詩的世界の情緒と重ねて、そのちぐはぐでズタズタな身振りに秘められた「憂鬱」を高く評価した。また、とくに『月に吠える』期の詩篇に顕著な、グロテスクに分裂するバラバラの身体感覚も、上記「酔人の夢」や、その元ネタとなったジョルジュ・メリエス——彼はもともとマジシャンだった——らのトリック映画のイメージに重なる。また、例えば「バクテリアの世界」で蠢くバクテリアの幻覚イメージの根源に、ミクロ世界を映し出すドキュメンタリー映画（の先駆）を想定することもできるだろう。

映画は、通常の人間には見ることのできない世界や、超越的な身体感覚を体験させ、人々の知覚を改変していった。さきに言及した「殺人事件」にも、素早い変装や一人二役のトリック撮影などによって視覚化される主体の分裂、社会的常識をひっくり返す兇賊や探偵たちの活躍など、当時の連続活劇映画の影響がうかがわれる。朔太郎のマジック（手品）趣味や、江戸川乱歩との交流に通じるものともいえるだろう。

▲バスター・キートン

チャップリン▶

　また、前橋文学館には、伊藤大輔監督「忠次旅日記」（一九二七年）や山中貞雄監督「国定忠治」（一九三五年）で国定忠治を演じた大河内伝次郎から朔太郎に宛てた書簡が保管されている（一九三一年五月二十二日付）。「国定忠治の墓」をはじめとする『氷島』詩篇はもちろん、さらに遡って「絶望の逃走」「僕等の親分」（いずれも一九二二年初出、『蝶を夢む』所収）など、アナーキスティックな心情のこめられた詩篇の背景に、同時代の時代劇映画の、故郷をうしない流浪するアウトロー・ヒーローたちを思い浮かべることもできるだろう。これらは、直接の朔太郎詩への影響関係というより——詩よりのちに制作された映画も多いので——同時代の日本映画に表現されたアウトロー的心情と、朔太郎テクストとの共鳴ということである。大河内扮する国定忠治への「斬れ！　斬れ！　もつと斬れ！　もつと斬れ！」（「捕手を切る」〔「詩人」一九三六年一月号〕）という喝采や、近年発見された、のちの任侠映画の原型となる「人生劇場　残侠篇」称賛のエッセイ「千恵蔵の成功」（「日本映画」一九三八年年八月号。発見者の斎藤理生氏により、萩原朔太研究会会報誌「SAKU」第八号に翻刻予定）などからもそれは言える。やはり近年発見された朔太郎の映画エッセイ「蒲田の恩を忘れるな」（一九二五年）、「追憶」（一九二七年）——いずれも本書に掲載——などからも、朔太郎がはやくから同時代の日本映画に関心を寄せ続けていたことがうかがえる。

　のち、日中戦争期の日本人の戦争観を論じる際にも、映画「五人の斥候兵」を参照している（「太平洋行進曲論　音楽上より見たる文化論」一九三九年）。朔太郎はその主演俳優で「人生劇場」「人生劇場　残侠篇」でも主演した小杉勇を高く評価しており、小杉主演、内田吐夢監督の「土」を、長塚節原作の重厚な田舎描写を見事に映像化したと絶賛している（「大衆・演劇・映画」一九三九年）。

　朔太郎は他にも、書簡やノートを含めてさまざまな、ときに意外な映画（溝口健二監督「血と霊」、エドガー・G・ウルマー監督「黒猫」など）への言及を残しており、それらを探してみるのも興味深い。それは朔太郎文学の基本研究というだけでなく、明治から昭和戦前の人々の映画体験の証言としても、貴重なものといえるだろう。

全集未収録映画エッセイ(翻刻)

蒲田の恩を忘れるな

萩原朔太郎

〈翻刻・注釈〉安　智史

日本写真を一口にけなす人があるが僕にはさうばかり思へない。西洋写真にも随分くだらないのがあるからだ。同じ程度にくだらない映画としては、まだ日本の方が我慢ができる。アメリカ辺《へん》のヨタモノときては助からない。

尤も、僕が日本写真に注目し始めたのは、松竹の蒲田映画(1)が出来て以来のことである。その以前には、日活(2)が映画界に独歩してゐて、日本物といへば日活作品に限られてゐた。この頃《ころ》の僕は、今とちがつて可成《かなり》活動好きであつたので、いつも映画界への希望や感想をもつてゐたが、日本映画に対する感情は、実に軽蔑と憎悪との外に何もなかつた。なぜといつて当時の写真は、実際の映画劇を写したのでなく旧派や新派の舞台芝居をそのまゝヒルムに引き移したので、何とも話にならない馬鹿げたものであつた。今でも僕はおぼえてゐるが、一のシーンが十五分以上も不動のまゝで映つてゐて、俳優の扮装ときたら醜悪極まる不自然のものであつた。最も滑稽だつたのは背景人物の群集であり、それが芝居の「仕出し」のやうに使はれてゐたのみならず動作が甚だ奇妙で、へんな足取りで、ちよこ〳〵歩いて行《ゆ》く。カフエなどの場面でも、その所謂「仕出し」が、一人一人に妙な不自然の芝居をしてゐるので、義理にも映画といふ気分は起らない。第一にひどいのは脚本で、イヤに筋が複雑にこみ入つて何が何やら少しも訳が判《わか》らなかつた。

いかに当時のことゝはいへ、よくあんな馬鹿気たものをわざ〳〵見に行く奴があつたものだ。見る客も客だが、見せるために制作する会社も会社である。それで僕等は、日活会社の反省をうながすべく、しば〳〵フアンの変名で映画雑誌などに投書し、影ながら邦画写真の「健全なる指導」をしてやつたのだが、当時の日活は頑迷固陋で、少しも輿論に耳を傾けようとしなかつた。この時、始めて蒲田映画が市場に現はれ、真の映画劇を上場してくれたのである。結果は、僕等の予想した通りで、新しい人気は忽ち蒲田映画に集《あつま》つてしまつた。

そんなわけで、僕は歴史的に蒲田が好きである。今でこそ、

▲「蒲田の恩を忘れるな」が掲載された「蒲田」1925(大正14)年7月号

帝キネ[3]や牧野[4]や、その他の新しい傾向の写真がたくさん出てゐるが、日本映画の最初の黎明を作つたものは蒲田であり、この点で、皆《みんな》が蒲田に感謝しなければならない。尤も蒲田映画の出る前後から、さすがに日活も気がさすとみえて、試験的に二・三の新しい映画を提出したが、その改良はカメラの技術に止《とゞ》まり、肝心の筋や、動作や、表情やの点で、依然たる悪写真の邪劇にすぎなかつた。いつだか、日活が大《おほ》自慢で提出した「朝日さす前」[5]とかいふ写真をみて、僕はすつかり胸を悪くしてしまつた。民衆は欠伸をするし、識者は胸を悪くする。それが当時の所謂「日活新映画」であつた。真に映画界にエボ《ママ》ツクを作つたのは、実に蒲田映画の外になく、民衆も識者も、それによつて始めて覚醒されたのである。

　蒲田映画が出来てから、日活始め他の会社が、始めて映画劇の正道を知り、こぞつてその真似をするやうになつてきた。今では蒲田の人気が、そのため他社に押されがちだといふことをきいてゐる。また日活なども、今では蒲田以上の優秀品を市場に出してゐる。しかし人は「恩を忘れるな！」である。「先覚者を尊べ！」である。昔、僕等の忠告を受け入れず、輿論に耳を藉さず頑迷偏見に執《しつ》しながら今日人気の趣《おもむ》く所に媚びて、節を変ずる如き奴等《やつら》は、政治家たると活動会社たるとを問はず、僕等の与《くみ》しない所である。今日、日本映画を見るファンの人々は、だれでも同じ怨恨を日活に抱いてゐる筈だ。彼はかつて、日本映画を邪道に陥入《おとしい》れた逆賊である。今日の效《ママ》績の故に、過去の彼の罪を忘れてはならない。そして同様に、松竹会社の偉大なる功業を忘れるな。彼は日本映画を邪道から救ふべく、最初の革命を起した義人であり、元勲として祀《まつ》らるべきである。

　一体に、蒲田の映画は明るくて新時代の気分にとんでゐる。マキノ映画は機智にすぐれてゐる。日活は深酷をねらつて失敗し、いつでもイヤミになつてゐる。それに何となく百姓臭く、趣味が垢ぬけしない。どこの会社だか忘れたが日本表現派と銘をうつた「血と霊」[6]といふ写真をみて、すつかりその会社がイヤになつた。芸術の冒瀆といふのは、あゝいふ悪フザケのことをいふのだ。最近見た不愉快の写真は、松竹の「夕《ゆうべ》の鐘」[7]だ、あの岩田の悪ドサはどうだ。

初出：「蒲田」第四巻第七号（第三十六号）一九二五（大正一四）年七月号「三周年記念特別号」掲載。

＊二二～二三頁、見開き二段組み（他の記事は基本的に三段組み）。巻頭言に続けて掲載。原文総ルビを適宜省略した。

＊傍点と傍黒丸の区別は原文のまま。

＊仮名遣い、送り仮名とも原文のまま。漢字は一部の固有名詞を除いて現行字体に変換した。

追憶

萩原朔太郎
〈翻刻・注釈〉安　智史

▲「追憶」が掲載された「松竹映画」1927（昭和2）年8月号

一、僕が日本の映画を始めて見た頃

始めの中《うち》見てゐた日本の写真と云ふものはみんな芝居の舞台をそつくり写してゐたやうである。そして一つの場面に十五分も二十分もかゝる。その為日本写真はとても嫌ひであつた。殆んど見る価値がないものと思つてゐた。併し、一般民衆は日本ものを喜んで、何時も日本ものは全盛であつた。それはどう云ふ訳で喜ぶか、不思議に思はれた。

そのわけを考へて見た所、芝居を見る代りに活動を見て、芝居よりも入場料は安く、且つ時間が早く見られると云ふ関係だつたのだらう。だからその噺子方《はやしかた》でも芝居と同じで芝居の気分を漂はす事が活動の目的だと思つてゐた。その中、尾《をの》上《え》松之助[8]と云ふ俳優が現れて、場面の転換を非常に多くした。その為、以前よりも幾らか面白くなつた。

二、松之助に対する意見

松之助といふ男は非常に頭のいゝ男であつたと思ふ。日本の活動写真を従来の芝居から独立さしたのは、松之助ではないかと思はれる。松之助の映画は勿論くだらない、低級ね《ママ》ものだけれど、観客は何を要求してゐるかと云ふ心理を巧みに捌《つか》んでゐる。その頭脳には敬服すべきだと思ふ。

三、初期の芸術的映画

松之助以後、松竹や日活は色々新しい試みをして、芸術映画と銘打つた写真を出すやうになつた。僕は記憶に残つてゐるのは、日活の写真「朝日射す前」[5]といふを見た。それが純映画の見たはじめだつた。

その写真はカメラの使方《つかいかた》だとか、撮影法は今迄にない新《あたら》し味があつた様に思つてゐる。併し、筋が非常にくだらない。全然、ノンセンスだ。莫迦気《ばかげ》たものだと思つた。

それからもう一つ、暫く後《のち》、日本表現派と銘打つた、大泉黒石といふ人の原作になる「血と霊」[6]といふ写真を見た。それなんかも筋がちつとも解らない。妙に芸術がつてゐる様な臭味《くさみ》があつて、人を馬鹿にしてゐる。

初期の日本写真は殆んどみんなつまらないと《ママ》、観念がは《ママ》入《い》つてゐた。概していふと、初期の純粋映画は妙に芸術意識がつてゐた。何んだか訳のわからないもので、それを誤つて考へてゐる様である。

当時の映画の不服は、筋が非常に複雑してゐた。その為に一貫したテーマといふものがちつとも響いて来ない。何んだかゴチヤ、ゴチヤした糸の塊りのやうなもので、変なコンガラがつてゐるやうで、少しも面白くない。その理由は、多分小説等《など》に書いてあるもので／そのまゝ映画脚本として書いたもので無かつた。

僕が考へた事は、第一、筋を持つた、単純に一貫した筋を貫くやうに、第二は、変な誤解した芸術意識を全く止して終《しま》ふ事、芸術なんて意識を持たず、一般的に映画としてしての本道をゆくものを欲しかつた。

所が暫くして僕の理想に近いものが出て来た。それは題は忘れたが、松竹の映画である／その中、蒲田スタデイオが出来て、たくさんの映画を見た。栗島諸口《くりしまものぐち》(9)といふ人たちのを見た。さういふ映画を見た時、日本の映画もはじめて映画といふ感じの気《ママ》がした。

その後、日本映画に対しても相当興味を持つてゐた。そして、ある点は、西洋のものよりもいゝと思ふものがあつた。

四、日本映画の監督に就いて

日本映画を見て、西洋のと比較して見ると、日本のは西洋よりも頭が悪いといふ事はないと思ふ。頭のいゝ事では、日本のは、ある点では鋭いと感じる。併し、欠点は研究の足りない事。

西洋のものは随分永い間研究を積んでゐるし、一般に科学的に訓練された素養を持つてゐる。その訓練研究といふものが、日本では足りないと思ふ。それだから、大体、筋の撰び方はよくとも、部分々々の注意《ママ》なくて、欠点が多い。つまり、素養はいゝものを持つてゐても、教養が不足してゐる訳である。今後、教養の点を研究してゆけば西洋のものには負けないと考へる。

五、歴史的戦争映画

日本映画に望む事は大規模の歴史物を写して貰ひたい事である。西洋によくある大仕掛けの、戦争にエキストラをたくさん使つた日本映画を作つて欲しい。

日本の歴史にはいゝ題材が非常にたくさんあると思ふ。それは然し、経費が要るために出来ないかも知れぬが、出来ればこの際作つて貰ひたい。

譬へば、関ヶ原の戦争は一つのいゝ材料だと思ふ。従来は、戦争をうつしたものを見たが日本ものは愚劣だ。何処のだつたか忘れたが、関ヶ原の戦争を見た事がある。それを見て驚いたのは、軍隊が刀を抜いて一騎打ちの勝負をしてゐる。その、隊伍も何もなく入りまじつて戦つてゐる。一騎打ちの勝負といふものは、それは、昔源平時代に行《おこな》はれた戦争である。関ヶ原の戦争の時代では、隊伍を調へ、号令によつてみんな動き、一人々々刀を抜いてチヤン〳〵バラ〳〵切り合ふ事がない／第一、関ヶ原の戦ひでは、太刀《たち》といふものを殆んど使はない。当時の戦争はみんな槍ばかり、隊伍を揃《そろ》へ、密集隊をつくり、槍ぶすまで突撃する。

槍と鉄砲は当時の重要な武器である。それで僕は思ふに、さういふ風な戦争の場面を、パノラマ式にして写したら大変面白いものが出来ると思ふ。

従来の日本映画の戦争劇は、子供の戦《いくさ》ごつこみたいである《ママ》馬鹿らしくて見てゐられない／

坂崎出羽安《さかざきでわのかみ》(10)といふのは、大《だい》ぶ松竹で広告が大きくて、どんなものかと見に行つた。始めの戦争の場面を大いは《ママ》期待してゐた所が、矢つ張り子供の戦ごつこ見たいで大いに失望してしまつた。

併しあの映画で、伴奏に西洋音楽を使つたのは僕には珍しかつた。何故かといふと日本の映画では西洋音楽といふものがなかつたから、其時はじめて、さういふ伴奏を聞いた。

今ではどんな映画でもさうなつてゐるのだらうが、しかし初めて見た訳か珍しかつた。

初出：「松竹映画」第二巻第八号一九二七（昭和二）年八月号「スターの一日号」掲載。

＊表紙・裏表紙、目次、本文冒頭とも萩原朔太郎の「萩原」を「荻原」と誤植。
＊見開き四〇～四一頁。三段組み（ほかの記事も同じ。ただし、中河与一「松竹の映画」のみ一段組み。読者投稿等は四段組み）。原文総ルビを適宜省略した。
＊仮名遣い、送り仮名とも原文のまま。漢字は一部の固有名詞を除いて現行字体に変換した。
＊文の終りが一行の最下部ぎりぎりに位置する場合、レイアウト上の都合で句読点を省略したのではないか、と思われる行がある。その場合は原文で一行の終りにあたる部分を「／」でしめした。
＊編輯後記「吹田から」（署名「くぼた・たつを」同誌編集発行人久保田たつを）には〈今月号にも亦江馬修氏荻《ママ》原朔太郎氏のお話を伺ふことが出来ました。又中河与一氏と三宅やす子氏の原稿を送つて頂けたことを有

難く思ひます〉とあり。特に注記はないが、中河「松竹の映画」、三宅「ちかごろ」（目次では「ちかころ」）は原稿、朔太郎の記事及び江馬「映画雑談」は談話筆記の可能性もある。

註

(1) 松竹蒲田撮影所。現在のJR蒲田駅東口に一九二〇年六月開所。一九三六年一月大船への移転によって閉所。

(2) 一九一二年三月、日本活動フィルム株式会社として発足、九月に日本活動写真株式会社と名称変更。

(3) 帝国キネマ（帝国キネマ演芸株式会社）の略称。一九二〇年設立、三一年新興キネマに改組。

(4) 日本映画の父と称される牧野省三（一八七八〜一九二九）と、その設立した一連のプロダクション。一九二四年十二月東亜キネマ所長として澤田正二郎主演「国定忠治」を二五年の正月映画として制作公開。二五年六月マキノ・プロダクション設立。

(5) 公式の表記「朝日さす前」。一九二一年の正月映画として公開された現代劇。田中栄三監督、森栄治郎・中山歌子主演。

(6) 日活向島制作、溝口健二監督、三桝豊・江口千代子主演の現代劇。フィルムは現存しないが、ドイツで発祥し、当時世界的に流行した表現主義映画の、日本における本格的な第一作とされる。一九二三年一一月公開。

(7) 松竹蒲田製作、豊田四郎原作・脚色、島津保次郎監督の時代劇。一九二五年三月公開。岩田祐吉主演。

(8) 日本最初の映画スター（一八七五年九月〜一九二六年九月）。牧野省三に見出され一九〇九年、旅回りの歌舞伎俳優から映画に転身。独特の顔貌から「目玉の松ちゃん」の愛称で親しまれ、約千本の映画に主演したが、その大部分は現存しない。本エッセイは、尾上松之助の再評価として先駆的なものといえる。

(9) 「諸」のルビ「もの」は原文のまま。当時の人気俳優、栗島すみ子（一九〇二〜一九八七）・諸口《もろぐち》十九《つづや》（一八九一〜一九六〇）と思われる。

(10) 「安」は「守」の誤植。松竹蒲田製作「坂崎出羽守」一九二五年六月公開。勝見庸太郎監督・主演。朔太郎は「映画漫談」（「文芸春秋」一九二五年七月号）において〈日本最初の史劇〉〈二千人からの人員を使用したといふ話をきいてゐる。今迄の戦争劇が僅かに四、五十人の軍兵を出してゐるに較べれば、広告だけでも少しは実質がありさうだ。せめては戦争の場面だけでも、映画劇らしくやつてくれ〉と期待を述べていた。

＊ここに掲載した翻刻と注は、萩原朔太郎研究会会報誌「SAKU」第二号（二〇一六年）掲載のものに若干の修正を加えた。同号掲載の拙稿「解説　萩原朔太郎と日本映画」も、参照いただければ幸いである。

（安　智史）

猫たち

エリス俊子

朔太郎の猫は、追っても、追っても、猫のかたちにたどり着くことがない。「おわあ、こんばんは」「おわあ、こんばんは」と夜の屋根で鳴く「まつくろけ」の二匹の猫は、シルエットが見えるようだし、エドガー・アラン・ポーを思わせる「ウォーソン夫人の黒猫」で執拗に現れる、ものの言わぬ黒い猫は「気味の悪い静かな瞳《ひとみ》」でじっとこちらを見つめているが、一歩近づいてその猫の姿をとらえようとしたとたん、影絵が闇に転じるように、あるいは幻が眼前からするりと消滅するように、猫は姿を消してしまう。「散文詩風な小説《ロマン》」の「猫町」しかり。「猫、猫、猫、猫、猫、猫、猫。どこを見ても猫ばかりだ。」(『猫町』)と、突然街中に出現した猫たちは、家々の窓という窓に髭の生えた顔を現し、街路に溢れ出たかと思いきや、次の瞬間、まるでなにごともなかったかのように、猫の姿は街から消える。

これは比較的鮮やかにその形象が想像される猫たちだが、朔太郎の詩世界で猫がひときわ大きな存在感を放つのは、それが輪郭をもたず、決してとらえられず、しかし間違いなくそこに在るとき、そして「私」に限りなく近しくありながら、限りない他者性でもって「私」を哀しみで包み、哀しみのなかで「私」をやすらわせてくれるときである。朔太郎の猫は、古今の多くの詩にみられるような、詩人の世界を彩る小道具でもなければ、なにかの代理表象でもない。己の存在様態と深くかかわりながら、己の意思などとは関係なく現れて——求め、迷い、絶望する「私」をとらえて離さない。

猫のほか、朔太郎の詩作にはさまざまな動物が登場し、その多くは詩人の姿と重ねられる。『月に吠える』の犬たちはいうまでもない。「いつも、/なぜおれはこれなんだ、/犬

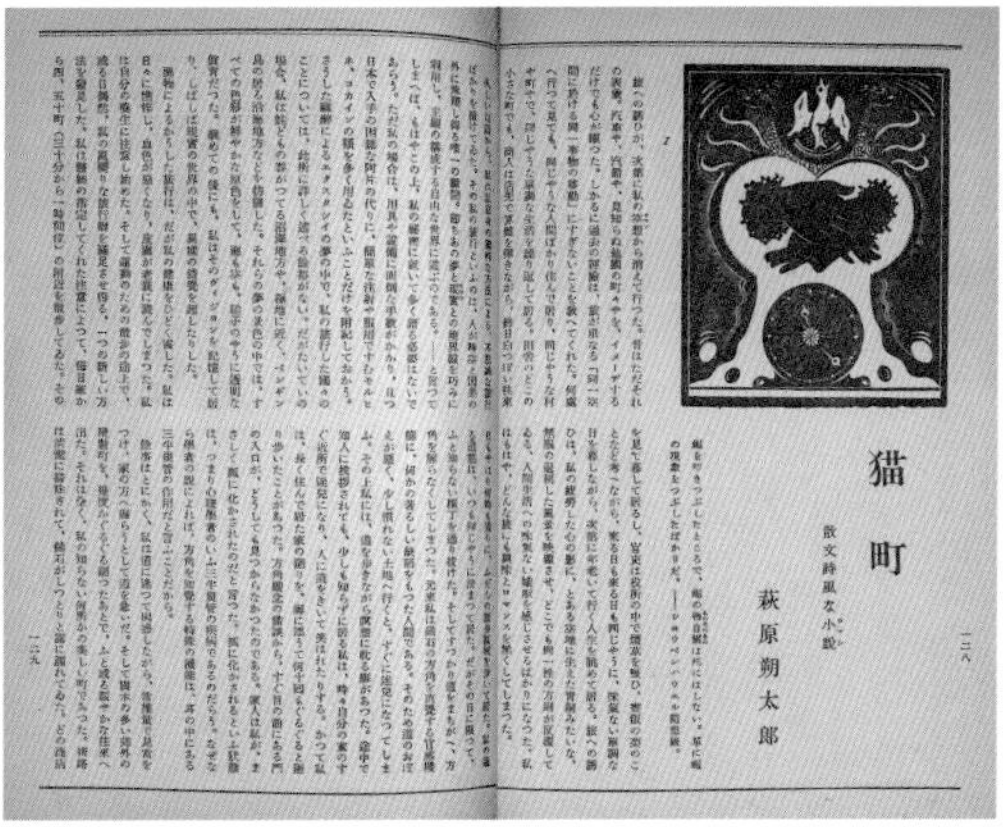
猫町
散文詩風な小説
萩原朔太郎
一二八

▲「猫町」「セルパン」第54号8月号　1935（昭和10）年の表紙と掲載誌面（一部）

よ、／青白いふしあはせの犬よ。」と「おれ」が語りかける犬は、もう一人の「おれ」であるし（「悲しい月夜」）、「ぼんぼりのやうなうすらあかり」で寂しく吠える「畸形の白犬」は、詩人の遠吠えを響かせている（「ありあけ」）。「さびしい空の月に向つて遠白く吠えるふしあはせの犬のかげ」は、どこまでも「わたし」に付き纏う（「見知らぬ犬」）。

『青猫』で、「のをあある　とをあある　やわあ」と遠吠えする病んだ犬もこの変奏だし（「遺伝」）、「郷土望景詩」では「われは瘠犬のごとくして」と、直接的な比喩もつかわれる（「新前橋駅」）。犬に限ったことではない。鴉《からす》、馬、野鼠、駱駝《らくだ》、海豹《あざらし》、狼、熊、蟾蜍《こうもり》など、人間ならぬ生き物が次々と登場し、生きづらい身体を引きずる自身の姿に重ねられる。

これらの生き物の動員の仕方には一貫性がある。「あっちへ行け！」と追いたてられる「鴉」は「目からさうめんの涙をたらし」ているし（「鴉」）、「馬」は「つかれた」「孤独のたましひ」で草を見つめている（「孤独」）。「冬の曇天の　凍りついた天気の下で／（…）／だまつて道ばたの草を食つてる／みじめな　しよんぼりした　宿命の　因果の　蒼ざめた馬の影」は、「わたし」の「生涯《らいふ》の映画幕《すくりーん》」から消えることがない（「蒼ざめた馬」）。「むつくりとふくれて」「貝肉のばけもの」のようにみえる「のらくら息子のわたし」は蟾蜍に擬えられる（「大砲を撃つ」）。「狼のごとく飢ゑ」て「涙のごときもの」を流す「われ」もいて（「大渡橋」）、『氷島』では「家畜の如くに飢ゑ／（…）／熊の如くに眠れる」（「乃木坂倶楽部」）「われ」が登場する。

そんな自身の姿の対極にあるのが猫たちではないだろうか。おおよそ「われ」の姿とは似ても似つかぬ、永遠の「郷愁」を誘うもの。詩集『青猫』のタイトルは「都会の空に映る電線の青白いスパークを、大きな青猫のイメーヂに見て」つけられたというが（『定本青猫』自序）、「青」が連想する「希望なき」「憂鬱なる」「疲労せる」等の意味合いは（同）、大いなる諦めと哀しみをともなったやさしさと安らぎの感覚でもある。「猫のやうに憂鬱な景色」（「憂鬱な風景」）に遠吠えは聞こえない。「くびのない猫」のように近づいてくる幻像に出会うとき、聞こえてくるのは「澄んだ緑」の音色である（「緑色の笛」）。「ひとつのさびしい青猫」となった女の屍体の周りには「麝香」の香りが立ち昇る（「石竹と青猫」）。「びらうどの腕」をもつ「ふつくりとしてあつたかい寝台」（「腕のある寝台」）も、猫の変奏だろう。恋人と／恋人の「泥猫の死骸」を埋める風景は、艶かしく、しっとりとしていて、限りなく静謐《せいひつ》で美しい。決して会うことのない、いとしい「浦」（Ula）との夢の逢瀬は、その名の漢字とUの字が示唆する通り、子宮を連想させるみずみずしさの中にある（「猫の死骸」）。かたちを持たず、それゆえに匂やかで、きめ細やかで、「私」のざらざらとした獣の皮膚を浄化し、醜い身体を包みこんでくれる猫。それは、「私」が「私」であることの証左であり、生と死のあわいにあって、非在の時間と空間に「私」をいざない、無言の安らぎを与えてくれる。

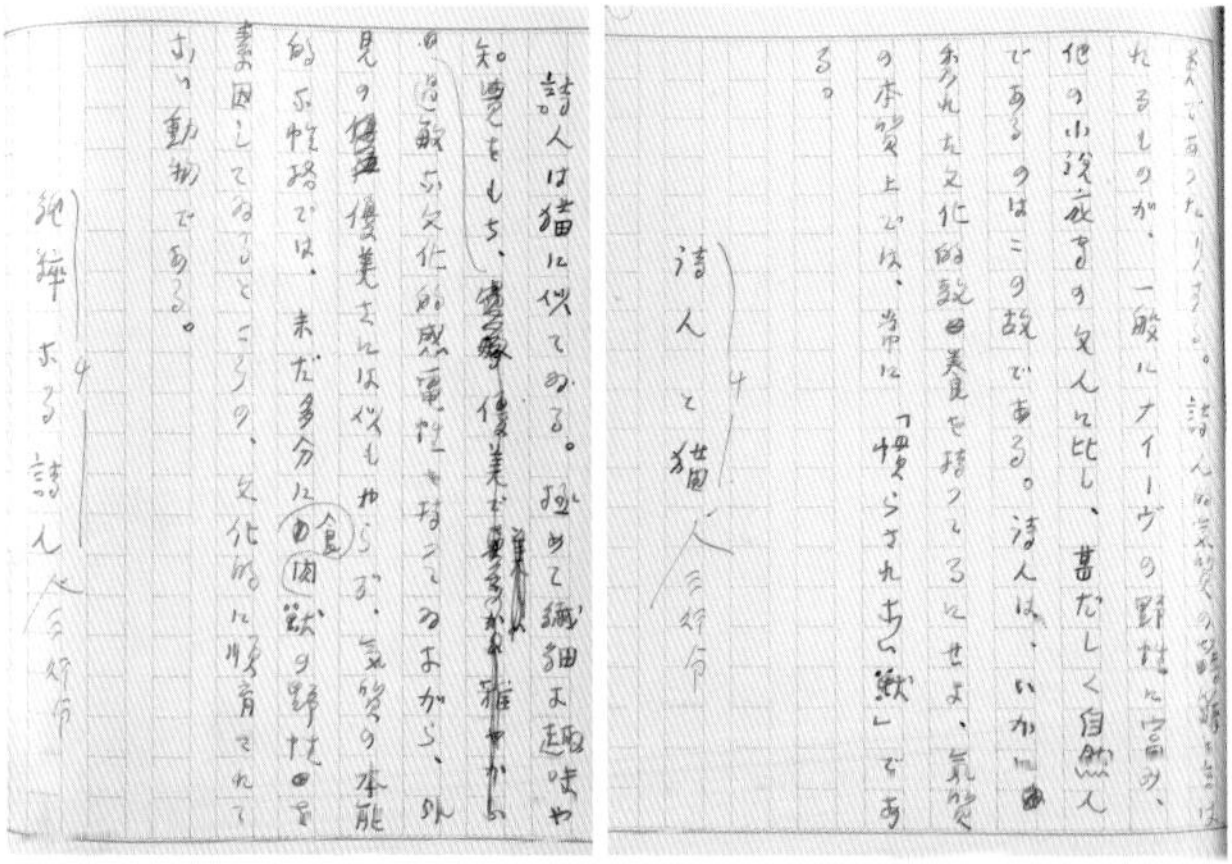

▲ 自筆原稿「詩人と猫」

青猫

この美しい都會を愛するのはよいことだ
この美しい都會の建築を愛するのはよいことだ
すべてのやさしい女性をもとめるために
すべての高貴な生活をもとめるために
この都にきて賑やかな街路を通るのはよいことだ
街路にそうて立つ櫻の並木
そこにも無數の雀がさへづつてゐるではないか。

ああ　このおほきな都會の夜にねむれるものは
ただ一疋の青い猫のかげだ
かなしい人類の歴史を語る猫のかげだ
われの求めてやまざる幸福の青い影だ。
いかならん影をもとめて
みぞれふる日にもわれは東京を戀しと思ひしに
そこの裏町の壁にさむくもたれてゐる
このひとのごとき乞食はなにの夢を夢みて居るのか。

「青猫」(『青猫』より)

漂泊者と久遠の女性

宮崎真素美

ああ汝　漂泊者！
過去より来りて未来を過ぎ
久遠の郷愁を追ひ行くもの。
（「漂泊者の歌」抜『氷島』
昭和九年六月、第一書房）

「漂泊者」の「久遠の郷愁」が向かうのは、「やさしく抱かれ接吻《きす》する者の家」。時間と空間の遠さとともに、詩人が「漂泊者」に強く寄り添わせたかったのは女性形象であった。それは、「郷愁」の形容に「久遠」の語が選ばれたことと深く関わっている。

仏教語に由来する「久遠」は、限りなく長い時間、遠い過去、遠い未来を包含する。明治の日露戦時下、姉崎嘲風に「久遠の女性（女性に対する仏教と基督教）」一（「太陽」明治三七年四月）と題する評論があり、「「理想の婦人」即ち「婦人の理想」を称して「久遠の女性」（Das ewig Weibliche）といふのである」、「母としての女性がその源泉であつて、此等の徳が自ら処女の徳とも恋人としての力とも現はれる」として、ゲーテ『ファウスト』最終部にあらわれる「Das Ewig-Weibliche」と「久遠の女性」とを引き合わせている。以来、「理想」と重ねられた「久遠」という概念は、母性を淵源とする「女性」と結びつけられることで、その心地よい語感とともに普遍性を強めていったようであり、萩原朔太郎においてもまた例外ではなかったと考えられる。

「漂泊者の歌」に先立つ大正七年、詩篇「紫色の感情にて」（「短歌雑誌」大正七年四月）のなかで、詩人は早くも「久遠」の語を登場させている。

あゝその燃えあがる熱を感じてゐる／この熱の皮膚を／しばしば貴女にさゝげる憂欝の情熱を／たゞ可愛ゆきひとつの菫の花を／貴女の白く柔らかな肌に押

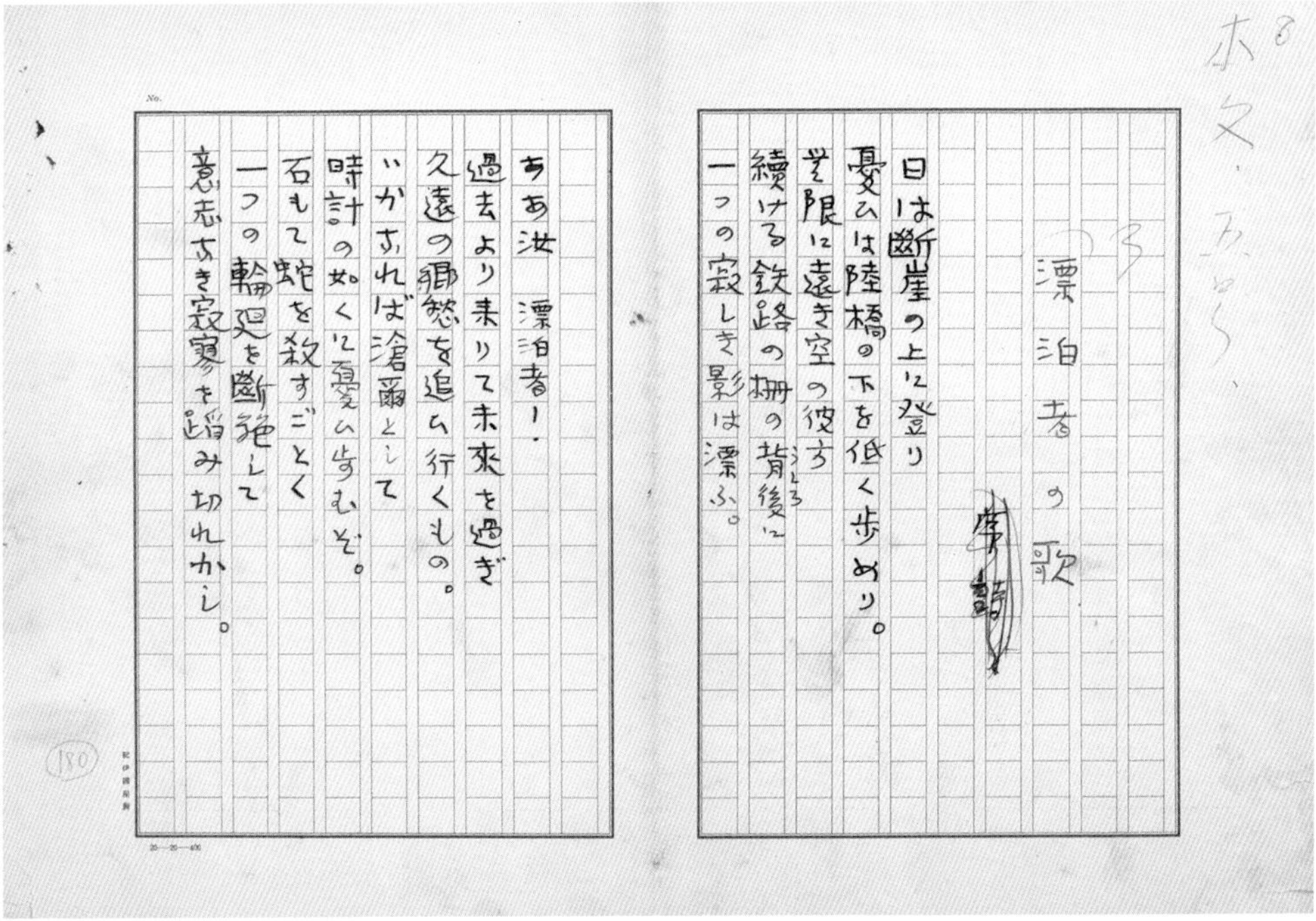
8

漂泊者の歌

日は断崖の上に登り
憂ひは陸橋の下を低く歩めり。
無限に遠き空の彼方
續ける鉄路の柵の背後《うしろ》に
一つの寂しき影は漂ふ。

ああ汝 漂泊者！
過去より来りて未来を過ぎ
久遠の郷愁を追ひ行くもの。
いかなれば蹌爾として
時計の如くに憂ひ歩むぞ。
石もて蛇を殺すごとく
一つの輪廻を断絶して
意志なき寂寥を踏み切れかし。

(180)

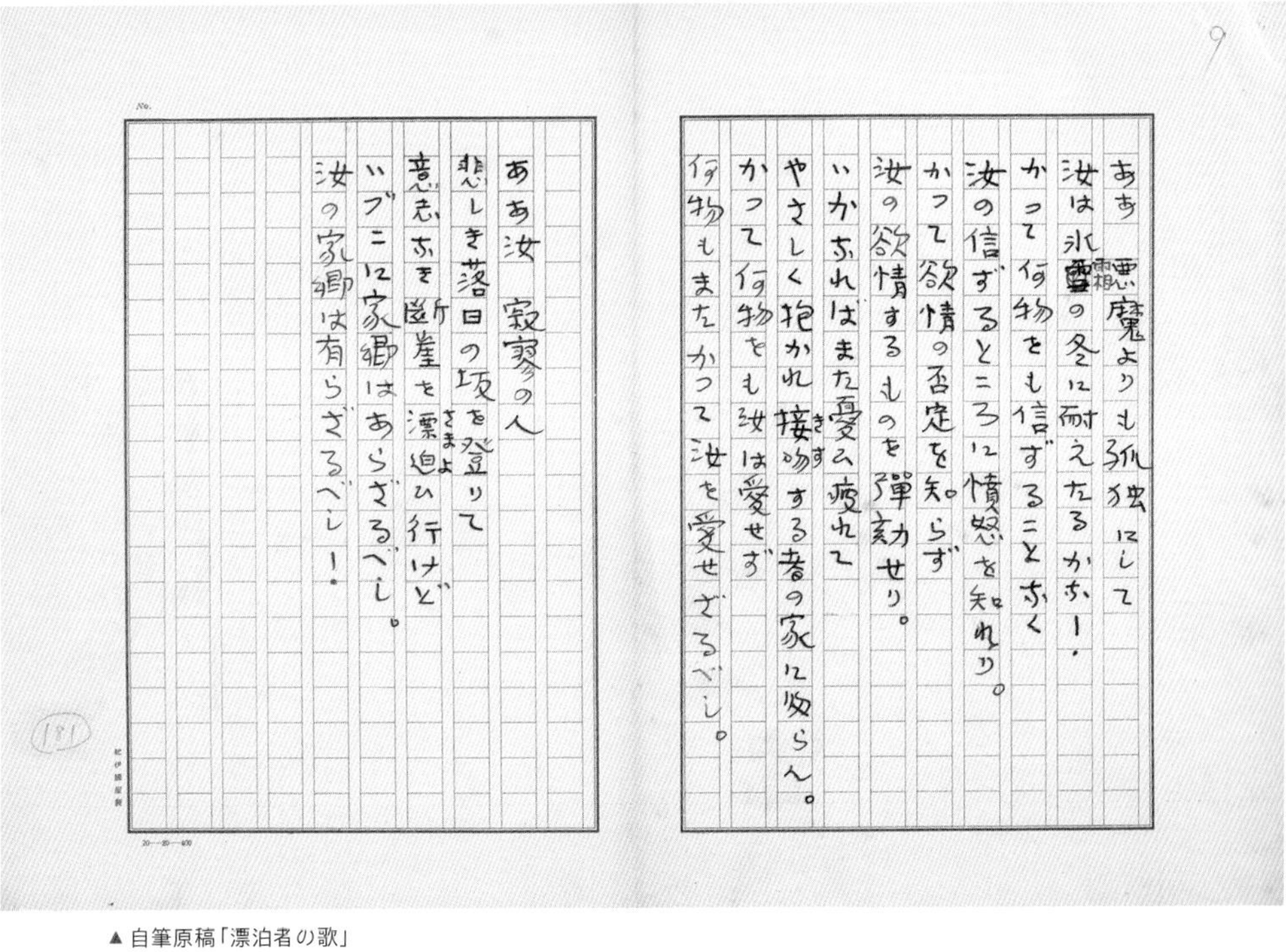
9

ああ悪魔よりも孤独にして
汝は氷霜の冬に耐へたるかな！
かつて何物をも信ずることなく
汝の信ずるところに憤怒を知れり。
かつて欲情の否定を知らず
汝の欲情するものを弾劾せり。
いかなればまた憂ひ疲れて
やさしく抱かれ接吻《きす》する者の家に帰らん。
かつて何物をも汝は愛せず
何物もまたかつて汝を愛せざるべし。

ああ汝 寂寥の人
悲しき落日の坂を登りて
意志なき断崖を漂泊《さまよ》ひ行けど
いづこに家郷はあらざるべし。
汝の家郷は有らざるべし！

(181)

▲自筆原稿「漂泊者の歌」

しあてたまへ／こゝにはまた物言はぬ憂愁の浪／紫をもて染めぬいて夢《ママ》の草原／あゝ耐え《ママ》がたい病熱の恋びとよ／／恋びとよ／今日の日もはや暮れるとき／私は貴女の家を音づ《ママ》れその黒い扉の影に接吻しよう／しほしほと泣く心の奥深く／貴女はその恵をたれ／慈愛をもて久遠の道を聴かせ給ふか／貴女は尊き婦人　私の聖母／苦しき苦しき愛憐の祈りをきく人／／この可愛ゆきひとつの菫の花を／たゞ微かに貴女はほゝ笑み／貴女は微かにかぐ　恐ろしい絶望の底の神秘を／人間の虚無の苦悩を／貴女は一人知る／貴女は一人知る／あゝ　この暗い紫の色の感情を／紫の色の、げに吐息深き

私の病熱の恋びとよ。貴女は。

「可愛ゆきひとつの菫の花」に託された、「私」の「憂欝の情熱」、「病熱」、「暗い紫の色の感情」をささげられる「貴女」は、「尊き婦人　私の聖母／苦しき苦しき愛憐の祈りをきく人」とされ、「恐ろしい絶望の底の神秘を／人間の虚無の苦悩を」「一人知る」存在として描かれる。「貴女」に与えられた「尊き」、「聖母」、「慈愛」のイメージは、先の姉崎嘲風による「久遠の女性」と一致するところであり、それらが、「貴女はその恵をたれ／慈愛をもて久遠の道を聴かせ給ふか」とされる「久遠の道」と響き合う。全篇を覆う「病熱」が、「私」に「久遠の道」を求めさせ、「久遠」の語をより清浄な願望として際立たせるが、その一方で、「耐え《ママ》がたい病熱の恋びと」、「私の病熱の恋びと」と繰り返される「貴女」の清浄は、「私」の「紫の色の感情」に取り込まれそうでもある。詩人の真骨頂とも言うべきこの独特の世界観において、「久遠」と「女性」は結びつけられている。そして、「久遠の女性」そのものを論ずるなかでは、「もとより我々の「孤独な詩人」は、恋愛に就いても、かなしきロマン・ローランのともがらであり、久遠の女性をイデアして好いのである。」（「夏とその情想」「読売新聞」大正一四年六月二九日）と断言もする。

「漂泊者の歌」の成立時（初出形末尾に「一九三一・二月」の付記）に最も近く位置している『恋愛名歌集』（昭和六年五月、第一書房）が「漂泊者」の心象

※本文掲載の「紫色の感情」についてはルビを取って掲載

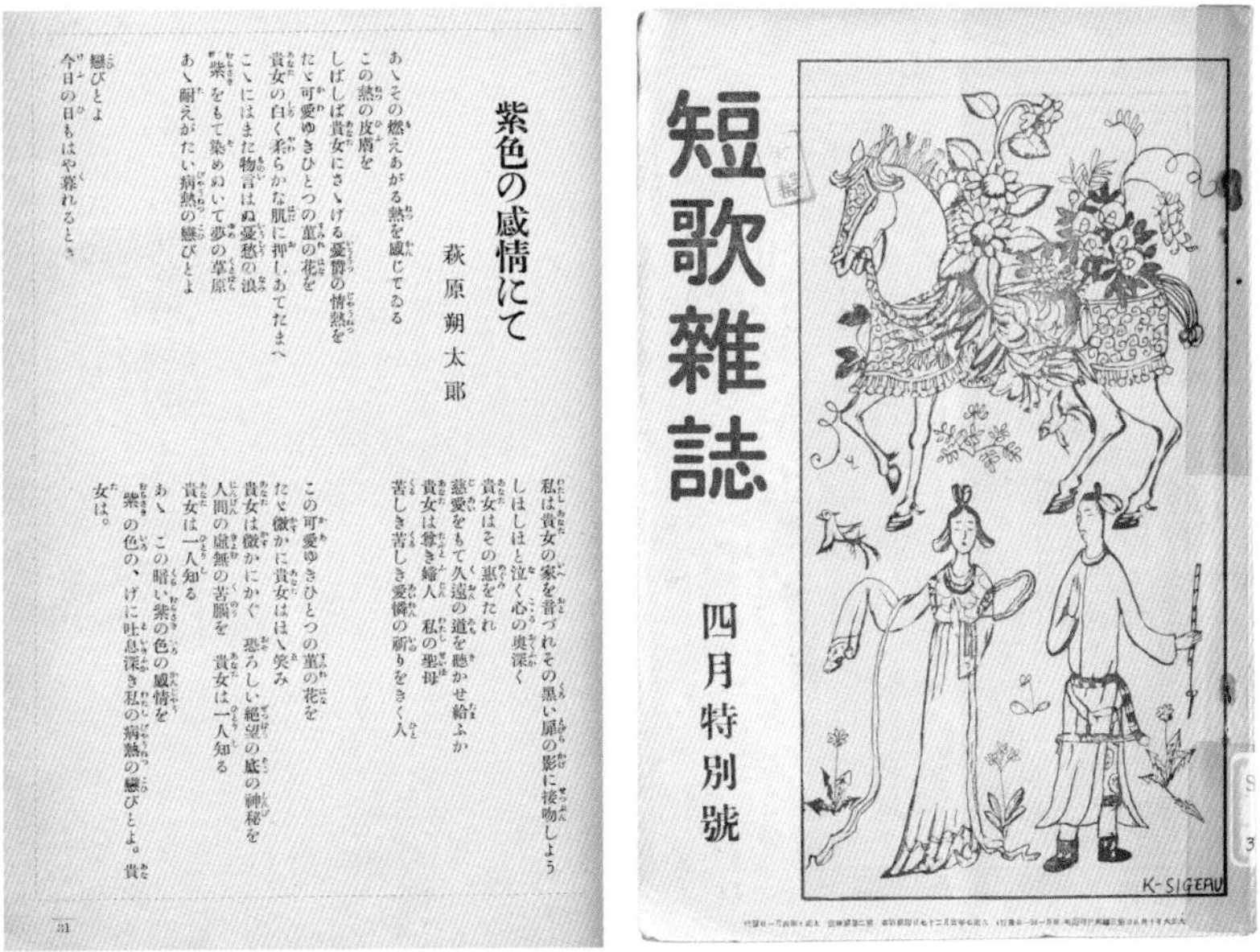

紫色の感情にて

萩原朔太郎

あゝその燃《も》えあがる熱《ねつ》を感《かん》じてゐる
この熱《ねつ》の皮膚《ひふ》を
しばしば貴女《あなた》にさゝげる憂鬱《いううつ》の情熱《じやうねつ》を
たゞ可愛《かわ》ゆきひとつの菫《すみれ》の花《はな》を
貴女《あなた》の白《しろ》く柔《やは》らかな肌《はだ》に押《お》しあてたまへ
こゝにはまた物言《ものい》はぬ憂愁《いうしう》の浪《なみ》
紫《むらさき》をもて染《そ》めぬいて夢《ゆめ》の草原《くさはら》
あゝ耐《た》えがたい病熱《びやうねつ》の戀《こひ》びとよ
戀《こひ》びとよ
今日《けふ》の日《ひ》もはや暮《く》れるとき

私《わたし》は貴女《あなた》の家《いへ》を音《おと》づれその黒《くろ》い扉《とびら》の影《かげ》に接吻《せつぷん》しよう
しほしほと泣《な》く心《こゝろ》の奥深《おくふか》く
貴女《あなた》はその恵《めぐみ》をたれ
慈愛《じあい》をもて久遠《くをん》の道《みち》を聴《き》かせ給《たま》ふか
貴女《あなた》は尊《たふと》き婦人《ふじん》　私《わたし》の聖母《せいぼ》
苦《くる》しき苦《くる》しき愛憐《あいれん》の祈《いの》りをきく人《ひと》

この可愛《かあ》ゆきひとつの菫《すみれ》の花《はな》を
たゞ微《かす》かに貴女《あなた》はほゝ笑《ゑ》み
貴女《あなた》は微《かす》かにかぐ　恐《おそ》ろしい絶望《ぜつぼう》の底《そこ》の神秘《しんぴ》を
人間《にんげん》の虚無《きよむ》の苦悩《くのう》を　貴女《あなた》は一人《ひとり》知《し》る
貴女《あなた》は一人《ひとり》知《し》る
あゝ　この暗《くら》い紫《むらさき》の色《いろ》の感情《かんじやう》を
紫《むらさき》の色《いろ》の、げに吐息《といき》深《ぶか》き私《わたし》の病熱《びやうねつ》の戀《こひ》びとよ。貴《あな》
女《た》は。

31

▲「紫色の感情にて」「短歌雑誌」1918（大正 7）年４月号の表紙と掲載誌面

を多く共有し、「郷愁」に母性をふくんだ恋の込められていることは、その概念の到達点と思われる『郷愁の詩人与謝蕪村』（昭和一一年三月、第一書房）から存分に知られる。「漂泊者」の求めた「久遠の郷愁」は、「久遠の女性」にほど近い。『氷島』後の詩人は、「人生の久遠の悲しみ」（「青猫を書いた頃」「新潮」昭和一一年六月）を見出している。小泉八雲を「悲しき『永遠の漂泊者』」と呼び、「日本は遂にそのハイマートでなかつたにしろ、すくなくともその妻に抱擁された家庭だけは、彼の最後に祝福された、唯一の楽しい安住の故郷であつた。おそらくヘルンはその時初めて心の隅に、幸福といふ物の侘しい実体を見たのであらう。」（「小泉八雲の家庭生活」（上・下）、「日本女性」昭和一六年九、一〇月）として、「やさしく抱かれ接吻《きす》する者の家」（「漂泊者の歌」）を実体化しながら、自身については、「一生家庭らしい家庭を知らず、ホームライフの楽みを味《ママ》はなかつた小生にとつて、ああいふことは一の久遠な郷愁かも知れません。」（「上田静栄宛書簡」昭和一六年一〇月一四日）と、さらなる永遠の漂泊者を自認し続けたのだった。

萩原朔太郎と手品

栗原飛宇馬

マンドリンや立体写真と並んで、萩原朔太郎が熱中した趣味に手品がある。本格的に練習を始めたのは結婚後、次女の明子が生まれた大正一一年の秋ごろだったらしい。妻・稲子が伊藤信吉に伝えたところによれば、赤い玉とトランプを交互に手にし、不器用な手つきで練習に励んでいたという。ヒューズが切れたのも直せない朔太郎のことを「下手な手品なんか見せられたって役に立たない」とこぼす稲子の姿を長女・葉子は『朔太郎とおだまきの花』で描いている。

赤い玉というのは四つ玉と呼ばれる手品で、指の間に挟んだ玉が増えたり消えたりするマジックだが、指先の技術をかなり必要とする。他にも、シンブルの消失やハンカチの色変わり、ハンカチの消失（引きネタ）を披露したり、トランプではフォース（マジシャンの思い通りのカードを観客に選ばせる高度な技法）の練習をしたりしていたことが伝わっているが、そのほとんどは失敗談で、テクニックが必要な手品を好んだ割に、その努力は実らなかったようだ。

それでも、朔太郎の手品への熱意はさめることがなく、晩年に入会した東京アマチュア・マジシャンズ・クラブ（通称ＴＡＭＣ）の月二回の例会には、毎回いそいそと参加していたらしい。ＴＡＭＣへの入会経緯や年月日は未詳だが、昭和一二年四月二五日発行の会報に「新入会員」として朔太郎の名があることが最近になって確認されており、昭和一一年五月から翌年四月までのどこかで入会したことが判明している。

この昭和一一年の夏に、朔太郎は江戸川乱歩から手品を見に来るよう誘われており、それに刺激を受けてさらに手品熱が高まったのか、秋には「詩の本質性について」（『四季』一〇月号）と題した小論で「詩人は手

▲松旭斎天一一座「十字刑の磔」(明治20年頃)、撮影：ファルサーリ
(『写真帖 JAPAN』東京都江戸東京博物館蔵、画像提供：東京都江戸東京博物館 / DNPartcom)

品師と同じである」と、詩とマジックの類縁性まで述べるようになる。昭和一五年に刊行された最後のアフォリズム集『港にて』でも「詩人はその文学の上で、お洒落をしたり、ユーモアを弄したり、手品をして見せたりすることへの熱意――遊びへの熱意――を持たねばならぬ。」（「遊びへの熱意」冒頭）と語っている。

　種が丸わかりの手品を得意げに披露して観る者を困惑させたり、たびたび失笑を買ったりしていた朔太郎だが、その一方で手品は単なる趣味の範疇をこえて、彼の詩学にも通底するものであった。朔太郎の数少ない小説作品「猫町」も、合理的な種明かしが語られながら、なお強烈な幻想性を読者に与える点は実に手品的と言えるだろう。

　では、詩論や小説ではなく、詩の実作にもマジックとの関連は見出せるだろうか。その糸口となるのが晩年の随筆「松旭斎天一の奇術」（「文藝春秋」昭和一六年六月号）である。松旭斎天一は明治期の日本に西洋奇術を広めたマジシャンで、朔太郎は子どもの頃に見たその舞台を忘れがたい思い出として語っている。

　若い洋装の女を十字架にかけてハリツケにし、槍で両腋を突いて殺すのを見た。槍で突かれる毎に、女は悲鳴をあげて泣き叫び、血がたらたらと流れ出した。これは女の上衣の腋の下に、血糊を入れて袋が隠してあり、それを槍で突いて破るのだから、奇術でも手品でも何でもなく、普通のありふれた芝居にすぎないのだが、女の洋装が異国趣味の上に、背景が西洋風の墓地になつて居り、青白い月が出て居たりするので、何となく西洋怪談といふ感じがした。女の息が絶え果ててから、屍体をおろして棺桶の中に入れ、周囲を固く釘づけにする。それから後が手品になつて、天一が早変りで坊主（これは日本の坊主である）になり、何か経文を称へてゐる中、今殺されたばかりの女が、目も醒めるやうな美装をして花道から笑ひながら出て来るといふ仕組であつた。

歴史研究者の長野栄俊によれば、天一がこの「十字刑の磔」を上演していたのは明治二一年から二五年までで、各地で評判になったにもかかわらず、その残虐な演出が問題視され、やがて封印されてしまったという。同文中で朔太郎は「大砲人間」についても述懐しているが、こちらの初演は明治二二年なので、朔太郎が天一の奇術を見たのは早ければ三歳ごろということになる。物心がつきはじめる頃に目にしたそれらの舞台が、朔太郎に強烈な印象を残したことは想像に難くない。

この「十字刑の磔」に見られる女の死体や西洋風の墓地、月の青白さといったイメージは、朔太郎の詩「艶めかしい墓場」「猫柳」（『青猫』）や「青猫（以後）」（第一書房版『萩原朔太郎詩集』）の詩群に登場する死骸や亡霊の女を容易に想起させるだろう。それらは従来、ポーの詩篇からの影響がつとに指摘されてきたが、幼年期に見た奇術の鮮烈な印象もまた、その詩の幻想的なビジョンに流れ込んでいると考えられる。朔太郎の手品趣味は「四季」の編集人であった堀辰雄が述懐したように、単なる道楽では済ませられない側面を多分に有するのである。

◀▲朔太郎のトランプ
Bee（1937年製）

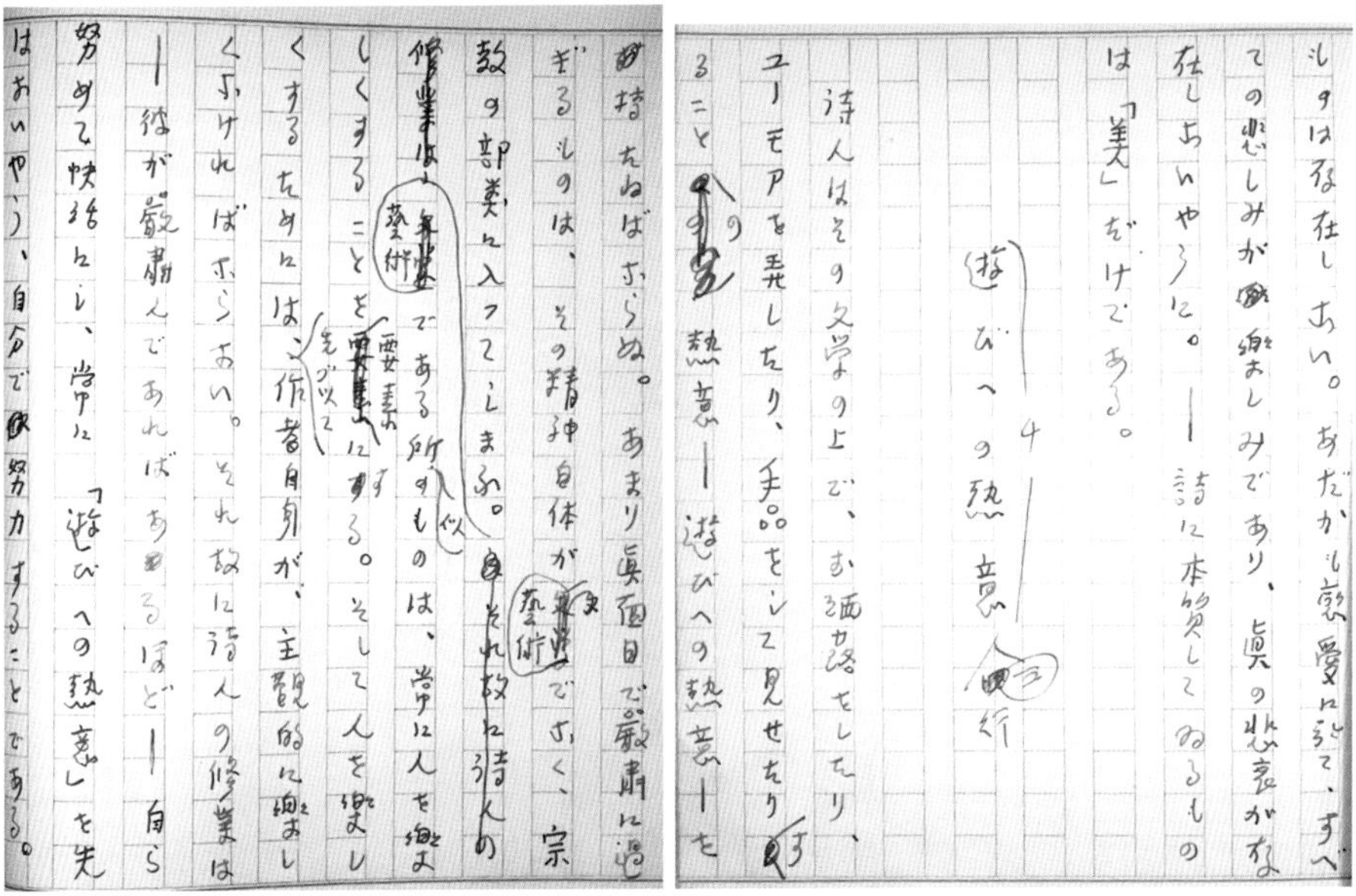
しかは存在しない。あだかも恋愛に於て、すべての悲しみが歓楽しみであり、真の悲哀が存在しないやうに。——詩に本質してゐるものは「美」だけである。

遊びへの熱意

詩人はその文学の上で、お洒落をしたり、ユーモアを弄したり、手品をして見せたりすることの熱意——遊びへの熱意——を持たねばならぬ。あまり真面目で厳粛に過ぎるものは、その精神自体が芸術でなく、宗教の部類に入ってしまふ。それ故に詩人の修業は芸術である所以のものは、常に人を楽しくすることを要素にする。そして人を楽しくするためには、作者自身が、主観的に楽しくなければならない。それ故に詩人の修業は——彼が厳粛であればあるほど——自ら努めて快活にし、常に「遊びへの熱意」を失はないやう、自分で努力することである。

▲ 自筆原稿「遊びへの熱意」

萩原朔太郎と戦争

安 智史

萩原朔太郎の生きた、明治から昭和戦前期、男性には兵役義務が課されていた。旧制中学卒業後の学校遍歴の一因にも、戦前の学生の特権であった徴兵猶予を受けるため、という側面があったと推測される。

もっとも、朔太郎の徴兵検査の結果は丙種合格で、これは不合格ぎりぎりだった。前橋で簡易点呼を受けた際、右向けの号令に、朔太郎のみ左を向いてしまったという、彼の愛好したサイレント喜劇俳優のような身振りのエピソードもある。

朔太郎の詩篇も、ちぐはぐで、ときにグロテスクな身体感覚で一貫し、『氷島』ではついに、軍隊の漢語口調までゆがめてしまった。こういった、軍隊的な規律訓練を逸脱する身体／言語感覚そのものが、近代日本の軍国主義にたいする、根源的な異和の表現といえるだろう。

しかし、一方で朔太郎自身が、「戦争」に連なる破壊的なエネルギーに惹かれる側面もあったことはまちがいない。のちに引用するように、晩年期の朔太郎はヒトラーとナチス・ドイツを称賛している。このとき朔太郎は同時代、ヨーロッパで進行していたナチス・ドイツの蛮行、ホロコーストの事実を夢にも想定しておらず、ヒトラーの本質を見誤っていたこともまちがいない。

もともと朔太郎はドイツびいきだった。ドイツが敵国であった第一次大戦期の、生前未発表ノート中には、世界戦争による、各国のナショナリズムの高まりを肯定する言葉とともに、「全世界を敵としてたたかふ独乙、／（中略）／切に独乙の勝利を祈る。」（「己れのために闘ふもの」「ノート五」）、「独乙は今や全世界を対手として闘つてゐる。あらゆる非人間的なるものを敵として戦《ママ》つてゐる。」（「真の勇者」「ノート七」）など、「全世界を対手として闘」うドイツへの共感と、高揚感をくりかえし記し、「感情」第十号（一九一七年五月号）編輯後記では〈●私は独乙が〇〇《ママ》だ。独逸は徹底してゐる。〉と記している。このドイツびいきは、やがて没年の「文化人であつた仏蘭西人が、若く潑剌たる独逸人に敗れたことも当然」（「危機の芸術」（「新女苑」一九四二年二月号））と述べる、朔太郎晩年期の「若く潑剌たる」ナチス・ドイツ称賛にまで通じていた、と言えるだろう。

　朔太郎には「或る野戦病院における美談」（初出タイトル「ある野戦病院に於ての出来事」）という、国家が国民を戦争に駆り立て「戦場に於ける「名誉の犠牲者」」を産み出す「国家的奸計」を徹底批判する名アフォリズムがある（そのため初出誌は発禁、廃刊となった。改稿して『虚妄の正義』所収）。ナショナリズムと戦争を結びつけて扇動することへの警戒心は充分にあった。にもかかわらず、時には右のように、おや？　と思わせる意見を表明してしまうこともあったことは注記しておきたい。

　その原因として、戦争への恐怖のみならず、魅惑という側面をも、朔太郎が認識していたことが考えられる。

　朔太郎は、法的に制度化された国家権力（という暴力）によって強いられる、生命の限界状況・死への恐怖をもたらす戦争には反発した。しかし一方で、戦争がはらむ、まがまがしいエネルギーそのものには、魅惑される側面があったのではないか。

　現象として現れる国家間の戦争・残虐行為とは別のレベルでの、根源

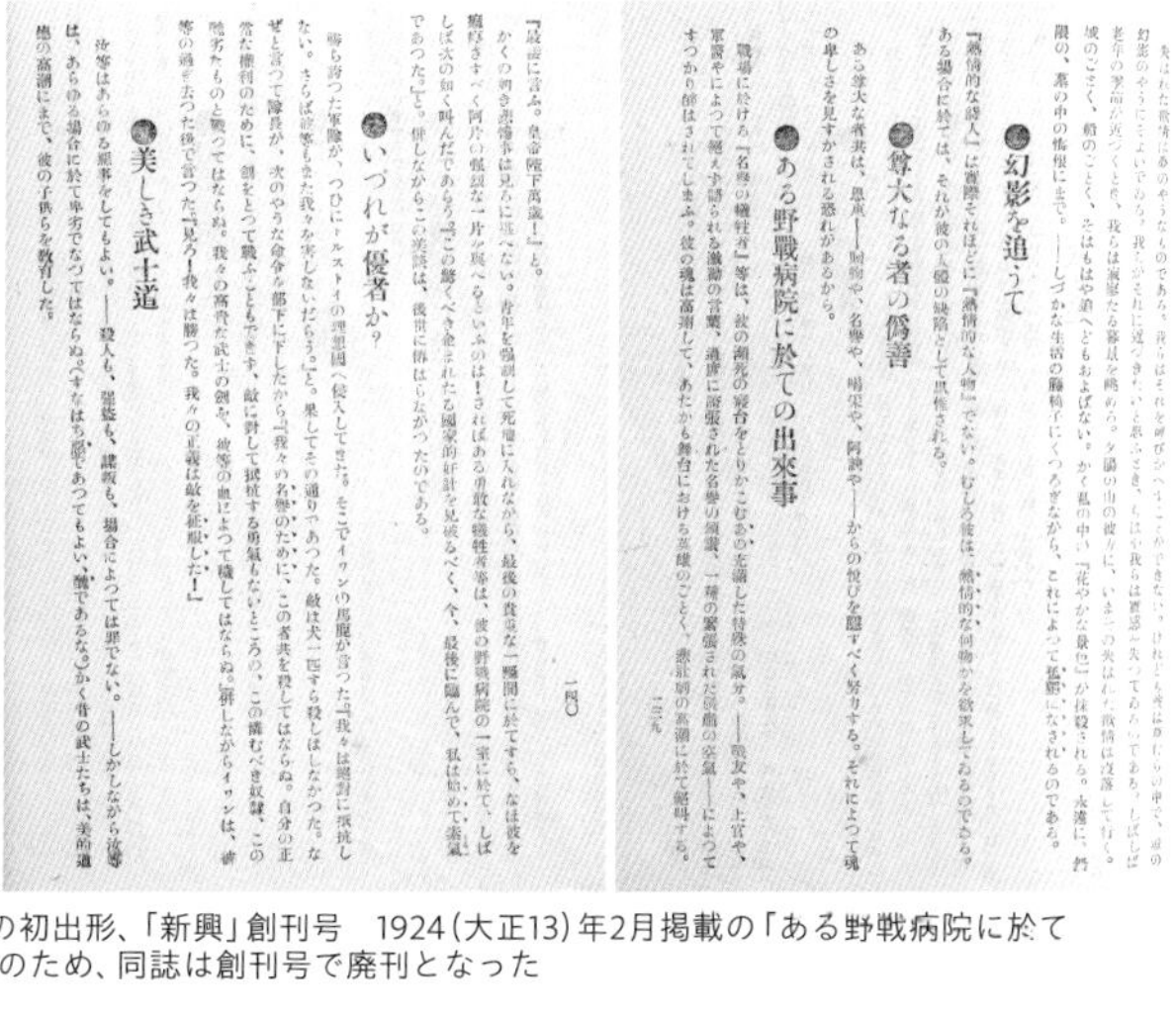

失はれた感情はあのやうなものである。我らはそれを呼びかへすことができない。けれども或はわれらの中で、夢の幻影のやうにそよいでゐる。我らがそれに近づきたいと思ふとき、もはや我らは置場を失つてゐるのであろう。しばしば老年の寥濶が近づくとき、我らは寂寥たる暮景を眺める。夕陽の山の彼方に、いまその失はれた感情は沒落して行く。城のごとく、館のごとく、それはもはや追へどもおよばない。かく私の中の『花やかな景色』が抹殺される。永遠に、[illegible]限の、暮の中の情根にまで。――しづかな生活の籐椅子にくつろぎながら、これによつて孤獨になされるのである。

●幻影を追うて

『熱情的な詩人』は實際それほどに『熱情的な人物』でない。むしろ彼は、熱情的な何物かを欲求してゐるのである。ある場合に於ては、それが彼の人格の缺陷として思惟される。

●尊大なる者の僞善

ある尊大な者共は、思想――財物や、名譽や、喝采や、阿諛や――からの悦びを隱すべく努力する。それによつて魂の卑しさを見すかされる恐れがあるから。

●ある野戰病院に於ての出來事

戰場に於ける『名譽の犧牲者』等は、彼の瀕死の寢台をとりかこむあの充溢した特殊の氣分。――戰友や、上官や、軍醫やによつて絶えず語られる激勵の言葉、通俗に誇張された名譽の頌讃、一種の緊張された悲劇の空氣――によつてすつかり醉はされてしまふ。彼の魂は高翔して、あたかも舞台における英雄のごとく、悲壯劇の高潮に於て絶叫する。

二三九

『最後に言ふ。皇帝陛下萬歳！』と。

かくの如き悲慘事は見るに堪へない。青年を強制して死地に入れながら、最後の貴重な一瞬間に於てすら、なほ彼を瞞着さすべく阿片の幅廣な一片が與へられるといふのは！されば或る勇敢な犧牲者等は、彼の野戰病院の一室に於て、しばしば次の如く叫んだであらう。『この驚くべき企まれたる國家的奸計を見破るべく、今、最後に臨んで、私は始めて正氣であつた』と。併しながらこの悲鳴は、後世に傳はらなかつたのである。

●いづれが優者か？

嘗て誇つた軍隊が、つひにトルストイの理想國へ侵入してきた。そこでイワンの馬鹿が言つた。『我々は絶對に抵抗しない。さらば汝等もまた我々を害しないだらう。』と。果してその通りであつた。敵は犬一匹すら殺しはしなかつた。なぜと言つて隊長が、次のやうな命令を部下に下したから。『我々の名譽のために、この者共を殺してはならぬ。自分の正當な權利のために、劍をとつて戰ふこともできず、敵に對して抵抗する勇氣もないところの、この憐むべき奴隷、この卑劣なものと戰つてはならぬ。我々の高貴な武士の劍を、彼等の血によつて穢してはならぬ。』併しながらイワンは、敵等の過ぎ去つた後で言つた。『見ろ！我々は勝つた。我々の正義は敵を征服した！』

●美しき武士道

汝等はあらゆる罪事をしてもよい。――殺人も、强盜も、謀叛も、場合によつては罪でない。――しかしながら汝等は、あらゆる場合に於て卑劣であつてはならぬ。（すなはち惡であつてもよい、醜であるな。）かく昔の武士たちは、美的道德の高潮にまで、彼の子供らを教育した。

二四〇

▲「或る野戦病院における美談」の初出形、「新興」創刊号　1924（大正13）年2月掲載の「ある野戦病院に於ての出来事」。この記事による発禁のため、同誌は創刊号で廃刊となった

的な暴力的エネルギーへの憧れ。制度化された権力・暴力装置を破壊し、さらには自己自身をも破壊しかねない、いわば純粋な暴力の発現へのあこがれ。それは一九一四年から一五年にかけての「SENTIMENTALISM」「感傷詩論」といった散文詩・詩的散文（いずれも生前詩集に未収録）に表象された自己破壊的なエネルギーや、『蝶を夢む』収録の「僕等の親分」「絶望の逃走」（いずれも初出一九二二年）などに見られる、アナーキスティックなエネルギーの表出に、連なるものだろう。

ただしこの、純粋な暴力的エネルギーと、国家権力によって制度化された生命の圧殺とは、現実の戦争においては混交してあらわれる。第一次大戦期の生前未発表ノート中には、のちの江戸川乱歩「芋虫」を連想させる、四肢を切断された兵士を描く一節がある。朔太郎はここで「ある意味に於て戦争は人生の最も美しい詩」と述べつつ、しかし一方で、その結果生み出される兵士の生命の極限状況や、国家の強制する死（死刑）には抗議している（「ノート七」中、「禁断された言葉」「憎みてもあまりある」「戦慄すべき犯罪」）。ここにも、戦争をめ

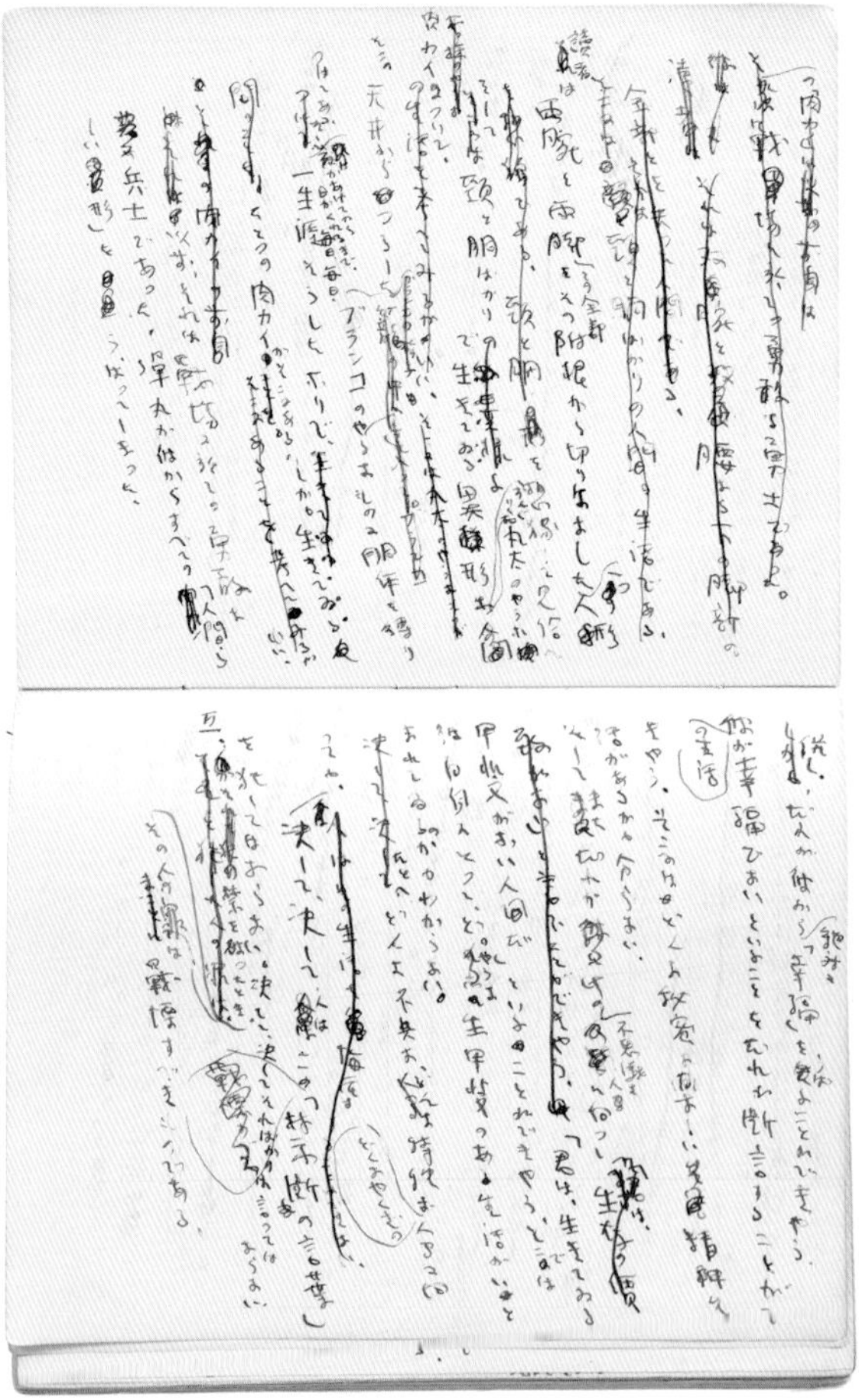
▲自筆ノート「ノート七」中「禁断された言葉」より。四肢を切断された兵士が描かれている

ぐる朔太郎のアンビバレントな認識が、端的にあらわれている。

一方で一九二〇年代以降、直接に戦争／軍隊を詩の題材にする際には、「この兇逞な機械の行くところ／どこでも風景は褪色し／黄色くなり／日は空に沈鬱して／意志は重たく圧倒される。」（「軍隊」初出一九二二年。初版『青猫』所収）など、それは圧殺される生命の「憂鬱」とむすびつけられる。以後、前掲のアフォリズム「ある野戦病院に於ての出来事」、戦場風景を「悲しげ」「憂鬱」「寂しげ」などと結びつける散文詩「戦場での幻想」（初出一九三二年、『絶望の逃走』『宿命』所収）、日清戦争の英雄を戯画化し批判する異色の短編小説「日清戦争異聞（原田重吉の夢）」（一九三五年）に至るまで、朔太郎テクストにおいて戦争は、ときに生命を圧殺する国家暴力への抗議をはさみつつ、基本的には憂鬱とノスタルジアの詩情に整理される。

それが日中戦争期以降、新聞社から戦意高揚を意図して注文され、朔太郎自身、意図としてはそれに応じたはずの、朔太郎ゆいいつの戦争協力詩「南京陥落の日に」（一九三七年）をも、憂鬱な、高揚としてはあまりに力弱い詩篇たらしめたのではないか。

また、火野葦平『麦と兵隊』を論じたエッセイ「日本人の戦争文学」（一九三九年）や、映画中のヒトラーの表情を日本人と対比した「日本人的なる表情」（一九四一年）などで朔太郎は、日中戦時下の日本の兵隊の個性を押し殺し、悲しみをこらえる傾向を「物のあはれ」的な「浪花節的センチメンタリズム」の発現としてみている。ここにも憂鬱の詩情との連続性が読み取れるかもしれない。ただし、もののあはれ的感傷性そのものは、一方では日本兵の略奪行為（『麦と兵隊』には食料の現地調達の描写がしばしばある）や残虐行為（『麦と兵隊』最後の、捕虜の斬首描写は、戦前版では削除されていた）の側面を、感傷の裏側に隠蔽しかねないだろう。

朔太郎の生きた一九世紀末から二〇世紀前半は、日本に近代国家が成立し、本格的な対外戦争が開始され、アジア太平洋戦争に至る時代でもあった。同時代状況のなかで「戦争」をさまざまな角度から思考しつづけた朔太郎の足跡、その可能性と限界をたどり、見直すことは、私たちの未来に向けての教訓ともなるだろう。

朔くん断片④ 清家雪子

何もかもうまくいかない朔先生はご飯も盛大にこぼします
朔先生を尊敬する若者が　初めて食事を共にする時
もう おなかいっぱい
必ず目の当たりにし尊敬心を試される光景です
だから家ではママに縫ってもらった前掛けをするし
サク
犀さんの家で食べる時は新聞紙を敷かれます
あれだけ神経質なのにそんな扱いには特段気にしてなさそうな朔先生
僕のような訓練された朔信者はその姿に尊みを感じるのです

V

朔太郎を深く知る

フランス文学との関係

野村喜和夫

　このテーマは編集部から与えられたものだが、無理筋という気がしないでもない。朔太郎はフランス語が読めなかったばかりか、翻訳でのフランス文学もあまり読んだ形跡がないのではないか。「ふらんすへ行きたしと思へども／ふらんすはあまりに遠し」という慨嘆は、まさにその通りだったというほかないだろう。朔太郎ワールドの関連項目にわずかにボードレールの名が挙げられるかもしれないが、それも影響というよりは両者の文学史的位置の類似性という観点からである。

　ともあれ、フランス象徴主義が日本近代詩に与えた影響は計り知れない。朔太郎もその圏域に入ってしまうのだ。端緒は言うまでもなく上田敏の訳詩集『海潮音』で、そこに広義の象徴主義にくくられるボードレール、マラルメ、ヴェルレーヌが翻訳紹介される。この三人のうち、のちにとくに広汎な影響を及ぼしていったのがボードレールだった。

　無理解と混乱もあった。日本の象徴主義受容についてしばしば言われるのが、象徴を用いる技法一般と象徴主義との混同である。マラルメに近づき得た蒲原有明はともかく、「白露時代」を築いた情緒過多の北原白秋や三木露風までもが、あろうことか、象徴主義を標榜したのだった。

　それを乗り越えるように、ついに萩原朔太郎があらわれる。朔太郎はボードレールへの熱い思いを語ることがあり、実作においても詩集『青猫』にボードレール的主題があらわれたりしたが、それほどボードレールに傾倒したとは思えない。傾倒を言うなら、朔太郎と同郷の大手拓次こそ、詩壇の趨勢とは無縁に、文字通りボードレールに熱中した。朔太郎の場合特筆すべきは、やはり、読んだ読まないはともかく、この『悪の華』の詩人を意識しつつ、自らが日本のボードレールともいうべき詩史的位置を獲得してしまったということだろう。

その朔太郎に、ランボーの光芒も一瞬煌めいたのである、と書いたら、読者は驚かれるだろうか。実は私もそうなのだ。いつだったか、朔太郎の詩を通読していて、ある種新鮮な驚きの念に打たれたことがある。第三詩集『蝶を夢む』後半の「松葉に光る」には、犀星、暮鳥と組んだ人魚詩社時代の散文詩数篇も収められていて、朔太郎はそれを「「月に吠える」前派の傾向」とみずから呼んだが、それを辿るうち、「Omega の瞳」と題されたつぎの短い作品に出くわしたのだ。

▲『悪の華』村上菊一郎訳　恩地孝四郎装丁　1936年　版画荘

Omega の瞳

死んでみたまへ、屍蠟の光る指先から、お前の霊がよろよろとして昇発する。その時お前は、ほんたうにおめがの青白い瞳《め》を見ることができる。それがお前の、ほんたうの人格であった。

ひとが猫のやうに見える。

(『蝶を夢む』)

「死んでみたまへ」という挑発的な書き出し、硬質な言葉の運び、戦慄的な昇天のイメージ。たしかにそこには、『月に吠える』前夜の、未成のまま詩史の闇に消えた「言語革命」(北川透)の片鱗があるといえる。そしてなにより、「おめがの青白い瞳」に私は驚いてしまったのである。ランボーではないか。ランボーのもっとも名高い韻文詩のひとつ、「母音」の最終行にも、「おおオメガ、あの人の眼の紫の光線!」とある。朔太郎はランボーを読んでいた?!

かつて私は、『萩原朔太郎』(中央公論新社、二〇一一年)のなかでこの詩を取り上げ、以下のように書いたことがある。「「おめが」とはギリシャアルファベットの最後の文字のことであるから、「究極の」というほどの

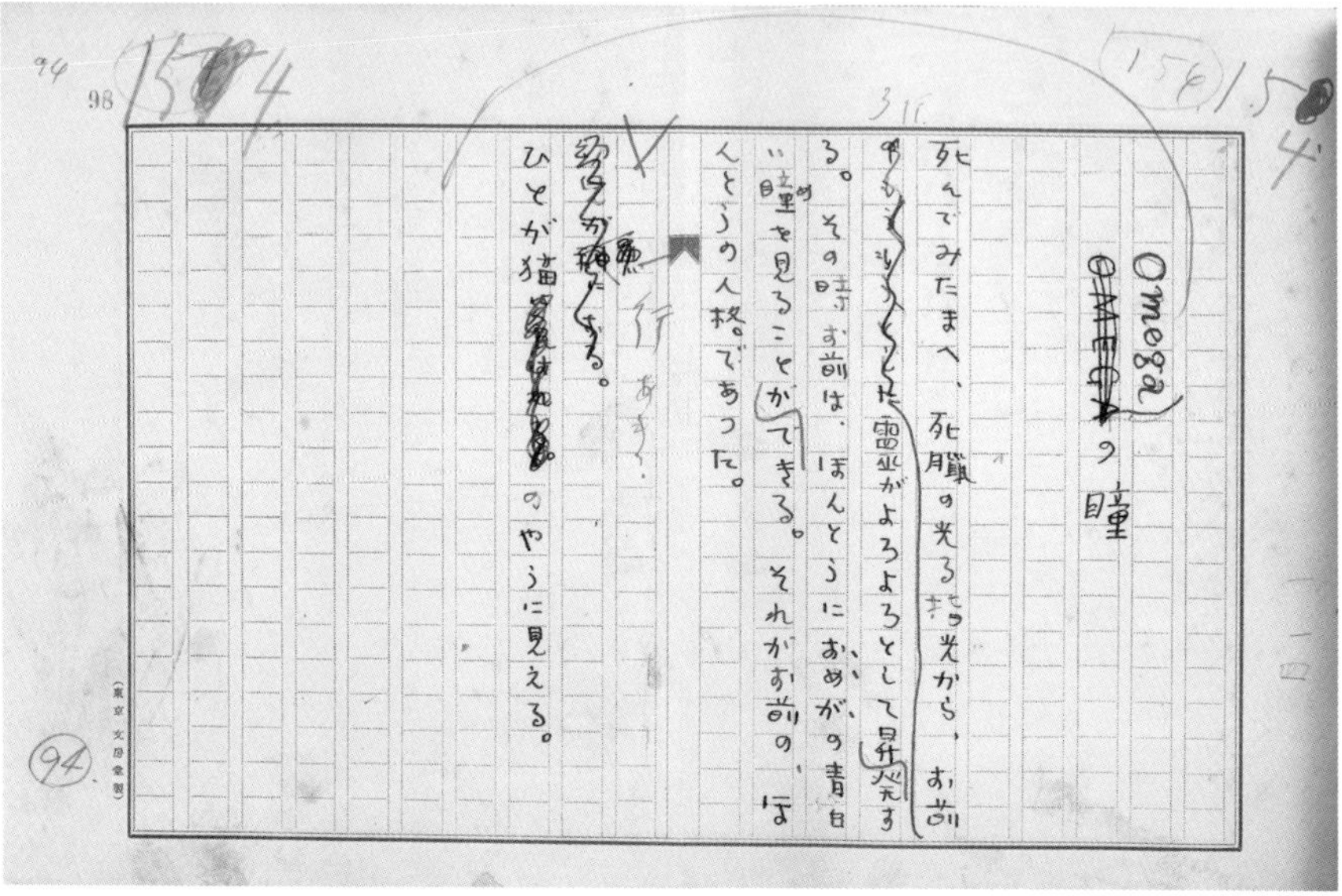

▲ 自筆原稿「Omega の瞳」

意味であろう。あるいは、「私はアルファでありオメガである」と語ったイエス・キリストをほのめかしているのかもしれない。ランボーの名高いソネット「母音」も「おおオメガ、あの人の眼の紫の光線！」と締めくくられるが、大正初期にはまだこの詩は翻訳されていなかった。」

つまり、「おめがの青白い瞳」の出現はただの偶然の暗合とみなしたわけだが、つくづく、いい加減な判断でものを書くべきではないと思う。この「大正初期にはまだこの詩は翻訳されていなかった」という、さも周知の事柄を確認するような記述には、じつは事実誤認があったのだ。その後私は、明治末に蒲原有明によって「母音」の本邦初訳がなされている事実を知り、耳が赤くなるのを覚えた。それだけではない。岩野泡鳴の訳によるアーサー・シモンズの『表象派の文学運動』が刊行されたのは一九一三（大正二）年で、その「アルチュール・ランボー」の章の末尾に「原注」として「母音」が訳出されているのである。朔太郎の「**Omega** の瞳」が書かれたのも大正三、四年頃であるから、彼は有明の訳か岩野泡鳴の重訳のどちらかで、ランボーの「母音」を読んでいた可能性があるということになる。

　ただ、朔太郎のテクストに戻って、「おめがの蒼白い瞳」が出るまでは、「屍蠟の光る指先から、お前の霊がよろよろとして昇発する」と、いかにもポーの怪奇趣味やボードレールの腐肉のイメージそのままである。また、「ひとが猫のやうに見える」という結句も、その方面に戻ってしまっている。朔太郎におけるランボーの光芒は、仮にそれがあったとしても、波のまにまに姿を見せた鯨がすぐにまた海中に潜ってしまったように、ほんの一瞬の、そしてただ一度の出来事にすぎなかった。

　もう一頭の一瞬の鯨はシュルレアリスムだ。シュルレアリスムを受容するには少し早く生まれすぎた朔太郎だが、それでも、晩年の散文詩「虫」では、「鉄筋コンクリート」と「虫」という遠いもの同士を、それこそ無意識のうちに結びつけてしまう。読んだ読まないはともかく、がここまで及んでいるのであり、そこが朔太郎のすごいところでもあろう。

＊本稿執筆後、編集委員から、ランボーの「母音」について、「初めて翻訳がなされたのは、「帝国文学」（一九〇八年一月号）の折竹蓼峰訳の可能性もあります」とのご指摘がありました。また、「同時代では、やはり一九一三（大正二）年四月刊行の永井荷風の訳詩集『珊瑚集』中、「モオパッサンの扁舟紀行」でも、オメガの部分が原文のまま全文訳出されています。朔太郎がこれを読んだ可能性もあるのではないでしょうか？」とも。ここに付記して、本文への補足とします。

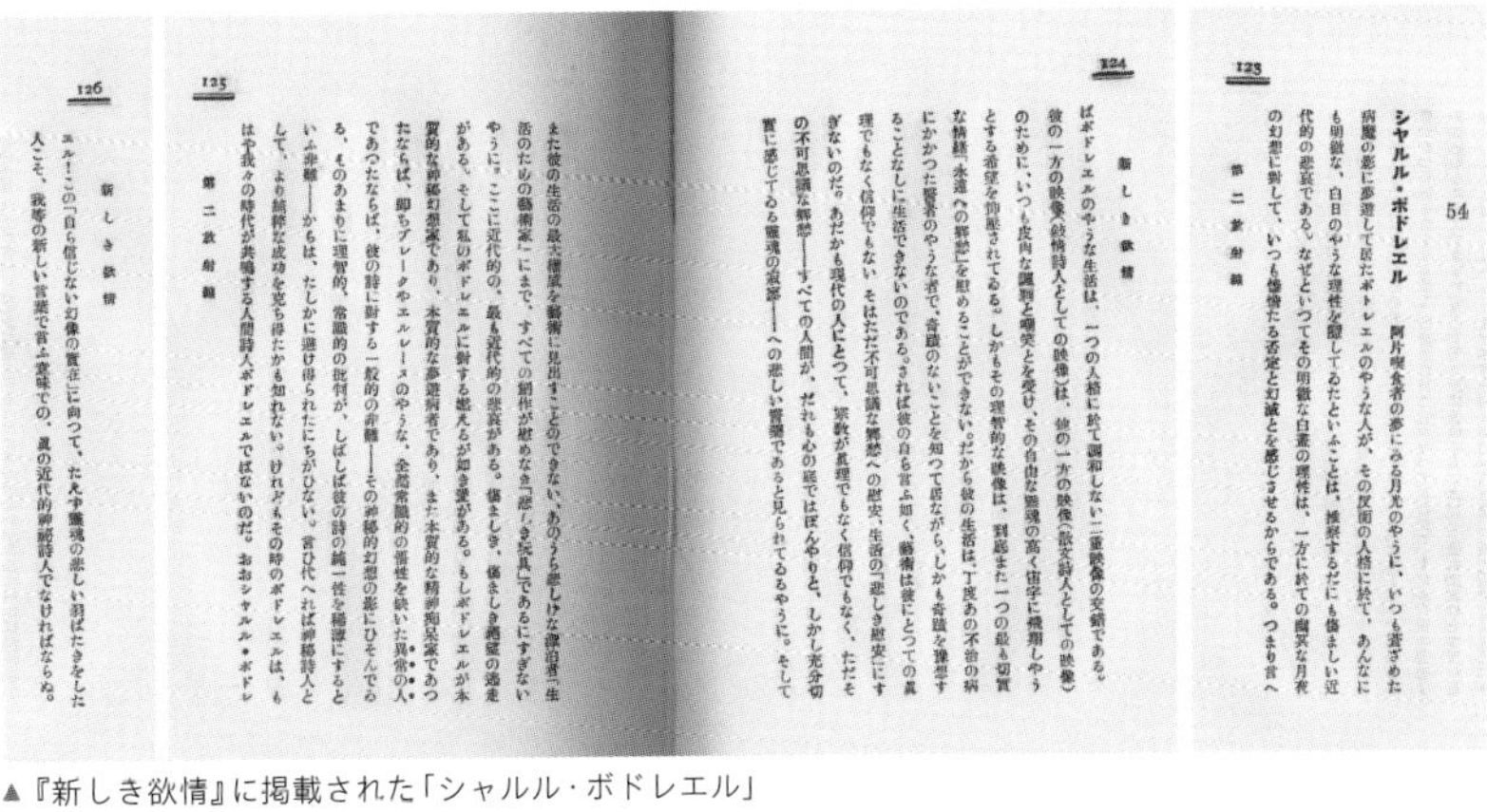
123
第二放射線
54
シヤルル・ボドレエル
阿片喫食者の夢にみる月光のやうに、いつも蒼ざめた病魔の影に夢遊して居たボドレエルのやうな人が、その反面の人格に於て、あんなにも明徹な、白日のやうな理性を藏してゐたといふことは、推察するだにも傷ましい近代的の悲哀である。なぜといつてその明徹な白晝の理性は、一方に於ての幽冥な月夜の幻想に對して、いつも憔悴たる否定と幻滅とを感じさせるからである。つまり言へ

124
新しき欲情
ばボドレエルのやうな生活は、一つの人格に於て調和しない二重映像の交錯である。彼の一方の映像（敍情詩人としての映像）は、他の一方の映像（散文詩人としての映像）のために、いつも皮肉な諷刺と嘲笑とを受け、その自由な靈魂の高く宙宇に飛翔しやうとする希望を抑壓されてゐる。しかもその理智的な映像は、到底また一つの最も切實な情緒「永遠への鄕愁」を慰めることができない。だから彼の生活は、丁度あの不治の病にかかつた患者のやうな者で、奇蹟のないことを知つて居ながら、しかも奇蹟を豫想することなしに生活できないのである。されば彼の自ら言ふ如く、藝術は彼にとつての眞理でもなく信仰でもない それはただ不可思議な鄕愁への慰安、生活の「悲しき慰安」にすぎないのだ。あだかも現代の人にとつて、宗教が眞理でもなく信仰でもなく、ただその不可思議な鄕愁――すべての人間が、だれも心の底ではぼんやりと、しかし充分切實に感じてゐる靈魂の哀鄕――への悲しい音樂であると見られてゐるやうに。そして

125
第二放射線
また彼の生活の最も[illegible]を藝術に見出すことのできない、あのうら寂しげな漂泊者「生活のための藝術家」にまで、すべての創作が慰めなき「悲しき玩具」であるにすぎないやうに。ここに近代的の、最も近代的の悲哀がある。傷ましき、傷ましき絶望の逃走がある。そして私のボドレエルに對する燃えるが如き愛がある。もしボドレエルが本質的な神秘幻想家であり、本質的な夢遊病者であり、また本質的な精神痴呆家であつたならば、即ちブレークやエルレースのやうな、全然常識的の智性を缺いた異常の人であつたならば、彼の詩に對する一般的の非難――その神秘的幻想の影にひそんでゐる、そのあまりに理智的、常識的の批判が、しばしば彼の詩の純一性を穢濁にするといふ非難――からは、たしかに避け得られたにちがひない。言ひ代へれば神秘詩人として、より純粹な成功を克ち得たかも知れない。けれどもその時のボドレエルは、もはや我々の時代が共鳴する人間詩人ボドレエルではないのだ。おおシャルル・ボドレ

126
新しき欲情
エル！この「自ら信じない幻像の實在」に向つて、たえず靈魂の悲しい羽ばたきをした人こそ、我等の新しい言葉で言ふ意味での、眞の近代的神秘詩人でなければならぬ。

▲『新しき欲情』に掲載された「シャルル・ボドレエル」

ロシア文学の救い

亀山郁夫

萩原朔太郎は、「悪霊」に取りつかれた作家である。意識という名の悪霊である。その朔太郎にとって、ロシア文学は、ほぼドストエフスキーの名と同義語であり、詩人はそこに青春時代の迷いから脱するための大きな支えを見いだした（朔太郎はのちにドストエフスキーを「文学者の神様」「天才以上の天才」と呼ぶまでになる）。朔太郎は、ドストエフスキー以外のロシア文学にも親しんだが、当時、「白樺派の偶像」的存在だったトルストイには食指が動かなかった（「どうもぴったり」せず、「空読」のまま素通りしたと告白している）。ドストエフスキーとの出合いは、一九一四（大正三）年で、当時、朔太郎二八才。C・ガーネットによる英訳からの重訳（三浦関造訳『カラマゾフの兄弟』）で読んだ。木下豊房によると、前橋文学館所蔵の訳本には、「世界第一の書物はこれである」「キリストに至るの道はこれである」等の書き込みがあるという。当時、破滅的な生活を送る朔太郎にとって、ドストエフスキーが天啓にも近い読書体験を意味していたことがこれらの言葉から裏付けられる。『カラマゾフの兄弟』の主人公のなかでも、「極端な無神論者」であるイワンにとくに関心をもち、彼の精神的復活を切実に祈ったのも、詩人の迷いの深さを暗示するものだ。

他方、朔太郎にとって、ドストエフスキーが「唯一の神」たりえたゆえんは、その「二重性」にある（「握った手の感覚」）。原罪的感覚の虜となった朔太郎の心に、ゾシマ長老の一語一語が深く沁みわたった。それとは対照的に、彼は『カラマゾフの兄弟』の影の主人公スメルジャコフの人格「分裂」と不気味なユーモアにも興味を持った。朔太郎が一読者としていかに透徹した洞察力を持っていたかを物語る事実である。『カラマゾフ』に次ぐドストエフスキー体験は、『罪と罰』（「カラマゾフ以上に感激させられた」）。ニーチェ主義者の彼が、主人公ラスコーリニコフの抱くナポレオン思想に親しみを覚えたとしても何ら驚くにはあたらない（「ナポレオン的超人にならうとイデアした思想の哲学的心境」）。もっとも、彼が『罪と罰』から受けた感化は、たんに思想面にとどまらず、小説の個々のリアリティにまで及んだ。主人公ラスコーリニコフとの一体化の経験は、「老婆殺しの恐ろしい幻影」を夢に見させるにいたった。『罪と罰』以降、彼のドストエフスキー傾倒は、さらに拍車がかかるが（「彼の文庫を渉猟して、日本語の翻訳がある限り、一つ残さず読み耽った」）、その共感の底には、「気質的、血液類似型的の生理関係」があった。彼は従兄栄次宛の手紙の中で、自分がドストエフスキーに「共鳴する第一の要因」として犯罪に対する「神秘的な考え」をあげている。

◀『カラマゾフの兄弟』三浦関造訳 1914年　金尾文淵堂。中のページには朔太郎による多数の書き込みがあり、様々な文言が記されている

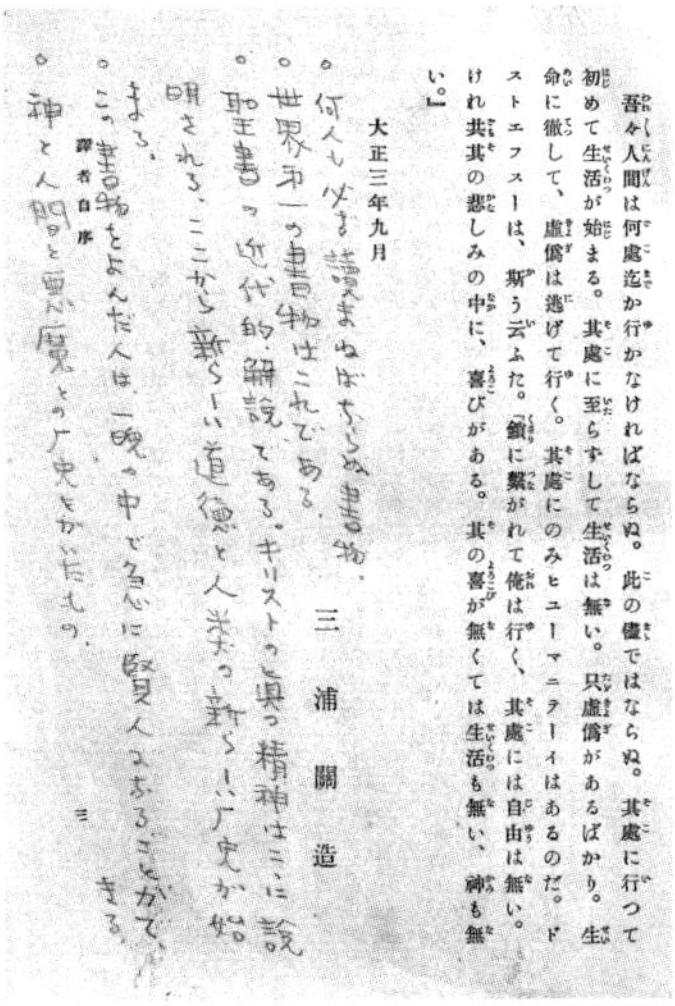

吾々《われわれ》人間《にんげん》は何處《どこ》迄《まで》か行《ゆ》かなければならぬ。此《こ》の儘《まゝ》ではならぬ。其處《そこ》に行《い》つて初《はじ》めて生活《せいくわつ》が始《はじ》まる。其處《そこ》に至《いた》らずして生活《せいくわつ》は無《な》い。只《たゞ》虚僞《きよぎ》があるばかり。生命《せいめい》に徹《てつ》して、虚僞《きよぎ》は逃《に》げて行《ゆ》く。其處《そこ》にのみヒユーマニテーイはあるのだ。ドストエフスキーは、斯《か》う云《い》ふた。「鎖《くさり》に繋《つな》がれて俺《おれ》は行《ゆ》く、其處《そこ》には自由《じいう》は無《な》い。けれ共《ども》其《そ》の悲《かな》しみの中《なか》に、喜《よろこ》びがある。其《そ》の喜《よろこび》が無《な》くては生活《せいくわつ》も無《な》い、神《かみ》も無《な》い。」

大正三年九月　　三浦關造

譯者自序

○何人も必ず讀まねばならぬ書物。
○世界第一の書物はこれである。
○聖書の近代的解説である。キリストの真の精神はこゝに説明される。ここから新らしい道徳と人類の新らしい歴史が始まる。
○この書物をよんだ人は一晩の中で急に賢人になることができる。
○神と人間と悪魔との歴史をかいたもの。

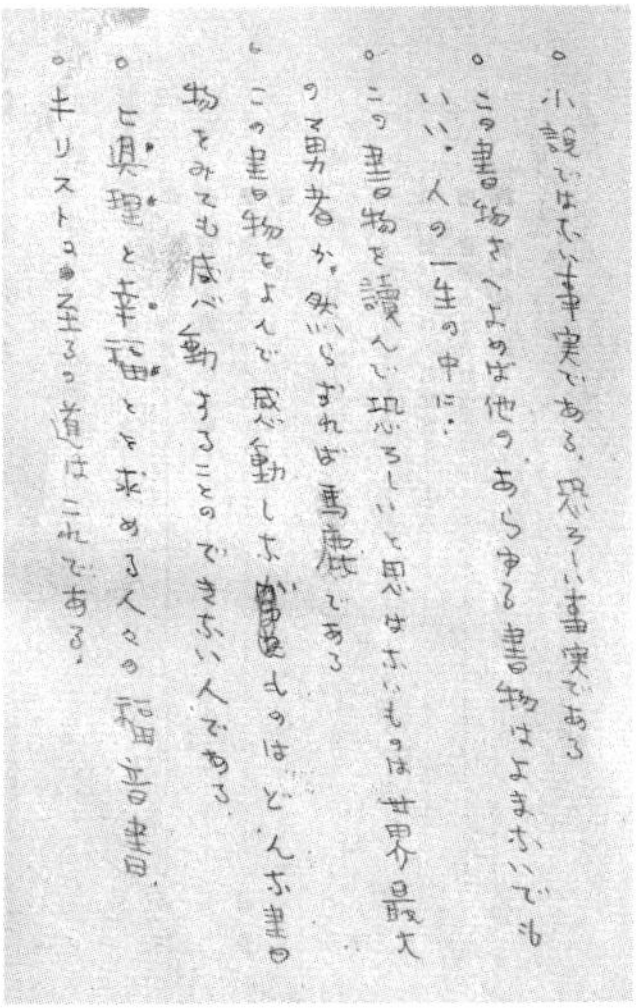

○小説ではない事実である。恐ろしい事実である
○この書物さへよめば他のあらゆる書物はよまないでもいい。人の一生の中に。
○この書物を讀んで恐ろしいと思はないものは世界最大の勇者か。然らずんば馬鹿である
○この書物をよんで感動しないものは、どんな書物をみても感動することのできない人である。
○真理と幸福とを求める人々の福音書。
○キリストに至るの道はこれである。

人間のあらゆる行為の中で最も霊性を有するものは犯罪だとも考へて居ます

▲ ドストエフスキー肖像

朔太郎のドストエフスキー理解が、彼のポー、ボードレール、ニーチェらの理解の延長上にあったのは当然である（「心理上でポオと共通し、思想上でニイチェ、ショーペンハウエルと類縁するところの作家」）。そしてそのなかでもとくに強い紐帯を見いだしていたのが、ポーだった。「ポオを考へることは恐ろしい」の一行が暗示するのは、意識の遊戯の末に顔を出す統御できない自己というモチーフである。ポーの『黒猫』『天邪鬼』でおなじみのモチーフで、現代風にいえば、一種のパニック障害。ドストエフスキーでは、とくに『悪霊』のスタヴローギンにその実例を見ることができるが、「ド氏の生理的内臓図」で書かれた詩集『月に吠える』にも、このモチーフが時おり顔を出している。しかし、何といってもその最大の証が、『絶望の逃走』における自殺のモチーフである。

朔太郎のドストエフスキー理解においてもっとも謎めいているのが、『悪霊』との関係だろう。彼の「生理的内臓図」にもっとも近いはずの『悪霊』について彼が総じて無関心だった事実について（「どういふものか興味がないので途中で止めた」）、清水正は「『悪霊』の凄さを理解できなかったというのも面白い事である」と書いている。これはたんなる推測だが、朔太郎は、『悪霊』のもつ散漫な構図に慣れ、物語の核心に入る前の段階で挫折した。彼が手にした『悪霊』は、大正四年七月に出た森田草平訳による英語、ドイツ語からの重訳版だが、そこには、詩人を心から震撼せしめたはずの「告白」の章は挿入されていない。「告白」の初訳が出たのは、大正一四年（木村荘太訳）であり、翌一五年には、春秋社刊『ドストイェフスキイ全集』（全一四巻）の『憑かれた人々（下巻）』に付録の形で出ている。残念ながら、その存在に気づき、手に取った形跡は見当たらない。私たち後世の読者は、そこに生じたすれ違いをもっと真剣に嘆いていい。

朔くん断片⑤ 清家雪子

※「野火」

朔太郎と地平線
その実存を読み直す

三浦雅士

　ジェームズ・ギブソンといえばアフォーダンス心理学の提唱者として有名だが、アフォーダンスの概念を得たのが、第二次大戦中にパイロットの離着陸を訓練する仕事に心理学の側からかかわった体験によることはあまり知られていないようだ。最初期の著作『視覚ワールドの知覚』によれば、パイロットの心理は、離着陸時に限らず、地平線の在り処を正確に把握しているか否かによって違ってくるというのである。二〇二一年に刊行した拙著『スタジオジブリの想像力』に書いたことだが、地平線なるものは、人間のみならずあらゆる生命体にとってきわめて重要だというこの指摘は、私には新鮮な衝撃だった。

　この観点からたとえば日本の詩歌を眺め返すと、定家、芭蕉、朔太郎が、申し合わせたようにそろって見事な地平線を描いていることが分かる。

見渡せば花も紅葉もなかりけり
浦の苫屋の秋の夕暮　（定家）

荒海や佐渡に横たう天の川　（芭蕉）

とほく渚の方を見わたせば、
ぬれた渚路には、
腰から下のない病人の列があるいてゐる、
ふらりふらりと歩いてゐる。　（朔太郎）

　思いつくままに挙げただけだが、定家、芭蕉、朔太郎いずれも、地平線あるいは水平線を見事に描いている。それも、地平線を具体的に指すのではなく、ひとつの光景を喚起するその強い力によって、画面遠くに引かれた横一文字を思い浮かべさせずにはおかないという仕組になっているのである。

叙景詩すなわち景色を描いて内面を暗示するとは言い古されたことだが、その景色の底に地平線が控えているか否かは歌人、俳人、詩人の力量にかかってくる。いま仔細に調べる余裕はないが、現代詩人のなかで地平線を明瞭に感じさせるのは、朔太郎のほかに賢治と中也くらいのものではないかと思う。

　引用に明らかだが、朔太郎の詩は病的である。定家、芭蕉と並べると際立つ。だが、たとえば、同時代人で互いに影響を与え合ったと言われる大手拓次は、朔太郎と同じほどに病的だが、少なくとも私には、地平線は感じさせない。拓次の、香水の匂いに満ちた密室は、むしろ地平線を隠すことで眩暈をもたらそうとしているように見える。山村暮鳥もそうだ。『聖三稜玻璃』などの前期の詩はもとより、『雲』のような一見叙景詩と思われかねない後期の詩でさえも、地平線はほとんど感じさせない。描かれた風景は、一茶と同じように人の声、人のぬくもりを感じさせても地平線は感じさせないのである。暮鳥にとって雲は人なのだ。

　これは私にはきわめて重大なことに思われる。朔太郎に実存の苦悩を見出して克明に指摘し、日本近代詩の独創性、さらには朔太郎の独創性を浮き彫りにして見せたのは那珂太郎だが、かりに朔太郎にとって地平線を描くことが詩の不可欠の要件であったとすれば、それはすなわち実存である人間の条件として地平線は不可欠の要素だということを意味するからである。というか、実存というもののそういう仕組をあらわにしたことによって、朔太郎はまさに天才だったということになる。朔太郎は、領域はまったく違うにもかかわらず、ギブソンと同じことを解明しているのだ。

『月に吠える』の「竹」など、およそ地平線とは無関係に思える。後連を引く。

かたき地面に竹が生え、
地上にするどく竹が生え、
まつしぐらに竹が生え、
凍れる節節りんりんと、
青空のもとに竹が生え、
竹、竹、竹が生え。

眼に着くのは垂直性のただひたすらなる強調なのだが、しかし、いつしか逆に、それらの垂直な竹を繁茂させる地平線の存在を思わせてしまうのである。まるで手品だ。同じ手品は「殺人事件」にもある。「とほい空でぴすとるが鳴る。」から始まり、事件の耽美的というほかない描写の後に、最終連の二行が続く。

みよ、遠いさびしい大理石の歩道を、
曲者《くせもの》はいつさんにすべつてゆく。

これこそ美的地平線とでもいうほかないものである。

だが、その鋭い感覚は、『青猫』はもとより、『蝶を夢む』、『「青猫」以後』、『純情小曲集』と一貫して続いてゆくのである。病的感覚は地平線を手放すことがない。『純情小曲集』の「夜汽車」でも「蟻地獄」でも「小出新道」でもいい。地平線の潜在を指摘できない詩はない。あたかも、壁を壊し、塀を破り、隣家を取り去れば、いずれ地平線が眼前することになる、と嘯《うそぶ》いてでもいるようなものだ。徹底している。

しかも、驚くべきことに、最後の詩集『氷島』にいたって、地平線は実存の苦悩そのものと合体するのである。「漂泊者の歌」の第一連を引く。

日は断崖の上に登り
憂ひは陸橋の下を低く歩めり。
無限に遠き空の彼方
続ける鉄路の柵の背後《うしろ》に
一つの寂しき影は漂ふ。

ここでは実存の苦悩がそのまま地平線の苦悩に重なってしまっているのだ。「帰郷」の冒頭も同じ。

わが故郷に帰れる日
汽車は烈風の中を突き行けり。
ひとり車窓に目醒むれば
汽笛は闇に吠え叫び
火焔《ほのほ》は平野を明るくせり。
まだ上州の山は見えずや。

『氷島』は刊行された直後から評判が良くなかった。はるか時を経て書かれた那珂太郎の朔太郎論においてさえ評価は低い。だが、朔太郎の人生を地平線との葛藤として捉え直すと、事態は大きく違って見えてくると、私には思える。

朔太郎と地平線については数十冊の研究書が書けそうである。

朔太郎と創作

朔太郎は原稿用紙やノートに様々なイラスト風の絵を描いたり、書簡には写生風のものからイラスト的なものまで多様な絵を描いている。また、自分でデザインした図案やマークなど、多種多様なものが残っている。

さらに自分の書籍以外にも、装幀を手がけたりもした。

▲自筆絵はがき
萩原栄次宛
1907（明治40）年4月

▲自筆絵はがき
萩原栄次宛
1905（明治38）年8月20日

▲自筆絵はがき
萩原栄次宛
1909（明治42）年1月1日

▲自筆絵はがき
萩原栄次宛
1905（明治38）年7月23日

▲原稿用紙の裏に描かれたゴンドラの下絵

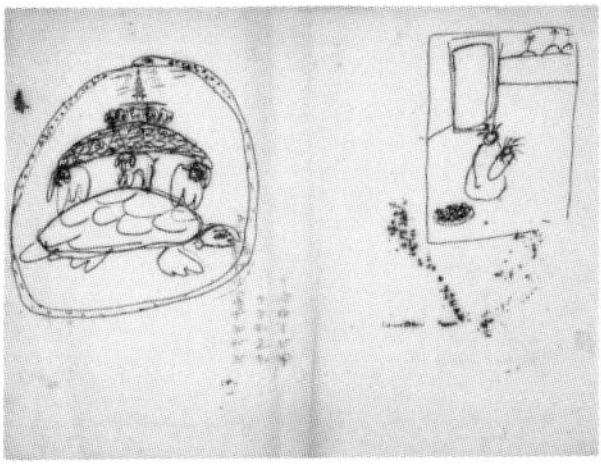

▲人魚詩社用の原稿用紙の裏に描かれた絵。左は、亀の背に3頭の象が乗り、塔を背負っている図

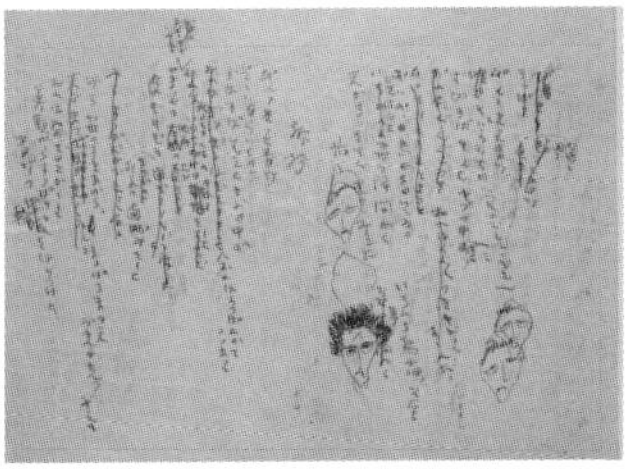

▲「祈禱」草稿に描きこまれた絵

朔太郎自らがデザインした図案

◀草花

◀カラス

◀ゴンドラ

朔太郎が手がけた装幀

▲**佐藤惣之助**
『わたつみの歌』
初版1941（昭和16）年7月
ぐろりあ・そさえて
表紙

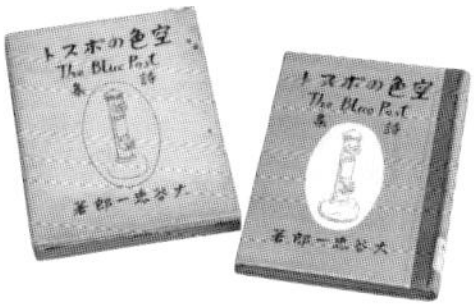

▲**大谷忠一郎『空色のポスト』**
初版1938（昭和13）年6月
鳳文書院
函（左）と表紙

いづこに家郷はあらざるべし

建畠　晢

　私は京都生まれ、京都育ちで、まぎれもなく京都が郷里なのだが、個人的にはどうもこのことばがしっくりこない。今も京都に片足を置いた生活を続けているということもあるのだろうが、「ふるさと」などという語感からはほど遠い町のように思えてしまうのだ。京都の人たちにとっても京はあくまでも「都《みやこ》」であって、地方という意識はまったくない。それはプライドであると同時に一種のシニシズムでもあって、その機微は、外部の方には分かりにくいに違いない。

　こんなことを記したのは、萩原朔太郎の『氷島』に収められた「帰郷」という、人生に敗れて郷里に向かうというには何とも特異な感情を宿した詩の意味を考えてみたいからである。

「帰郷」には「昭和四年の冬、妻と離別し二児を抱へて故郷に帰る」という題辞が添えられている。

　夜汽車の仄暗き車燈の影に
　母なき子供等は眠り泣き
　ひそかに皆わが憂愁を探《さぐ》れるなり。
　嗚呼また都を逃れ来て
　何所《いづこ》の家郷に行かむとするぞ。

だがその、

　汽笛は闇に吠え叫び
　火焔《ほのほ》は平野を明るくせり。
　汽車は曠野を走り行き
　自然の荒寥たる意志の彼岸に
　人の憤怒《いきどほり》を烈しくせり。

と、悲哀に満ちた帰郷にしてはあまりに鮮烈に闇を明るませて疾駆して行く。いかにも憤怒の情景であって、帰りゆく故郷には救いもなく慰めもない。

『氷島』の自序で朔太郎は自らを

「永遠の漂泊者」という。「いづこに家郷はあらざるべし。／汝の家郷は有らざるべし！」（「漂泊者の歌」）。この端的な述懐は、同じ「帰郷」と題された詩でも中原中也の『山羊の歌』に収められたそれとはなんと対照的であることか。

これが私の故里《ふるさと》だ
さやかに風も吹いてゐる
　心置なく泣かれよと
　年増婦《としま》の低い声もする

あゝ　おまへはなにをして来たのだと……
吹き来る風が私に云ふ

中也もまた漂泊者であり、敗残者ではあるが、帰ってきた故郷に吹く風が悔恨の情を誘うさやかな風であるのに対し、朔太郎のそれは「魂を切り裂く氷島の風」（「自序」）なのだ。「あらざる家郷」へと疾駆する汽車、悲しみと結び付いた怒りという「パツシヨネートな詠嘆」（「自序」）は、中也の深く心に沁み込むようなセンチメントとは全く異なった直截さをもって読む者の心を揺さぶる。それは彼が記すように私たちが忘れていた「詩的情熱の単一な原質的表現」（同上）というべき「ポエヂイ」のありようなのだ。

　そういえばもう一つの故郷のイメージがある。

ふるさとは遠きにありて思ふもの
そして悲しくうたふもの
よしや
うらぶれて異土の乞食《かたゐ》となるとても
帰るところにあるまじや
（室生犀星「小景異情―その二」）

前橋文学館の館長の萩原朔美が「前橋航海日誌」と題した連載エッセイの中で「故郷とは言葉の中にある」と端的に記したのは、おそらくはそのような故郷のありよう、もしくは故郷の不在のありようにかかわっているのではないか。あえていうならば故郷とは詩的距離のうちに初めて姿を見せるものなのである。

　とすれば私が長年、京都と東京を往復する散文的な生活の中で、知らぬ間に故郷にまつわる情感を見失ってしまったのも当然といえば当然の

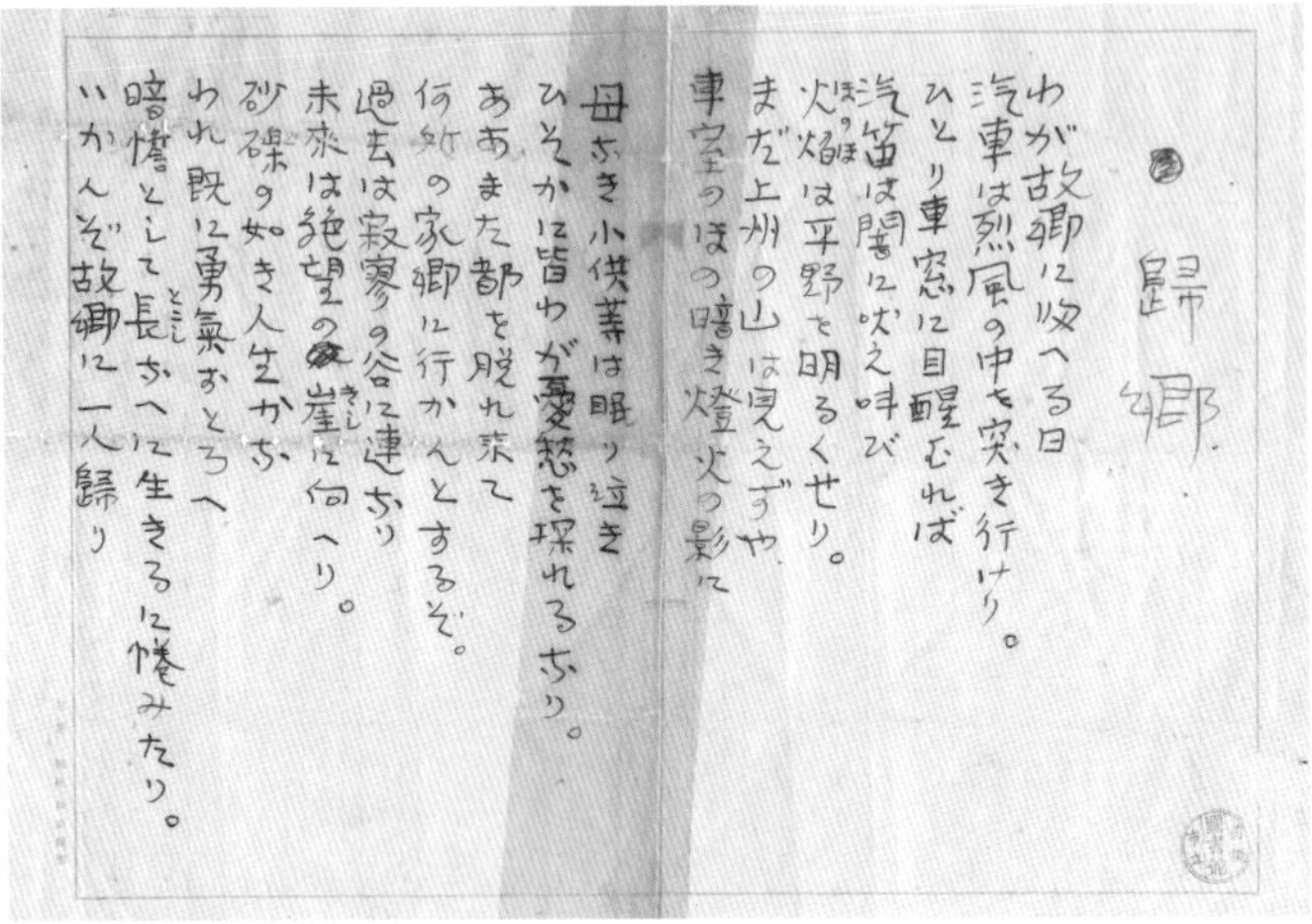
帰郷
わが故郷に帰へる日
汽車は烈風の中を突き行けり。
ひとり車窓に目醒むれば
汽笛は闇に吠え叫び
火焔《ほのほ》は平野を明るくせり。
まだ上州の山は見えずや。
車窓のほの暗き燈火の影に
母なき小供等は眠り泣き
ひそかに皆わが憂愁を探れるなり。
ああまた都を脱れ来て
何所の家郷に行かんとするぞ。
過去は寂寥の谷に連なり
未来は絶望の崖《きし》に向へり。
砂礫の如き人生かな
われ既に勇気おとろへ
暗憺として長《とこし》なへに生きるに倦みたり。
いかんぞ故郷に一人帰り

▲自筆原稿「帰郷」

ことなのだ。もちろんそれは善し悪しの話ではない。どこにも属さないということは、ある意味では都市の特質を客体視しうるということでもある。新幹線での味気ない往復では漂泊者を気取るわけにはいかないが、それでも京都人に固有のシニシズムが、この町の文化の、たとえば走泥社の前衛主義の背景にあることが見えてきたのは、私が半ばよそ者であったからだといえなくはない。

さらにいえば「風」である。京都では街を歩いていても窓を開けていても、風を感じることは少ない。京都人はあまり自覚していないだろうが、関東に比べて京都では台風でもなければ風の日はまれであるように思う。風は土地と結び付いており、東京駅に降りて不意にデジャビュにも似た感覚に襲われるのはホームを吹く風に触れた時である。牽強付会な物言いを許していただければ、中也の「帰郷」も、朔太郎の「氷島」も風によってもたらされた「ポエヂイ」なのだ。

まあ、妄言はこれまでにしておこう。ともあれ、前橋は朔太郎にとってアンビバレントな故郷であった。

ふらんすへ行きたしと思へども
ふらんすはあまりに遠し
せめては新しき背広をきて
きままなる旅にいでてみん。
（「旅上」）

という哀しい憧憬と断念は、「いづこに家郷はあらざるべし。」という漂泊者ならではの絶唱なのである。

朔くん断片⑥ 清家雪子

朔先生は当時には珍しく写真撮影も趣味でした
撮ってほしいなら撮ってあげるよ
いやいや僕じゃなくて
朔兄が撮る無二の親友の写真見たいなあ
貴方の兄さんじゃありませんよ
撮るのは風景と家族友達の写真は少ないね
萩原朔太郎 撮影写真
惣
佐藤惣之助作品から
そりゃいつも持ち歩いてるわけじゃないし…
犀くんを撮ってみてよ
犀？
でも犀は
大の写真嫌いなので
これがおれの精一杯

パノラマ館からの「目覚め」

田中 純

萩原朔太郎『宿命』（一九三九年）所収の「死なない蛸」では、「青ざめた玻璃天井の光線が、いつも悲しげに漂つてゐた」「そして腐つた海水だけが、埃つぽい日ざしの中で、いつも硝子窓の槽にたまつてゐた」「曇つた埃つぽい硝子の中で、藍色の透き通つた潮水と、なよなよした海草とが動いてゐた」といったように、作品全体が「青ざめ」「埃つぽい」「藍色の」光に満たされている。そんな水槽のなか、蛸は飢えのあまりおのれでおのれを食い尽くした挙げ句、何かもの凄い執念のような不可視の意志と化して残存する。蛸が姿を消した薄汚れた海水のなか、そんな意志の気配だけが執拗に残り続けるのだ。松浦寿輝はこのイメージのうちに、日本の近代が帰結した時間性の寓意を見ている。朔太郎にとっての「日本」とは、「死なない蛸」の棲む水槽のような何ものかだったのである（『明治の表象空間』新潮社、六八五頁）。

曇った水槽内の海水を照らすこの光の描写は、ヴァルター・ベンヤミンが一九三〇年代に書き続けた『パサージュ論』で、「十九世紀の首都」パリのパサージュに射し込む光を「汚く、かすんでいる」と語ったり、ルイ・アラゴン『パリの農夫』からパサージュに関する「どことなく深海を思わせる、海緑色の微光」「あの人間水族館の数々」といった一節を引いていたりしたことを思い起こさせる（『パサージュ論』岩波文庫、断片**F1,2**および**R2,1**）。ベンヤミンはまた、海中に没した都市を描いた作家フリードリヒ・ゲルシュテッカーの『沈める都市』の描写に、パサージュにおける都市経験が無意識を経由して昇華された表現を見ている（断片**R2,2**）。ベンヤミンによればパサージュとは——自分自身を喰らい尽くす蛸のように——経済的に没落した世界が都市のなかに保存された空間であり、ヨーロッパ近代の資本主義社会における「集団の夢」を代表する極めつきの廃墟だった。

朔太郎とベンヤミンはほぼ同時代に、日本とヨーロッパそれぞれの「近代」を、薄汚れた光で照らされた腐った海水のような空間のイメージによって具象化していたのである。『パサージュ論』に十九世紀パリにおける集団の夢の「想起」というベンヤミンの歴史認識の方法が認められるとすれば、朔太郎のとくに後期の散文詩や批評には、彼にとっての幼年時代であり、かつ、近代日本の幼年期でもある明治を「想起」する試みが見出しうるだろう。そのとき想起される空間を満たすのが、埃っぽく汚れてくすんだ、海中にいるかのような藍色の光であり、そこに生まれる支配的な情感が「のすたるぢや」、すなわち、過去への郷愁である。それは「かなしい人類の歴史を語る猫のかげ」「われの求めてやまざる幸福の青い影」（「青猫」）としての、近代日本の「かげ」へと向かっている。

ベンヤミンの近代論におけるパサージュにあたる、朔太郎にとっての特権的な都市空間とは、幼時に訪れたパノラマ館であろう。注目したいのは、彼が自分で撮影した都市景観のステレオスコープのほか、『定本青猫』（一九三六年）の挿絵に用いた『世界旅行万国名所図絵』の銅版画などが、視覚的には無限に静止した印象を与えるかたわら、聴覚的にはかつてパノラマ館に流れていたオルゴールの音色を幻聴させるかのような、独特な静寂に包まれている点に、朔太郎が「パノラマ的情欲」（「僕の写真機」）を感じ取っていたことである。

それは短篇小説「猫町」（一九三五年）で語り手の迷い込んだ美しい町がはじめに見せる、「閑雅にひつそりと静まりかへつて、深い眠りのやうな影を曳いて」いる一方で、「非常に繊細な注意によつて、人為的に構成されて居る」という雰囲気に通じている。そこに隠されている緊張がもうすぐ破綻することを語り手は極度の不安とともに予感し、やがて一匹の鼠らしき小動物が往来を走ったかと思うと、一瞬の絶対的な静止と沈黙を経て、町は猫の大集団がうようよと歩く「猫町」に一変する。

猫町とは、パノラマ的情欲、すなわち、朔太郎的「のすたるぢや」の裏

▼「ホテル之図」『定本青猫』

▼「海港之図」『定本青猫』

面であろう。それは現実とパノラマ的錯覚との二項対立自体の外部にある。猫町の実在性は、いわゆる「現実」のそれではなく、この作品のエピグラフに引かれているショーペンハウアーが言う、蝿を叩き潰しても生き残り続ける「物そのもの」の実在性、あの「死なない蛸」の実在性なのである。

ベンヤミンはパリのパサージュが具現する「集団の夢」への遡行を通して資本主義的近代からの「目覚め」を模索した。朔太郎はパノラマ館的近代日本からの「目覚め」を、その裏面に隠された「猫町」あるいは「死なない蛸」の実在性に予感した、と言えるかもしれない。あの蛸の水槽に似た「青猫」の「青い影」を宿したパノラマ館は、そこが「猫町」へと反転する「今だ！」という瞬間を秘めていたからこそ、朔太郎にとって近代を「想起」する「のすたるぢや」のための特権的な表象空間でありえたように思われる。

朔くん断片⑦　清家雪子

朔先生は舌鋒鋭い評論家でもあります
かつて『明星』に短歌を投稿していた少年は生涯一貫して浪漫派で
正岡子規系統をたびたび批判
ホトトギス
アララギ
歌壇は死にかけだし俳壇はもう死んでる
全部シキのせいだよ
情緒
叡智
詩壇にもガンガン物申す
モダニストは詩の本質リリシズムを忘れてる
詩の投稿に対しても…
駄作ばかりで一つも掲載に値しない
ではそんなふうに朔先生に批判されて頭にきた人と出くわしてしまったら
やあ先生この間の返答読みましたがね
こんな人を攻撃できますか？
だから朔先生が何を言っても先生のいる場はだいたい平和です

思想詩の位置と展開

阿毛久芳

哲学は、概念である、思想である、形である。／詩は、光である、リズムである、感傷である。生命そのものである。

（「SENTIMENTALISM」大正三年一〇月号「詩歌」）

『月に吠える』（大正六年二月）に収録される〈浄罪詩篇〉へと詩作が向かう前の時期に、「人魚詩社宣言」と付記して萩原朔太郎が記した詩的散文の一節である。〈哲学＝概念―思想―形〉と〈詩＝光―リズム―感傷＝生命〉というつながりによって哲学と詩は対比され、しかも詩＝生命として、詩を絶大な価値の〈感傷の涅槃〉と意味づけ、表出する決意が示されている。

第二詩集『青猫』（大正一二年一月）においては、大正七年五月から大正一〇年九月にかけて詩作中断期がある。「思想の散逸を防ぐため一切外部との交通を絶断し、全く市仙的生活を送った」（前田夕暮宛、大正七年一一月三日）、「過去一年余に渡る哲学的思索は可成自分を学者（美学者）にしました」（多田不二宛、大正八年一月一八日）、「私自身もこの数年間詩の本質に関する疑問のためにひどく苦しめられそのために実に十数冊の大部な学術書と、数千枚――正確に三千枚余――の原稿とをかき、尚今未だその改稿をつづけてゐる次第」（白秋宛、大正九年二月推定）とあるように、詩とは何かを問い、認識の在り方について朔太郎は哲学的思索を進めた。

その軌跡は朔太郎が残したノートからうかがわれる。[1] ノートに記されたベルグソン、ショーペンハウエル、ウィリアム・ジェームス他の哲学者・思想家・心理学者の書物に対する朔太郎の向きあい方は、自らが投げかけた問いに対して納得できる、裏付けとなるとらえ方があるのか、その示唆を嗅ぎつけようとするものだった。

　そのことにより芸術的直感の根本原理ということで、円球の中心からの放射という形態を明確にし、情調哲学と自称したアフォリズム集『新しき欲情』（大正一一年四月）に結実させる。直感によって詩と思想は合一し、論理的には矛盾しているようであっても、その矛盾を是とする手立てを獲得した。

　思想が生命のカオスとして自動速記的に詩に噴出した〈浄罪詩篇〉期を経て、対比的に考えていた詩と思想の関係は、詩としての思想、思想としての詩という新たな重なりの領域を切り拓く試みとなったといってもいいかもしれない。

> この分析に於ては、吾人の眼は常に全体といふ円の中心にあつて部分の側にない。その如何なる部分を見る場合に於ても、この中心の視点は動くことがない。換言すれば、対象のあらゆる部分は「全体」といふ統一的関係に於て観照される。故にかくして認識された部分の特性は決して全体と分離されることがない。部分は常に全体の有機的関係の中を泳いでゐる。故にそれは真の意味での具体的部分である。しかるに抽象的分析にあつては吾人の眼は円の中心にあるのでなく、円の周辺の外側にあつて、個々の部分の上を順次に一つ宛移つて行くのである。
>
> （「ノート二十」）

　円球の中心から放射するという思想形態は、第一放射線から第五放射線という構成、放射線の末尾に◎を付けて「詩の原理の入門」として芸術哲学の根本を論じていることに示されている。

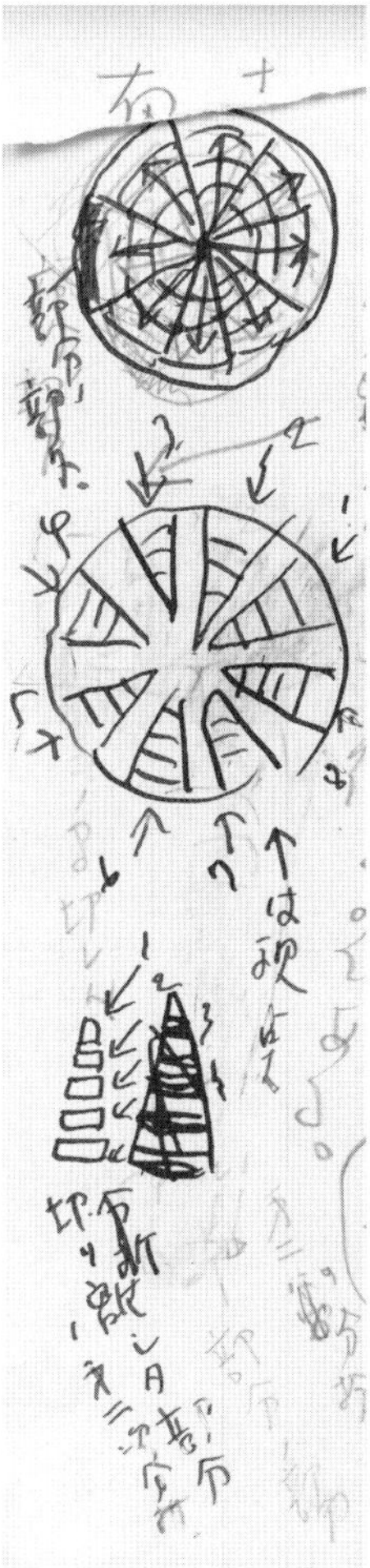

◀自筆ノート「ノート二十」に記された朔太郎の図解

『虚妄の正義』（昭和四年一〇月）、『絶望の逃走』（昭和一〇年一〇月）、『港にて』（昭和一五年七月）というように、アフォリズムという形式を朔太郎は終生手放すことはなかった。

抒情詩と思想詩を複合的に受け止めた書として辻野久憲編『萩原朔太郎　人生読本　春夏秋冬』（昭和一一年一〇月、復刻『萩原朔太郎の人生読本』一九九四年四月、ちくま文庫）がある。辻野が読みとった〈詩人の触手が描きだした抒情と認識の原理のアラベスク模様〉を、その構成と註から見い出すことができる。

また朔太郎の自選による『宿命』（昭和一四年九月）は、散文詩と抒情詩の二部構成とし、「散文詩を思想詩、またはエッセイ詩と呼ぶこともできる」「エッセイ風の思想詩やアフォリズム」（「散文詩について」）とも述べている。

「宇宙は意志の表現であり、／意志の本質は悩みである。」と「神よ、この涙の谷から救ひ出せ。」が、散文詩と抒情詩にそれぞれ付されたエピグラフだが、[2] いずれも「ショペンハウエル」の言葉であるのは、詩人の全体像を考える上で象徴的なことといえるだろう。

(1) 萩原朔太郎のノートについては久保忠夫「萩原朔太郎の「ノート」研究」（『萩原朔太郎論　下』一九八九年六月、塙書房）がある。参照されたい。

(2) 久保忠夫「萩原朔太郎とアフォリズム」（『萩原朔太郎論　下』）には、抒情詩のエピグラフが増富平蔵訳『ショーペンハウエル随想録』（大正二年一二月、玄黄社）第三三九節の「一難逃れて又一難、或る民族の悪習に目を外すと、他民族の同様に堪へ難い別の悪習が映る。天よ、此の涙の谷から我々を救ひ出せ！」からであり、『虚妄の正義』の「意志と忍従もしくは自由と宿命」の章のエピグラフが、「天よ！　この涙の谷から救ひ出せ。」とあることが指摘されている。「涙の谷」は聖書の「詩篇」、第八十四篇によっているが、抒情詩を結節する上で、「天」への呼びかけをあえて、「神」に変えた理由ははっきりしない。抒情詩に描き出された〈涙の谷〉を俯瞰した〈我〉の救いへの渇仰の姿が受け取られる。

本稿は拙稿「一九二二年前後の詩状況と『新しき欲情』」（「日本文学」一九七九年一月、『萩原朔太郎論序説』所収）、「アフォリズム＝〈思想詩〉＝散文詩の問題」（「国文学」一九八九年六月）、「〈円球の中心から放射する〉思想―萩原朔太郎の〈生命〉の直感的認識について―」（鈴木貞美編『大正生命主義と現代』河出書房新社、一九九五年三月）を踏まえている。

朔太郎の哲学探求

萩原朔太郎が読んだ哲学関係の書籍は、前橋文学館所蔵の遺蔵書に加え、「未発表ノート」の読書メモや書簡などから明らかになっている。久保忠夫「萩原朔太郎の「ノート」研究」（『萩原朔太郎論　下』）によって以下の①～⑩が、続いて栗原飛宇馬「萩原朔太郎研究・思索の軌跡」（「江古田文学」五九号）によって⑪～⑱が特定された。

①『ジエームス　自我と意識』（福来友吉・香川鉄蔵共訳、大正六年六月、弘学館）
②『ジエームス　心理学精義』（福来友吉訳、明治三五年八月、同文館）
③『ベルグソンの哲学』（錦田義富訳、大正二年四月、警醒社書店）
④『ベルグソン』（伊達源一郎編集、大正四年八月、民友社）
⑤『エビングハウス　心理学』（高橋穣訳、大正一年一二月、富山房）
⑥『ショーペンハウエル随想録』（増富平蔵訳、大正二年一二月、玄黄社）
⑦『最新論理学綱要』（紀平正美、明治四〇年一〇月初版、明治四二年五月増訂三版、弘道館）
⑧『近世美学』（高山林次郎、明治三二・九、博文館）
⑨『美学』＊（阿部次郎、大正六年四月、岩波書店）
⑩『哲学綱要』（桑木厳翼、大正二年二月、東亜堂書房）
⑪『ラツド氏認識論』（中島力造抄訳、明治三一年一二月、富山房）
⑫『認識論之根本問題』（淀野耀淳、大正六年四月、日本学術普及会）
⑬『現代の哲学』（高橋里美、大正六年八月、岩波書店）
⑭『美の哲学』（クロオチエ著、鵜沼直訳、大正一〇年三月、中央出版社）
⑮『美学思潮』（瀧村斐男、大正一一年一二月、日新堂）
⑯『現代哲学批判』（ハラルド・ヘフディング著、村澤喜代人・征矢野昇雄共訳、大正六年三月、目黒書店）
⑰『哲学概論』＊＊（紀平正美、大正五年五月、岩波書店）
⑱『カントと現代の哲学』（桑木厳翼著、大正六年一一月、岩波書店）
⑲『実用主義の哲学』（豊田臻、大正七年九月、佐藤出版部）

最後の⑲はつい最近判明したもので、同書の二五八～九頁に朔太郎のメモ（全集一二巻四五〇～一頁）と同じ記述があることから同定できた。該当箇所は「プラグマチズムの自由論」と題された章で、朔太郎が自由や決定論の問題にも関心を寄せていたことがうかがえる。わざわざ「実用主義」と題する書物を求めるところに、彼の哲学的探求の幅の広さが表れていよう。

（栗原飛宇馬）

＊朔太郎が所持していたのは第七版（大正七・七）であることが遺蔵書から確認できる。
＊＊明治四五・二、早稲田大学出版部版もあるが未詳。

萩原朔太郎『詩の原理』について

谷川 渥

萩原朔太郎は昭和三年に『詩の原理』を出版した。「寝食を忘れて」三ヶ月で脱稿したが、「この思想をまとめる」には「殆ど約十年間を要した」という。稀代の詩人による渾身の詩学の試みである。紀貫之の『古今和歌集』「仮名序」以来、わが国にこれほど徹底的に考え抜かれた理論的詩学はなかったと言っても過言ではない。西洋哲学・美学の貪欲な摂取のうえに立って書かれた本書の「序」で、朔太郎は「自分はこの書物に於て、詩に関する根本の問題を解明した」と誇らしげに宣言している。

記述は、主観と客観、浪漫主義と現実主義、抽象観念と具象観念、生活のための芸術と芸術のための芸術、あるいは韻文と散文、叙事詩と抒情詩、形式主義と自由主義というように、おおむね二項対立的な問題設定によって進められるが、音楽を「火の美」、美術を「水の美」と呼んで、両者を芸術の二大範疇とみなすなど、ここには詩人ならではの「直感」にもとづく捨てがたい芸術論が見いだせる。が、いま視点をもっとも本質的な「表現」の問題に絞ろう。「内容論」第六章「表現と観照」において、朔太郎はこう書いている。

「芸術は——どんな芸術でも——表現に於てのみ存在し、そして表現は観照なしに有り得ないから。明白に知れてゐる事は、感情のどんな熱度も、決して表現を生み出さないといふことである。芸術に於て、感情はその動機——芸術を生まうとする熱意にすぎない。表現するものは感情でなく、この感情を鏡に照し、文学や音楽やに映すところの、知性に於ける認識上の才能である」

朔太郎は「観照」という言葉を使う。「鑑賞」でも「観賞」でもない。英語では《**contemplation**》に当たる言葉だが、心に静かに映すことというのが原意であり、それゆえ「静観」とも訳される。ここで朔太郎が「鏡に照し、文学や音楽やに映す」という言い方をしているのは、「観照」の原意を踏まえてのことであるに違いない。いずれにせよ、表現は観照なしにありえないという朔太郎の主張は、ちなみに大正元年における夏目漱石（「文展と芸術」「東京朝日新聞」）と高村光太郎（「西洋画所見」「読売新聞」）との「表現」をめぐる対立的議論のレベルを超えた画期的なものである。

　これは、朔太郎自身がそこで「伊太利《イタリー》の美学者クローチエ」の名前を引いているところから、なによりも『表現の学および一般言語学としての美学』（一九〇二年）を著したベネデット・クローチェの直観＝表現説を咀嚼したうえでの主張にほかなるまい。筑摩書房版『萩原朔太郎全集　第十二巻　未発表ノート篇』の「ノート十一」には、クローチェの「純粋表現の美学」についての言及が見えるし、「ノート十二」には、朔太郎が目を通したとおぼしい西洋の哲学者・美学者の名前が多数挙げられている。この問題については、栗原飛宇馬氏の書誌学的論考（「萩原朔太郎研究・思索の奇跡――「未発表原稿」を視座として――」「江古田文学」59、平成一七年七月）に詳しいが、朔太郎はベルグソンやとりわけクローチェから「直観」の考え方を学び、それをあえて「直感」と呼んだわけである。「ノート十三」には「最近の直感論者」としてベルグソンとクローチェの名前が挙げられ、また「ノート十八」では「直感の種類」が論じ

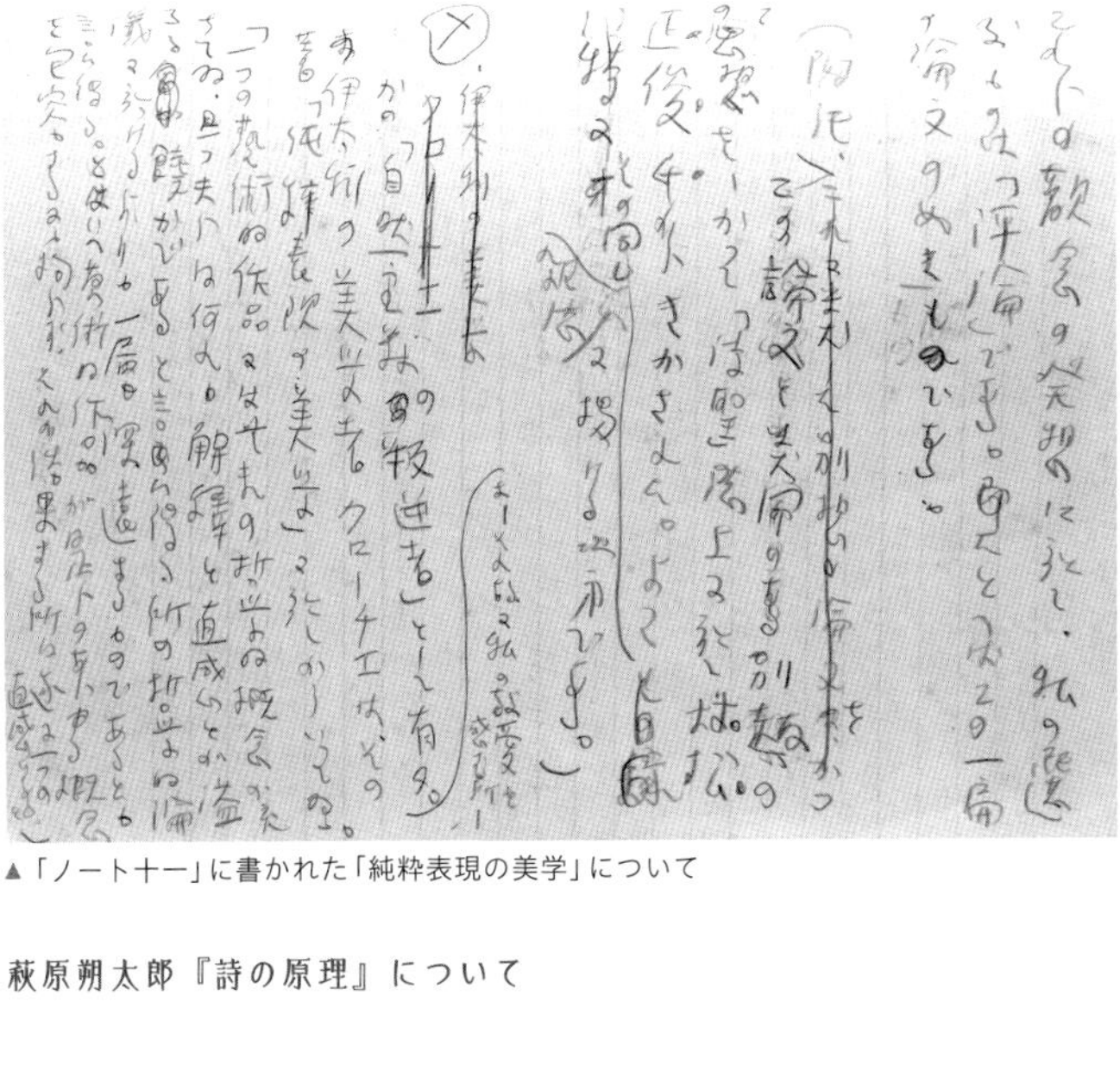

▲「ノート十一」に書かれた「純粋表現の美学」について

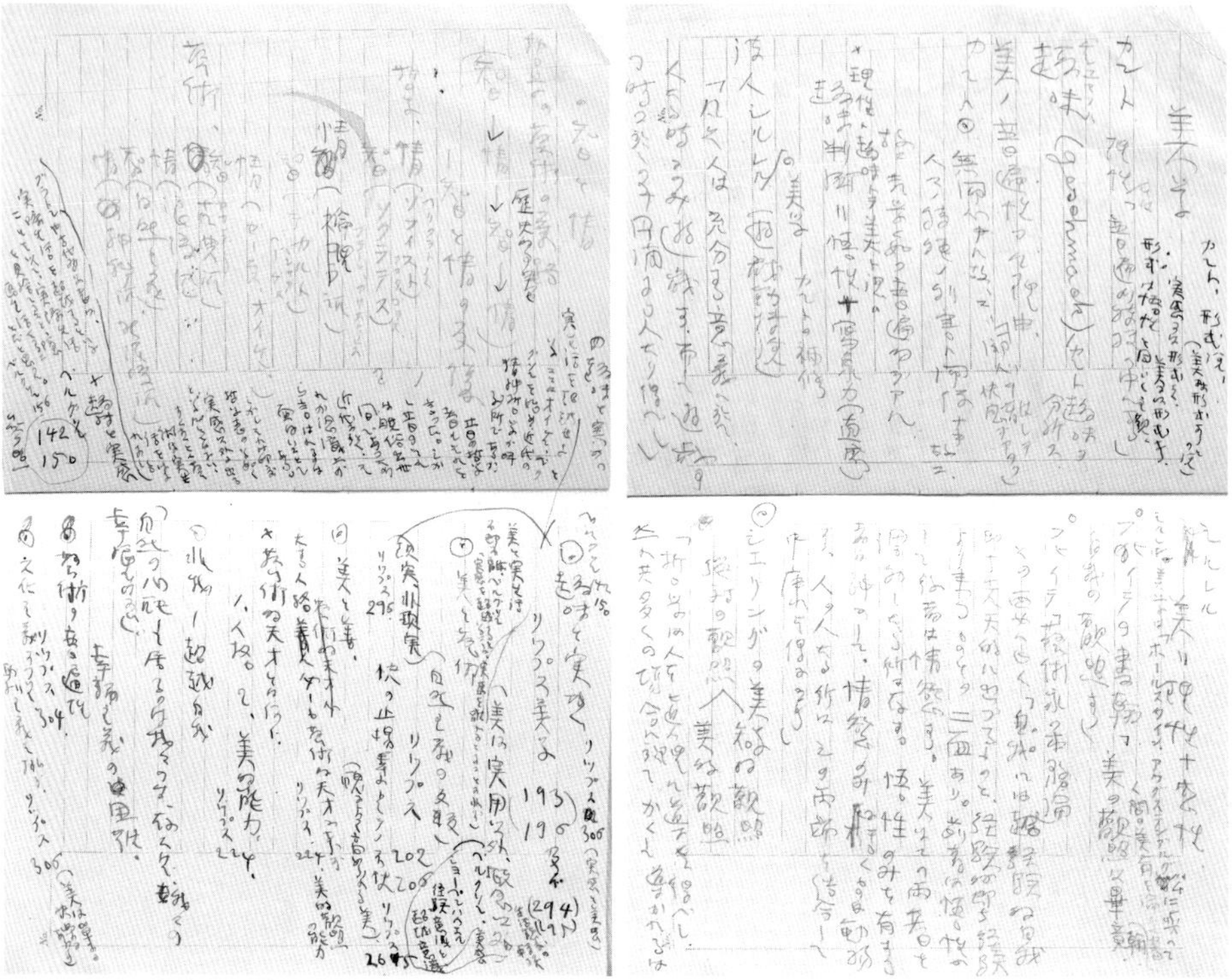

▲自筆ノート「ノート十二」に書かれた哲学者・美学者の名前

◀自筆ノート「ノート十八」に書かれた「直感の種類」について

られている。

いずれにせよ、朔太郎の明晰な理論展開、直感＝表現説というよりむしろ観照＝表現説ともいうべき議論は稀有なものである。主観的表現の主張に走りがちな制作者たる詩人の議論としては、なおさらである。朔太郎は、さらにこう続けている。

「「表現する」ことは、それ自ら「観照する」に外ならない。故にもし感情のみが高調して、之れを観照する智慧が無かつたならば、吾人は野蛮人や野獣のやうに、ただ狂号して吠え、無意味な絶叫をするのみだらう」

ここで同じ前橋中学校の後輩で朔太郎とも交友のあった萩原恭次郎が『詩の原理』の三年前、大正一四年に出した詩集『死刑宣告』における「歓喜と哄笑と憤怒と泣訴と叫号と打撃」や、あるいは昭和四〇年代半ばからの岡本太郎の「芸術は爆発だ！」説を批判的に俎上に乗せたいところだが、いまその余裕はない。「表現」と「観照」とを「同字義《シノニム》」であると見て、それをまた「芸術」と等置する朔太郎の詩学は、作ることと知ること、作ることと見ることとの関係性の考察という課題を呈するがゆえに積極的可能性を有する。それは、表現者＝制作者の内なる観照者、観照者の内なる表現者＝制作者の相互的ダイナミックスを問題にすることである。いわゆる「芸術的天分」も、このダイナミックスにおいて闡明《せんめい》されるべきものであろう。朔太郎は、「表現」を「情象」と「描写」に二分し、「詩とは情象する文学である」と結論したが、「感情の意味を表象する」ところの「情象」というこの比類のない言葉こそが、このダイナミックスを可能にし支える場《トポス》を暗示しているに違いない。朔太郎の詩学は、してみればやはり制作者たる詩人の己れに課した制作学的要請と言うべきかもしれない。

吉本隆明は、朔太郎のこの比類のない思弁的考察を漱石の『文学論』とともに、「日本の近代文学史がうんだもっとも優れた文学原論の書であり、いまなお超えることは容易なわざではない」（「萩原朔太郎」昭和三五年）と書いたが、同感である。いや、私としてはこれに美学者九鬼周造の『文藝論』（昭和一六年）、そしてさらに三島由紀夫の絶唱ともいうべき未完に終わった『日本文学小史』（昭和四五年）とをあえて付け加えたいところである。

「竹（光る地面に）」の生成過程

勝原晴希

「竹（光る地面に）」の生成過程を草稿以前にまで遡って尋ねるならば、「旅上」（初出無題。一九一三年五月）の「うら若草のもえいづる心」に源泉を見出すことができる。やがて「もえいづる心」は願望の実現を求めて不在の対象へと激しく「手」を差し伸べ、その過激さのあまりに「手ははがねとなり、／いんさんとして土地を掘る、」に至る（「感傷の手」一九一四年九月）。「塔は額にきづかる、／蛍をもつて窓をあかるくし、／塔はするどく青らみ空に立つ、／（中略）なやましき感傷の塔は光に向ひて伸長す、」とする「感傷の塔」（同年一〇月）はすでに「竹」の先行作品（久保忠夫）となっているが、まだ「浄罪」の意識はなく、「竹」ではなく「塔」では生命とのつながりも弱い。それにしても「光」とは何か。同年同月の詩的散文「SENTIMENTALISM」に「神とは『詩』である」「詩は、光である、リズムである、感傷である。生命そのものである」とある。「光」とは神の領域であり、生命そのものであり、真の詩の実現でもあった。

一連の「竹」の草稿は「此頃僕の内部で何かえたいのわからぬ奇異な光が受胎して居る。」と始まる「ノート一」そして「ノート二」に記されている。竹の形象が選ばれたのは「日本人の象徴生活を代表するものに、松竹梅亀及び富士の霊峰がある」（「愛国詩論」「ノート二」）とする考えからであった。「竹（ますぐなるもの）」と比較しつつ、「竹（光る地面に）」の生成過程を見て行こう。初出で「浄罪詩篇」と付記される「竹（ますぐなるもの）」の草稿五種は、当初よりタイトルは無題を除き「竹」と定まっていて、「懺悔終れる」のように浄罪の終了が必ず書き込まれている。主題は罪の告白と許しの懇願にあり、その罪とは地面に生える「ますぐなるもの／するどき青きもの」すなわち竹が、光に向かって伸長し、ついには天上に至ることだろう。詩は終行から冒頭二行へと廻り、罪と懺悔とは無限に循環する。

これに対して「竹（光る地面に）」の草稿三種では、タイトルは「新光来る」「新光」「〈竹と新光〉／光る青竹／青竹と〈新光〉祈禱」のように揺れていて、初出および詩集に至って「竹」と定められている。また冒頭あるいは末尾に「一月一日作」「大正四年一月元旦」のように日付が記され、「ああなんぞやけふの蒼天、」「蒼天あらはれ、／蒼天ひろごり」のように「蒼天」が必ず語られている。「竹（ますぐなるもの）」の表現しようとする主眼が、地面に生える「ますぐなるもの」＝「竹」（その罪と懺悔）にあったのに対して、「竹（光る地面に）」の当初の主眼は、草稿三種のタイトルに示される「新光」にあった。それは「元旦」の、いわゆる初日の出の光であるが、同時に「ノート一」冒頭の「何かえたいのわからぬ奇異な光」の出現でもあるだろう。先に見たように「光」とは神の領域であり、生命そのものであり、真の詩の実現でもあった。「蒼天」は北原白秋『白金之独楽』（一九一四年一二月）の「法悦」と結びついている。「光る」世界と「蒼天」とはイコールであり、「光る蒼天」は「肩」にあって「いつさいの」「もの」を啓示している。「蒼天」が、「新光」が、現れ、広ごり、「光る地面」に生える竹は、神の領域へと伸長し、侵犯している。

草稿を見ると、「光る地面に竹が生え、」「祈らば祈らば空に生え、／罪びとの肩に竹が生え。」ている。すなわち竹は「地面」に、同時に「空」に、そして「肩」に生えている。そこには天と地との融合があり、その融合は身体を舞台としている。天と地と身体の融合が、詩の世界に奇妙な空間の歪みを与えている。そして「地下には竹の根が生え、」る。「竹（ますぐなるもの）」の「根」が「肩」に生え、広ごり、「するどき青きもの」の伸長の基盤となるのとは異なり、「竹（光る地面に）」の「根」は「地下」に生え、天上への伸長に耐え得ない地上の存在の、弱さと苦痛、悲哀に震えている。その弱さと苦痛と悲哀とを振り切るようにして、「するどく」「まつしぐらに」「りんりんと」生える竹の姿が強調される。草稿には「竹が生え」「竹、竹、竹が生

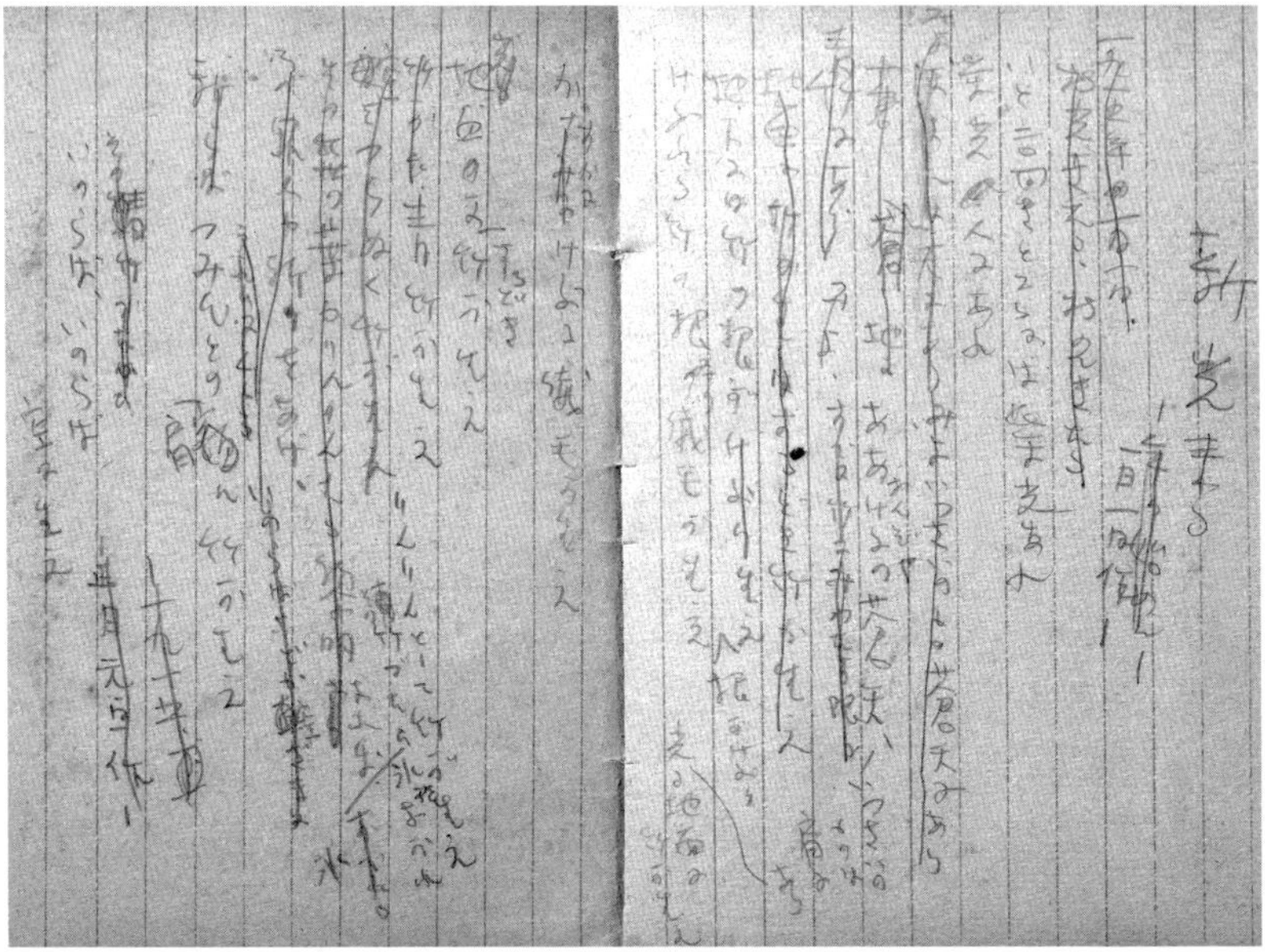

▲「新光来る」草稿

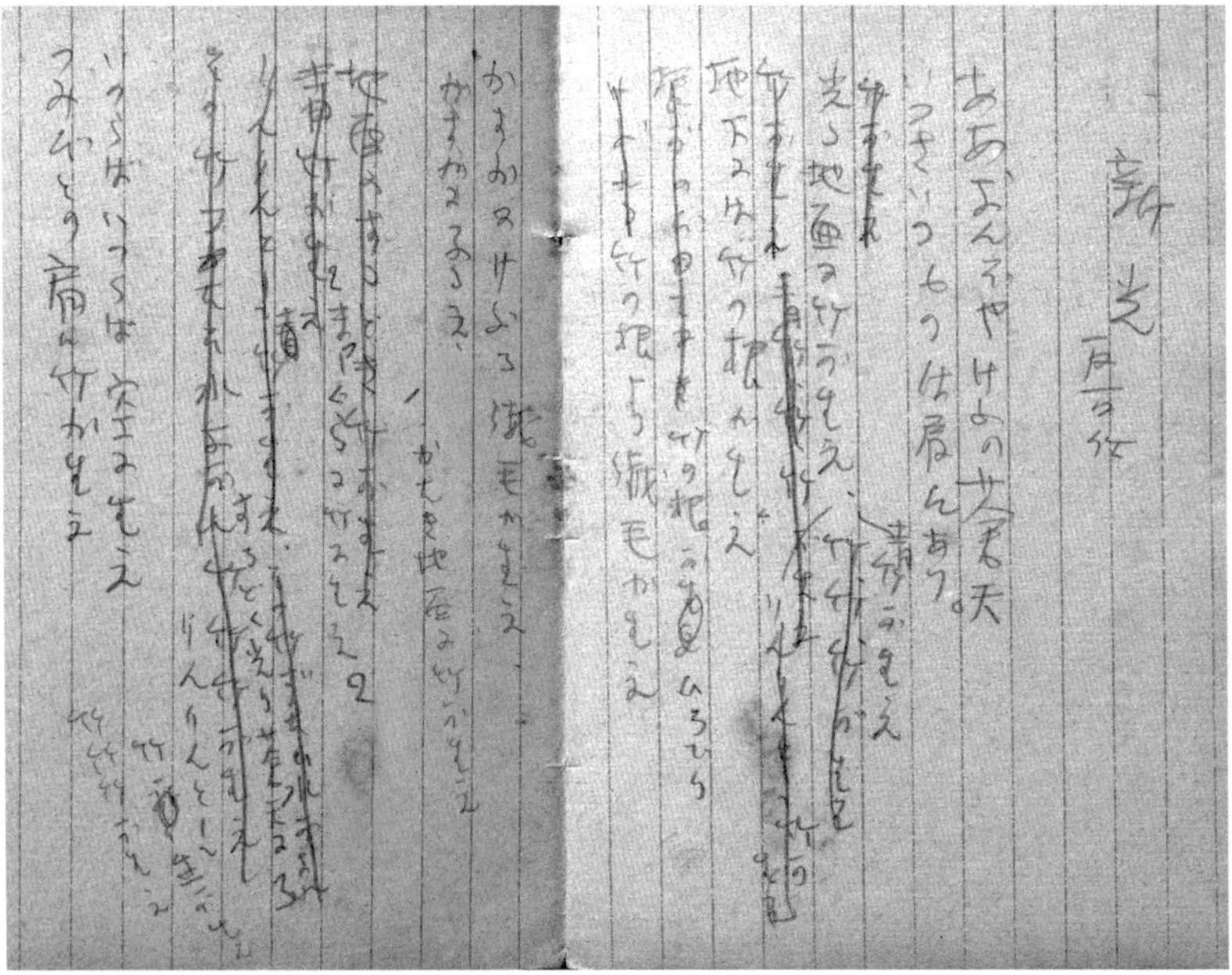

▲「新光」草稿

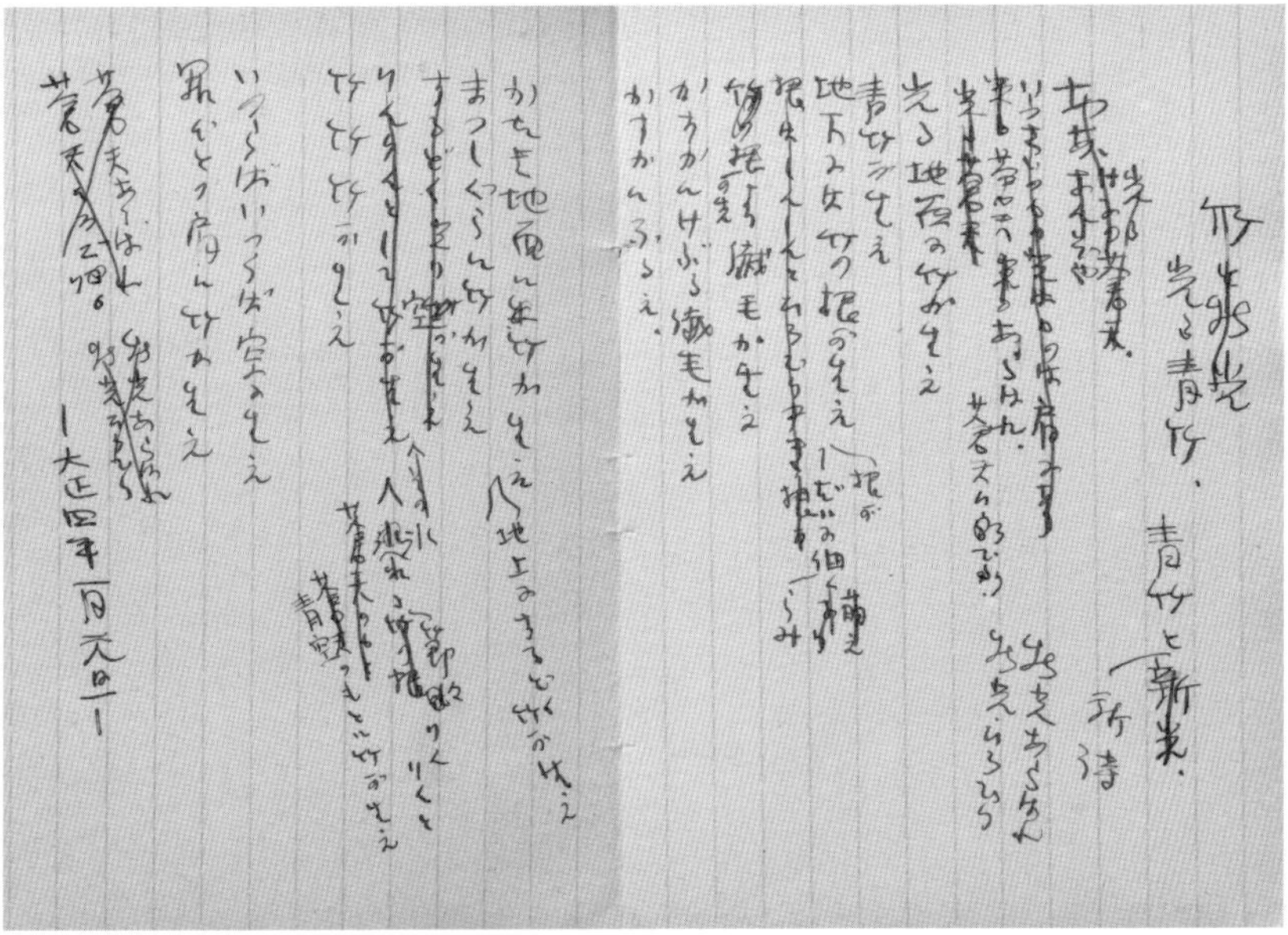

▲「〈竹と新光〉／光る青竹／青竹と〈新光〉祈禱」草稿

え」という言葉が氾濫し、新しい世界へと突き進もうとする「竹」の強い情動と、相反する「けぶれる」「しんしんと」「ふるえ」る「根」の弱さ、悲しみが溢れている。詩集では「新光」「元旦」「蒼天」のいずれもが消され、初出時の冒頭の「新光あらはれ、／新光ひろごり。」の二行が消され、「祈らば祈らば空に生え、／罪びとの肩に竹が生え。」の最終二行も消された。そのため、日差しの当たる地面に竹が生え、地下には根が生え、青空のもとに竹が生えるという、ただ竹を表現しているだけのような詩となったが、そこに謎めいた衝迫、異様な緊張、悲哀が感じられるのは、天と地との融合という罪あるいは奇蹟が、身体を舞台として表現されているという生成過程によっている。

＊「竹（光る地面に）」の草稿三種は『補訂版　萩原朔太郎全集　第十二巻』（一九八七年）「未発表ノート篇」の「ノート二」（四八、四九頁）に、またそのうち二種は草稿起こしをしたものが『同　第一巻』（一九八六年）「草稿詩篇」の「月に吠える」（三五〇～三五二頁）に、それぞれ収められている。

草稿詩篇の写真図版をご提供くださった、前橋文学館のご厚意に深謝申し上げます。

全集未収録エッセイ「贅沢・飲酒」をめぐって

栗原飛宇馬

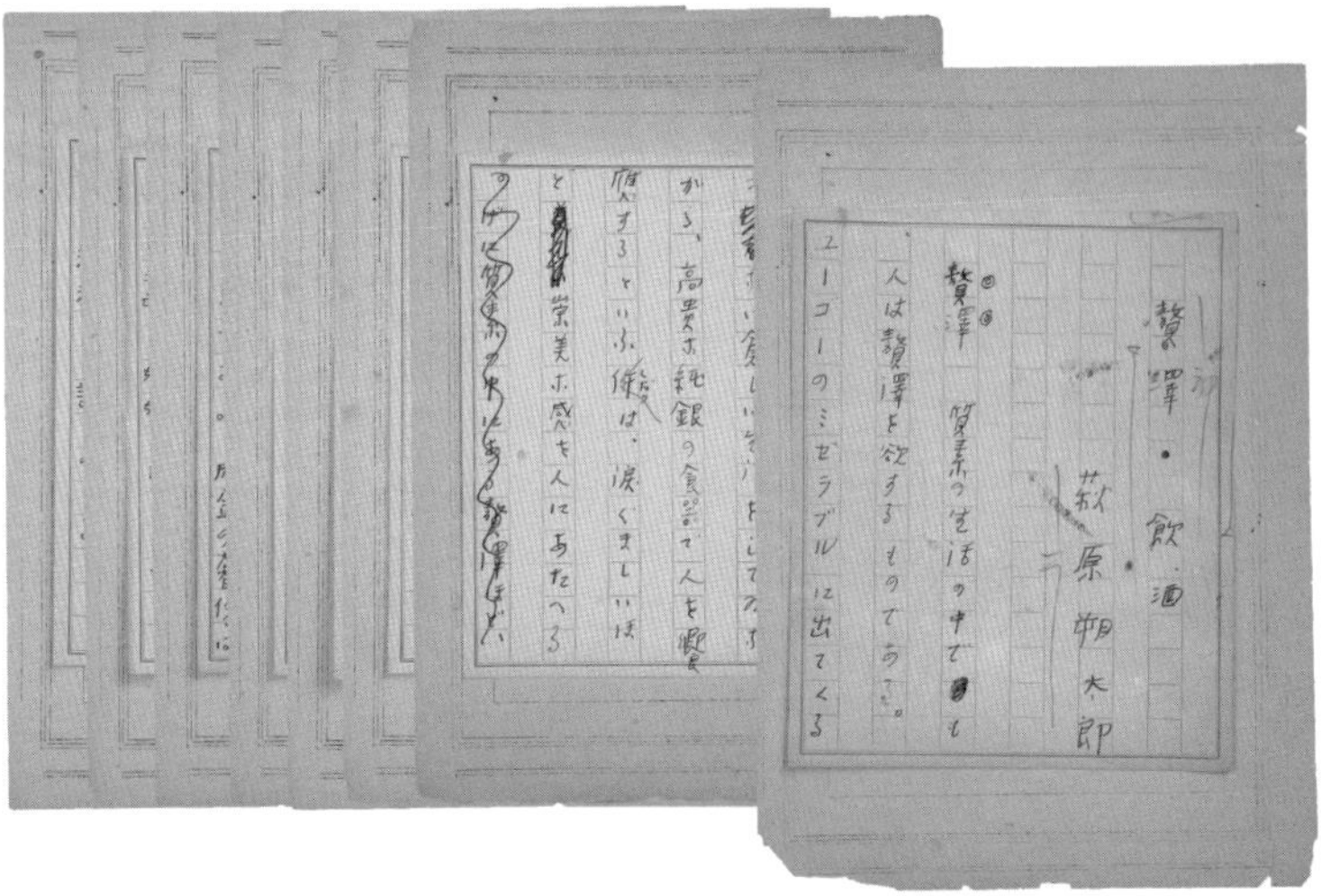

朔太郎と「贅沢」

エッセイ「贅沢・飲酒」では朔太郎独特の「贅沢」観が語られている。「贅沢への欲望は、人間の有する一つの崇美な徳である。貧乏から、生計の苦しみから、人々の霊魂がすりへらされ、みじめに乾からびてしまふ時にも、なほ「心の水源」を失はない人は、質素な家の窓に一輪の草花をさすであらう。贅沢を愛するのは、人の高貴な趣味である。」と。反対に、金銭をただ浪費するのは、物質的な優越感を得ようとする「俗物」だという。

裕福な家庭に生まれた朔太郎は生涯、貧乏とは無縁であったが、贅沢は好まなかったようだ。晩年、夜ごと酒場に出掛けていた朔太郎だが、そこには一つのルールがあった。母親からもらった一枚の十円札をがま口にいれ、それを使い果たしたら家に帰るのである。「渋谷百軒店街」という、学生でも安心して酒が飲めるような盛り場に馴染みのおでん屋があり、そこを足場に安い「スタンド・バア」などをはしごするのがお決まりのコースだった。サービス料が必要な女給のいるカフェなどには行かず、安酒場で洋酒を飲み、少しの西洋趣味を格安で味わう詩人の姿に「朔太郎の酒飲みコースはなかなか合理的だった」と、再婚相手・美津子の弟であった大谷正雄は『萩原朔太郎 晩年の光芒』で語っている。

親の財産を食い潰すのが放蕩息子の常だが、萩原葉子『父・萩原朔太郎』によれば、没後に出た全集のおかげで萩原家の財産は保たれたらしい。母ケイは「結局あんなに飲んでも、家のお金を減らしも、ふやしもしなかった」と、世を去ってからの親孝行を喜んだという。

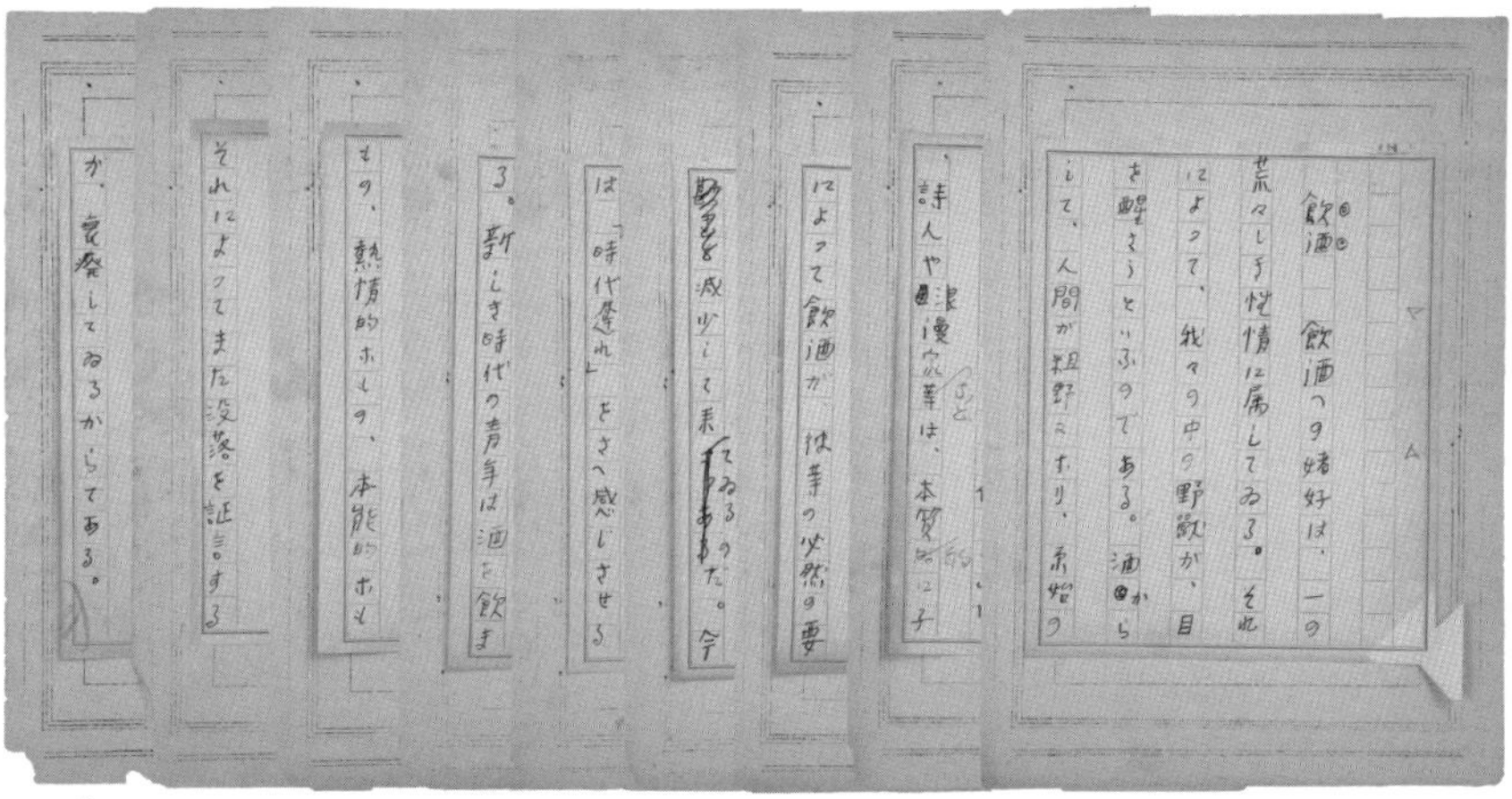
飲酒
飲酒への嗜好は、一の
荒々しき性情に属してゐる。それ
によつて、我々の中の野獣が、目
を醒さうといふのである。酒から
して、人間が粗野となり、未開の
詩人や浪漫家等は、本質的に子
によつて飲酒が彼等の必然の要
減少して来てゐるのだ。今
は「時代遅れ」とさへ感じさせる
る。新しき時代の青年は酒を飲ま
もの、熱情的なもの、本能的なも
それによつてまた没落を証言する
か、衰廃してゐるからである。

▲「贅沢・飲酒」の自筆原稿（全集未収録）　このエッセイは「大阪朝日新聞」1925年6月19日の第一面に掲載され、のち『一日一文』（朝日新聞社　1926年）に収録された。「前橋文学館研究紀要」第7号（2014年）に小林教人によって全文が翻刻されている。

朔太郎と飲酒

エッセイ「贅沢・飲酒」によれば「詩人と飲酒とは、歴史的に必然の関係をもつてゐた」という。内に秘めた「野獣」を呼び覚ますのが飲酒であり、「本質的には自然の野蛮人」である詩人にとって、飲酒は「必然の要求であつた」とされる。ところが文明化によって、世界的に飲酒家の数が減少し、飲酒は時代遅れなものとなってきた。今日の詩人たちはあまり酒を飲まず、現代の青年たちにとっては「概ね「酒飲み」といふ言葉が、旧時代の遺物たる「オヤヂ」と聯絡する」ほどだという。文明が我々の中の野獣を征服したかに見える。だが、それは文明の没落の始まりなのだ。なぜなら「文化の動力たるべき意志――最も荒々しき――欲情が、衰廃してゐるからである。」と朔太郎は結んでいる。文化を生みだす根原に我々の「野生」があることを、飲酒を通じて語っている点が面白い。

ところで、日常の朔太郎の飲酒はどのようなものだったろうか。朔太郎は若い頃から晩年まで、ウイスキーなどの洋酒を嗜んでいたが、外に飲みにいかないときは家で燗をつけて晩酌していたという。日本酒も好んでいたようだ。詩人の西脇順三郎は、昭和の一時期、「四時酒」と称してまだ日の明るいうちから朔太郎と酒を飲みに出掛けたという。「彼の好む酒は「大関」であり、その酒を出す店であった」（「萩原朔太郎」）とも「近所の飲みやでキクマサの樽酒を飲みに誘って下さった」（「萩原朔太郎の魂」）とも回想している。飲むとますます鋭くなる朔太郎の眼光に、西脇は言葉にできない一種の神秘性を感じ取っていたという。それこそが朔太郎のいう、呼び覚まされる詩人の野生であったかもしれない。

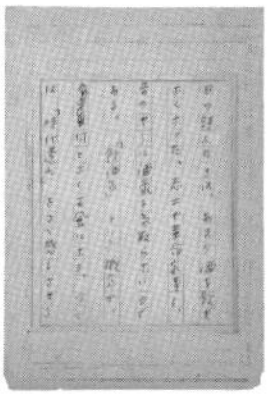

萩原朔太郎を知るための読書案内

大嶋さやか

　ここでは基礎的なものに加え最近の研究書を多く紹介したい。紙幅の都合上、割愛せざるを得なかった文献については、**阿毛久芳「萩原朔太郎主要参考文献目録及び解題」**（「国文学　解釈と鑑賞」四七［五］、一九八二・五）、**坪井秀人「解説」『日本文学研究資料新集二四　萩原朔太郎　感情の詩学』**（一九八八・六、有精堂）、**小関和弘「朔太郎研究の現在」**（「国文学　解釈と教材の研究」三四［七］、一九八九・六）、**栗原飛宇馬編「萩原朔太郎没後年譜　研究史概観」**（「現代詩手帖」五四［一〇］、二〇一一・一〇）を参照されたい。**安智史「「萩原朔太郎研究の現在」に向けて」**（「萩原朔太郎研究会　会報　SAKU」八〇［新装一］、二〇一五・五）は今世紀の研究成果に焦点を当て、特に文化史的研究の動向を詳述している。本稿で取り上げる近年の研究書のうち六点は、安がすでに紹介しており、観点等に重なるところがあることを断っておきたい。

　まず詩に関するもので、注釈や鑑賞には**北川冬彦解説・久保忠夫注釈『日本近代文学大系三七　萩原朔太郎集』**（一九七一・五、角川書店）と**久保忠夫編『鑑賞日本現代文学一二　萩原朔太郎』**（一九八一・三、角川書店）がある。前者は『月に吠える』から『萩原朔太郎詩集』までの全篇と「虹を追ふひと」に詳細な注釈を付す。後者は『月に吠える』から『氷島』までの特に重要な詩及び三つの散文に注釈と鑑賞を施す。生成過程については**栗原敦『詩が生まれるところ』**（二〇〇〇・九、蒼丘書林）や**日本近代文学館編『近代文学草稿・原稿研究事典』**（二〇一五・二、八木書店）がある。前者は近現代詩を広く論じた著作で、**筑摩書房版『萩原朔太郎全集』**全一五巻＋補巻（一九七五・五〜一九八九・二）の「草稿詩篇」により『月に吠える』の「亀」等の生成過程を検討する。後者は草稿・原稿研究の概説書で、主に総論と作家別事例で構成される。朔太郎は阿毛久芳が担当し、朔太郎の草稿がどういう形で活字化されてきたか整理した上で直筆原稿により『月に吠える』の「愛憐」の生成過程を検討する。評論には**那珂太郎『萩原朔太郎詩私解』**（一九七七・六、小澤書店）や**菅谷規矩雄『萩原朔太郎１９１４』**（一九七九・五、大和書房）や**北川透『萩原朔太郎〈言語革命〉論』**（一九九五・三、筑摩書房）等がある。那珂は詩のヴィジョンやリズムを、菅谷は性の問題を、北川は人魚詩社の前衛性を論じた。

次に短歌や小説に関するものを挙げる。短歌については**勝田和學『流動する概念　漱石と朔太郎と』**（二〇〇一・一、龍書房）がある。朔太郎が歌作において石川啄木の影響を受けたことが、後に北原白秋に傾倒して詩へ移行する土台になったのであり、それは啄木の白秋評価とも関係するとして、短歌と詩をめぐる三者の関係を整理する。小説作品については**清岡卓行『萩原朔太郎『猫町』私論』**（一九七四・一〇、文藝春秋）がある。朔太郎における詩と小説の関係、実生活の問題、戦争の影響にまで考えを及ぼした評論である。

朔太郎の人物像に関して、**伊藤信吉『萩原朔太郎Ⅰ浪漫的に・Ⅱ虚無的に』**（一九七六・七、八、北洋社）は他の詩人との交流や稲子との離婚について詳述している。**嶋岡晨『伝記萩原朔太郎　上〈欲情〉の時代・下〈虚妄〉の時代』**（一九八〇・九、春秋社）も参考になる。

次に詩史に関するものを挙げる。**勝原晴希編『「日本詩人」と大正詩〈口語共同体〉の誕生』**（二〇〇六・七、森話社）は大正詩壇と詩話会に関する論文集である。**佐藤伸宏『詩の在りか　口語自由詩をめぐる問い』**（二〇一一・三、笠間書院）と**ルカ・カッポンチェッリ『日本近代詩の発展過程の研究　与謝野晶子、石川啄木、萩原朔太郎を中心に』**（二〇一八・二、翰林書房）は、ともに近代詩史における朔太郎の意義を問い直している。

外国の文学・哲学の影響について**久保忠夫『萩原朔太郎論　上・下』**（一九八九・六、塙書房）と**阿毛久芳『萩原朔太郎論序説　イデアを追う人の旅』**（一九八五・五、有精堂）がある。両者は朔太郎のアフォリズムに関する基礎的な事実を解明した。久保は、矛盾があるからこそ真実だという態度や文体をニーチェから学んだことを実証し、阿毛は、概念的でない認識を円球に喩える発想をショーペンハウエルから得て、ベルグソンには直観や流動の哲学を学んだと指摘した。久保の著作はまた、朔太郎のテクストや生涯について様々な事実関係を明らかにしており、研究の基本文献として重要である。

周辺の文化の影響も重視される。音楽との関わりは前出の伊藤信吉の著作が詳述している。絵画との関わりは、『月に吠える』の挿画を田中恭吉に依頼したことについて、**弥永徒史子『再生する樹木』**（一九八八・一、朝日出版社）と**木股知史『画文共鳴　『みだれ髪』から『月に吠える』へ』**（二〇〇八・一、岩波書店）が、詩と挿画に共通する植物と人間の接合のイメージを論じた。イメージ研究として知られる**岸田（エリス）俊子『萩原朔太郎　詩的イメージの構成』**（一九八六・九、沖積舎）は、初期の詩論における後期印象派絵画の影響を論じた。音楽・絵画以外の文化との関係も注目されている。その代表は**高橋世織『感覚のモダン　朔太郎・潤一郎・賢治・乱歩』**（二〇〇三・一二、せりか書房）で、朔太郎の立体写真に着目して『純情小曲集』等を論じた。あとがきで、身体や感覚に対する問題意識があったと述べられている。**坪井秀人『感覚の近代　声・身体・表象』**（二〇〇六・二、名古屋大学出版会）は文化研究中心の著作だが、やはり朔太郎における身体を論じる。**安智史『萩原朔太郎というメディア　ひき裂かれる近代／詩人』**（二〇〇八・一、森話社）も高橋や坪井と同じく文化史への関心が高く、歌謡曲や映画など大衆メディアとの関連を重視する点に特色がある。**堤玄太『萩原朔太郎「意志」の覚醒』**（二〇一二・一二、森話社）は、朔太郎における恋愛と性欲の問題や詩に描かれる女性のイメージの変容について文化的背景を検討している。出版文化史における『月に吠える』も議論されている。初版『月に吠える』刊行の経緯に関しては前出の伊藤信吉の著作も言及しているが、近年では、国会図書館所蔵の内務省交付本『月に吠える』の書誌を調査した**牧義之『伏字の文化史　検閲・文学・出版』**（二〇一四・一二、森話社）や、牧の論について問題点を指摘した**川島幸希「『月に吠える』の論文　弥永徒史子さんの思い出と共に（前編）」**（「日本古書通信」八〇［一二］、二〇一五・二）がより詳しく検討しているので、参照されたい。

　近年の朔太郎研究では、文化史的な研究の隆盛が続いていると同時に、草稿研究や書誌学的な研究の進展も注目される。

　最後に、研究の状況を知るのに役立つ文献を紹介する。**勝原晴希「萩原朔太郎研究のこれから　主体／主体以後をめぐって」**（「国文学　解釈と教材の研究」四五［一］、二〇〇〇・一）は、朔太郎に関する批評と研究の接点がどこにあるのかという問題について示唆を与えてくれる。**栗原飛宇馬「研究の窓」**（「萩原朔太郎研究会　会報SAKU」八二［新装三］、二〇一七・五～、毎号に連載）は最近の研究文献を詳細に紹介しており、最新の状況を知るのに参考になる。

萩原朔太郎研究の現在

　今世紀に入り、ますます多様な観点からの萩原朔太郎論が提出されている。特に毎年研究例会を開き、朔太郎についての講演と研究発表の場を設けている萩原朔太郎研究会（一九六四年発足、会長・松浦寿輝、事務局・前橋文学館）の活動は注目すべきものと言えるだろう。

　ここ数年の講演だけを見ても、坪井秀人「『月に吠える』は吠え続ける」（二〇一七年）、高橋世織「郷愁と映像の詩人——朔太郎と蕪村」（二〇一八年）、エリス俊子「萩原朔太郎「青猫以後」のうら——郷土、亡霊、植民地」（二〇一九年）、瀬尾育生「萩原朔太郎と〈接触〉の問題」（二〇二〇年）、藤井貞和「近代詩語のゆくえ」（二〇二一年）と、多彩な顔ぶれによる魅力的な朔太郎論が毎回展開されている。講演内容は文字起こしされており、同会の会報「SAKU」で読むことができる。

　また、近年の研究の一つの特徴として、朔太郎の思索者としての側面を近代日本の哲学史・思想史と絡めて評価する動きがある。朔太郎をモデルニテ（現代性）の体現者と位置づける坂部恵『モデルニテ・バロック——現代精神史序説』（哲学書房、二〇〇五年）をはじめ、菅原潤『弁証法とイロニー　戦前の日本哲学』（講談社選書メチエ、二〇一三年）など、従来にない切り口の朔太郎論の潮流が生まれつつある。

（栗原飛宇馬）

朔くん断片⑧ 清家雪子

ダメなところばかり取り上げたように見えるかもしれませんが
朔先生は素敵な方です
若い詩人と語らうのも好きで自分を囲む会を開催してと頼むほど
おしゃべりではありませんし
……
突然重いことを言い出したり
日本語詩ってこれ以上進化しないよね？
いきなりマジックを始めたり
途中で別の世界に行ってしまうこともありますが
若い詩人を見下したり偉ぶることなく
同目線で話してくれます
きみもおれの影響を受けてるね
ただしこれはほぼ確定で言われます慣れてください

VI

資料編

朔太郎ゆかりの地【群馬県 前橋】

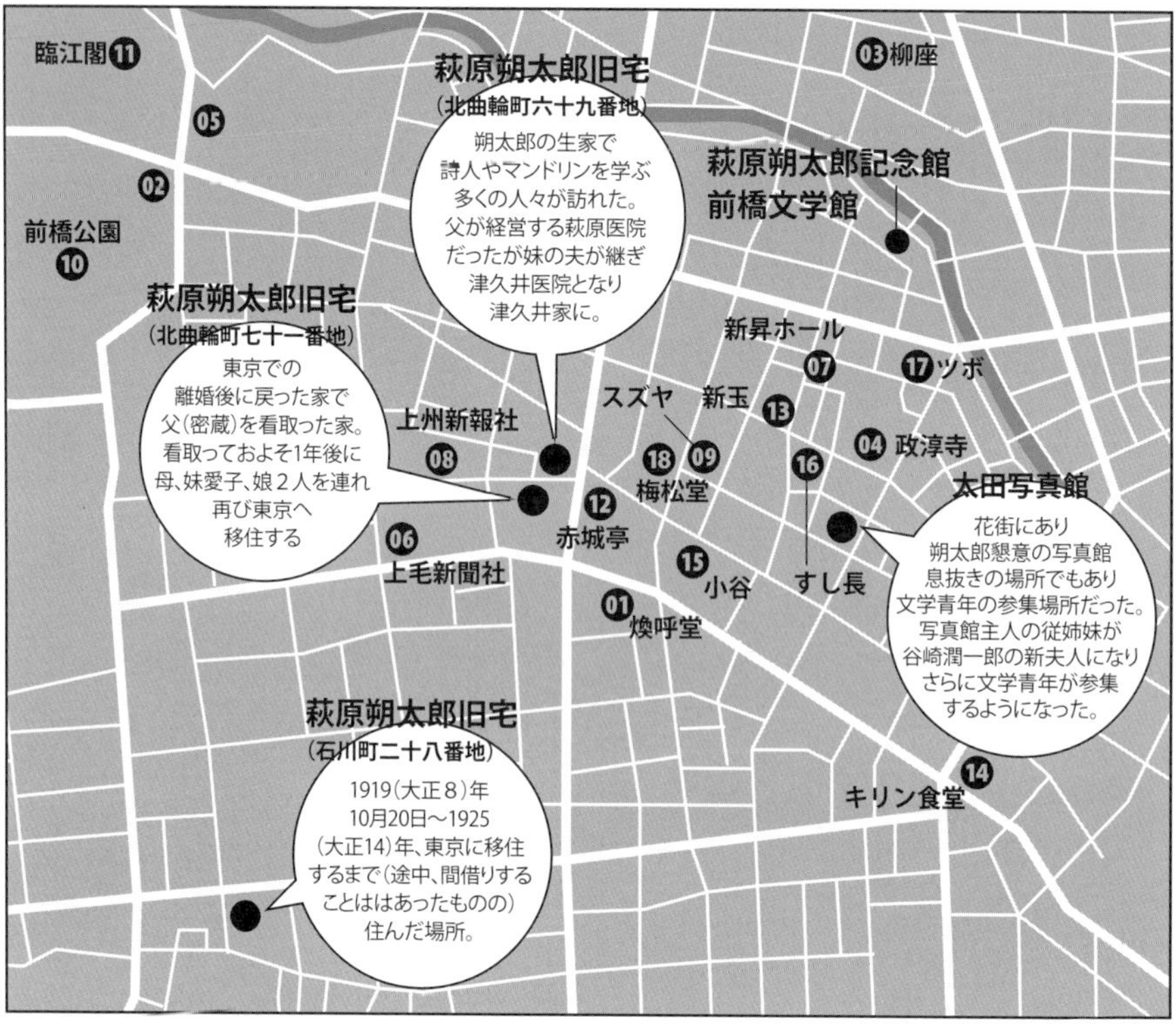

※地図は現状のものです

前橋市は萩原朔太郎の生誕地であり、いったんは上京するも妻・稲子と離婚後、再び２人の子供とともに戻ってきた。ゆかりの地は多数あるが、主に萩原医院があった前橋中心街周辺を紹介。

08 上州新報社　短歌欄の選者をしていた
09 スズヤ　弟弥六が経営した蓄音機店
10 前橋公園　散歩コースの一つで写真撮影もした場所
11 臨江閣　明治に建設された迎賓館。上田稲子との結婚披露宴を行った

【飲食店】
12 赤城亭　よく行った「前橋一等の牛肉店」兼西洋料理店。詩にも残る
13 新玉　白秋が来橋時一緒に行った蕎麦屋
14 キリン食堂　ここで飲み、母のいとこが主催した市民大学で酩酊して講演をした
15 小谷　草野心平と飲んだ居酒屋。草野の回想文にも登場する
16 すし長　好きなトロや小鯛の雀寿司を楽しんだ寿司屋
17 ツボ　足繁く通い好きなビールを飲んだ喫茶店
18 梅松堂　草野心平と一緒に将棋を差した喫茶店

07 新昇ホール

地方には珍しかった本格的レストランで、朔太郎がよく通い、好きなフルコースの定食を食べ酒を飲んだ。萩原恭次郎を始め、文学青年たちが小集や詩の朗読会後に集った。また、ここでは上毛新聞社学芸部主催の「萩原朔太郎氏歓迎座談会」も行われた。

1920年頃の煥乎堂

01 煥乎堂

明治初期の創業以来、書籍出版・販売を中心に営み、後にこの煥乎堂社長となった高橋元吉は、戦後の県内文化運動の中心的存在。詩人であり、朔太郎の良き理解者でもあった。

『前橋市案内』から

02 東照宮

1919（大正 8）年 1 月に北原白秋が初来橋した際、徳川家康を祀る東照宮で「侏儒」の同人たちと記念撮影をした場所（146 頁の写真を参照）。

『前橋繁昌記』(1907年)

03 柳座

明治、大正、昭和と長く続いた劇場。朔太郎も幼い日に見た人形芝居について「ダークあやつり人形印象記」に記しており、1925（大正 14）年 2 月 7 日には上毛マンドリン倶楽部の「萩原朔太郎氏上京送別演奏会」が開催された。

移転前の政淳寺

04 政《しょう》淳《じゅん》寺《じ》

萩原家の菩提寺で当時は前橋一番の繁華街、榎町に立地。1972 年（昭和 47）年、現在の田口町へ移転。

絵・小見辰男

05 波宜亭

現在の前橋市中央児童遊園（るなぱあく）内にあった 3 階建ての茶店で、朔太郎の「郷土望景詩」にも詩篇として残されている。朔太郎も参加した「文芸座談会」にも使用された。

『前橋市案内』より

06 上毛新聞社

朔太郎は『月に吠える』の 2 篇を削除して発売が許可された際、「風俗壊乱の詩とは何ぞ」と題した抗議文を出した。上毛新聞社は創業者の理念から受け継がれた文化芸術への理解が深く、記者も文芸への造詣に深かった。草野心平などらが勤務していた時期もあった。

特定非営利活動法人波宜亭倶楽部編著『朔太郎と前橋』より（監修：野口武久・石山幸弘／執筆：野本文幸・光山富士子・石関朋江・駒形麻紀・近藤久・松下保男／写真・地図原案：茂木一彦）

朔太郎ゆかりの地【群馬 県伊香保周辺】

※地図は現状のものです

榛名富士・榛名湖畔

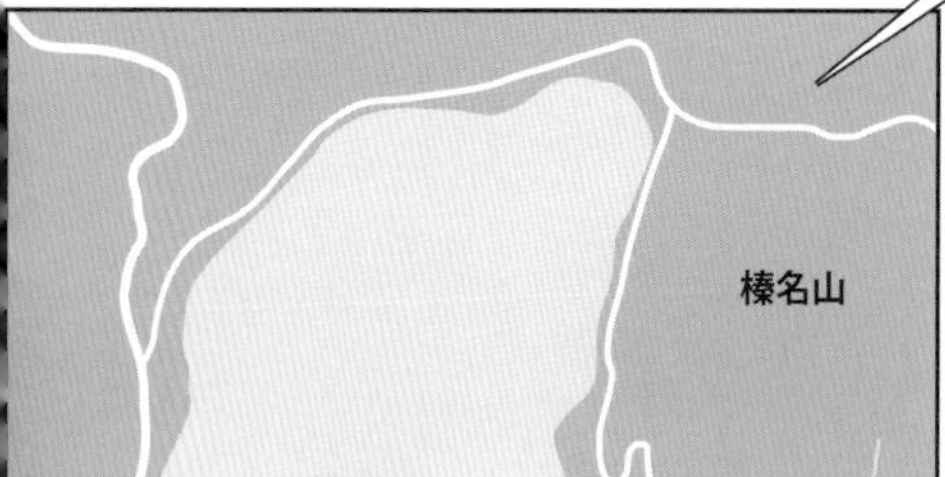

朔太郎にとっての伊香保

朔太郎の誕生前年に父・密蔵が初代伊香保浴医局長を務め、幼年期から伊香保に親しんだ朔太郎。1909（明治 42）年の萩原栄次宛書簡でも、「山はイカホ海は大磯に御座候。伊香保はいつみても趣味ある街に候かな（中略）小路のいと多き物語にきく如きこの小さき市街はいたく小生の趣味性に適し居り候」と絶賛。「石段上りの街」では「さて、箱根に次いで、どこが好きかと言はれると、もはや返事に困るが、嫌ひでないといふ側からなら、先づ第一に伊香保をあげたい」、さらに「不如帰の女主人公を思はせるやうな」、「不思議に伊香保といふ所は、何から何まで女性的であり中庸的である」とも評している。

明治 20 年代の石段街1

石段街2

❶石段

400 年以上の歴史を持ち、湯治場で栄えた伊香保温泉のシンボル。前橋中学校の校友誌「坂東太郎」第 40 号 1904（明治 37 年）12 月で「遼陽占領当時の伊香保市街」と題したイラストを投稿（右図）、また『伊香保みやげ』1919（大正８）年では随筆「石段上りの街」を寄せ、「猫町」など作品世界にもゆかりが深い。

朔太郎が母ケイに宛てた葉書の裏（橋本ホテル）

❷橋本ホテル　※ 2019（令和元）年に廃業

朔太郎が晩年の 1941（昭和 16）年８月中旬～下旬頃に避暑を兼ね宿泊。ここから母・ケイや丸山薫、津久井幸子（嫁いだ妹）にも葉書を出している。幸子宛の書簡には「風変り」な宿が大変興味深いと書かれている。

伊香保軌道線渋川営業所（駅）　渋川市立図書館蔵

❸伊香保軌道線　※ 1956（昭和31）年廃線

1910（明治 43）年９月より開催の産業と最新技術の一大祭典、「前橋共進会」に合わせ電化が促進。前橋～渋川間が馬車鉄道から電気軌道へ、10 月から渋川～伊香保間も電気軌道化。渋川から標高差 516m の登山電車の別名を持った。

千明旅館

❹千明旅館（千明仁泉亭）

1917（大正６）年５月、初めて谷崎潤一郎と会うために朔太郎は室生犀星とこの旅館を訪れた。徳冨蘆花の定宿で最期を迎えた場所であり、小説『不如帰』にも登場する。千明家は 12 軒の大屋（源泉の引き湯口を持つ地主のこと）のひとつ。

現在の姿と変わらない湖畔を臨む榛名富士

榛名富士・榛名湖畔

群馬県では赤城山、榛名山、妙義山を上毛三山と呼び、上記の山は姿形が美しため、榛名富士として親しまれている。朔太郎の詩にも「榛名富士」（『蝶を夢む』）として登場し、「石段上りの街」でも榛名湖畔の描写がある。また、義弟・佐藤惣之助作詞の歌謡曲「湖畔の宿」の舞台ともなっている。

参考文献：『伊香保みやげ』1919 年８月（伊香保書院）、『思い出のチンチン電車 伊香保軌道線』1998 年３月（あかぎ出版）、関戸明子『近代ツーリズムと温泉』2007 年７月（ナカニシヤ出版）、安智史『萩原朔太郎というメディア――ひき裂かれる近代／詩人』2008 年１月（森話社）

朔太郎ゆかりの地【東京都北区 田端】

※地図は 2021 年 3 月現在。田端には明治末から昭和の中期にかけて、多くの文士・芸術家が暮らした。

写真は田端文士村記念館で展示中の
芥川龍之介「田端の家」復元模型

朔太郎は、田端に住む親友の室生犀星に間取り・方位・家賃など細かい条件を付けて家探しを依頼し、1925(大正14)年4月に旧田端 311 番地に転居してきた。この頃の田端は、文士芸術家村として最盛期を迎えた時期にあたり、芥川龍之介は「田端に萩原朔太郎来り、田端大いに詩的なり」と、その様子を友人の佐藤春夫に伝えている。

田端では犀星だけでなく、龍之介とも交友を深め、朔太郎・犀星・龍之介は一緒に食事をし、時に活発な議論を交わした。また、犀星と龍之介のもとに集まった堀辰雄・中野重治といった作家を志す若者たちとも、朔太郎は田端で交流している。

約 8 か月間という短い期間ではあったが、朔太郎は田端で幸福な時を過ごした。

①萩原朔太郎旧居（旧田端 311 番地）

「出来る限り、君の御近所に住みたい」と朔太郎は犀星に家探しを頼み転居してきた。

②感情詩社・室生犀星旧居

（旧田端 163 番地）

雑誌「感情」第 3 号から 31 号までの発行所であり、朔太郎の『月に吠える』、犀星の『愛の詩集』という二人の処女詩集の発行所。

③感情詩社・室生犀星旧居

（旧田端 571 番地）

雑誌「感情」32巻（最終巻）の発行所。

④室生犀星旧居（旧田端 523 番地）

朔太郎が田端に越してきた頃の犀星の自宅。二人は互いの家を往来し親交を深めた。

⑤芥川龍之介旧居（旧田端 435 番地）

芥川は「郷土望景詩」を朝寝床で読んでいて「やみがたい悲痛の感動が沸きあがってきて、心緒《しんちょ》の興奮を押へることができなく」なり、寝巻きのまま朔太郎の家を訪問したという。

⑥雑誌「驢馬」発行所

（窪川鶴次郎旧居、旧田端 126 番地）

朔太郎は創刊号に俳句、第 2 号に「田端に居た頃」（散文）を寄せた。

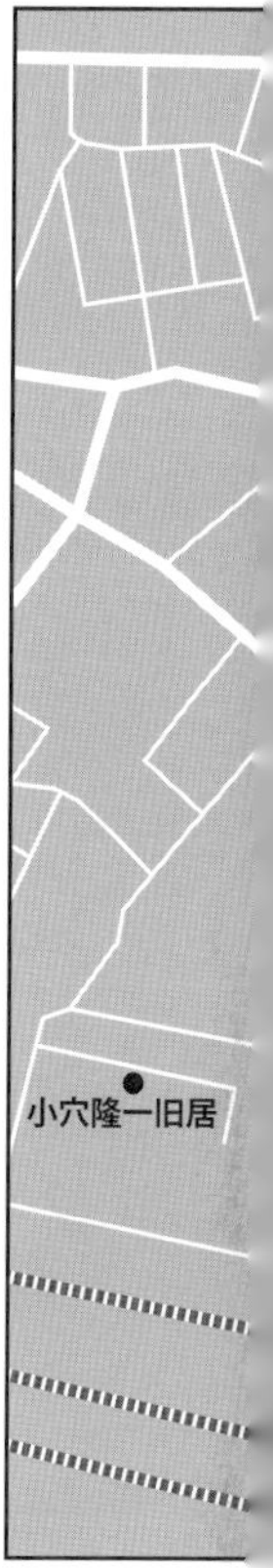

⑦料亭「天然自笑軒」

「昔、芥川君によく連れられて行つた田端の自笑軒の風流料理が、今では時々食ひたくなる」と朔太郎は後年回想した。写真は表門。

⑧大龍寺

1925、1926（大正14、15）年12月、朔太郎は犀星とともに、大龍寺で暮鳥忌を営んだ。写真は現在の大龍寺

⑨楽天堂医院（旧田端 348 番地）

楽天堂医院の医師・下島勲は、田端文士芸術家の主治医的存在で、朔太郎も診てもらっていた。

犀星の田端の家で撮影され、『文章倶楽部』に掲載された2ショット写真（左・犀星、右・朔太郎）。犀星は自身の顔を「下駄が眼鏡をかけている」ようで酷い、朔太郎は二人の「化物顔」の公表が礼儀に欠くと抗議した。

朔太郎ゆかりの地【東京都大田区 馬込·山王】

※地図は現状のものです

②暗闇坂

暗闇坂下から東海道本線の線路方面を見た風景。馬込から大森へ行く人々はこの坂道を通ったとされる（朔太郎撮影）

③暗闇坂

かつては道幅も狭く樹木が繁り、昼間でも暗かったことからこう呼ばれた。電柱の広告には「内科婦人科草野医院」とある。室生犀星をはじめとして馬込に居住した文士たちが診察を受けたという。（朔太郎撮影）

④臼田坂

（昭和初期、改修工事をした頃）

坂の周辺に臼田姓が多かったことからその名がついたとされる。朔太郎は昭和２（1927）年に散文詩「坂」を発表。「坂のある風景は、ふしぎに浪漫的で、のすたるぢやの感じをあたへるものだ」と表現した。臼田坂の近くには朔太郎の他に川端康成や石坂洋次郎なども居住していた。

馬込風景

宇野千代の回想によれば、朔太郎とともに馬込の田んぼの中を散歩したという。（朔太郎撮影）

馬込風景

朔太郎が自宅付近を撮影したとされる風景。馬込は「九十九谷」と言われるほど、起伏に富んだ土地を形成している。「馬込村といふ所は、実に自然の明るい所だ」（「移住日記」『萩原朔太郎全集』第八巻）と朔太郎が評したように、昭和初期の馬込は田園風景の広がる農村地帯であった。

朔太郎ゆかりの地【東京都世田谷区 下北沢】

※地図は現状のものです

朔太郎は1931（昭和6）年7月ごろから東京市外世田谷町東北沢に住み、9月、下北沢新屋敷1008番地へ転居します。母ケイ、妹アイ、二人の子どもも一緒でした。1933（昭和8）年、代田1丁目635番地に自ら設計した家を新築、ここが終の棲家となりました。短編小説『猫町』1935（昭和10）年は、主人公が下北沢を思わせる近所の町で一瞬夢のような光景をかいま見る話から始まります。長女・萩原葉子の自伝的小説でベストセラーとなった『蕁麻の家』1976（昭和51）年は、この代田の家を舞台に、高名な詩人の娘が祖母や親戚たちに苦しめられながらも成長していく姿を描いています。

東京の中心から少し離れたこの地には多くの文学者が集いました。現在、朔太郎が散歩した川のほとりは緑道として整備され、〈北沢川文学の小路〉として親しまれています。

①萩原朔太郎・下北沢の家

1931(昭和6)年9月から代田に移るまで暮らした(現・代沢2丁目)

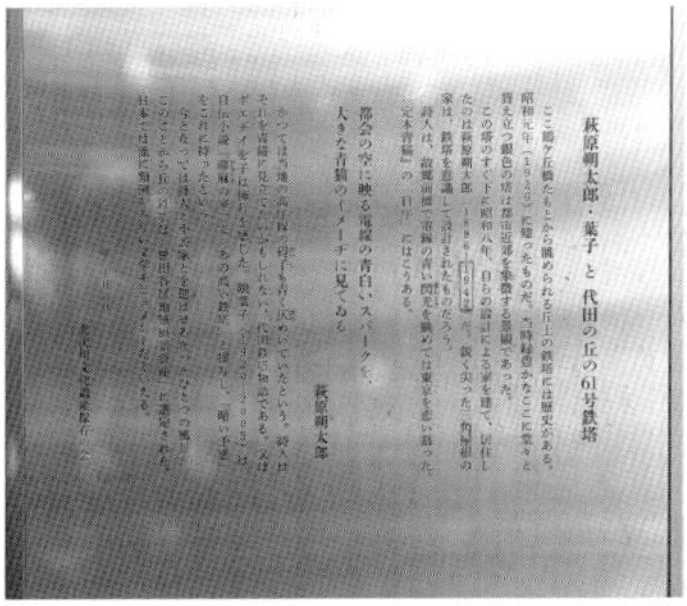

③北沢川緑道にある朔太郎の文学碑

②萩原朔太郎が自ら設計した代田の家

急勾配の三角屋根が特徴で、「家の東側に高圧線の塔が聳えていた」(『蕁麻の家』)。現在、鉄塔は世田谷区の地域風景資産となっている(現・代田2丁目)

④三好達治文学碑/⑤三好達治旧居付近

達治は1944(昭和19)年妻子と協議離婚し、朔太郎の妹アイと結婚したが翌年離別、1949(昭和24)年上京して住む。かつて足しげく通った朔太郎の家から数百メートルの距離であった

1935(昭和10)年ごろ、代田の家の前に立つ朔太郎

朔太郎ゆかりの地【神奈川県 鎌倉】

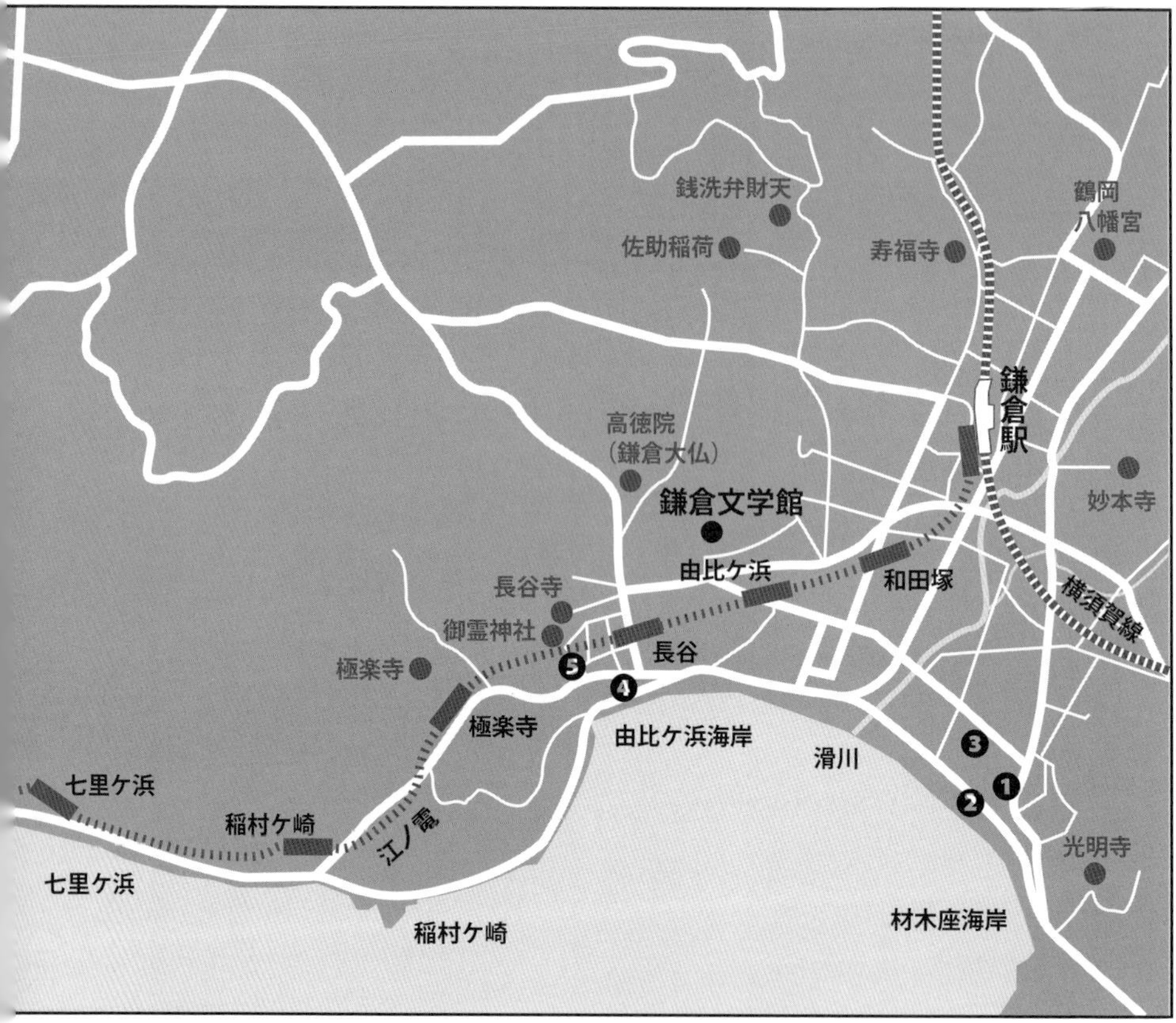

①材木座のまち

妻の療養のため、1925(大正14) 年 11 月から 1 年ほど材木座に住んだ。家の近く、現材木座商店街を海に向かって撮影した写真。右手にレンガ造りの 2 階建ての郵便局があり、その手前に現在も営業する進藤商店（進藤酒店）が写っている。（撮影：萩原朔太郎）

②材木座海岸

毎朝娘を連れ、家の近くの海岸に遊びに行ったという。写真は朔太郎が撮影した長女葉子（右）と次女明子（左）（撮影：萩原朔太郎）

③萩原朔太郎の家（現在なし）

材木座の家からは海が見えた。「材木座の町は、いつもひつそりとして居た。海岸に近く、松林の別荘地帯が連つてゐて、夜は浪のがうがうといふ音、犬の吠え叫ぶ声が聴こえた」と「移住日記」に書いた。

④海月楼（現在なし）

1916(大正5)年12月から翌年2月ころまで、病気療養のため滞在した坂ノ下の旅館。ここで第一詩集『月に吠える』の編集をおこなった。大正6年1月、詩人白鳥省吾あての年賀状に「目下当地で保養中です」と書いた。(絵葉書「鎌倉海岸 海月」個人蔵)

⑤日夏耿之介の家（現在なし）

海月楼滞在中、坂ノ下に家を借り病気療養していた、詩人日夏耿之介と出会い親しく交友する。「『月に吠える』の原稿を整理する時、僕は鎌倉の旅館海月楼に止宿して居たが、日夏耿之介君が近所に居たので親しく交際した」と「詩壇に出た頃　処女詩集を出すまで」に書いた。

⑥旧江ノ電七里ケ浜駅（現峰ヶ原信号所）

1913(大正2)年5月10日から14日まで妹ユキと鎌倉に滞在。11日、七里ケ浜で療養中の佐藤ナカ（エレナ）を訪ねるが、療養先を見つけることができなかった。朔太郎が降りたと思われる七里ケ浜駅は当時、現在より腰越よりにあった。ナカの療養先は現在の恵風園胃腸病院近くといわれている。

(絵葉書「七里ケ浜」1918(大正7)年、個人蔵)

※地図は現状のものです

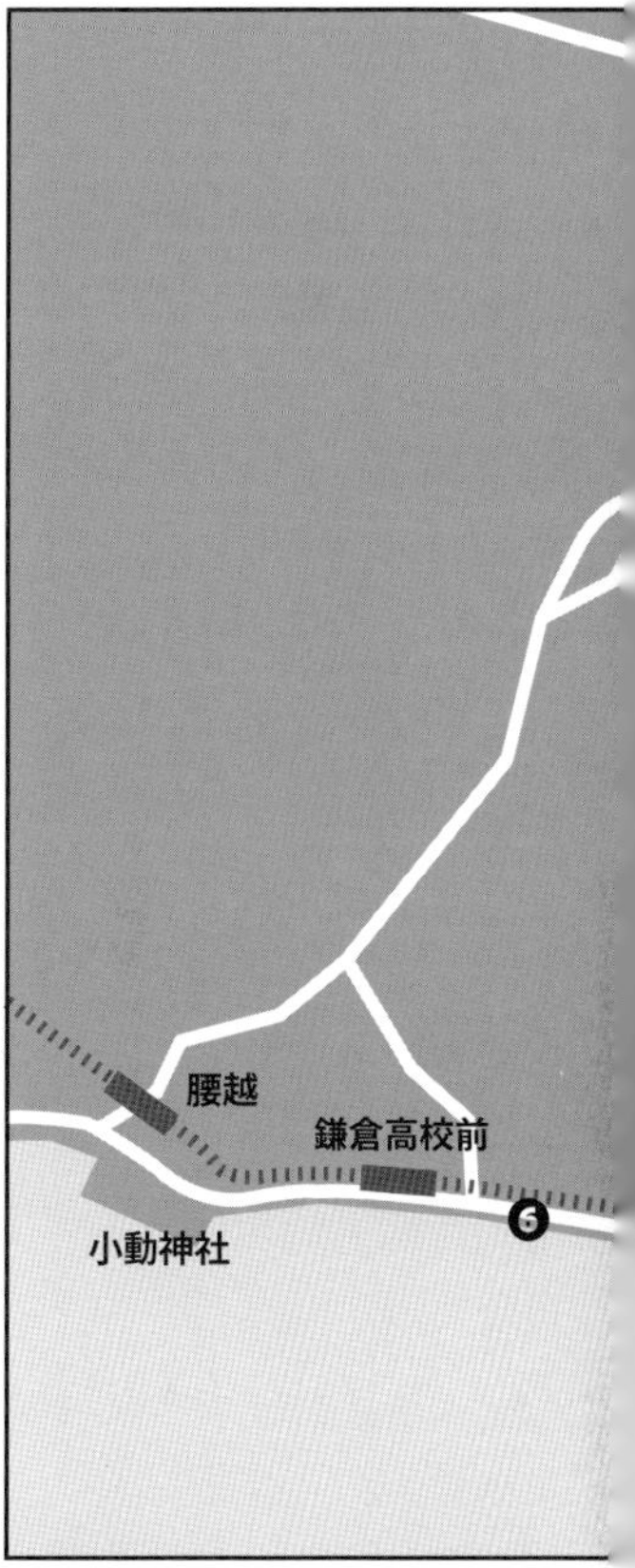

鎌倉にて　日夏耿之介(右)と(大正6年1月)

朔太郎年譜

1886（明治19）	0歳	11月1日群馬県東群馬郡前橋北曲輪町六十九番地（現・前橋市千代田町二丁目）に父萩原密蔵・母ケイの長男として出生、父は開業医。
1889（明治22）	3歳	このころ近所の家で借りたオルゴールに強くひかれる。
1890（明治23）	4歳	11月妹ワカ生まれる。
1892（明治25）	6歳	4月群馬県尋常師範学校附属幼稚園入園。7月大阪の従兄萩原栄次（15歳）が医師の修業のため萩原家に来住、9月群馬県前橋中学校に入学（1896年修了）。朔太郎は栄次を兄として慕い、以後多くの影響を受ける。
1893（明治26）	7歳	4月群馬県尋常師範学校附属小学校入学。学校はあまり好きでなかった。読書を好み手当たりしだい読む。
1894（明治27）	8歳	11月妹ユキ生まれる。
1897（明治30）	11歳	4月群馬県尋常師範学校附属小学校高等科入学。
1898（明治31）	12歳	1月弟弥六生まれる。
1900（明治33）	14歳	2月妹み祢生まれる。4月群馬県前橋中学校入学。11月萩原栄次大阪高等医学校（現・大阪大学医学部）卒業後再度来住（1902年まで）、密蔵の代診を務める。このころハーモニカ、手風琴など楽しむ。『古今集』を読む。
1901（明治34）	15歳	この年萩原栄次から短歌作法を学ぶ。鳳晶子歌集『みだれ髪』を読む。
1902（明治35）	16歳	4月写真機を買う。11月平井晩村らの発起による文芸誌「新声」の上毛誌友会に出席。12月中学校校友会誌「坂東太郎」に短歌5首を発表。以後、10余年「文庫」「明星」「スバル」「朱欒」等文芸誌に短歌を発表する。
1903（明治36）	17歳	このころ同校で級友有志らと回覧雑誌「野守」を出す。
1904（明治37）	18歳	2月妹アイ生まれる。このころ日曜ごとにキリスト教会へ行く。中学校5年進級ならず。
1905（明治38）	19歳	2月馬場仲子（恋人、後のエレナ）の招待で、共愛女学校の文学会に行く。4月中学校5年進級。7月「坂東太郎」を編集。
1906（明治39）	20歳	3月前橋中学校卒業。音楽家になる志望をもっていたが家の反対もあった。4月前橋中学校補習科入学。9月早稲田中学校補習科入学。

1907（明治40） 21歳
9月第五高等学校（熊本）入学（英語文科）。

1908（明治41） 22歳
7月第五高等学校2年進級ならず。9月第六高等学校（岡山）入学（独語文科、独語法科）。

1909（明治42） 23歳
7月第六高等学校2年進級ならず。この年エレナは高崎の佐藤医師に嫁ぐ。

1910（明治43） 24歳
4月帰省、このころ進路について悩む。5月第六高等学校退学。以後、東京に滞在、音楽・美術・演劇・歌劇等に親しむ。

1911（明治44） 25歳
2月比留間賢八についてマンドリンを習う（3、4カ月）。5月慶應義塾大学部予科1年入学（11月に退学）。6月田中常彦についてマンドリンを習う。

1912（明治45／大正元） 26歳
6月「読売新聞」に「歌劇『釈迦』の感想」、8月「音楽界」に「国民音楽に関する所感」を発表。9月京都大学受験、入学ならず。

1913（大正2） 27歳
前橋に帰る。4月このころ自筆の歌集『ソライロノハナ』製作。北原白秋主宰の雑誌「朱欒」掲載の室生犀星の詩に感動、手紙を書く。5月号「朱欒」に「みちゆき」ほか詩6編が掲載され、詩壇に登場。

1914（大正3） 28歳
1月自宅の建物を洋風の小部屋に改築（後に「ゴンドラ洋楽会」の集会場所ともなる）。2月室生犀星初めて前橋来訪、利根川河畔の旅館一明館に1カ月近く滞在し朔太郎との交友を深める（以後、親交は生涯続く）。3月下旬ごろ上京、室生犀星と東京大正博覧会を連日のように見物。6月室生犀星・山村暮鳥と「人魚詩社」を設立。8月前橋で若い歌人・詩人たちが「侏儒」創刊、指導的立場につく。このころ「詩歌」「創作」「異端」「アララギ」「鈴蘭」「風景」「地上巡礼」等に盛んに詩を発表。10月「音楽」に「詩と音楽の関係」を発表。北原白秋を訪問。この年、引き続きエレナへの恋慕。年末ごろから翌年にかけて「浄罪詩篇」の詩を書き雑誌に発表（後に『月に吠える』に所収）。

1915（大正4） 29歳
1月北原白秋来橋し1週間ほど萩原家に滞在、「侏儒」同人らと交流。3月人魚詩社から「卓上噴水」創刊（3冊で終刊）。4月北原白秋創刊の「ARS」に詩を発表。6月号各誌へ作品を発表した後翌年5月号まで発表中断。8月上旬上京、女子音楽学校でギターを習う。10月室生犀星来橋。続いて初来橋の竹村俊郎をともに前橋駅で迎える。

1916（大正5） 30歳
1月朔太郎主宰「ゴンドラ洋楽会」（後に「上毛マンドリン倶楽部」に改称）第1回演奏会開催、4、5年前からマンドリンやギターの合奏など演奏活動を行い、1925年の離郷まで続く。その間“A WEAVING GIRL”（機織る乙女）を作曲したのをはじめ、編曲なども多く手がける。このころドストエフスキーを読む（そのほかポー、ニーチェに影響を受ける）。4月このころから自宅で毎週1回「詩と音楽の研究会」開催、萩原恭次郎ら十数人参加。県内誌「狐の巣」、山村暮鳥個人誌「LE PRISME」にも作品発表。6月室生犀星と二人雑誌「感情」創刊。10月ごろ詩集出版計画を本格的に進める。

1917（大正6） 31歳
2月第一詩集『月に吠える』刊行（感情詩社・白日社）、500部。風俗壊乱の理由による詩集中2編の削除処分に対し「風俗壊乱の詩とは何ぞ」と題する抗議文を「上毛新聞」に発表。3月大手拓次を訪問。森鷗外、斎藤茂吉を訪問し詩集を贈る。4・5月号「感情」が『月に吠える』関係の特集等を組む。

1918（大正7）	32歳	1月室生犀星著『愛の詩集』刊行に資金援助。4月号「感情」「短歌雑誌」への発表を最後に詩作品の発表を中断。6月号「秀才文壇」が特集で朔太郎・犀星を新詩人として紹介。
1919（大正8）	33歳	5月上田稲子と結婚。6月若山牧水来訪。8月「文章世界」に初めてアフォリズムを発表。10月萩原家は石川町（現・紅雲町二丁目）に転居、萩原医院は妹ユキ夫妻が入り津久井医院となる。
1920（大正9）	34歳	9月長女葉子生まれる。
1921（大正10）	35歳	2月『現代詩人選集』に詩3編が収録される。3月前橋の詩歌人たちと毎週1回文芸座談会を開催、主として「詩の原理」を講話。
1922（大正11）	36歳	3月『月に吠える』再刊（アルス）。4月アフォリズム集『新しき欲情』刊行（アルス）。5月『新しき欲情』批評を上毛新聞が特集。5月号「短歌雑誌」に「現歌壇への公開状」発表。9月次女明子生まれる。
1923（大正12）	37歳	1月詩集『青猫』刊行（新潮社）。5月白秋夫妻ら萩原家に1泊。7月詩集『蝶を夢む』刊行（新潮社）。8月伊香保滞在中の谷崎潤一郎を妹らと訪問。
1924（大正13）	38歳	2月雑誌「新興」創刊号発表の「情緒と想念―情調哲学」中「ある野戦病院に於ての出来事」（のち「或る野戦病院における美談」として『虚妄の正義』収録）で同誌発売禁止。
1925（大正14）	39歳	2月上毛マンドリン倶楽部「萩原朔太郎氏上京送別演奏会」開催。妻子と上京、府下大井町（現・品川区内）に仮寓、初の貧乏体験。4月府下田端（現・北区内）に転居、近所に室生犀星・芥川龍之介在住。このころ犀星をとおして堀辰雄、中野重治らを知る。8月詩集『純情小曲集』刊行（新潮社）。11月号から「日本詩人」の編集を佐藤惣之助と担当。11月妻稲子の健康のため、神奈川県鎌倉に転居。
1926（大正15／昭和元）	40歳	11月東京府下馬込村（現・大田区内）に転居。
1927（昭和2）	41歳	6月前橋の萩原家、石川町から北曲輪町七十一番地（現・本町一丁目）へ転居。6月湯ヶ島に一カ月滞在。詩人三好達治に初対面。
1928（昭和3）	42歳	1月詩人協会発足、評議員になる。このころからダンスを習う。2月エッセイ集『詩論と感想』刊行（素人社）。3月『萩原朔太郎詩集』刊行（第一書房）。12月詩論集『詩の原理』刊行（第一書房）、１７００部。
1929（昭和4）	43歳	4月『現代日本文学全集』第37巻（改造社）に詩24編が収録される。7月稲子と離婚、二児を伴い帰橋。9月以後前橋来住の草野心平、萩原恭次郎らと往来。このころ「上毛マンドリン倶楽部」演奏会にも出席。10月アフォリズム集『虚妄の正義』刊行（第一書房）。11月単身上京、赤坂区檜町（現・港区内）のアパート乃木坂倶楽部に仮寓。12月父密蔵発病、重態となり帰橋。
1930（昭和5）	44歳	7月父密蔵死去、享年77歳。10月妹アイとともに上京、牛込区市ヶ谷台町（現・新宿区内）に居住。

1931(昭和6) 45歳
5月歌論集『恋愛名歌集』刊行(第一書房)。9月世田谷区下北沢(現・世田谷区内)に母ケイ・二児・妹アイと居住。

1932(昭和7) 46歳
12月詩人丸山薫を知る。

1933(昭和8) 47歳
1月(推定)世田谷区代田一丁目(現・世田谷区内)に自宅を新築、入居。4月新築披露に室生犀星・竹村俊郎を招く。6月個人雑誌「生理」創刊(1935年の終刊までに5冊発行)。「郷愁の詩人与謝蕪村」ほかを発表。10月妹アイ、佐藤惣之助と結婚。

1934(昭和9) 48歳
4月北原白秋・室生犀星とともに大手拓次の遺骨を上野駅頭で送る。6月詩集『氷島』刊行(第一書房)。このころ中河与一を知る。7月明治大学文科文芸科講師となり毎週1回詩についての講義を担当。

1935(昭和10) 49歳
4月エッセイ集『純正詩論』刊行(第一書房)。10月アフォリズム集『絶望の逃走』刊行(第一書房)。11月小説『猫町』刊行(版画荘)。この年(推定)大阪中央放送局「ラヂオ詩壇」投稿の選を担当。

1936(昭和11) 50歳
「四季」の同人となる。3月詩集『定本青猫』刊行(版画荘)。俳論集『郷愁の詩人与謝蕪村』刊行(第一書房)。4月新潮文庫版『萩原朔太郎集』(現代詩人全集)刊行。5月随筆集『廊下と室房』刊行(第一書房)。8月萩原栄次重態のため大阪に見舞う。11月瀬戸内海佐美島の柿本人麻呂碑除幕式に参列。この年、特に各紙誌でのエッセイ随筆等の活動が盛ん、雑誌・新聞等の掲載数は年間120点にのぼり前後数年間のピークとなる。

1937(昭和12) 51歳
2月帰橋、上毛新聞社主催「朔太郎歓迎会」に神保光太郎らと出席、磯部の大手拓次の弟の家(旅館)にも宿泊。3月エッセイ集『詩人の使命』刊行(第一書房)。9月エッセイ集『無からの抗争』刊行(白水社)。同書中「歴史教育への一抗議」が検閲で削除となる。

1938(昭和13) 52歳
3月エッセイ集『日本への回帰』刊行(白水社)。4月大谷美津子と結婚(美津子入籍せず)。

1939(昭和14) 53歳
2月姑(朔太郎の母)との関係が悪化した美津子をアパートに住まわせる。9月詩集『宿命』刊行(創元社)。10月室生犀星と旧制水戸高等学校で講演、翌日山村暮鳥未亡人らと暮鳥晩年の地・磯浜を訪ねる。伊藤信吉著『土の唄と民話』に序文を寄せる。

1940(昭和15) 54歳
3月朔太郎編『昭和詩鈔』刊行(冨山房)。7月アフォリズム集『港にて』刊行(創元社)。エッセイ集『帰郷者』刊行(白水社)。10月エッセイ集『阿帯』刊行(河出書房)。11月『萩原恭次郎詩集』の題字を書く。12月『帰郷者』その他で第4回透谷賞受賞。

1941(昭和16) 55歳
2月東京放送局から「文芸雑感—現代詩について」を放送。9月風邪をこじらせて就床。10月萩原朔太郎編『樋口一葉全集第五巻』刊行(新世社)。

1942(昭和17)
5月11日肺炎のため東京の自宅で死去、享年55歳。13日同じく自宅で告別式、31日前橋・政淳寺萩原家墓地に埋葬。法名・光英院釈文昭居士

※『萩原朔太郎全集 第15巻』(筑摩書房刊)所収の伊藤信吉・佐藤房儀編の年譜を基に作成

「萩原朔太郎大全２０２２」参加館・参加団体

	館名	展示タイトル	会期
1	北海道立文学館	ふみくらの中の朔太郎	2022年10月29日〜12月25日
2	井上靖記念館	井上靖と萩原朔太郎	2022年10月1日〜2023年1月9日
3	市立小樽文学館	萩原朔太郎と伊藤整——「若い詩人」の憧憬《あこがれ》	2022年9月3日〜11月3日
4	石川啄木記念館	石川啄木と萩原朔太郎	2022年9月27日〜2023年1月22日
5	日本現代詩歌文学館	萩原朔太郎に捧げる詩歌	2022年10月1日〜31日
6	白鳥省吾記念館	萩原朔太郎——省吾と同時代の詩人——	2022年8月2日〜2023年1月29日
7	いわき市立草野心平記念文学館	萩原朔太郎大全２０２２——詩の岬——	2022年10月8日〜12月18日
8	共愛学園前橋国際大学	朔太郎が紡いだもの	2022年10月1日〜10月31日
9	群馬県立土屋文明記念文学館	私の同郷の善き詩人	2022年10月8日〜12月18日
10	群馬県立図書館	萩原朔太郎大全２０２２連動展示　萩原朔太郎展	2022年9月30日〜11月23日
11	群馬県立歴史博物館	萩原朔太郎の生きた時代	2022年10月8日〜12月4日
12	群馬県立近代美術館	「萩原朔太郎大全２０２２」連携展示　詩とイメージ——司修作品を中心に	2022年11月1日〜12月21日
13	群馬県立文書館	前橋藩から朔太郎へ～母方八木家と藩士諸家の文書展～	2022年8月6日〜12月25日
14	太田市美術館・図書館	萩原朔太郎大全２０２２	2022年9月28日〜10月23日
15	さいたま文学館	朔太郎大全inさいたま文学館	2022年11月30日〜12月25日

16	市川市文学ミュージアム	月に吠えらんねえ展～ようこそ！おもひ まぼろし ことだまの街へ～	2022年10月8日～12月11日
17	公益財団法人日本近代文学館	特集展示 萩原朔太郎大全（仮）	2022年12月3日～2023年2月11日
18	世田谷文学館	月に吠えよ、萩原朔太郎展	2022年10月1日～2023年2月5日
19	竹久夢二美術館	夢二をとりまく人間関係 交流から生まれた美と言の葉	2022年10月1日～12月25日
20	東京都北区立中央図書館	田端文士とキーン先生～萩原朔太郎～	2022年11月1日～2023年2月5日
21	田端文士村記念館	朔太郎・犀星・龍之介の友情と詩的精神～タバタニサクタロウキタリ～	2022年10月1日～2023年1月22日
22	大田区立郷土博物館	萩原朔太郎と馬込の文士たち	2022年9月27日～12月11日
23	公益財団法人大田区文化振興協会	『馬込文士村空想演劇祭２０２１』日本のラジオ『ヨビゴエ』～萩原朔太郎詩集「月に吠える」「青猫」より～	2022年11月1日～11月14日
24	慶應義塾大学アート・センター 三田文学会	シンポジウム 萩原朔太郎と詩の未来	2022年10月22日
25	大正大学附属図書館	萩原朔太郎大全in大正大学 萩原朔太郎～周辺の人々を通して～	2022年10月3日～12月23日
26	「天上の花」製作運動体	没後80年「萩原朔太郎大全２０２２」記念映画「天上の花」	2022年12月
27	四季派学会	四季派学会冬季大会	2022年11月26日
28	明治大学理工学研究科総合芸術系	朔太郎と歩く	2022年12月1日～12月24日
29	鎌倉文学館	朔太郎とカマクラ	2022年10月2日～12月23日
30	小田原文学館	小田原時代前後の白秋とその周辺 没後80年目の回想	2022年10月27日～11月27日
31	ドナルド・キーン・センター柏崎	ドナルド・キーンが語る萩原朔太郎	2022年10月1日～10月30日

32	室生犀星記念館	朔太郎没後80年・犀星没後60年記念　詩の双生児――君は土、彼は硝子――	2022年7月16日～11月6日
33	金沢美術工芸大学	萩原朔太郎×恩地孝四郎	2022年10月3日～12月27日
34	福井県ふるさと文学館	師・萩原朔太郎と三好達治	2022年10月1日～2023年1月9日
35	山梨県立文学館	萩原朔太郎　芥川龍之介への手紙	2022年10月4日～11月30日
36	堀辰雄文学記念館	萩原朔太郎没後80年　萩原朔太郎と堀辰雄	2022年7月14日～12月27日
37	軽井沢高原文庫	文学のふるさと・軽井沢――朔太郎、犀星、龍之介、辰雄……	2022年10月14日～11月30日
38	焼津小泉八雲記念館	HOURAI　八雲と朔太郎が見た日本	2022年10月8日～2023年1月17日
39	愛知大学豊橋キャンパス	丸山薫と萩原朔太郎――丸山薫あて、朔太郎書簡の里帰り	2022年10月3日～12月2日
40	弱法師	青き月光のたましひ　詩人・萩原朔太郎。	2022年11月8日～11月20日
41	古美術近藤	青き月光のたましひ　詩人・萩原朔太郎。	2022年11月8日～11月20日
42	公益財団法人吉備路文学館	吉備路近代文学の7人展――生誕・没後記念	2022年11月13日～2023年2月26日
43	永瀬清子展示室	詩人の系譜――萩原朔太郎から永瀬清子へ	2022年12月9日～2023年3月26日
44	中原中也記念館	萩原朔太郎と中原中也	2022年10月26日～11月27日
45	菊池寛記念館	永遠の漂泊者――萩原朔太郎	2022年10月1日～11月6日
46	坂出市万葉会館	朔太郎と詩友　中河与一～狭岑の島を訪ねて～	2022年10月1日～10月30日
47	壺井栄文学館	80年の時を経て小豆島で繋がった4人の作家	2022年10月1日～2023年1月10日

48	北原白秋生家・記念館	白秋と朔太郎の世界～朱欒から朱欒へ～	２０２２年10月１日～２０２３年１月10日
49	くまもと文学・歴史館	煩悶《はんもん》と運命《うんめい》——朔太郎と熊本のゆかり——	２０２２年10月14日～12月５日
50	前橋市立図書館	いつか私は詩人 朔太郎に出会う運命にあった ——前橋市立図書館と渋谷国忠——	２０２２年10月１日～２０２３年１月15日
51	アーツ前橋	萩原朔太郎大全２０２２　朔太郎と写真	２０２２年11月19日～２０２３年３月５日
52	前橋文学館	そこに何をみたか ——萩原朔太郎研究会58年の軌跡　萩原朔太郎研究会歴代会長展	２０２２年10月１日～２０２３年１月15日

おわりに——五二ヶ所の個性

萩原　朔美

同じ企画を、全国さまざまな館が同時期に開催する。そうするとアプローチの差異、テーマの設定、展開案、展示方法などに、各館の個性が鮮明に浮き上がる。

今回の朔太郎大全の楽しみはそこにあるのではないだろうか。さらに、五二の個性と個性との出逢いが、今後どのような新しい企画となって広がっていくのか。それも楽しみである。

そういえば遥か昔、七〇年代に新しい雑誌を創刊させた時、さまざまな雑誌に声をかけて、新しい企画を試みようと提案した。それは、一本の書き下ろしの小説を一冊の雑誌に掲載するのではなく、何冊かの別の雑誌に分けて掲載する企画だった。読むためには、さまざまな雑誌を全て買わなくてはならない。

「そんなに読者へ負担はかけられない」と言うので、毎月別の雑誌に掲載するのはどうかと提案したら、

「無名の雑誌とは出来ない」

「発行部数が違う」

などの反応で、実現しなかった。

その後、ある号の何冊かの雑誌ページを開いて並べると、大きな一ページになるという企画も呼びかけた

けれど、一笑された。

今回の企画は、あの時の反応とは雲泥の差だった。積極的に参加していただき、感謝に堪えない。

この萩原朔太郎大全２０２２のキャッチコピーの中にある、

「言葉の素顔に出逢う」

は、谷川俊太郎さんの詩句から借りたものだ。言葉がどんどん軽くなり、薄っぺらになっている時代にこそ、人と言葉、表現と言葉について再考することに意義があるのではないか。言葉の素顔はどこにあるのか、を探るのだ。そのためのきっかけとして、言葉を目的とした詩人の仕事を振り返る。それが萩原朔太郎大全２０２２の主旨である。

人があやつっていると思っている言葉に、人があやつられているような現在、詩人の仕事はまるで故郷のように思えてくるから不思議である。

言葉は詩から、文化は遊びから始まったのだ。スタートに立って振り返る。萩原朔太郎大全２０２２のキャッチコピーの、

「過去を再考することは　未来を創ることだ」

は、そのことをイメージしている。

五二ヶ所の萩原朔太郎大全２０２２の会場がお祭りのように輝いてくる事を願ってやまない。

最後に、執筆していただいた方々に感謝したい。ありがとうございました。編集した方々はお疲れ様でした。読んでくださった方にもお礼を申し上げます。

この記念碑的なブックレットもまた、言葉の故郷のように輝いてくれれば、望外の悦びである。

執筆者紹介

※掲載順

松浦寿輝（まつうら・ひさき）
作家・詩人・批評家。東京大学名誉教授（フランス文学・表象文化論）。日本芸術院会員。詩集に『ウサギのダンス』『吃水都市』『秘苑にて』など。小説に『花腐し』『半島』『そこでゆっくりと死んでいきたい気持をそそる場所』『名誉と恍惚』『人外』『無月の譜』など。エッセー・評論に『折口信夫論』『エッフェル塔試論』『明治の表象空間』『黄昏客思』『わたしが行ったさびしい町』など多数。

清家雪子（せいけ・ゆきこ）
愛知県生まれ。漫画家。二〇〇〇年『孤陋』でアフタヌーン四季賞大賞を受賞。「アフタヌーン」（講談社）誌上に二〇一〇〜一一年『秒速5センチメートル』（原作：新海誠）、二〇一一〜一二年『まじめな時間』、二〇一三〜一九年『月に吠えらんねえ』を連載。二〇一七年に『月に吠えらんねえ』で第二〇回文化庁メディア芸術祭マンガ部門新人賞受賞、二〇二〇年に二〇一九年度第一九回Sense of Gender賞大賞受賞。現在、『月に吠えらんねえ』のリブート作品である『月に吠えたンねえ』を講談社Palcyにて連載中。

n-buna（ヨルシカ）
二〇一二年から活動を開始したサウンドクリエイター。「透明エレジー」「ウミユリ海底譚」「夜明けと蛍」「メリュー」「アイラ」「白ゆき」と多数のミリオンヒット曲を投稿し、二〇一五年「花と水飴、最終電車」、二〇一六年「月を歩いてる」の二枚のボーカロイドオリジナルアルバムを発売、ロングセラーを続ける。二〇一七年からはバンド「ヨルシカ」としての活動も開始。二〇二〇年に発表したアルバム「盗作」ではオリコン合算アルバムチャート1位を記録。多数のアーティストへの楽曲提供やテーマソングの制作などの作家としての活動も行う。ロックからバラードまで幅広い楽曲のサウンドアレンジの評価も高く、文学的な歌詞と印象的な言葉遣いから成る詩世界が話題となり、唯一無二のクリエイターとして人気を集める。

吉増剛造（よします・ごうぞう）
詩人。日本芸術院賞・恩賜賞受賞。文化功労者。主な詩集に『黄金詩篇』（思潮社、高見順賞）、『オシリス、石ノ神』（思潮社、現代詩花椿賞）、『「雷の島」あるいは「エミリーの幽霊」』（集英社、芸術選奨文部大臣賞）などがある。

川島幸希（かわしま・こうき）
秀明大学学長。専門は日本近代文学書誌、夏目漱石。主な著書に、『英語教師 夏目漱石』（新潮社、二〇〇〇年）、『直筆の漱石』（新潮社、二〇一九年）、『初版本解読』（日本古書通信社、二〇二一年）などがある。

藤井浩（ふじい・ひろし）
萩原朔太郎研究会幹事長、上武大学教授。元上毛新聞論説委員長。一九八六年の萩原朔太郎生誕百年の際に上毛新聞記者として連載、特集記事を書き、以後、同新聞社の朔太郎に関わる企画、紙面づくりを担当する。専門は地域文化史、文化政策、近代文学。著書に『「眠る男」の記録』『誇りについて上野村村長黒澤丈夫の遺訓』、編著に『群馬文学全集第二十巻』などがある。

安智史（やす・さとし）
愛知大学短期大学部教授。萩原朔太郎研究会幹事。専攻は日本近現代文学・文化。著書に『萩原朔太郎というメディア　ひき裂かれる近代／詩人』（森話社、二〇〇八年）、編著に『新編丸山薫全集　第6巻』（角川学芸出版、二〇〇九年）、『コレクションモダン都市文化75　歌謡曲』（ゆまに書房、二〇一一年）、『詩人はすべて宿命である　萩原朔太郎による詩のレッスン』（国書刊行会、二〇二二年）、論文に「〈郊外〉文学者・萩原朔太郎」「萩原朔太郎『月に吠える』と戦争」などがある。

カニエ・ナハ（かにえ・なは）
詩人。東京藝術大学大学院映像研究科主催RAM Associationフェローメンバー。主な詩集に、『メノト』（私家、二〇二一年）、『用意された食卓』（青土社、二〇一六年）。主な参加展に「さいたま国際芸術祭２０２０」（二〇二〇年）、「MOTサテライト２０１７春 往来往来」（東京都現代美術館、二〇一七年）。他、中原中也記念館特別企画展「書物の在る処　中也詩集とブックデザイン」（二〇二一年）監修など。

佐藤弓生（さとう・ゆみお）
歌人。二〇〇一年、角川短歌賞受賞。著書に歌集『世界が海におおわれるまで』（沖積舎、二〇〇一年）、『モーヴ色のあめふる』（書肆侃侃房、二〇一五年）などのほか詩集、掌編集、訳書、共編著などがある。

井坂洋子（いさか・ようこ）
詩人。詩集『箱入豹』（思潮社、二〇〇三年）、『七月のひと房』（栗売社分室、二〇一七年）など。エッセイ集に『永瀬清子』（五柳書院、二〇〇〇年）、『犀星の女ひと』（五柳書院、二〇二一年）などがある。

井上芳子（いのうえ・よしこ）
和歌山県立近代美術館学芸課長。近代日本美術史。担当した展覧会・図録に、「恩地孝四郎 色と形の詩人」（一九九四年）、「田中恭吉展」（二〇〇〇年）、「日本近代の青春 創作版画の名品」（二〇一〇年）、『田中恭吉 ひそめるもの』（二〇一二年）、「月映」（二〇一四年）。他に共編「大正初期の雑誌における版表現――『月映』誕生の背景を探って」（『大正期美術展覧会の研究』二〇〇五年）などがある。

栗原飛宇馬（くりはら・ひうま）

デジタルハリウッド大学非常勤講師。萩原朔太郎研究会幹事。専門は日本近代文学。主な論文に、「萩原朔太郎研究・思索の軌跡――「未発表原稿」を視座として」（『江古田文学』第五九号）「萩原朔太郎の愛した〈不思議〉――手品・乱歩・『詩の原理』」（萩原朔太郎研究会会報『ＳＡＫＵ』新装第三号）「萩原朔太郎の手品と詩学――『詩の原理』の根底にあるもの」（『詩と思想』二〇一八年九月号）などがある。

佐々木幹郎（ささき・みきろう）

詩人。ミシガン州立オークランド大学客員研究員、東京藝術大学大学院音楽研究科音楽文芸非常勤講師を歴任。詩集に『蜂蜜採り』（書肆山田、高見順賞）、『明日』（思潮社、萩原朔太郎賞）、『鏡の上を走りながら』（思潮社、大岡信賞）など。評論集に『中原中也』（筑摩書房、サントリー学芸賞）、『アジア海道紀行』（みすず書房、読売文学賞）、『中原中也――沈黙の音楽』（岩波新書）など。『新編中原中也全集』全六巻（角川書店）責任編集委員。

飯沢耕太郎（いいざわ・こうたろう）

写真評論家。主な著書に『写真美術館へようこそ』（講談社現代新書、一九九六年、サントリー学芸賞受賞）、『写真的思考』（河出ブックス、二〇〇九年）、『キーワードで読む現代日本写真』（フィルムアート社、二〇一七年）などがある。執筆活動のほか、写真展覧会の審査、企画等も手がける。

エリス俊子（えりす・としこ）

名古屋外国語大学世界教養学部国際日本学科教授。専門は比較文学、日本近代詩、モダニズム。著書・論文に、『萩原朔太郎――詩的イメージの構成』（沖積舎）、「モダニズムの身体――１９１０年代～１９３０年代日本近代詩の展開」（『モダニズムを俯瞰する』中央大学出版部）、“Poetics of the Sea: Japanese Imaginations of the South Ocean”, *Pacific Insularity:Imaginary Geography of Insular Spaces in the Pacific*（Rikkyo University Press）などがある。

宮崎真素美（みやざき・ますみ）

愛知県立大学日本文化学部国語国文学科教授。専門は日本近現代詩。主な著書に、『鮎川信夫研究――精神の架橋』（日本図書センター、二〇〇二年）、『戦争のなかの詩人たち――「荒地」のまなざし』学術出版会、二〇一二年）、『コレクション・都市モダニズム詩誌30　戦後詩への架橋Ⅱ』ゆまに書房、二〇一四年）などがある。

阿毛久芳（あもう・ひさよし）

都留文科大学名誉教授。専門は近・現代詩研究。著書に『萩

原朔太郎論序説――イデアを追う人の旅』（有精堂出版、一九八五年）、『都市モダニズム詩の大河Ⅱ〈コレクション都市モダニズム詩誌12〉』（編著、ゆまに書房、二〇一〇年）、論文に「『定本青猫』の旅――挿絵と編集に関連して、解題風に」（分銅惇作編『近代文学論の現在』蒼丘書林、一九九八年）、「「愛憐詩篇ノート」から「浄罪詩篇」へ、再び」（「湘南文学」第五五号、二〇二〇年三月）などがある。

野村喜和夫（のむら・きわお）
詩人。詩集に『反復彷徨』『特性のない陽のもとに』『現代詩文庫・野村喜和夫詩集』『風の配分』『ニューインスピレーション』『スペクタクル』『ヌードな日』『デジャヴュ街道』『薄明のサウダージ』『妖精DIZZY』など、小説に『骨なしオデュッセイア』など、評論に『現代詩作マニュアル』『移動と律動と眩暈と』『萩原朔太郎』などがある。

亀山郁夫（かめやま・いくお）
名古屋外国語大学学長。専門はロシア文学・ロシア文化。主な著書に、『甦るフレーブニコフ』（平凡社、一九八九年）、『磔のロシア　スターリンと芸術家たち』（岩波書店、二〇〇二年）、『熱狂とユーフォリア』（平凡社、二〇〇三年）、『謎とき《悪霊》』（新潮社、二〇一二年）、『ドストエフスキー　父殺しの文学』（ＮＨＫ出版、二〇〇四年）、『ショスタコーヴィチ　引き裂かれた栄光』（岩波書店、二〇一八年）などがある。

田中　純（たなか・じゅん）
東京大学大学院総合文化研究科教授。専門は表象文化論（イメージ論・思想史）。主な著書に、朔太郎論を含む『都市の詩学――場所の記憶と徴候』（東京大学出版会）のほか、『デヴィッド・ボウイ――無《ナシング》を歌った男』（岩波書店）、『イメージの記憶《かげ》――危機のしるし』（東京大学出版会）などがある。

三浦雅士（みうら・まさし）
文芸批評家。主な著書に、『私という現象』（講談社学術文庫）、『メランコリーの水脈』（講談社文芸文庫）、『身体の零度』、『青春の終焉』、『出生の秘密』、『孤独の発明』、『スタジオジブリの想像力』（以上、講談社）、『バレエ入門』（新書館）、『考える身体』（河出文庫）など。

谷川　渥（たにがわ・あつし）
美学者・批評家。文学博士。東西の芸術史を視野に収め、多様な〈美的表象〉を渉猟、美学と批評を架橋する。著書に『鏡と皮膚』（ちくま学芸文庫）、『肉体の迷宮』（ちくま学芸文庫）、『シュルレアリスムのアメリカ』（みすず書房）、『文豪たちの西洋美術』（河出書房新社）、『孤独な窃視者の夢想――日本近代文学のぞきからくり』（月曜社）、『ローマの眠り　あるいはバロック的遁走』（月曜社）など。

建畠 晢（たてはた・あきら）

詩人、美術評論家。詩集に「余白のランナー」（歴程新鋭賞）「零度の犬」（高見順賞）「死語のレッスン」（萩原朔太郎賞）など。キュレイターとしてはベネチア・ビエンナーレの日本コミッショナー、横浜トリエンナーレ、あいちトリエンナーレの芸術監督などをつとめる。国立国際美術館長、埼玉県立近代美術館長、京都市立芸術大学長、多摩美術大学長などを歴任。

勝原晴希（かつはら・はるき）

駒澤大学名誉教授。専門は日本近現代文学。主な編著書に、『和歌をひらく』全五巻（岩波書店、二〇〇五〜〇六年）、『「日本詩人」と大正詩――〈口語共同体〉の誕生』（森話社、二〇〇六年）、『コレクション都市モダニズム詩誌　第11巻　都市モダニズム詩の大河Ⅰ』ゆまに書房、二〇一〇年）などがある。

大嶋さやか（おおしま・さやか）

早稲田大学大学院文学研究科博士課程在学中。専門は日本近代詩、萩原朔太郎。主な論文に「『月に吠える』の口語表現――生命の詩論におけるニーチェの影響」（『早稲田大学大学院文学研究科紀要』六五、二〇二〇年三月）がある。

萩原朔美（はぎわら・さくみ）

映像作家、多摩美術大学名誉教授。母は小説家萩原葉子、母方の祖父は萩原朔太郎。一九六七年、寺山修司主宰の演劇実験室・天井桟敷の立ち上げに参加、俳優・演出家として活躍。一九七五年には月刊誌「ビックリハウス」をパルコ出版より創刊し初代編集長を務める。二〇一六年四月から前橋文学館館長。二〇二二年より金沢美術工芸大学客員教授。著書多数。

協力者（50音順・敬略称）

伊香保観光協会
ＮＰＯ法人波宜亭倶楽部
大田区立郷土博物館
鎌倉文学館
公益財団法人日本近代文学館
世田谷文学館
竹久夢二伊香保記念館
田端文士村記念館
津島千絵
徳冨蘆花記念文学館
中田孝信
水と緑と詩のまち　前橋文学館

画像提供（50音順・敬略称）

株式会社ＩＶＣ
公益財団法人日本近代文学館
上毛新聞社
東京都江戸東京博物館
山梨県立文学館
立教大学江戸川乱歩記念大衆文化研究センター
立命館大学国際平和ミュージアム
和歌山県立近代美術館

編集委員（50音順・敬略称）

鎌倉文学館
栗原飛宇馬
公益財団法人日本近代文学館
世田谷文学館
田端文士村記念館
藤井浩
水と緑と詩のまち　前橋文学館
安智史

【編者略歴】

朔太郎大全実行委員会（さくたろうたいぜんじっこういいんかい）

詩人・萩原朔太郎没後80年にあたる2022年、全国の文学館、美術館、図書館等が分野を越えて連携し、それぞれの地で開催する「萩原朔太郎大全2022」。参加する52の館や施設等が独自の切り口で朔太郎を捉えます。全国規模で開催する初の試みを実現するため、令和3年2月6日に朔太郎大全実行委員会を設立しました。朔太郎大全実行委員会は、小説家・詩人の松浦寿輝氏を筆頭に、公益財団法人日本近代文学館や世田谷文学館、田端文士村記念館、鎌倉文学館、萩原朔太郎研究会幹事、前橋文学館友の会役員、関係機関職員の総勢13名で構成されています。
本書は朔太郎大全実行委員会の委員から編集委員を組織し、前橋文学館が中心となって編集を行いました。

監修　安 智史

萩《はぎ》原《わら》朔《さく》太《た》郎《ろう》大《たい》全《ぜん》

2022年　11月1日　初版第1刷　発行
2022年　12月20日　初版第2刷　発行

編　　者　朔太郎大全実行委員会
発 行 者　伊藤良則
発 行 所　株式会社春陽堂書店
〒103-0027
東京都中央区銀座3-10-9　KEC銀座ビル
電話　03-6264-0855
編　　集　堀郁夫（JAM企画編集室）
石塚麻里子（前橋文学館学芸員）
装　　幀　宗利淳一
本文制作　森貝聡恵（アトリエ晴山舎）
印刷製本　株式会社シナノパブリッシングプレス

ISBN978-4-394-19031-8　C0095